名家工笔画插图珍藏版
传世彩绘聊斋志异（下）

〔清〕蒲松龄 著　许君远 南佳 译

华文出版社

马介甫

河北大明有个秀才，叫杨万石，生平最怕老婆。他的妻子姓尹，性情出奇的凶悍，丈夫稍微违背了她，她就用鞭子毒打。杨万石的父亲已经六十多岁了，是一个鳏夫○。尹氏拿他当奴仆看待。杨万石和弟弟杨万钟常常偷点饭给父亲吃，不敢让尹氏知道。因为父亲常年穿着破衣烂衫，衣不蔽体，恐怕让人笑话，所以，兄弟二人从不让父亲面见客人。杨万石四十多岁了，还没有儿子，娶了个姓王的小妾，两人从早到晚都不敢说一句话。

一次，杨氏兄弟二人到郡城等候乡试，他们遇见一个少年，那少年容貌俊雅，衣着整洁潇洒。兄弟二人便跟那少年交谈起来，谈得很投机，问他的姓名，少年说："姓马，名叫介甫。"从此后，三人交往更加密切，不久，便结拜成了兄弟。分别后，大约过了半年，马介甫忽然带着童仆前来拜访杨万石兄弟。正巧遇上杨万石的父亲坐在大门外，一边晒太阳一边捉虱子。马介甫以为他是杨家的仆人，便说了自己的姓名，让他去通报主人，杨父便披上破棉衣进去了。有人告诉马介甫："这老头是杨万石的父亲。"马介甫正在惊讶之中，杨万石兄弟二人穿戴得整整齐齐地出门来迎接他。进屋行过礼后，马介甫便请求拜见义父，杨万石推辞说父亲偶然得了点病，不能见客。

三人坐在一起谈笑着，不知不觉中天已黑了。杨万石说了多次已准备好了酒饭，却一直不见端上来。兄弟二人轮番出出进进好几次，才见有个瘦弱的仆人捧了一壶酒进来。一会儿，酒便喝完了。又坐等了很久，杨万石频频地出去催促，急得满头大汗。又过了一会儿，才见那个瘦弱的仆人送来饭食，但饭做得实在不好吃，让人难以下咽。吃完饭，杨万石匆匆忙忙地走了。杨万钟

○鳏夫：无妻或丧妻的人。

【名家评点】

本篇写一个悍妇的故事，情节十分曲折繁复，稍加展开，就可以写成一个中篇乃至长篇。《聊斋志异》中写了不少悍妇故事，尹氏的凶悍残忍可称是众多悍妇之最。蒲松龄对悍妇是扼腕切齿的，他把悍妇比作"附骨之疽""床上夜叉"，归之于前世冤孽或失德者的现世报应，愤懑之情溢于言表。这些感情的流露中表现出他对悍妇有切肤之痛。（何满子）

抱来床被子，陪客人住宿，马介甫责备他说："过去我以为你们兄弟二人有很高的品德，才和你们结拜兄弟。现在老父亲实际上吃不饱穿不暖，让路人见了都替你们羞愧！"杨万钟流下泪来，说："其中的心事，实在难以说出口。家门○不幸，娶进了一个凶悍的嫂子，全家男女老少横遭摧残。如不是至亲好友，也不敢宣扬这件家丑。"马介甫惊叹了好一会儿，才说："我本来打算明天一早就走。现在既然听你说了这桩奇异的事，倒不能不亲眼看一看。请你们借我一间空房子，我自己起火做饭。"杨万钟听从了马介甫的安排，打扫了一间屋子，让马介甫住下。夜深后，他又从家里偷来些蔬菜粮食，唯恐尹氏知道。马介甫明白他的意思，极力推辞不要。还把杨父请来，一起吃住。自己又进城去街市上买了布匹，替杨父做了新衣换上，父子三人都感动得哭泣起来。

杨万钟有个儿子叫喜儿，才七岁，夜里跟着爷爷和马介甫睡。马介甫抚弄着喜儿说："这孩子将来的福气寿数，要超过他父亲；只是少年时要受点苦难。"

尹氏听说杨老汉竟然安安稳稳地有饭吃了，大怒，动不动就高声叫骂，说马介甫强行干涉她的家务事。起初，她还在自己屋里骂，后来就渐渐地靠近马介甫的屋子骂，故意让马介甫听到。杨氏兄弟二人急得汗流浃背，犹豫着不敢去制止。但马介甫对尹氏的骂声却充耳不闻。

杨万石的小妾王氏，怀孕五个月了，尹氏才知道。她大发淫威，将王氏的衣服剥掉一顿毒打。打完后，又喊杨万石来，让他跪在地上，扎上一条女人头巾，然后拿起鞭子往家门外赶。当时，正好马介甫站在外面，杨万石羞惭得不敢出去。尹氏用鞭子抽打着，逼他出去，杨万石只得

○家门：家族。

【读名著学成语】

雁影分飞

雁常结伴飞行。比喻分离。清·蒲松龄《聊斋志异·马介甫》："甚而雁影分飞，涕空沾于荆树，鸾胶再觅，变遂起于芦花。"

马介甫

跑出屋子。尹氏也随后追出来，双手叉腰，跳着脚大骂不止，围观的人挤满了大街。马介甫用手指着尹氏，大声呵斥说："回去！回去！"尹氏不由自主地反身便跑，像被鬼撵着一样，鞋子都跑丢了，裹脚布弯弯曲曲地拖在路上，赤着脚跑回了家，面如死灰。尹氏稍定了定神，奴婢拿来鞋袜让她换上，她才号啕大哭起来，家里的人谁也不敢劝她。

马介甫拉过杨万石，要替他摘下女人的头巾。杨万石站在那里一动不动，大气不敢出，像是怕头巾掉下来。马介甫硬行给他摘下来后，他还坐立不安，唯恐私摘头巾，要罪加一等。杨万石一直等到尹氏哭完了，他才敢回家，提心吊胆地慢慢蹭上前。尹氏见了他，默默地一句话也没说，突然站起身，回房中睡觉去了。杨万石才放下心来，与弟弟都暗暗感到奇怪。家人对此都感到很惊异，凑在一起叽叽咕咕。尹氏听到一些，更加羞惭恼怒，将奴婢逐个打了一遍。她又喊叫小妾王氏，王氏上次被打得太狠了，一直卧床不能起来。尹氏说她伪装，跑到王氏的床前将她一顿暴打，直打得下身涌出鲜血，流了产。杨万石在没人的地方，对着马介甫悲伤地痛哭。马介甫劝慰了一番，叫童仆备下酒菜，二人对饮，已经二更天了，仍然不放杨万石回去。

尹氏一人在卧室里，痛恨丈夫不回来，正在大发脾气，忽然听到一阵撬门声。她急忙呼叫奴婢，但屋门已经被打开。只见有个巨人走了进来，身影遮挡了整个屋子，巨人的面容狰狞凶恶，像鬼一样。转眼间，又有几个人进屋，每个人手里都持着明晃晃的刀。尹氏吓得要死，刚想喊叫，巨人用刀尖一下顶住她的脖颈，说："敢叫，立即杀了你！"尹氏急忙拿出金银绸缎，要买条命。巨人说："我是阴司的使者，不要钱，特来取你这个悍妇°的心！"尹氏更加恐惧，跪在地上连连磕头，直磕得头破血流。巨人一边用刀一下下划着她的胸膛，一边列举她的罪状说："你说该杀不该杀？"说一件，就划一刀。把尹氏的凶悍罪状一件件列举完，刀子已在她的胸口处划了几十下。最后，巨人说："小妾王氏生了孩子，也是你的后代，你怎么能残忍到把她打得堕了胎？这件事绝对不能饶恕！"于是，命令那几个人将她的手反绑起来，要给她开膛破肚，挖出心来看看。尹氏吓得叩头求饶，连连说她已经知罪了，巨人才饶了她。一会儿，听到大门开关的声音，巨人说："杨万石回来了。你既然已经知道悔过，姑且°先留下你这条命吧！"说完，众人都消失不见了。

◎悍妇：凶横泼辣的女人。　◎姑且：表示暂时地；暂且。

【名家评点】

《聊斋志异》卷四《马介甫》，卷五《江城》《邵女》等"悍妇"系列的篇章，无一不诉说着所谓"附骨之疽"对男子的磨难。在讲究"夫为妻纲"的古代社会，悍妒之妇的出现可谓是封建时代的一具怪胎。其产生，男女双方性格因素的差异不能排除，性心理学中的"虐恋"因素以及女子在重重礼教重压下的畸形抗争也是原因之一。（赵伯陶）

【读名著学成语】

茫茫苦海

佛教语,辽阔深远的样子。比喻苦难无穷无尽。

清·蒲松龄《聊斋志异·马介甫》:"儿女情深,英雄气短,茫茫苦海,同此病源。"

木神逐悍

传世彩绘聊斋志异

马介甫

不一会儿，杨万石进屋来，看见尹氏赤身裸体地被反绑着，心窝上的刀痕纵横交错，多得数不过来。便解开她询问缘故，得知事情经过，杨万石非常惊骇，暗地里怀疑是马介甫干的。

第二天，杨万石向马介甫讲述了昨晚的怪事，马介甫也是很惊骇的样子。自那以后，尹氏的威风逐渐收敛了，连续几个月不敢再骂一句。马介甫非常高兴，这才告诉杨万石说："我实话告诉你，你千万不要泄露出去，上一次是我用了点小小的法术，吓唬尹氏一下。现在她既然已经改正，你们又和好了，我也就暂时告辞了！"于是，马介甫就收拾好行装，走了。

从此，尹氏每天傍晚都主动挽留丈夫做伴，满脸笑容地迎合他。杨万石终生没受过这般优待，突然之间真是受宠若惊，坐立不安，不知该怎么办好。有天晚上，尹氏想起那巨人的样子，吓得瑟瑟发抖。杨万石想讨好她，泄露了那巨人是假的。尹氏一听，一骨碌坐起身，穷根究底地追问他。杨万石自知失言，后悔也晚了，只得实说了。尹氏勃然大怒，破口大骂起来。杨万石害怕，跪在床下不敢起来。尹氏不理睬，杨万石哀求到三更，尹氏才说："想叫我饶了你，你必须自己用刀在你心口处也划上那么多口子，我才解恨！"

于是，她起身到厨房拿菜刀。杨万石大为恐惧，连忙逃出了屋子，尹氏握着刀在后面追赶。他们闹得鸡飞狗跳，一家人全都起来了。杨万钟不知是什么缘故，只是用身子左右挡护着哥哥。尹氏正在叫骂着，忽然看见杨老汉也走过来，见杨老汉穿着崭新的袍服，更加暴怒，扑上前去，把老汉的衣服割成条条碎片，又狠狠地打老汉的耳光，往下拔他的胡子。杨万钟见了大怒，拿起一块石头砸过去，正中尹氏的脑门，尹氏一下子跌倒在地昏死了过去。杨万钟说："只要父兄能活下去，我即使死了，也没什么遗憾了！"说完，便跳入水井中，等把他救上来，早已死了。不久，尹氏苏醒过来，听说杨万钟死了，才稍微解了恨。

埋葬了杨万钟后，杨万钟的寡妻留恋儿子，不愿改嫁。尹氏对她动不动就辱骂，不给饭吃，硬逼着她改嫁走了。只留下杨万钟的儿子孤单一人，天天遭受尹氏鞭打，等家人吃完后，才给孩子一点冷饭块吃。不过半年，就把孩子折磨得骨瘦如柴，仅剩下一口气了。

一天，马介甫又来了，杨万石嘱咐家人不要告诉尹氏。马介甫看见杨父又和以前一样衣衫褴褛，大吃一惊；又听说杨万钟死了，跺着脚悲

◎穷根究底：深入探求事物的根底。谓弄清事物的来龙去脉。

【名家评点】

蒲松龄有一篇悼念亡妻的《述刘氏行实》的文章，其中描绘其妻刘氏与诸妯娌有云："（妻）入门最温谨，朴讷寡言，不及诸宛若慧黠，亦不似他者与姑悖谇也……呶呶者竟长舌无已时。"看来《马介甫》的写作也有作者家庭的因素寓于其中。（赵伯陶）

【读名著学成语】

涤故更新

涤除陈旧,换上新的。清·蒲松龄《聊斋志异·马介甫》:"譬之昨死而今生,须从此涤故更新;再一馁,则不可为矣。"

奇妒殴翁

马介甫

叹不已。喜儿听说马介甫来了,便跑过来依偎在他身边恋恋不舍,连声叫着"马叔"。马介甫一时没认出他来,端详了很久,才认出他是喜儿,惊讶地说:"孩子怎么瘦弱成这个样子了!"杨父嗫嗫嚅嚅⊙地对马介甫讲了一遍。马介甫生气地对杨万石说:"我过去说你不像人样,果然没说错。你们兄弟二人就这一根苗,孩子如果被害死了,怎么办?"杨万石一言不发,只会俯首帖耳地流泪。

大家坐着说了一会儿话,尹氏已经知道马介甫来了,但她不敢自己出来赶客人走,就把杨万石叫进去,一甩手就是几巴掌,逼他赶走马介甫。杨万石含着眼泪出来,脸上的掌痕还清清楚楚。马介甫对杨万石发怒地说:"你不能制服她,难道就不能休⊙了她吗?她殴打父亲,害死弟弟,你竟然安心忍受,你怎么做人的!"杨万石听了,坐立不安,似乎被打动了。马介甫又激他说:"如她不愿走,理应用武力赶走她,就是杀了她也不要害怕。我有两三个知己朋友,都身居要职,一定会给你出力,保你无事!"杨万石答应,负气奔进内室,正好迎面碰上尹氏。尹氏大声责问他:"你要干什么?"杨万石一下子变了脸色,用手撑在地上说:"马生教我休了你。"尹氏更加暴怒,四处寻找刀杖,杨万石恐惧万分,急忙逃了出来。马介甫鄙夷地说:"你真是已经不可救药了!"说完,他打开一只箱子,取出一点药末,掺在水里让杨万石服下,说:"这药叫'丈夫再造散'。我之所以不敢轻易使用它,是因为这种药能伤害人。现在迫不得已,姑且试试吧!"杨万石喝下药,过一会儿,便觉得一股怒气从胸中冒出,像烈火烧着了一样,一刻也忍受不了,他径直奔进内室,喊叫声像打雷一样。尹氏还没来得及讲话,杨万石飞起一脚,把她踢出几尺以外。接着又攥起一块石头,往她身上砸了无数下。尹氏被打得几乎体无完肤,但嘴里还在含混不清地怒骂,杨万石更加暴怒,从腰里拔出刀子。尹氏见了,叱骂说:"拔出刀子,你敢杀我吗?"杨万石一言不发,从她大腿上一刀割下巴掌大的一片肉,扔在地上。刚要再割,尹氏已疼得哀叫着求饶。杨万石不听,又割下一块肉扔了。家人们见杨万石又凶又狂,急忙跑过来,死命将他拉了出去。马介甫迎上去,抓着他的胳膊慰劳了一番。杨万石还余怒不息,屡屡挣扎着要再去找尹氏,马介甫劝阻住他。

又过了一会儿,药力渐渐消失,杨万石又变得垂头丧气起来。马介甫嘱咐他说:"你不要气馁⊙!重振男子汉大丈夫之气,全在此一举。

⊙嗫嗫嚅嚅:犹言吞吞吐吐。 ⊙休:旧指丈夫把妻子赶回母家,断绝夫妻关系。 ⊙气馁:失去信心与勇气。

【名家评点】

一向拜倒在石榴裙下的万石居然敢造反,怯到无以复加一变凶到不可思议,令人耳目一新。一向泼悍者变懦弱,此换位法。人生位置交替极利于体验世事沧桑、人情冷暖。马介甫是孤仙,有呼风唤雨、变神召怪的能力,成为悍妇、懦夫转变的关健。(马瑞芳)

【锦言佳句】

愿此几章贝叶文，洒为一滴杨枝水！

赠药振纲

马介甫

人之所以怕老婆，并不是一朝一夕就能形成的，而是有一个过程。就好比昨天的你已经死了，今天复活新生，必须从此改变旧貌，重新做人。如果再低声下气，可就无法挽回了！"说完，让杨万石进去看看尹氏动静。尹氏一看见杨万石，还吓得全身发抖，从心里服了，让奴婢硬扶自己起来，要跪爬过去迎接。杨万石阻止，尹氏才罢了。杨万石出来后告诉马介甫，杨氏父子都非常高兴。马介甫便要告辞，父子都挽留他。马介甫说："我正要去东海，所以顺路来看看你们，回来时我们还能相见。"

过了一个多月，尹氏才渐渐伤好起床了，她对丈夫十分恭敬。可日子一长，她觉得杨万石黔驴技穷，似乎没什么别的能耐，对他先是亲昵，渐渐地嘲笑，然后开始喝骂◎，不长时间后，完全恢复了老样子。杨父忍受不了，在夜晚逃走了，到河南当了道士，杨万石也不敢去寻找他。

一年多时间过去了，马介甫来了，得知事情经过，他愤怒地斥责了杨万石一番，立即叫过喜儿，把他抱到驴背上，撇下杨万石，赶着毛驴走了。从此以后，村里的人都鄙视杨万石。学使驾临考核生员时，认为杨万石品行恶劣，革去了他的生员◎资格。又过了四五年，杨万石家遭受火灾，房子财物全部化为灰烬，火势蔓延还烧毁了邻居家的房屋。村里的人把杨万石扭送到郡府，打起官司，官府罚了他很多银两。于是，杨万石家产渐尽，最后连住的地方都没有了。附近村庄的人都相互告诫，谁也不要借给他房子住。尹氏的兄弟们愤怒尹氏的所作所为，也拒绝接济，不让她回娘家。杨万石穷困不堪，只得把王氏卖给了大户人家，自己带着尹氏向南方出走。他们走到河南地界，旅费便没有了。尹氏不愿跟他走，一路吵闹着要改嫁。正好有个屠夫死了老婆，便花三百吊钱把尹氏买走了。

【名家评点】

在以志异为主的明清笔记小说里，有很多类似这种极端惧内的故事，它在当时显然是被当作一种"异象"来看待，而这种"异象"连高明的狐仙如马介甫者都无法理解、无法帮助；即使时至今日，精神医学和心理辅导对这种极端惧内者也是徒呼奈何，迄无"丈夫再造散"。（王溢嘉）

◎喝骂：高声斥骂。◎生员：封建科举制时代，在太学等处学习的人统称生员，唐代指在太学学习的监生，明清时代指通过最低一级考试，进入府、县学的人，俗称秀才。

杨万石孤身一人，在城市乡村中讨饭度日。一天，杨万石来到一个大户人家门前讨饭，看门的人斥责着赶他走。一会儿，有个官员从门里出来，杨万石急忙跪在地上哭泣着乞讨。那官员端详他好半天，又问了问姓名，惊讶地说："是我伯父！怎么穷到这个地步？"杨万石细看，认出是弟弟的儿子喜儿，不禁失声痛哭。他跟着喜儿进了家，只见高房大屋，金碧辉煌。过了一会儿，杨父扶着一个童儿出来，父子见面，相对悲泣。杨万石才讲述了自己的遭遇。原来，马介甫带走喜儿来到这里。几天后，马介甫又去找了杨父来，让他们祖孙团聚。又请了先生，教喜儿读书。喜儿十五岁时考中了县学，第二年又中了举人。马介甫又替他娶了妻子，便要告别。祖孙二人哭着挽留他，马介甫说："我不是凡人，是狐仙，道友们已经等我很长时间了！"于是，告辞走了。喜儿说到这里，不禁感到心酸。又想起自己过去同庶伯母王氏备受酷虐◎，越发悲伤。于是，喜儿派人带着银两，用华丽的车子把王氏赎出接了回来。过了一年多，王氏生了个孩子，杨万石便把她扶作正妻◎。

尹氏跟了屠户半年，还是像以前那样凶悍狂悖。一次，屠户大怒之下，用屠刀把她大腿上穿了个洞，再用根猪毛绳从洞里穿过去，把她吊在了房梁上，自己挑着肉出门走了。尹氏号叫得声嘶力竭，邻居才知道。邻居把她放下来，从伤口里往外抽绳子，每抽动一下，尹氏喊疼的叫声就震动了四邻。从此，尹氏见了屠户就毛骨悚然。后来大腿上的伤虽然好了，但毛绳上的断毛留在肉里，终究还是行走不便，一瘸一拐的。她还得昼夜服侍屠户，不敢稍有松懈。屠户蛮横残暴，每次喝醉酒回来，就毫不留情地毒打尹氏一顿。到此时，尹氏才明白过去她强加给别人的虐待，也是像自己今天的境况一样。

【锦言佳句】

久觉黔驴无技，渐狎，渐嘲，渐骂；居无何，旧态全作矣。

◎酷虐：残酷凶狠。 ◎正妻：旧指嫡妻。对妾而言。

马介甫

一天，喜儿的夫人跟伯母王氏到普陀寺烧香，附近村庄的农妇都来拜见她们。尹氏也混在人群里，怅惘地不敢靠前。王氏看见了她，故意问："这是谁啊？"家人禀告说："她是张屠户的老婆。"呵斥尹氏上前，给太夫人行礼。王氏笑着说："这个妇人既然嫁屠户做老婆，应该不缺肉吃，怎么瘦弱得如此模样？"尹氏听了又惭愧又愤恨，回家后便想去上吊自尽，但绳子太细，没能吊死，屠户也就更加厌恶她。

又过了一年多，张屠户死了。一次，尹氏在路上遇到杨万石，远远地望见他，便用膝盖跪着爬行过去，泪流如雨。杨万石碍着仆人在场，一句话都没和她说。杨万石回去后告诉侄子，他想接回尹氏，侄子坚决不同意。尹氏被村里的人唾弃，久久没有个归宿，便跟着乞丐们讨饭度日，杨万石还不时地和她在野外荒庙中幽会。侄子引以为耻，暗暗地让乞丐们把杨万石羞辱了一番，他才和尹氏断绝了关系。

这件事我不知其中的详细情况，最后几行是毕公权撰写的。

异史氏说："怕老婆，是天下男人的通病。然而，想不到天地之间竟有杨万石这样的人！难道这不是怕老婆的一种变异吗？我曾经写了一篇《妙音经》的续篇，诚敬地附录在这里，用来博取大家一笑：

'我认为上天创造了万物，主要依靠大地完成。男子汉志在四方，还须妻子帮忙。二人同享夫妻之乐，妻子却一人独受十月怀胎的痛苦。妻子辛劳哺育幼儿，三年里为儿愁为儿笑。为了传宗接代，男子才动了娶妻的念头。看见水井和米白，就想起了妻子每日操劳家务多么辛苦，对她就充满怜爱之情。这一切让妇女在家中地位越来越高，做丈夫的权威荡然无存。开始时，妻子只是说一些不礼貌的话，男子只是稍加抵抗，接着还是对妻子彬彬有礼，而妻子没有回报。只因为夫妻之情深，就使得男人英雄气短。床上母夜叉一坐，男子汉就是金刚也得低眉◎顺从；凶悍妻子气焰一盛，男子就没有本事顶撞。捶衣木杵◎，专打丈夫，锋利的指甲，专抓他们的脸皮。轻的责打忍受，重的就跑，好像接受母亲的教训。妇人说什么就是什么，一切都是女人制定规矩。妇人发起威来，跳着脚骂，

◎低眉：形容顺从或和善的样子。 ◎木杵：舂米或捣物的木棒。

【名家评点】

世间万物千殊万类，很难用确切的字眼表达，写人写到穷形尽相很不容易。像"惧内"这样微妙、棘手的题目，蒲松龄居然也得心应手。写泼妇之悍虐，写懦夫之软弱，形神意气，逼夺化工。小说写悍妇面面俱到，无所不用其极。（马瑞芳）

[说聊斋]

如何看《聊斋志异》中的「异史氏曰」

《聊斋志异》大部分篇末有「异史氏曰」，对故事事实做出总评、概括及补充，这和《史记》每篇末尾的「太史公曰」体例相类似。《史记》是写历史事实、国家大事的，《聊斋志异》是写鬼狐神怪、儿女琐事的，为什么要比照《史记》呢？有学者认为，这表明蒲松龄期待自己所写文本具有历史学功能，这部书除了文学价值之外，也承载了蒲松龄远在文学之上的政治历史抱负。清朝学者冯镇峦就指出这部书其实是一部关乎教化、世道人心的史家之书。蒲松龄的这个举动，向我们提示了他不仅仅是伟大的文学家，他写《聊斋志异》也不仅是要在艺术上写一个小说而已，他是通过这个小说传达一种历史学家的抱负。他认为最高的写作是史学性的写作。所以《聊斋志异》这书首先是好的小说文本，同时也是一种历史文本。

寺参见愧

马介甫

招来满街的人群围观。妇人胡言乱语，就像鸟儿乱叫一样。

'可恶啊！哭天喊地，在床上披头散发；丑恶啊！摇着头转着眼珠，假装着要上吊。在这时候，男人的胆子都碎落地上了，魂魄都惊飞到天外了，勇士也会逃跑，怎能不害怕？大将军威风凛凛，一进家门，威风顿时跑得无影无踪。大官僚冷面如霜，到了内室，也有不能打听的丑事。难道真的是女人有不怒而威的本事？为什么威武之身不寒而栗？有的还可以理解，面对那些美如天仙的妻子，何妨跪下依顺；最冤枉的是，妻子长得丑如妖怪，也要像对神佛一般恭敬从命。听妻子如同怒狮一样一声喊叫，立时鼻孔朝上，仰起脸等待吩咐；听妻子像鸡婆一样一发怒，就立马跪地求饶。登徒子◦好色不知妻子长得丑，优人同情唐中宗惧内◦，唱《回波词》，却成了对他的嘲笑。假如老岳父有钱有势，能使人马上地位尊荣，对妻子巴结讨好，也情有可原；如入赘一般富家，却像奴隶一样役使，对妻子拜了又拜，那图的却是什么呢？那贫穷的人，自觉没有脸面，听凭妻子胡闹那是求妻子容留，可是有些有钱有势的人，也不能借助金钱，对妻子稍有触犯。

'难道使游子回心，消霸王勇气都是靠女人的魅力吗？然而活着时愿与你同被而眠，死后同穴而葬，从未动过娶妾的念头，你却没早没晚把我笼在身边，只想一人独占。妇人只恨丈夫恋妓忘家，只让她守着空床过漫漫长夜；出外寻欢轻轻脱身，要趁妻子熟睡之时，一旦被发觉，就得赶快

◎登徒子：登徒，复姓。子，古代男子的通称。见于战国时楚国宋玉所写的《登徒子好色赋》中，后世把登徒子作为好色者的代表。◎惧内：古时称妻子为内人，丈夫惧怕妻子便叫惧内。

【名家评点】

从社会全体看来，悍妇之成为悍妇，很大的原因却是旧社会妇女所处的无权地位的一种逆反现象。而且，一个悍妇就令社会舆论哗然，乃至劳动大文豪如莎士比亚来写《驯悍记》，更多的"悍夫"呢？人们却视若无睹。女人对丈夫驯服卑怯是人们习以为常的，怕老婆的男人则是嘲笑对象。男性中心制度下的社会心理和舆论偏颇都使人生中悍妇的形象显得突出。（何满子）

【说聊斋】蒲松龄的养生经

蒲松龄不仅学识渊博，而且对医术和养生之道颇为精通。他寿至76岁，已属长寿。蒲松龄曾做过郎中，走乡串村，为患者解除病痛。为自身强健，也为他人治病，他还配制了一种"蜜饯菊桑茶"，成分为蜂蜜、菊花、桑叶等，具有祛暑、清热、消积、通血脉、益睡眠的功效。蒲松龄十分注重运动保健，在乡村教私塾时，每天闻鸡起舞，到『石隐园』的松柏林中呼吸新鲜空气，先练一遍『五禽戏』；再分开马步，半抬双臂，瞑目静站，练一会儿静功；最后，把『蛙鸣石』举上几十下，每每感到周身汗津津才住手。这块形似青蛙的『蛙鸣石』，现在仍摆在蒲松龄故居里的案几上。研医术、饮药茶、重运动，使这位十七世纪『世界小说之王』拥有了强壮的体魄，为其写出辉煌巨著打下了基础。

逃跑。悍妇泼醋，有时会错把亲兄当情敌，自取羞辱。嫉妒的妇女把丈夫系在床头，牵过时丈夫已经变为羊，后悔不已。夫妻相亲之时很短，受妻子折磨的时间却是无尽无休。男人在外买笑宿娼，那是自己作孽，受到妻子责骂，那是任谁也不能管；而对妻子俯首帖耳，却受无理责罚，明理之人都认为不应当。女人吃醋会把夫妻恩爱之情化为乌有。又有时突然遇到朋友，好朋友入座，一杯酒也拿不出来，并且妻子发出赶走客人的话，老朋友全疏远了，这是自己主动与朋友绝交。更有甚者，悍妇使兄弟分家，丈夫为之痛哭；虐待前房儿女，使他们挨饿受冻。所以，唐朝的阳城兄弟，终身不娶，饮酒时只有兄弟在席。吹竽仙人商丘子胥，七十多岁，还是孤身未娶。古人对这种事，内心是有无法说出的苦痛。

'唉！本应是终身相守的贤妻，却成为长在骨头上的恶疮；纳彩◦娶妻，买来的却是切肤之痛。满脸胡子如戟的男子汉是这样，胆大如斗的又能怎么样呢？原本没有杀死悍妻的勇气，又有谁肯自阉与姑妇绝情？妇人发起妒威来，无药可医，悍妇似虎，幸而还有佛法可救。凶悍妇女只有烧香拜佛，才能免除地狱里下汤锅的灾难，只有感动得天神降下花雨，才能免去阴间刀山剑树之苦。极乐世界，夫妻比翼双飞，长舌之妇，常念佛经，就会夫妻恩爱，妻妾和睦。在佛国里拔除了苦恼，在爱河旁边建立道场，通过祈佛摆脱情欲纠缠。啊！愿我这几段文章，变成普度众生的甘露。'"

◎纳彩：古代婚仪六礼之一，就是男女双方互赠礼物。

云翠仙

梁有才，本是山西人，后来流落到济南，靠做小买卖生活。他没有妻儿，也没有田产。

一年四月里，他随同村里人往泰山进香。进香的人很杂很多，一些善男信女◎，往往带领着上百个香客◎，乱纷纷地跪在神座下，时间以一炷香烧完为度，叫作"跪香"。

有才看见香客里面有个女子，年龄十七八岁，长得十分美丽，心里很欢喜她，便冒充香客，跪在那女子的身边，又装作腿酸无力的样子，故意把手搭在她的脚上。那女子回头一看，似乎有些生气，跪着膝行躲开他。有才又膝行凑过去，用手握住她的脚。女子发觉了，突然站起身来，走出门去。有才也站了起来，跟到门外，但是一下子她却不知道到哪里去了。有才心里很失望，只是闷闷地一个人在独行着。

一会儿，有才在路上又望见那女子和一个老太太一同走，好像是母女俩。有才赶快跟了上去，只听见老太太和那女子在边走边谈。老太太说："你能够参拜娘娘，这是一件好事。你又没有弟弟妹妹，希望娘娘能够暗中保佑，让你嫁一个好女婿。只要他能孝顺我，倒不一定要什么做官人家的子弟和什么有钱人家的公子。"

梁有才一听，心里很高兴，便走上前去，和那老太太攀谈起来。老太太说，她姓云，那女子名叫云翠仙，是她的女儿。家住西山，离此四十里。有才说："山路七高八低，妈妈走得很慢，妹妹脚又太小，什么时候才能走到呢？"老太太说："天色已晚，打算寄宿在她舅舅家中。"有才说："刚才您在谈起找女婿的话，如果不嫌我家里穷，出身微贱，我倒还没有娶妻，不知道可合妈妈的心意？"老太太问女儿，女儿不作声。问了几次，翠仙才说道："他没福气，行为又不正派。轻薄的人，很容易反复无常。女儿实在不愿意做这种浪荡子的妻子。"梁有才听了，立刻向她们表白自己很诚实，指着太阳发誓。老太太很欢喜，居然答应了他。翠仙则很不高兴，怒形于色。老太太好说歹说地劝了一阵。

有才很会献殷勤，伸手从口袋里拿出钱来，叫了两乘山兜，抬着她母女俩，自己步行跟随在后，像个仆人。走过狭道，便吆喝轿夫，不得摇晃，一路上照顾得十分周到。

一会儿，他们来到村中的一所房子里。老太太邀有才一同进去见舅舅。舅舅、舅母出来招呼，翠仙妈唤他们哥哥嫂嫂："有才是我招来的

◎善男信女：信仰佛教的人们。◎香客：朝山进香的人。

【名家评点】

本篇写梁有才的人生悲剧和云翠仙的婚姻悲剧，塑造了两个各有特征的人物形象。对两人塑造采用的方法不同，对梁有才主要写他的行为和心理状态，像文中提到的"诈""伪""据"都是生动的表现；对云翠仙主要写她的语言，二者互为烘托，使各自的形象更加鲜明。（陈昌恒）

觅兜从步

【锦言佳句】

轻薄之心，还易翻复。

云翠仙

女婿,今天就是好日子,用不着另外选择良辰°,晚上就让他们成亲便了。"舅舅也很高兴,备了些酒菜款待有才。

过了一会儿,他们把翠仙打扮好带了出来,收拾床铺,催新郎新娘安睡。翠仙对有才说道:"我知道你是个无情无义的人,因为母亲一定要我嫁你,只得暂时相随。你若成材的话,我俩一道过日子,倒也用不着你发愁。"有才只顾点头答应。

第二天早晨,翠仙妈对有才说道:"你先回你家,我同翠仙随后就到。"梁有才回到家里,把房间打扫得干干净净。不多时,老太太果然把女儿送来,但进屋子里一看,空空洞洞的什么东西也没有,便说:"像这种样子,怎么能过日子?待老身赶快回去想个办法,帮助你一下。"说完,径自去了。

第二天,来了几个男女,每人都拿了些日常用的物品和家具,整个屋子给摆得满满的。大家不吃饭就走了,只留下一个丫头。梁有才从此过着温饱的日子,只是天天招引一班无赖子°喝酒赌钱,渐渐地就偷窃翠仙的首饰做赌本。翠仙劝他,他不听,翠仙只能严密地看守着陪嫁的箱子,好像防盗贼一般。

有一天,赌徒们上门来找梁有才,看到云翠仙,都很惊奇,回头和梁有才开玩笑说:"你快要大富大贵了,为什么还愁穷呢?"有才问道:"这是什么意思?"他们答道:"那天看到尊夫人,真是天仙下凡。她嫁给你,实在不大相称。如果把她卖给人家做姨太太,可以稳得一百两银子;如果卖她为娼,可以稳得一千两银子。家中

【名家评点】

与人物形象塑造相辅而行的是情节设置,以渐进的发展使云翠仙之嫁和梁有才卖妻既在情理之外,又在情理之中。而以云翠仙骂夫为突然转折,云翠仙从情节中隐去,梁有才则身处绝境,形成大跨度跳跃,使人颇感意外却又觉得梁有才罪有应得,才算出了胸中一口闷气。(周禾)

◎良辰:美好的时光。◎无赖子:刁顽耍奸、为非作歹的人。

有了一千两银子，还愁喝酒赌钱没有本儿吗？"梁有才不曾说什么，心里却很赞成，回家便对云翠仙叹气，时常说家里太穷，没法过日子。翠仙不去理他。他又常常拍桌子，丢筷子，骂丫头，做出许多丑态来。

一天晚上，翠仙打了一点酒，同有才对饮。她说道："你因为家里穷，天天烦恼。我没有方法把穷神°赶走，替你分忧，心里岂不惭愧？可是又没有什么值钱的东西，只有这个丫头，把她卖了，也可以换些本钱。"有才摇头说："她能值几个钱！"两人又喝了一会儿酒，翠仙说道："我对你，还有什么事不愿意做的，只是力量不够罢了。我心里想，穷到这步田地，便是死跟着你，也不过和你吃一辈子苦，哪里会有出头的日子？我看不如把我卖到富贵人家，两方面都有好处，得的钱也许比卖丫头多些。"梁有才故意显出惊讶的样子说道："你怎么想到这里去了呢？"翠仙又把话重说了一遍，样子很一本正经。有才这才笑道："我们慢慢再商量吧。"

后来，有才托一个太监介绍，要把云翠仙卖到官妓°院里。太监亲自到有才家中来，见翠仙长得很美，十分满意，生恐不能到手，立即订立契约，写明身价八百串。事情眼看就要成功了，翠仙说道："我母亲因为你家里穷，常常记挂在心。现在我们夫妻情分断了，我准备回去看看母亲。而且你要同我分开了，怎可以不对她说一声呢？"有才生怕老人家作梗，翠仙说："这是我自己愿意的，保管没有什么差错。"梁有才这才答应，跟她一同前往。

将近半夜，他们才走到翠仙的娘家。敲门

【锦言佳句】

以善规人，如赠橄榄。以恶诱人，如馈漏脯也。

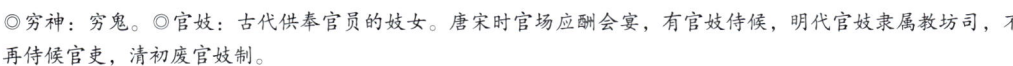

◎穷神：穷鬼。◎官妓：古代供奉官员的妓女。唐宋时官场应酬会宴，有官妓侍候，明代官妓隶属教坊司，不再侍候官吏，清初废官妓制。

云翠仙

进去，只见房子华美，众多的用人来来往往。有才跟翠仙同居的时候，常常请求探望岳母，翠仙总是阻止他，因此结婚一年多，从没有去过一次。如今他一看这种排场，吓了一跳。心里暗想，翠仙既然是大家闺秀，恐怕不会甘心去当妓女吧。

翠仙领着有才上楼。老太太一见很吃惊，问他们深更半夜是从哪里来的。翠仙抱怨说："我早就说他没有情义，如今果然不错。"说着，便从衣服里取出黄金两锭，放在桌上说道："这幸而不曾被小人骗去，现在仍旧交还妈妈。"她母亲愣了，问是怎么回事。翠仙说："他要把我卖掉，留着黄金也没有用处。"然后便指着梁有才骂道："你这个没良心的畜生！从前你每天肩上挑着担子，满面灰尘，脏得像个活鬼。最初你接近我的时候，汗臭扑鼻，身上的泥垢可以一层层地剥下来，手脚上的老茧，足足有一寸厚，叫人整夜心头恶心。自从我到了你家，你吃着现成饭，那张鬼皮才渐渐脱下来。母亲在这里，我的话可是冤枉你吗？"梁有才低着头，连大气也不敢出。

停了一下，翠仙又说："我知道自己长得不够好看，没资格做贵人的太太，但是像你这一等男人，我自以为还配得上。我有什么对不起你的地方，怎么你一点夫妻的情分也没有？我并不是不能盖造高楼大厦，买些良田，不过想到你这轻薄的骨头，乞丐的相貌，总不是白头到老的伴侣，因此也就没有做。"

云翠仙说话的时候，那些丫鬟仆妇拉起手来，把梁有才团团围在中间，听到翠仙数落他，也一齐唾骂，都说："不如干脆宰了他，何必同他讲这许多话！"梁有才吓坏了，跪在地上认错，连连表示懊悔。翠仙怒气冲冲地说道："你把老婆出卖，已经是坏极了，可是这还不够，竟忍心把同衾共枕◎的人卖去做娼妓！……"话未说完，大家都气极了，用簪子剪刀刺他的腿和脚踝子。

◎同衾共枕：同一被、共一枕而眠。形容交情深厚。

【名家评点】
篇末蒲松龄感叹说，如果一个人能娶到像云翠仙这样如远山芙蓉般美丽的女子为妻，甘愿与自己吃糠咽菜，即使是南面称王也不换。可惜，梁有才品格如此之低，导致云翠仙如此不幸。这也是封建时代女子无法掌握自己的命运所导致的悲剧。（李桂奎）

登楼群刺

【锦言佳句】

自顾无倾城姿,不堪奉贵人;似若辈男子,我自谓犹相匹。有何亏负,遂无一念香火情?我岂不能起楼宇、买良沃?念汝儇薄骨、乞丐相,终不是白头侣!

云翠仙

有才哭喊着哀求饶命。翠仙叫大家住手说:"暂时饶了他。即便他无情无义,我倒不忍看他这种可怜相。"说罢,率领众人下楼去了。

梁有才坐了一会儿,侧耳细听,人声都没有了。他想偷偷溜走。一抬头,忽见满天星斗,东方已经发白,晨雾笼罩着苍苍茫茫的荒野,灯火渐渐熄灭,房屋也没有了,只剩他一个人坐在峭壁上面。往下一看,是个黑洞洞的山谷,深不见底,心里害怕极了。他怕掉下去,但身子稍微动了一动,却听得哗啦一声,所坐的石头崩塌了下去,幸而半山腰里横架着一枝枯树,把他的身子挂住,才没有掉到谷底。枯枝刚好撑住他的肚子,手脚都悬空,向下一望,黑魆魆地不知有几千丈深。他吓得连动也不敢动,高呼救命,把喉咙都叫哑了,眼、耳、鼻、舌以至全身都发肿,气力都使尽了。

太阳渐渐升上来,有樵夫来发现了他,便找了条绳子,把他缒[○]下,放在山崖上。他气息奄奄,快要死了。村人把他抬回家去,只见家中门窗洞开,内外荒凉得像座破庙,床榻箱奁什物家具,都已不知去向,只剩下他原有的绳床和旧桌子,零零落落地放在那里。他懊丧地睡下,肚子饿了,便向邻舍讨口饭吃。后来肿的地方都溃成癞疮。乡里的人恨他品行不端,谁都不理睬他。

梁有才没法,只好卖掉房子,住在山洞里。他在路上讨饭,总是随身带着一把刀子。有人劝他把刀子卖了换些食物。有才不肯,说道:"在野地里住,拿了这个好防虎狼,保护自己。"后来,他在路上碰到了从前劝他卖老婆的那个朋友,便走上前去,做出向他乞怜的样子,乘他不备,突然拿出刀来,将他杀死。有才也被拘押到案。县官审出了详情,倒也不忍用刑,把他关在监牢里。不久,他就病死了。

◎缒:用绳子拴住人或物从上往下送。

【名家评点】

云翠仙被卖,但她不像过去被遗弃的妇女那样忍辱偷生或投河自尽,而是巧妙地摆脱梁有才,嘲笑、惩罚梁有才,然后自由自在地走自己该走的路。这样的妇女形象,在当时只能存在于幻想之中。(刘烈茂)

【锦言佳句】

得远山芙蓉，与共四壁，与以南面王岂易哉！

枯木悬身

传世彩绘聊斋志异

小谢

陕西渭南姜部郎的府邸，里面鬼魅很多，经常迷惑人。因此，姜部郎便举家搬迁了。只留下一个仆人看守宅院，但时间不长，仆人就意外地死了。好多次更换仆人，但都相继死掉。姜部郎不得已，只好把宅子彻底地废弃了。

乡里有个名叫陶望三的书生，向来风流倜傥，狂荡不羁，每每喝完酒后就独自离开。朋友中有人故意唆使青楼女子前去诱惑他，陶生笑纳并不拒绝，但其实整个晚上他对来访女子没有任何沾染。陶生经常住在姜部郎家，有婢女夜晚私自来找他，陶生坚决拒绝，坐怀不乱○。姜部郎因为陶生的坚定不被诱惑而十分器重他。

陶生家境贫穷，又死了妻子，几间茅屋盛夏时节湿热难当，于是他想借用姜部郎废弃的宅子居住读书。姜部郎因这座宅子不吉利，回绝了他。陶生于是写了篇《续无鬼论》献给部郎，并且说："鬼能把我怎么样！"姜部郎见他执意去住，便答应了。

陶生便去打扫了厅堂，傍晚，他将书放在厅堂里，转身去拿别的东西，刚放好的书就没了。陶生很诧异，便仰卧在床上，屏息静心以待其变。过了大约一顿饭的时间，突然听到了脚步声，他斜着眼睛一看，只见两个女子从房间里走出来，把刚刚不见的书送还到案上。这两位女子中的一个大约二十岁，另外一个也就十七八岁，两人都是容颜俏丽，有倾城之貌。两人小心谨慎地站到了床边，相视而笑。陶生依然闭目不动。年纪大一些的姑娘翘起一只脚踹陶生的肚子，年纪小的姑娘则在一旁掩口偷笑。这时候，陶生觉得心旌摇荡，杂念丛生，有些不能自持。于是急忙稳固心神，端正念头，什么都不理会。那女子走到陶生的跟前，用左手拽起了他的胡子，右手轻轻地拍打他的脸颊，发出啪啪的声音。那个年纪小的姑娘则笑得更加厉害了。陶生突然间坐起来，大声呵斥道："两个小鬼，怎么如此放肆！"两个姑娘被吓了一跳，转身都跑开了。

陶生担心夜晚被她们纠缠折腾，有心打退堂鼓○搬回去，又怕因为没有践行从前的豪言壮语而被耻笑，于是，干脆来个挑灯夜读。黑暗里鬼影重重，陶生只顾看书，根本不看周围。到了子夜时分，才熄烛就寝。他刚刚闭上眼睛，就觉得有人用很细的东西通他的鼻孔，奇痒难耐，打了个大喷嚏，这时候听到暗处有隐隐的笑声。陶生一声不吭，假装睡着了，等着她们。不一会儿，隐隐看到那年纪小的姑娘用纸条捻成一个小细棍，如同鹤一般轻手轻脚地走路，像鹭鸟一样

○坐怀不乱：春秋时鲁国的柳下惠将受冻的女子裹于怀中，没有发生非礼行为。形容男子在两性关系方面作风正派。○打退堂鼓：比喻中途退缩。

【名家评点】

有一种平凡而且琐细，谁都经验过，可是谁都没有想到要把它写进作品里去，而一写进去，就会变成绝世奇文、绝世美文的。如卷六《小谢》篇，写陶生遇鬼事。……除了那两个女的是鬼以外，这样的生活——穿睡着了的人的耳鼻，掩人眼睛或者被穿被掩，谁不反复过多次，像这种调皮的少男少女在一块儿时的无邪嬉戏，谁又不曾经历过、看见过或听说过呢？可是自己不会写，也很少看见人写！化腐朽为神奇！这段文字，是书中最美的章段之一，若与《小翠》篇同读，令人心情有返老还童之感。（聂绀弩）

【锦言佳句】

逡巡立榻下,相视而笑。生寂不动。长者翘一足踹生腹,少者掩口匿笑。生觉心摇摇若不自持,即急肃然端念,卒不顾。

萧斋鬼戏

小谢

微伏着身子，悄悄地靠近，陶生骤然起身，大吼一声，那姑娘吓得连蹦带跳地逃跑了。陶生再次睡下，又被那姑娘用小纸棒拨弄耳朵。整个晚上，陶生被她们不停地骚扰，苦不堪言。直到鸡叫天亮了，一切才恢复平静，陶生才酣然入睡。整个白天，没看到和听到什么动静。

太阳下山后，那两个姑娘又隐隐约约地出现了。陶生于是准备夜里做饭，打算一直熬到天明。那个年长一点的姑娘，已经曲臂趴在桌几上看着陶生读书，接着她就挡住了陶生正看着的书。陶生发怒了，起身想捉住她，那姑娘转瞬间就已经飘散了；过了一会儿，那姑娘又接着遮挡。陶生只好用手按着书卷读。那个年纪小的姑娘潜伏到陶生脑后，用双手捂住了他的眼睛，陶生回头去看，那小姑娘已经站在远处，笑靥如花。陶生指着小姑娘恶狠狠地骂道："小鬼头！让我捉到你们，全都杀掉！"两个女子听后，一点也没有害怕的意思。于是，陶生调侃她们说："男欢女爱的事，我都不了解，你们纠缠我一点用也没有。"两位女子微笑不语，转身走向灶台，一人劈柴火，一人淘米，为陶生烧火做饭。陶生看到后，夸奖她们道："两位姑娘这么干，不比傻跳强多了吗？"片刻之后，粥煮熟了，两人争着把羹匙、筷子、碗放在几案上摆好。陶生叹道："感谢二位对我的照顾，我怎么才能报答你们呢？"两个女子笑着说："这饭里下了砒霜、鹤顶红啊。"陶生说："我和两位从来没有什么恩怨，怎么可能对我下这样的毒手。"于是，他大口将粥吃完后，又要去盛，两个姑娘争着为他盛饭。陶生很高兴，便习以为常了。

日子一久，渐渐地混熟了，三人坐在一处倾心交谈，陶生问两人的姓名。年纪大些的姑娘说："我叫秋容，姓乔，她是阮家的小谢。"陶生又问两个姑娘的身世，小谢笑着说："傻郎君！和你亲近亲近尚且不敢，谁让你问我们的门第，打算娶我们吗？"陶生听了这话，端正神色说：

◎骤然：突然；忽然。◎小鬼头：对鬼的骂词。◎羹匙：匙子；汤匙。盛汤的用具。◎鹤顶红：从丹顶鹤的红顶中提炼出来的一种毒药。

【名家评点】

蒲松龄不愧是"高人一等"的文学大师，在这篇小说里也显示了非凡的艺术才能，他往往只用看似不经意的寥寥几笔，就能把小儿女活蹦乱跳、好学好胜的行为、心理，一团天真无邪的稚气，表现得那样逼真，那样神气活现，那样于平淡中寓有诗情画意。（陈抱成）

"每天与两位丽人相处,怎么可能没有一点情动。但是,你们身上的阴冥◦气息,亲近了一定会死。如果你们不愿和我同住,大可以走好了;如果想和我在一起生活,安分一些就行。如果你们不爱我,我何必让两位佳人受到玷污?如果你们爱我,何必罔死◦一个狂生呢?"两位女子相顾动容,从此以后基本上不怎么戏谑陶生了。但是,她们还是时不时地伸手在陶生怀里掐一把,或者猛地将陶生的裤子扒到地上,陶生也不怎么在意了。

一天,陶生抄书没有抄完,就因为有事情出去了,回来的时候,看到小谢趴在书案上,正执笔替他抄书。小谢看到陶生回来了,放下笔,斜着眼睛看着他微笑着。陶生走到近前一看,虽然字迹拙劣全无书法可言,但是行列工整,疏密有度。陶生夸奖说:"姑娘真是高雅之人啊!如果你喜欢写字,我来教你怎么写。"于是拥小谢入怀,在身后手把手地教她写字。这时候秋容从外面回来,看见两人这般架势,脸色立刻就变了,内心好像有一股嫉妒的感觉。小谢忙笑着说:"我小时曾经向我的父亲学过写字,但是太久没有动笔,所以如今写出来的字如同梦寐中所写一般。"秋容一言不发。陶生看出了端倪,但他装作什么都不知道,于是同样抱秋容入怀,给她笔,说:"我看你能不能写字?"先从最简单的数字写起,陶生夸奖道:"秋娘笔锋当真是雄健有力啊!"秋容这才面露喜色,高兴起来。陶生于是折了两页书作为范本,让两位姑娘分别临摹,他自己另挑一灯读书。陶生内心窃喜他们三人各有所事,不相侵扰。

秋容、小谢分别临摹完了,都站在几案前,听候陶生评判。秋容姑娘从来没有读过书,写的字拙劣得几乎不可辨认,不用评判,她自己也知道不如小谢写得好,脸上有惭愧的神色。陶生夸奖安慰秋容,才让她的脸色好了起来。两位女子因为学写字就都把陶生当作老师,陶生坐着的时

◎阴冥:犹阴间。 ◎罔死:谓白白地死。

【锦言佳句】
如不见爱,何必玷两佳人?如果见爱,何必死一狂生?

传世彩绘聊斋志异

小谢

候，两人给他抓背，躺着的时候为他按大腿，不但不敢再捉弄他，而且争着讨好他。

过了一个月，小谢的书法居然进步明显，写得很好，陶生时常夸奖小谢。秋容感到非常惭愧，泪流满面，陶生只得想尽办法安慰劝解，秋容才不那么郁闷。于是，陶生教秋容读书，她非常聪敏，文章指点讲解一遍，从来没有问过第二遍。还同陶生比着读书，时常读个通宵。

后来，小谢又把她的弟弟三郎带来了，同样拜在陶生的门下，这三郎十五六岁的年纪，长得一表人才，相貌俊美，拿了一柄金如意◎作为拜师礼。陶生让三郎和秋容读同一本书，从此姜部郎的旧宅里满堂读书声，陶生在这里开设了"鬼学堂"。姜部郎听说了十分高兴，还经常送给陶生一些生活费用。

数月之后，秋容与三郎都能赋诗了，时不时地互相唱和。小谢偷偷地叮嘱陶生，让他别教秋容，陶生答应了；秋容也同样偷偷地叮嘱陶生别教小谢，陶生同样地应允了。

一天，陶生打算去赶考，两位姑娘流着眼泪与他告别。三郎道："先生这次可以以患病为由，不参加考试。不然的话，此行恐怕会遭遇到不吉的事情。"陶生认为装病而不参加考试是很耻辱的行为，于是坚持上路。

先前，陶生喜好以诗词针砭时弊◎，讽刺讥笑社会上的不良现象，因此得罪了地方权贵，这些权贵便蓄谋陷害他。背地里贿赂学使，诬告陶生，陶生因此被囚禁狱中。陶生所带的盘缠◎很快用尽，无奈只能向狱中的囚犯乞食，他自认为活下来的希望十分渺茫。忽然，有一人飘忽而入，原来是秋容，她给陶生带来了饭食。两人相对悲泣，秋容说："三郎预判公子此行不吉利，如今果然被他言中。三郎与我此行一起来的，他已经去找部院为你申辩去了。"说了几句话便出去了，别人看不到她。又过了一天，巡抚出行，三郎当街大声呼叫冤枉，巡抚便受理了他的诉状。秋容

【名家评点】

蒲松龄在《小谢》一篇中抒出自己对文字狱的积愤。文中写陶望三："好以诗词讥切时事，获罪于邑贵介，日思中伤之。阴赂学使，诬以行简，淹禁狱中。"仗义救助陶望三的三个鬼，一个被部院勘打，"扑地而灭"，被押去投生了；一个"被西廊黑判强摄去，逼充御媵"，"以状投城隍，又被按阁"；一个"日驰百里，奔波颇殆，至北郭"，脚又伤残，"血殷凌波焉"。这些情景，都会使人们想到那一桩桩残酷迫害知识分子的文字狱。（徐君慧）

◎如意：一种象征祥瑞的器物，用金、玉、竹、骨等制作，头灵芝形或云形，柄微曲，主要供玩赏之用。◎针砭时弊：像医病一样，指出时代和社会问题，又针又砭，求得改正向善。◎盘缠：路费。

【读名著学成语】

鼓盆之戚

旧指死了妻子。清·蒲松龄《聊斋志异·小谢》："家綦贫，又有鼓盆之戚。"

如意拜师

小谢

又到牢里，吧消息告诉了陶生，返身又去打听。这一去三天没有返回。陶生是又愁又饿，但也无可奈何，当真是度日如年。忽然小谢来了，悲痛惋惜得不得了，她告诉陶生："秋容回去的路上，经过城隍°祠，被城隍祠西廊的黑判官强行抓去，逼迫她当侍妾。秋容不屈从，如今也被囚禁起来了。我奔走数百里，走路走得精力消耗殆尽；走到城北的时候，被荆棘扎破了脚心，痛彻骨髓，恐怕不能再来看你了。"于是，她抬起脚让陶生看，只见鲜血染红了鞋袜。小谢拿出黄金三两交给了陶生，便跛着脚，一瘸一拐地走了。

巡抚审问三郎，发现他和陶生从来没有任何关系，属于无端代人控诉，巡抚刚要杖责°他，三郎伏在地上突然消失了。巡抚感到十分诧异，于是他仔细地看了他的状子，发现状子写得真切感人。于是巡抚提审陶生，当面审问道："三郎是什么人？"陶生装作不知。巡抚明白他是冤枉的，下令释放了他。

陶生回到老宅，整个晚上没有见到一个人。过了子夜，小谢才出现，惨然道："三郎在巡抚堂上，被廨°神押赴地府。冥王因为三郎很仁义，就让他托生到富贵人家去了。秋容被关了很久了，我写了状子告到城隍，又被压在那里不能递进去，现在怎么办啊？"陶生愤然道："黑老魅怎么敢如此！我明日将他的塑像打倒，践踏为泥，城隍也该被责骂。手下小吏暴横如此，他还在醉梦中呢！"陶生和小谢悲愤地相对无语，不知不觉四更将过去了，秋容忽然飘然而至。陶生和小谢惊喜万分，急忙问她缘由。秋容流着泪，叹息道："我为郎君受尽了万般苦啊！判官每日拿着刀杖相逼，今晚忽然放我回来，他对我说：'我没有别的意思，就是太爱你的缘故；既然你不愿意，我也不曾玷污你的清白。麻烦你告知陶秋曹（陶

◎城隍：有的地方又称城隍爷，是中国宗教文化中普遍崇祀的重要神祇之一，也是中国民间和道教信奉的守护城池之神。◎杖责：谓以杖刑责罚。◎廨（xiè）神：官府保护神。

【名家评点】

十七八、二十来岁的姑娘，竟然毫无礼法观念，亦不知循规蹈矩为何物。如此放纵不羁，不仅封建社会中的那些"大家闺秀"所不敢，即令"小家碧玉"也不能。这样的形象出现在文学史上，是非常值得注意的。（陈抱成）

《聊斋志异》中的爱情描写虽然是花样繁多，应有尽有，而这篇小说在全书中却仍然能够新翻别调，独具一格。它既不写郎才女貌，色授魂与；也不写情痴情种，刻骨相思；又不写冲决网罗，终成眷属，还不写宿命安排，生硬撮合；这里的爱情，只不过是一种平平常常的生活遭遇的自然结合，对于男女双方来说，都是始料未及的异事，同时又是故事情节发展的必然归宿。（陈抱成）

【说聊斋】

冰心谈童年读《聊斋志异》

《聊斋志异》真是一本好书,每一段故事,多的几千字,少的只有几百字。其中的人物,是人、是鬼、是狐,都有自己独特的性格,每个"人"都从字上站起来了!看得我有时欢笑,有时流泪,母亲说我看书看得疯了!不幸的《聊斋志异》,有一次因为我在澡房里偷看,把洗澡水都凉透了,她气得把书抢过去,撕去了一角,从此后我就反复看着这残缺不完的故事,直到十几年后我自己买到一部新书时,才把故事的情节拼全了。

望三),还请他千万别责难我。'"陶生听后略微有些高兴,想和她们同床共枕,说:"今日我甘愿为你们而死。"两女戚然◦道:"我们一直受你的教导,懂得了很多的道理,怎么忍心因为爱你而去伤害你呢?"两人坚决不同意。然后,两人均与陶生抱在一起相互依偎,对陶生的感情都如同夫妻一般。两女因为这次磨难,相互之间的妒念全部消除了。

一天,陶生在路上遇到了一个道士,那道士打量了他一番后,惊诧地说:"你身上有鬼气!"陶生见道士一语道破玄机◦,便将自己的情况如实地说了。道士感慨道:"这两个鬼良心太好了,不能对不住她们。"于是,道士当即画了两道符给陶生,说:"你回去后,把这两道符咒分别交给两个鬼,至于福命,就看她们的造化◦了。如果听到门外有哭死去女儿的,让她们俩赶快吞下符,然后出门,先到的那个可以即刻回转

人世。"陶生拜谢道士,接过符,回去后将道士说的话原原本本地告诉二女。

一个多月之后的某天,果然听到门外有痛哭为女儿送葬的,二女争着跑出门去。小谢忙中出错,忘记吞下自己的那道符。看见有出殡的队伍,秋容直接跑过去,直扑棺椁◦,进入棺材里消失了;小谢因为没吞符就没法进入棺材,痛哭而返。陶生出来查看,原来是当地姓郝的大户人家给女儿出殡。送葬的人都看到适才有一个女子进入棺材里去了,正个个惊疑不定。片刻后,听到棺中有声音,众人便一同开棺检验,发现棺材中的小姐已经苏醒过来。于是,暂时停放在陶生的书斋外面,大家轮流守着小姐。那小姐忽然睁开眼问起陶生。郝员外详细地询问,那女子回答道:"我并不是你的女儿。"于是,就将实情告诉了郝员外。郝员外并没有真正相信,想把"女儿"带回去,然而那"女儿"不愿意跟他回家,

---

◎戚然:忧伤的样子。 ◎玄机:机密。 ◎造化:福分;幸运。 ◎棺椁:泛指棺材。

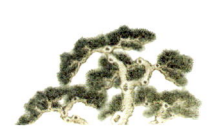

小谢

径直走进了陶生的书斋，睡到床上不起来了。郝员外前后思量，于是愿意认陶生为女婿，之后才离开。

陶生走近仔细看那小姐，发现面庞虽然不是秋容的面庞，但容颜靓丽不比秋容差，陶生大喜过望，二人相见后畅谈平生。忽然听到呜呜的鬼哭音，原来是小谢在暗处哭。两人心里十分可怜她，立即提了灯走上前去，宽慰小谢的哀情，然而小谢哭得十分伤心，流的眼泪将衣襟都打湿了，她心中的悲痛无法缓解，一直哭到临近拂晓才离开。天明后，郝员外把女儿的婢女和老妈子，以及当初为女儿准备的嫁妆全部送来了，居然真的和陶生成了翁婿。晚上，陶生和秋容二人进入洞房，于是，小谢又哭。像这样，过了六七个夜晚，夫妇俩都感到很悲伤，不能举行交杯的婚礼。陶生愁思苦想，一点办法也没有。秋容说："那个道士，必定是仙人。相公再去找他帮忙，或许他可怜小谢命苦，会救她的。"

陶生接受了秋容的建议。终于找到了道士的住处，陶生跪倒在地，自诉来由。道士极力说他"没有办法"，陶生仍然不断地哀求。道士笑道："你这个书呆子，真是好缠人。该着命中与你有缘，我就尽力而为吧。"于是，陪着陶生回到家，要了间安静的屋子，关门打坐，嘱咐陶生在他闭关期间千万不要打扰。一连十几天，那道士不喝水也不吃饭。陶生和秋容偷偷窥探，发现他闭着眼睛仿佛睡着一般。一天清晨，有一位少女掀帘进屋，那少女明眸皓齿，光艳照人，微笑着对陶生说："我这连日地走路，快累死了！被你纠缠得没办法，我此行直到百里之外，才寻觅得这么一副好身躯，本道人给你运回来啦。等见到那个小鬼，便把这身躯给她就好了。"傍晚，小谢来了，那女子起身，迎着小谢抱了过去，自然地合为一体，接着就倒在地上，僵卧不起。道士从自

◎打坐：原指僧道盘腿闭目而坐，使心入定。现也指闭目凝神而坐。

【名家评点】

一篇好文章，反映了个性解放的强烈要求，人与人的关系应是民主的和平等的。（毛泽东）

己的屋子中走了出来，向陶生拱了拱手，便径自走了。陶生跪拜着，恭敬地送别道士。等他回到屋里，小谢已经苏醒。陶生扶她上床，身体和呼吸都逐渐舒展，只是抱着自己的脚，娇嗔地呻吟，说双脚和双腿万分酸疼，直到数日之后，小谢才能下床走路。

后来，陶生参加考试，得中进士。有一位叫蔡子经的人，与陶生是同榜进士，因事路过陶生的家，陶生便留他小住几天。小谢从邻居家回来，恰好被蔡子经看到，蔡子经快步走近小谢，呆呆地跟在小谢身后，小谢一侧身进屋回避了，心里暗暗地为蔡子经的轻薄而生气。蔡子经找到陶生说："有件事有些骇人听闻，不知道该讲不该讲？"陶生追问什么事，蔡子经回答道："三年前，我的小妹夭折，停尸刚刚两夜，她的尸首便不见了，至今仍让家人困惑不解。刚刚见到了夫人。为什么她与我的小妹容貌如此相像啊？"

陶生笑着说："拙荆是山野之人，怎么能与你的妹妹相像呢？不过，我们既然是同科，相互间的感情真挚，见见妻子又何妨。"陶生于是走进内室，让小谢身穿三年前归来时的那身丧装出来。蔡子经大惊道："这真的是我妹妹啊！"随即泣不成声。陶生便把事情的始末原原本本地告诉了他。蔡子经高兴地说："妹子没死，我得赶快回去，把这个好消息告诉我的父母，让他们得到安慰。"他就即刻动身回去了。过了几天，蔡子经全家人都来到了陶生这里。后来，和陶生的往来如同郝家一般亲近。

异史氏说："当世少有的美人，想找一个就很难，何况得到两个呢！这事经历千年以来只有这么一件，只有不与女子私下苟合的人才能遇到啊。那个道士真是仙人吗？他的道术真神奇啊！如果有他这种本事，丑陋的鬼也可以结交成为朋友啊！"

◎娇嗔：佯装生气的娇态。◎拙荆：旧时谦称自己的妻子。◎山野：犹粗鄙。

【读名著学成语】

明眸皓齿

明亮的眼睛，洁白的牙齿。形容女子容貌美丽，也指美丽的女子。清·蒲松龄《聊斋志异·小谢》："一日晨兴，有少女褰帘入，明眸皓齿，光艳照人。"

细侯

浙江省昌化县有个姓满的书生,在杭州教书。有一天,他在街上散步,经过一幢楼房底下,突然有荔枝壳落到他的肩上。他抬头一望,只见楼窗外的凉台上靠着一个年轻的姑娘,姿色非常娇美。满生不觉出神地望着。那姑娘低下头一笑,就走进去了。

满生向旁人一打听,知道她是妓院贾家的女儿,名叫细侯。她的身价很高,满生度量无力达到自己的愿望,回到书房后,仍念念不忘,一夜睡不着觉。

第二天,满生走到那家妓院,送进名帖去,见到了细侯。两人有说有笑,非常欢乐。他对细侯更加迷恋了,因此假托有要紧用度,向同事借了一笔钱,带着到细侯那儿去,两人相对谈心,十分融洽。满生在枕上随口咏了一首诗送给她:

膏腻铜盘夜未央,
床头细语麝兰香。
新鬟明日重妆凤,
无复行云梦楚王。

细侯听了之后,激动地说:"我虽然卑贱,却一直想找到一个知心的人嫁给他。你既然还没有娶妻,能否娶我为妻?"

满生听她这样一说,真是喜出望外,就再三叮咛,立誓要娶她。细侯也很欢喜,说:"我认为作诗并不怎样困难,常常在没有人的时候,想作一首试试,只怕作得不好,被别人讥笑。如果我能跟从你,请你教教我吧。"

接着,细侯又问满生家里有多少田产。满生回答说:"只有五十亩薄田,几间破房子罢了。"细侯说:"我嫁给你后,可以一同住到乡间去,

◎意思是:今夜啊,铜盘烛正光亮,我们啊,床头细语诉衷肠;明日啊,你将重新理红妆,何时啊,我能再见你的容光!

【名家评点】

细侯向往清贫淡泊而夫妻相守的日子,一个生活在纸醉金迷环境中的妓女居然有精神追求,有学诗雅兴,看中穷书生,在以功名取人的社会里,真可谓出污泥而不染。(马瑞芳)

你不要再教书了。我们种四十亩田,供给自己的生活。另在十亩田里种桑树,每年织五匹绸缎,用来缴纳捐税[○],还可以有些多余。空下来,我们关上门,你读书,我织绸,喝喝酒,作作诗,这多快乐。还要什么功名富贵呢!"满生问道:"你的身价大概要多少?"细侯说:"照我妈妈的贪心,怎么能满足呢?其实,至多不过二百两银子就够了。可恨我年纪小,不大重视钱财,得到一些钱就交给妈妈,因此我的私蓄不多。你只要能筹集一百两银子就行,其余的可以不必担心。"满生说:"我的贫困,你是知道的。靠我自己的收入,怎么会有一百两银子呢?我有个结拜的朋友,在湖南做县官,他曾屡次招我去,我因为路太远,所以懒得去。现在为了你,我就去跑一趟,请他帮一下忙。估计三四个月就可以回来的。希望你耐心等着我。"当时细侯一口答应了。

满生立即辞了教职,赶到湖南去。不料到了那边,他的朋友因为得罪了上司,已被免职,住在民房里,经济情况很困难,没有力量来帮助他了。满生流落在湖南,难以回乡,就在当地教授几个学生糊口。过了三年,还不能回去。有一次,满生偶尔责打了一个学生,这学生赌气跳河淹死了。家长因痛惜儿子就把满生告了,结果,满生被关进了牢狱。幸有旁的学生,同情老师冤枉,经常送些吃的穿的进去,才没有吃到大的苦头。

再说细侯自从和满生分别以后,就关上门再也不肯接客。她的母亲盘问出她不再接客的原因,知道没法改变她的心愿,也只得听凭她了。

当时有个富商,听说细侯生得漂亮,就托一个媒人去向贾老太婆说亲,他不惜多花些钱财,

【锦言佳句】

闭户相对,君读妾织,暇则诗酒可遣,千户侯何足贵!

○捐税:各种捐和税的总称。

细侯

一定要娶得细侯。可是细侯无论如何不答应。

后来这个富商为了贩卖货物到湖南去,顺便探得了满生的消息。这时候,满生已快要出狱了,这个富商便向官厅纳贿,要他们把满生长期监禁。他回去就告诉贾老太婆说:"满生已经死在监牢里了。"当时细侯怀疑这个消息不确实,贾老太婆就劝她说:"不要说满生已经死了,即使没有死,与其跟一个穷措大°过那布衣粗食的生活,何不嫁给富商过着穿绸吃肉的快乐生活呢?"细侯回答道:"满生虽然贫穷,可是他的骨头却是清白的。嫁给一个龌龊°的商人,实在不合我的心愿。而且道听途说的消息,怎么能够相信呢?"

那个富商为了把细侯骗到手,又转托在湖南的商人,假造一封满生的绝命书寄给细侯,好让死了她绝望。细侯收到绝命书后,日夜痛哭不停。贾老太婆又逼她说:"我辛辛苦苦把你从小养大,你成人三年,每天从你身上得到的报酬也不多。现在你既不愿接客,又不肯嫁人,我们今

◎穷措大:比喻贫穷的读书人。◎龌龊:气量狭隘,拘于小节。

【名家评点】

细侯爱上满生,希望过一种"闭户相对,君读妾织"的自适生活,觉得有此"即千户侯何足贵",表示了一个妓女对自由生活的向往。在富商的诱骗下,细侯仍表示"满生虽贫,其骨清也,守龌龊商,诚非所愿"。轻财产而重人格,这种思想是相当可贵的。与富商的卑鄙灵魂形成鲜明的对照。(刘烈茂)

后怎样过活呢？"细侯不得已，就嫁给了那个富商。那富商送给她很多的衣着和首饰。过了一年多，生了一个儿子。

不久，满生在他学生的帮助下，终于得到了昭雪，被释放出来。他出狱之后，才知道是那个富商害他长久坐牢的。但是他想来想去，自己和那个富商一向没有冤仇，到底因为什么原因，始终搞不明白。后来他的学生资助了一些路费送他回去。他到了杭州，听说细侯已经嫁了人，心里非常悲愤、苦恼。他就托一个做小贩的老太婆，把他的痛苦传达给细侯。

细侯知道这件事，悲痛极了，这时候，她才明白以前的种种波折，全是富商玩弄的阴谋诡计。于是，她乘着富商出门的机会，携带了自己的财物，逃到满生那边去了。凡是富商家里的衣服首饰，一点都不曾拿走。富商回到家，非常生气，就怒气冲冲地告到官府。县令问明了情况，觉得情有可原，因此把这个案件搁置不问。

【说聊斋】

清代学者冯镇峦「读《聊斋》四法」

一、是书当以读《左传》之法读之。《左传》阔大，《聊斋》工细。其叙事变化，无法不备，其刻划尽致，无妙不臻。工细亦阔大也。

二、是书当以读《庄子》之法读之。《庄子》惝恍，《聊斋》绵密。虽说鬼说狐，如华严楼阁，弹指即现，如未央宫阙，实地造成。绵密实惝恍也。

三、是书当以读《史记》之法读之。《史记》气盛，《聊斋》气幽。从夜火篝灯入，从白日青天出，排山倒海，一笔数行，福地洞天，别开世界。亦幽亦盛。

四、是书当以读程、朱语录之法读之。语录理精，《聊斋》情当。凡事境奇怪，实情致周匝，合乎人意中所欲出，与先正不背在情理中也。

◎昭雪：洗清冤屈。

考弊司

闻人生，是河南人。整天卧病在床。一天，一个秀才来拜访他，非常谦恭有礼。见面后，请闻人生出去散步。在路上，那秀才一边走，一边讲个不停。走了几里路，还不告别。闻人生便停了步，拱拱手向他告辞。那秀才说："烦劳你再走一程，我有件事情想请你帮忙呢！"闻人生问他是什么事情，那秀才回答说："我们都是归'考弊司'管的。主管这一司的叫作虚肚鬼王，我们初次见他，照例要在我们的大腿上割下一块肉来。我想恳求你去说说情，让我免受这个罪罢。"闻人生听了，吃惊地问道："犯了什么罪，竟要受这样的刑罚啊！"那秀才说："不一定要犯什么罪，这是老规矩。要是多用银钱向他行贿，就可以免受这个刑罚。可是我很穷，哪里有钱纳贿啊！"闻人生说道："我和鬼王素不相识，怎么能为你出力呢？"那秀才说："你前世是他的祖父辈，他一定会听你的话的。"

他们俩谈着谈着，已经进了城，走到一个衙门前面。那个衙门的屋子并不怎么宽敞，只有一间厅堂很是高大。在堂下东西两边，竖着两块石碑，碑上刻着斗大的字，涂上绿色。一块碑上刻的是"孝弟忠信"，另一块碑上刻的是"礼义廉耻"。闻人生跟那秀才走上石阶，望见堂上挂着一块匾，上面写着"考弊司"三个大字。在堂后的两根柱子上，挂着一副雕板绿字的对联，大意无非是说注意道德、风化和文化、教育等。

不一会儿，长官出来了，那秀才说："这个就是鬼王。"只见他卷发驼背，像有几百岁的人了。他鼻孔朝天，嘴唇翘起，牙齿露出，十分丑恶。后面跟着一个虎头人身的簿吏；两旁侍立十多个人，大半容貌凶恶，像山里的精怪。闻人生见了，十分害怕，就想走开。却已被鬼王看见，便走下台阶，作着揖迎接闻人生上去，向他问好，又问他："到这儿来，有什么事情？"闻

◎考弊司：查究贪污舞弊的机关。 ◎簿吏：主管文书簿籍的官吏。

【名家评点】

《考弊司》《雨钱》《嘉平公子》等名篇对反面事物的讽刺，大都采用内外照映的方式，《考弊司》篇描写考弊司所在的府署，堂下两旁的石碣上刻着巴斗一般大的字：一云"孝悌忠信"，一云"礼义廉耻"。外表装潢得何等庄严肃穆，而府署内的官员却是"鼻孔撩天""虎首人身""狞恶如山精"，气象又是何等森凛可怖。无钱行贿的穷秀才，只落得在捆绑中惨遭"交臂拶指"及割髀肉"可骈三指许"等酷刑的折磨。（孙一珍）

【锦言佳句】

徘徊廛肆之间，历两昏晓，凄意含酸，响肠鸣饿，进退不能自决。

循例无情

考弊司

人生便把秀才的意思，完全告诉了它。不料那鬼王突然变了脸，说道："这是老规矩；即使我父亲来讲，我也不能答应的！"看他的神气，冷冰冰的，似乎一句人情话也说不进去。闻人生不再多讲，马上起身告别。那鬼王跟在旁边，一直送他到了门外才进去。

闻人生出后并不回去，又偷偷地走进来，想看看以后的情形。他到了堂下，只见那秀才和同辈数人的手，都已被交叉绑住；一个相貌凶恶的人拿着刀走过来，把秀才的裤脚卷起，在他的大腿上，割下一片三指阔的肉来。那秀才痛得大叫，喉咙都喊哑了。

闻人生年少有义气，当时看了这情景，非常愤慨，忍不住大声喊道："这样残酷，还成什么世界！"鬼王听得这话，吃了一惊，就叫下面暂停宰割，一面向闻人生走去。可是闻人生已经愤恨地走去了。他在街市上逢人便说："我要向上帝控告去！"有人听了，笑道："你真呆！天空高阔，你到哪儿去找上帝诉冤，倒不如就近去向阎罗王申诉，或许还可以有效果咧！"便给他指示了路径。

他走到了阎罗殿，果然看见景象森严；阎罗王正坐在殿上。他就拜伏在石阶上，大声叫起屈来。阎罗王吩咐他上来，问明了情由，立即派出几个夜叉，拿了绳索，前去捉人。过了一会儿，鬼王、秀才都捉来了。经过审问，案情确凿，阎罗王大怒，对鬼王说："我因你前世刻苦读书，所以暂时派你担任这个职务，等候机会投生到富贵人家去。现在，你竟敢这样胡作非为，就该抽去你的善筋，添生几根恶骨，罚你生生世世不得发迹！"这判令下来，夜叉便举起棒头，用力打那鬼王，他跌倒在地上，还碰落了一颗牙齿。夜叉又用刀割破他的指尖，抽出条像银丝一样白亮的筋来。那鬼王大声喊痛，声音像被宰杀的猪猡°在嚎叫一般。鬼王手脚上的筋都被抽出了之后，就由两个夜叉押走了。

这案件了结后，闻人生向阎罗王叩谢了，便走了出去。秀才跟在他后面，十分感激他……一直送他回到了家里才告别。

那一回，闻人生突然死去，到第三天才苏醒过来。他对于这段在阴间的经历，讲得有声有色咧！

◎猪猡：方言，猪。

【名家评点】

"考弊司"里的考弊司两廊立碣大书："孝弟忠信""礼义廉耻"，自我标榜要"两字德行阴教化""一门礼乐鬼门生"。可是，却公然强迫士子割髀肉以献，只有"丰于贿者，可赎也"。这里是用寓言的手法来影射掌管文事者的公开勒索士子。（王枝忠）

【锦言佳句】

惨毒如此，成何世界！

抽筋换骨

传世彩绘聊斋志异

鸽异

鸽子种类繁多：山西有坤星，山东有鹤秀，贵州有腋蝶，河南一带有翻跳，吴越一带有诸尖，这都是出色的鸽子品种。另外还有靴头、点子、大白、黑石、夫妇雀、花狗眼等，名类多得数不过来，只有玩鸽内行的人才能辨识清楚。

邹平县有位张幼量公子，特别喜好鸽子，他按照《鸽经》上所列的名目，四处搜求，力求搜寻到天下所有鸽子品种。他养鸽子，如同养育婴儿一样：天冷了，就用甘草粉给鸽子疗护；天热了，就给鸽子投喂盐粒。鸽子好睡觉，但睡得太多，就容易得麻木症而死掉。张公子在扬州花十两银子买到一只鸽子，身材最小，很喜欢走动，把它放到地上，盘旋着走动，没有停止的时候，不到死不会停下来。所以，平常需要人把着它。夜间，将它放到鸽群中，它就惊动其他鸽子，可以防止其他鸽子得麻痹病，这种鸽子的名字叫"夜游"。山东一带养鸽子的行家，没有超过张公子家的，张公子也常以善养鸽子而自我夸耀。

一天夜晚，张公子独坐在书斋中，忽然一位身着白衣的少年叩门进来，张公子一看，素不相识。张公子便问他是什么人，那白衣少年回答说："四处漂泊的人，姓名不足以说的。听传闻说，公子蓄养○的鸽子最多，这也是我生平中最爱好的，但愿能够观赏您养的鸽子。"张公子就展示出他蓄养的所有鸽子，各种颜色的鸽子都有，五光十色，像云锦○一样璀璨。少年笑着说："人们的传言真的不假啊！公子真可称得上是养鸽养得最好的人了。我也养有一两只，公子愿意观赏吗？"张公子听罢很高兴，就跟着少年去了。

天地之间月色朦胧，旷野之中显得有些萧条，张公子心里不禁怀疑畏惧。少年指着前面说："请再走一段路，我的住处就在前边不远。"又走了几步，看见一座仅有两间屋子的道院，少年拉着张公子的手走进院子，黑沉沉的没有灯火。少年站立在院子的中央，口里学着鸽子的叫声。忽然有两只鸽子飞了出来：形状如同平常的鸽

○蓄养：饲养。○云锦：织有云纹图案的丝织品，因其色泽光丽灿烂，美如天上云霞而得名。在古代丝织物中，"锦"是代表最高技术水平的织物。

【名家评点】

某贵官得张公子所赠异鸽，烹而食之，但觉"亦肥美"，与其他鸽比，"味亦殊无异处"，一副庸夫俗子的形象如在目前。鸽之事尚小，世上人才之不遇主，像张公子那样"叹恨而返"的还不知多少，这恐怕才是作者寓意之所在。不过，明珠暗投者，本身也有一定的过失。这篇所写的正是互不相识所引起的悲剧。（刘烈茂）

[读名著学成语]

明珠暗投

比喻有才能的人得不到赏识和重用，或好人误入歧途。亦比喻贵重的东西落到不识货的人手。清·蒲松龄《聊斋志异·鸽异》："我以君能爱之，故遂托以子孙。何以明珠暗投，致残鼎镬！今率儿辈去矣。"

子，但身上的羽毛纯白，飞到房檐那么高，一边鸣叫一边打斗，每次相扑，必定翻筋斗。少年一挥胳膊，两只鸽子就一齐飞走了。

少年又紧撮起嘴唇，发出一种奇异的声音，又有两只鸽子飞出来：大的如同鸭子大，小的才如拳头；两只鸽子并立在台阶上，学着仙鹤起舞。大的伸长脖颈，张开两只翅膀，作孔雀开屏的样子，旋转着边叫边跳，好像在引着小鸽子；小鸽子上下飞舞鸣叫着，时而飞到大鸽子的头顶上，翅翼翩翩，如同燕子飞落在蒲叶上，它的声音细碎，如同敲击拨浪鼓；大的伸长脖颈不敢动。它们叫的声音越来越急促，声音就变得如同磬一般清脆悦耳，两只鸽子鸣叫相合，相互间杂，很合节拍。接着，小鸽子飞起来，大鸽子就上下摆动着逗引它。张公子赞赏不已，感到自己的鸽子委实比不上，望洋兴叹。于是，张公子向少年作揖行礼，请求少年能够割爱，那少年不答应。张公子又恳切地请求，少年就让两只舞蹈的鸽子飞了，又学着以前唤鸽的声音，将两只白鸽招来，伸手捉住，对张公子说："若不嫌弃，就把这两只白鸽送给您，聊以塞责。"张公子把两只白鸽接到手，细心地把玩观看，只见白鸽的眼睛在月光映照下呈现琥珀色，两眼通明透亮，好像中间没有间隔一样，中间的黑眼珠圆如花椒粒。掀起鸽子的翅膀看，肋间的肌肉晶莹剔透，五脏六腑都看得清楚。张公子感到很奇异，但还是觉得不满足，乞求少年再送给他几只。少年说："我还有两种没有呈献，现在不敢再请您观赏了。"

两人正在争执间，家人点着麻秆火把来找主人。张公子回头看少年，只见那少年已化为一只白鸽，大如鸡，冲上天空飞走了。又看到眼前的院落、房舍都消失了，只有一座小坟墓，栽种着两棵柏树。张公子与家人一起抱着白鸽，惊骇叹息着回家。回来后，试着让白鸽飞翔，发现白鸽异常驯良，与最初见到时一样，虽然算不上少年所养鸽子中的优良品种，但也是人世间绝无

◎望洋兴叹：原指在伟大事物面前感叹自己的渺小。现多比喻做事时因力不胜任或没有条件而感到无可奈何。
◎驯良：驯服和善。

鸽异

仅有的。于是，张公子对两只鸽子爱惜备至。

过了两年，这对白鸽孵出小公鸽小母鸽各三只。即使是亲朋好友来索求，也得不到。有一位张公子父亲的朋友，是个贵官，一天见到张公子，问："你养了多少只鸽呵？"张公子谨慎地回答几句，就退下来。他怀疑某公是爱好鸽子的，想赠送两只鸽子，但实在舍不得。又想到长辈来索求，不能过于抹他的面子，而且也不敢以平常的鸽子送给他应付差事，就选两只白鸽，用笼子装着去送给他，自己以为就是送千金的礼物也不如这两只鸽子珍贵。过了几天，张公子见到某公，自己脸上很有居功得意之色，但某公并没有一句感谢他赠送鸽子的话。张公子不能忍耐，便问道："前天我送的鸽子可中意？"某公回答说："也挺肥美的。"张公子惊讶地说："大人把鸽子烹了吗？"某公回答说："是啊！"张公子大惊地说："这不是寻常的鸽子，是平常所说的佳种'靼鞑'啊！"某公回想了一下，说："味道也没什么特殊之处。"

张公子听罢，不禁叹息，悔恨地回到家里。到夜里，张公子梦见白衣少年来见他，责备说："我原以为你能很爱惜鸽子，所以把子孙托付于你。你怎么能把明珠投到黑暗中，致使我的子孙丧身于锅鼎◎！今天，我就带领我的子孙们走了。"说罢，化作鸽子，张公子所豢养的白鸽全都跟着它飞走了。天亮后，张公子去看笼中的白鸽，果然都不见了。他心中很悔恨，接着把所养的鸽子分别赠送给自己的好友，几日内就全部分光了。

异史氏说："任何东西都会汇聚在爱好它们的人那里，所以叶公喜欢龙，真龙就进入他屋子，何况是学士渴求好友，贤君渴求良臣呢？唯独有钱这东西，喜好的人更多，但得到的人却特别少，从这里也可以看出鬼神是生贪婪人的气，而并不对痴心人生气啊。"

◎鼎：古代烹饪器具。

【名家评点】

《鸽异》既是镂金错彩的名物志，又是韵致流离的哲理文。张公子爱鸽，鸽神遂向他托以子孙，异鸽却在俗世遭遇悲剧。小说对异鸽的描绘灵婉轻快，笔法跳脱，是中华美鸽的博览会，达"志异"之最。后半部文笔骤转，以"靼鞑"不幸葬身汤锅，映照出势利社会的风趣图画。寓辛辣于幽默，寄哲思于谐谑。（马瑞芳）

【锦言佳句】

学士之于良友，贤君之于良臣。

从前，有一个朋友赠送红鲫鱼给孙禹年公子，他家中没有晓事◎的仆人，就让一个老仆人去了。到了孙家门前，老仆人泼掉了水，拿出鱼来，向孙家要了一个盘子装上去送。等到了孙公子住处，鱼已经干死了。孙公子笑笑没说话，让人拿酒犒劳那老仆，就把那鱼做熟了让他吃。回去之后，主人问那老仆人："孙公子得到那鱼，高兴吗？"老仆回答说："高兴得很。"主人又问："你怎么知道？"老仆说："公子见到鱼后便高兴得脸上带着笑容，立刻赏我酒喝，并且烹了几条用来犒赏我。"主人听了很吃惊，暗想自己所赠的东西并不粗劣，哪里至于烹熟了赏赐给下人呢。于是，他就责备那老仆说："一定是你愚蠢无礼，所以公子转而把气出在我身上。"那老仆挥舞着手，极力辩解说："我本来没见识，拙笨，您就不把我当人看！到了孙公子门前，我小心翼翼，还怕用筲斗◎不文雅，恭敬地向他们要了一个盘子出来，一条一条将鱼均匀地摆好后再送上去的，有什么做得不周到的呢？"主人骂了他一顿，把他解雇了。

灵隐寺◎某和尚，因为茶出了名，他煎茶和饮茶的器具都很精良。然而，他所藏的茶叶有好几等，总是看客人身份贵贱来烹煮不同的茶叶献上。其中最上等的茶叶，不是贵客或者懂得品茶的人，一次也没拿出来过。有一天，有一位贵官来了，那和尚行礼拜见，态度十分恭谨，拿出上好的茶叶，亲自沏好奉献上去，希望得到那贵官的称赞。贵官喝了茶后，沉默不语。那和尚感到很疑惑，又用最上等的茶叶沏好茶，进奉给贵官。贵官快将茶喝光了，也没有一句称赞的话。和尚急得忍不住了，向贵官鞠了一躬说："茶怎么样？"那贵官端起茶碗来拱了拱手，说："很热。"

这两件事，可以像张公子赠鸽的事一样博得一笑啊！

◎晓事：明晓事理；懂事。◎筲斗：容量小的盛器。◎灵隐寺：中国佛教古寺，又名云林寺，为我国禅宗十刹之一。地处杭州西湖以西。由晋代印度僧人慧理创建，现存大殿是清代遗物。

江城

江西临江的高蕃，从小聪慧，仪表秀美。十四岁入了县学，富贵人家都争着把女儿许配给他。高蕃挑选妻子很严苛，屡次违背父亲为他定亲的决定。他的父亲叫高仲鸿，六十多岁，只有这一个儿子，非常宠爱他，不忍心违背一点儿子的心意。

当初，东村有个姓樊的老翁，在一家店铺中教授小儿启蒙，他全家人租赁高蕃家的房屋居住。樊翁有个女儿，乳名叫江城，与高蕃同岁。当时都是八九岁，两小无猜，每天在一起玩耍。后来，樊翁全家迁走了，过了四五年，两家之间没有再通过消息。

一天，高蕃在小巷中看见一个姑娘，艳美绝伦，超凡脱俗。那姑娘带着一个仅六七岁的小丫鬟。高蕃不敢正面对视，只是斜着眼偷偷地看姑娘。姑娘停下脚步凝视着他，好像有话要对他说。高蕃仔细一看，原来是江城，顿时非常惊喜。两个人都没有说话，你看我，我看你，呆呆地站着。过了一会儿，两人才分别走开，恋恋不舍。高蕃故意把一条红巾掉在地上，转身离去，小丫鬟拾起来，欢喜地交给姑娘。姑娘把红巾掖入衣袖中，换成自己的手帕，假装对丫鬟说："高秀才不是外人，不要匿藏◎他丢失的东西，你快追上还给他！"小丫鬟果然追上高蕃，将手帕交给他。高蕃得到手帕后大喜，回家请求母亲去求亲订婚。高母说："江城家连半间屋都没有，全家人到处流浪，怎么能和我家般配呢？"高蕃说："我自己要娶她，绝对不后悔！"高母决定不了，和高仲鸿商量，仲鸿执意不同意这门亲事。

高蕃听说后心里闷闷不乐，吃不下一点东西。高母非常忧虑，对高仲鸿说："樊氏虽然贫穷，也不是那些市井无赖可比的。我去他家拜访，倘若他家女儿般配，也没什么不可。"仲鸿说："好。"高母便假托到黑帝◎祠烧香，来到樊家探问，她看见江城明眸皓齿，容貌娟丽，心里非常喜欢。于是，高母拿很多钱和绸缎赠送给樊家，把结亲的想法实说了。樊母谦让推辞一番后，还是接受了婚约。高母回来述说了详情，高蕃才开始露出笑容。

过了年，高蕃选择良辰吉日把江城娶过来，夫妻二人相处很和美。但是，江城生性很容易发

◎匿藏：隐藏；躲藏。◎黑帝：黑帝是中国神话中的五天帝之一，古指掌管北方之神。

【名家评点】

本篇对高生形象的刻画也很鲜明。他为悍妇所治，性格柔弱，恐怖萦怀。这是通过他的行为来表现的。他完全不像一个堂堂正正的男子汉，对于江城的悍虐，唯有忍让退缩。这与江城形象的刻画是相辅相成的，高生的形象越柔弱，江城的形象就越强悍。（陈昌恒、周禾）

【读名著学成语】

顾影弄姿

对着自己的身影，做出各种姿态。形容卖弄身形，自我欣赏。

清·蒲松龄《聊斋志异·江城》：「二姊葛氏，为人狡黠善辩，顾影弄姿，貌不及江城，而悍妒忌与埒。」

怒，翻脸不认人，又好絮烦◎，常在耳边吵嚷。高蕃因为爱恋她的原因，都忍耐了下来。高蕃的父母知道后，心里不高兴，私下里责怪儿子。这件事被江城听到了，大怒，更加痛骂高蕃。高蕃稍微反驳，江城更加愤怒，把高蕃驱赶出屋，关上房门。高蕃在门外冻得瑟瑟发抖，也不敢敲门，抱住膝盖待在屋檐下过夜。江城从此把高蕃视为仇人。起初，高蕃长跪就可以讨饶，逐渐地跪地求饶也不灵了，遭受的痛苦逐渐加深。公婆略微说了江城几句，江城那顶撞不服的样子，实在无法用言语形容。公婆愤怒，把她休回娘家。

樊翁心里惭愧，央求交情好的人在高仲鸿面前求情，高仲鸿不答应。过了一年多，高蕃外出遇到岳父。岳父邀请他到家中，不住地表示歉意。樊翁让女儿装扮好出来见丈夫，夫妻相见，内心禁不住地觉得酸楚。樊翁就买了酒款待女婿，席间非常殷勤地劝酒。到了傍晚，樊翁又恳切地让高蕃住下过夜，整理好另一张床，让夫妻二人一块儿睡觉。天要亮时，高蕃告辞回家，不敢将实情告诉父亲母亲，掩饰得非常好，没有泄露一点。从此，每隔三五天，高蕃就在岳父家住一夜，父母一直不知道。

一天，樊翁去拜访高仲鸿。高仲鸿起初不肯见面，后来迫不得已，只得出来相见。樊翁跪着上前，请求让女儿回来，高仲鸿不肯，借口儿子不愿意。樊翁说："女婿昨晚住在我家，没有听说有什么不满意的话。"高仲鸿吃惊地问："什么时候在你家里住宿？"樊翁把详情告诉了他。高仲鸿羞愧地说："我确实不知道。既然他爱江城，我一人何必仇视江城呢？"樊翁离开后，高仲鸿大声叫来儿子，痛骂不止。高蕃只是低着头，不答话。说话间，樊父已把江城送来了。高仲鸿说："我不能为子女承担过错，不如各立门户，就麻烦你主持签订分家的契约。"樊翁劝阻，高仲鸿不听。于是，高仲鸿让儿子儿媳在另一处院子居住，派一侍女供他们使唤。

过了一个多月，大家都相安无事，高蕃的父母私下暗自快慰。可是不久，江城又渐渐放肆起来，高蕃的脸上时常有被手指抓破的痕迹。父母明明知道，也强忍着不过问。

◎絮烦：啰唆、烦琐。

江城

一天，高蕃实在忍受不了毒打，跑到父亲的住所躲避，惊惶得好像被扑打的鸟雀一样。父母正感到奇怪，打算询问，江城已操着木棒追赶进来，竟然在公爹公婆身旁抓住丈夫痛打。公爹公婆大喊住手，可江城一点不顾，直打了几十下，才悻悻地离去。高父驱赶儿子说："我是为了避开喧闹，才和你分开过。你既然喜欢这样，又为什么逃到我这儿来呢？"高蕃被驱逐了出来，徘徊在外面，没地方可去。高母怕他受挫寻死，让他独自居住，供给他食物；又把樊翁招来，让他调教女儿。樊翁走进女儿房中，万般劝说开导，江城始终不听，反而用恶言恶语挖苦父亲。樊翁拂袖而去，发誓跟女儿一刀两断。不久，樊翁因愤恨而生病，和老妻相继死去。江城怨恨父母，也不回娘家去吊丧，只是每天隔着墙壁谩骂，故意让公婆听见，高仲鸿都置之不理。

高蕃独自居住，好像离开了汤火的煎熬，但是他觉得有点凄凉孤独。他便偷偷用金钱买通媒婆李氏，托她找了个妓女收在书房中，都是趁着夜晚来往。时间久了，江城微微听到风声，就到书房中谩骂。高蕃极力表白，指天发誓，江城才回去。

从此，江城每天伺机寻找高蕃的把柄。有一次，李氏从高蕃的房中出来，恰好和江城相遇，江城急忙喊叫她，李氏神色慌张，江城更加怀疑，对李氏说："据实说出你的所作所为，或许我可以宽大免去你的罪！如果还隐瞒真情，我把你的毛发揪光！"李氏战战兢兢地说："半月来，只有妓院李云娘来过两次。刚才公子说，曾在玉笥山遇见陶家媳妇，爱慕她的两只小脚，嘱咐我把她招来。她虽然不是贞洁女人，也未必就愿来这里过夜，能否成功不敢肯定。"江城因她说出实情，姑且饶恕。李氏要离开，江城不允许。等到太阳西落，天黑了下来，江城呵斥她说："你先去吹灭高蕃的蜡烛，就说陶家媳妇来了。"李氏只得照江城说的那样办。江城跟着急忙走进房中。高蕃高兴极了，挽着江城的手臂拉她坐下，述说了自己怎样如饥似渴，江城默不作声。高蕃在暗中摸到她的脚，说："在山上看见过一次您的仙容◎，唯独忘不了的就是这双脚。"江城始终不语。高蕃说："昔日的夙愿，今天才得以实现，为什么见面却不相认呢？"高蕃自己举灯就近一照，原来是江城！高蕃大惊失色，吓得把蜡烛掉在地上，跪在地上浑身哆嗦，好像刀子已经架在脖子上了。江城捏着高蕃的耳朵把他提回去，用针把他的两条大腿都扎遍了，才让他躺在下铺休息，自己醒过来就大骂一顿。高蕃从此害怕妻子犹如

◎仙容：神仙一般的面容。

【名家评点】《江城》作为文言短篇小说，作品的主体部分采用流动的视角来叙述故事，即从作品全局看，其叙述的视角是全知的，而从作品局部看，其叙述视角又是限知的，以角色视角的限知在流动中共构成叙述视角的全知。（赵会娟）

【读名著学成语】

自鸣得意

鸣：表示，以为。自以为。自以为了不起，表示很得意。清·蒲松龄《聊斋志异·江城》："姊妹相逢无他语，惟各以闺威自鸣得意。"

江城

虎狼，即使江城偶尔给他好脸色，在枕席之上他也不能正常行事。江城就打他的耳光，把他呵斥走，更加厌弃他没有男人样。高蕃每天虽身在兰麝◦芳香之室，却犹如身处监狱，仰事◦狱吏，受尽折磨。

江城有两个姐姐，都嫁给了秀才。大姐心地平和善良，寡言少语，平常和江城相处得不融洽。二姐嫁给了一个姓葛的，为人狡诈善辩，喜欢搔首弄姿，虽长得不如江城，但凶悍妒忌却不相上下。两姊妹相逢没有其他的话，只是各人以在家中如何施威而自鸣得意，因此两人关系最好。高蕃出去拜访亲戚朋友，江城每次总是发怒，只有到葛家去，她知道了也不禁止。

一天，高蕃在葛家饮酒，已经喝醉了，葛氏嘲弄说："你为什么这样害怕内人？"高蕃笑着说："天下事有很多都是难以理解的，我之所以害怕内人，是因为内人美貌。还有那种自己内人不及我内人美貌的，却比我更惧怕内人的人，不是更加令人疑惑不解吗？"葛氏非常羞惭，不能回答。丫鬟听到这话，告诉了二姐。二姐大怒，立刻持着擀面杖冲了出来。高蕃见她气势汹汹，来不及提鞋就要逃走，二姐的擀面杖挥起，已打在了他的腰脊部，打了三杖，高蕃三次倒在地上，再也爬不起来。又一杖误打在高蕃的头上，血流如注。二姐离去后，高蕃才蹒跚着回家。

江城见了，惊问怎么回事。起初，高蕃因为触犯了二姐，不敢据实相告。江城再三追问，高蕃才说出详情。江城用丝帛包住高蕃的头，愤然说："人家的男人，何劳她痛打呢！"江城换上短袖衣衫，怀藏木棒，带着丫鬟径直赶去。到了葛家，二姐笑脸相迎。江城一言不发，一棒把二姐打倒在地；江城又撕下她的裤子痛打，直打的她牙齿掉了，嘴唇豁开了，屎尿都流了出来。江城回去后，二姐羞愤，派丈夫赶到高家算账。高蕃急忙赶出来，极力地好言劝慰。葛某小声说："我这次来是身不由己。悍妇不仁不义，幸而借妹妹的手惩罚了她，我们两人之间有什么矛盾啊。"江城已经听到，急忙出来，指着葛某骂道："龌龊贼！妻子吃了亏，你反而私下和外人交好！这样的男人，怎不该打死呢！"大声喊人，寻找擀面杖。葛某大窘，夺门而逃。高蕃从此再

◎兰麝：兰与麝香，指名贵的香料。 ◎仰事：恭敬地侍奉。

【名家评点】

在蒲松龄生活的周围，家庭关系恶劣的不在少数，以至于有如此说法："每见天下贤妇十之一，悍妇十之九。"甚至有些就是蒲松龄的朋友。蒲松龄对于悍妇的痛恨与愤怒通过耳闻目睹这样一些类似的真实情况而与日俱增，形成一种难以压抑的冲动，促使他不断地思考这个问题，并把这种思考表现在他的作品中。这便催生了诸如《聊斋志异》里的《马介甫》《江城》《珊瑚》等以及俚曲里的《禳妒咒》《姑妇曲》。（赵会娟）

【读名著学成语】

相得甚欢

形容双方相处融洽，非常快乐。清·蒲松龄《聊斋志异·江城》："逾岁，择吉迎女归，夫妻相得甚欢。"

悍然辱姊

江城

也没有一处可以来往的人家了。

同学王子雅经过这里,高蕃殷勤地挽留他喝酒。饮酒间,两人谈了些闺阁的事情,互相戏谑打逗,言语颇为猥亵。江城恰好来偷看客人,把全部的话都偷听去了,于是暗中把巴豆◎投在汤中,再端上去。不长时间,王子雅上吐下泻不可忍受,只存奄奄气息。江城派丫鬟问王子雅:"还敢无礼吗?"王子雅这才知道患病的来由,呻吟着请求饶恕。这时绿豆汤早已准备好了,王子雅喝下去后,吐泻就止住了。从此,相识朋友互相告诫,不敢再到高家去喝酒了。

王子雅有座酒馆,酒馆里有很多红梅,王子雅在酒馆设宴款待同辈朋友。高蕃假托要到文社去,告诉江城后就去了。太阳西落,酒意正浓时,王子雅说:"恰好有个南昌名妓,流落在此地,可以将其招来一起饮酒。"众人都非常高兴,只有高蕃离席,极力请辞。众人拉住他说:"闺阁中耳目虽长,也不会听见看见这里。"于是,共同发誓不走漏风声,高蕃这才重新坐下。过了一会儿,妓女果然来了,年纪十七八岁,戴的玉佩◎叮当作响,如云的发鬓梳得高高的。问她的姓名,她说:"姓谢,小字芳兰。"说话吐气,非常高雅,在座的所有人都很狂热。而谢芳兰特别对高蕃有意,屡次以眉目传情。被众人发觉后,就故意拉两人并肩坐在一起。芳兰暗自抓住高蕃的手,用手指在高蕃手掌上写了个"宿"字。高蕃此时,要离去又不忍心,要留下来又不敢,心乱如麻,不可言喻。两人低着头说悄悄话,高蕃醉态更加放纵,床上的"胭脂虎"也都忘在脑后了。再喝一会儿,夜已经很深了,酒馆中客人更加稀少,只有远处的座位上有一个美少年,对烛独饮,有个小僮拿着餐巾侍奉在旁边。众人私下议论少年气质高雅。不久,少年饮完走出酒馆。小僮反身回来,对高蕃说:"主人等待着有句话

◎巴豆:巴豆树的干燥成熟果实,有毒,可入药,有通便导泻的作用。 ◎玉佩:古人佩挂的玉制装饰品。

【名家评点】

本文创造了"胭脂虎"的生动形象,江城敢于向封建纲常挑战,善于把握自己的命运,她占有欲极强,心狠手辣,工于心计。她不讲孝道,不讲人情,有虐待狂。两种鲜明对照的个性在她身上巧妙组合——胭脂般的美貌和老虎般的凶猛——形成了江城的典型性格。同样是悍妇,江城比《马介甫》里的尹氏更生动更丰满。作者写江城之悍妒,无所不用其极,而这悍与妒又始终与她的聪明相结合。(马瑞芳)

要对你说。"众人都茫然不解，只有高蕃的脸色惨变，来不及和众人告别，便匆匆离去。原来那个少年便是江城，小僮是她的丫鬟。

高蕃跟随着江城回到家，伏着接受鞭打。从此，江城对他禁锢得更加严密，就连丧喜事都不让他去参加。文宗来讲学，高蕃因为误讲而被降为青衣。一天，高蕃和侍女说话，江城怀疑二人私通，把酒坛罩在侍女头上痛打。接着，又把高蕃和丫鬟都绑住，用绣剪剪下两人腹部的肉皮，再交换着补上，解开绳子后让他们自己包扎。过了一个多月，那补肉皮的地方竟然弥合了。江城常常光着脚把饼踩在尘土中，再呵斥高蕃拿起来吃下去。像这样的种种折磨，不一而足。

高母因为想念儿子，偶尔来到儿子的家中，看见儿子骨瘦如柴，回家后痛哭欲绝。夜晚，高母梦见一老叟告诉她说："你不用忧烦，这是前世的因果报应。江城原是静业和尚所养的长生鼠，公子前世是学子，偶然游览那座寺庙，误把长生鼠打死了。现在得的恶报，人力不可挽回。你每天早起，虔诚诵读观音咒一百遍，一定会有效。"高母醒来后，把此事讲给高仲鸿听，两人心里感到怪异，于是夫妻照着办了。虔诚诵念了两个多月，江城仍然和从前一样蛮横，变得更加狂纵。她听到门外有锣鼓声，没有梳妆就握着头发跑出门去，傻傻地伸长脖子远眺，众人对她指指点点，她却一点也不觉得羞耻，不以为意。公婆都为此感到耻辱，却管不住她，只能在心里面嘀咕，表示不满。

忽然，有个老僧在门外宣讲佛法因果，观看的人围得像一堵墙。老僧吹动鼓上的皮发出牛叫声。江城奔过去，见人多没有缝隙，就让婢女搬出座位，她爬上去站着看。众人的眼光都向她看去，她如同没有感觉。过了一会儿，老僧论说佛事将结束时，索取一盂清水，拿着面对江城祷念道："莫要嗔，莫要嗔！前世也非假，今世也非真。咄！

【读名著学成语】

不可言喻

不能用言语来说明。清·蒲松龄《聊斋志异·江城》："生于此时，欲去不忍，欲留不敢，心如乱丝，不可言喻。"

◎青衣：青色的衣服。多为古代低阶文官或卑贱者所穿的衣服。亦称为"青衫"。◎因果：佛教语。谓因缘和果报。根据佛教轮回之说，种什么因，结什么果；善有善报，恶有恶报。◎狂纵：狂放不羁；放肆无忌。

恋妓遇妻

江城

鼠子缩头去，勿使猫儿寻。"祷念完毕，吸一口水喷射到江城脸上，江城的粉脸湿漉漉的，一直流到她的襟袖上。众人大惊，都认为江城会暴怒，江城却一声不吭，擦擦脸自己回去了，老僧也离开了。

江城进了房间里呆呆地坐着，茫然若失，一整天不吃不喝，铺好床就自己睡下了。半夜，江城忽然把高蕃唤醒，高蕃以为她要解溲◎，就把尿盆捧进来。江城不接尿盆，暗自抓住高蕃手臂，将他拉进被窝。高蕃顺从江城的安排，但害怕得浑身抖动，好像接的是圣旨。江城感慨地说："害得您这样，我怎么配做人呢！"于是，用手抚摸着高蕃的身体，每摸到刀杖疤痕处，她就嘤嘤◎地啜泣，用指甲掐自己，恨不得立即去死。高蕃见此情形，心里很不忍，耐心地反复劝慰安抚。江城说："我觉得那老僧必是菩萨化身，清水一洒，好像换了我的肺腑。现在回想起我从前的所作所为，都如同隔世一般。我从前莫非不是人吗？有丈夫而不能同欢，有公婆却不能侍奉，这到底是什么心思！咱们明天可以搬回去，仍然和父母一起居住，以便于早晚请安。"她絮絮叨叨说了一夜，如同叙说十年离别之情。第二天，天未亮，江城就起来，整好衣服，理好家具，丫鬟带着箱箧，江城亲自抱着被褥，催促高蕃前去父母处叩门。高母出来，见此情景惊讶地询问，高蕃把意思告诉了她。高母还在迟疑不决，江城已和丫鬟走了进来。高母随后进屋。江城伏在地上流泪哀求，只求免死。高母觉察她是出自真心实意，也流泪说："孩儿何以一下子变成这样了？"高蕃对母亲详细叙说夜里的情形，高母才醒悟从前的梦灵验了。高母非常高兴，唤奴仆为他们打扫从前的房子。

从此，江城看着公婆的脸色，顺着长辈的意志行事，胜过孝子。每当遇见生人，就腼腆得像新娘子。有人开玩笑叙说往事，她马上就涨红了脸。江城又勤俭，又善于积累，三年中，公婆不过问家事，但家里已积蓄起万贯家财。高蕃在这年乡试中大捷，考中举人。江城常对高蕃说："当日见过芳兰一面，现在还是记得她。"高蕃因为不受虐待，心愿已经很满足了，非分想法不敢再有，只是点头而已。正巧高蕃赶到京城会考，几个月才返回家。他一进屋，看见芳兰正和江城下棋。高蕃惊奇地询问她们，才知道江城用几百两银子赎买芳兰，让她脱离妓院了。这件事情浙中王子雅说得非常详细。

异史氏说："人生行善作恶，件件都要报应。而唯有夫妻之间的报应，就如同骨头上生了恶疮，会更加恶毒而残酷。往往见到天下贤惠的妻子不过十分之一，而刁蛮的悍妇要占十分之九，这也可以看出人世间真正能行善积德的人太少了。观世音菩萨的法力无边，为什么不将盂中的甘露洒遍整个大千世界呢？"

◎解溲：排泄大小便。◎嘤嘤：象声词，形容鸟叫声或低而细微的声音。

【名家评点】

妒是江城最大特征，江城妒之极亦妒之智。捉奸精彩之至。画江城妒且惟妙惟肖。平时暴跳如雷的江城居然在扮演陶家媳妇时如此沉得住气，耐心地让高蕃充分表演，后发制人，真是一次成功偷袭。（马瑞芳）

法水悔过

【读名著学成语】

人生业果，饮啄必报

人生行善作恶，件件都要报应。清·蒲松龄《聊斋志异·江城》：「人生业果，饮啄必报，而惟果报之在房中者，如附骨之疽，其毒尤惨。」

青娥

霍桓，字匡九，山西人。父亲做过县尉◦，很早就死了。那时霍桓还很小，可是比谁都聪明。十一岁上，就被称为神童，中了秀才。因为母亲对他过分宠爱，平常不让他出门，因此到了十三岁时，还分辨不出伯、叔、甥、舅的称呼来。

同村有个武评事◦，喜欢道术，入山修行，一去不回。他有个女儿，名唤青娥，年纪才十四岁，长得非常美丽，从小就偷偷阅读父亲的藏书，羡慕何仙姑◦的为人。父亲修道去了，她便打定主意不嫁人，母亲对她也无可奈何。

有一天，霍桓在大门口看到了青娥。他虽然还是个小孩子，不大懂事，心里却觉得很爱她，只是说不出口。他把这意思老实告诉了母亲，要她找人去说媒。母亲知道这事办不到，很觉为难，霍桓就闷闷不乐。母亲不忍违拗儿子的心，便托人试向武家求亲，果然被拒绝了。霍桓左思右想，始终想不出一个好办法来。

一次，有个道士上门来化缘，手里拿着一把小铲子，长不到一尺。霍桓借过来一看，问这是做什么用的。道士说："是采药的工具，虽然很小，任何坚硬的石头都能凿进去。"霍桓不大相信，道士便试给他看，用铲子凿墙上的石头，石头软得像豆腐一般，一块块地落下来。霍桓大为吃惊，只管拿着玩，不肯放手。道士笑道："公子既然喜欢它，就送给你吧。"霍桓大喜，取钱酬谢道士。道士不肯接受，径自去了。

霍桓把小铲子拿回去，几次试着凿砖头、石块，都没有阻碍。他心中暗想，如果在墙上凿个窟窿，便可以看到美人了，却不知道这样做是犯法的。

起更后，霍桓从墙上跳出去，走到武家，接连凿通了两堵墙，才进入内院。他见小厢房里还有灯火，便偷偷地向里一望，青娥正在卸除晚妆。过了一会儿，熄了灯，什么声音都没有了。

【名家评点】

这篇小说写的是人仙之间的爱情婚姻故事，颇涉虚幻，但究其理，揭示的仍然是现实的人间关系。霍桓是个书生，"聪惠绝人"；青娥是位仙女，"美异常伦"。他们是一对带有仙气并最终离尘世而仙去的"才子佳人"。全篇故事，曲曲折折写来，演述的就是他们之间神奇莫测的良缘、仙缘。霍生既是情痴又是孝子，他的痴和孝，以及作者对这痴和孝的赞颂，都在这良缘和仙缘的缔结与离合中得以表现。（周先慎）

◎县尉：官名，主管捕拿盗贼，按察奸宄。◎评事：官名，属大理寺，掌管平决刑狱。◎何仙姑：传说中的女仙人，八仙之一。采茶山中，为吕洞宾所度，成为吕洞宾弟子。

【读名著学成语】

少不更事

指年纪轻，阅历不多。形容缺乏经验或不懂人情世故。

《聊斋志异·青娥》：「母谓汝夫妇少不更事。」

清·蒲松龄

霍桓在窗下凿开一洞，爬入室中。那时青娥已经睡熟。他就轻轻地脱下鞋子，悄悄地爬上床去。但又怕青娥惊醒，一定会让她骂一顿给轰出来，便偷偷地伏在绣被旁边，只要稍稍能听到她的呼吸，心里已经十分满意了。不过他辛苦了半夜，身体疲惫极了，就不知不觉地蒙眬入睡。

青娥一觉醒来，听到床上有鼻息声。她张开眼睛一望，看到窗下开了一个洞，透进亮光来。她吓了一跳，赶快下床，黑暗里把丫鬟摇醒，轻轻地开门出去，敲着窗子，唤起仆妇。大家点了火拿着木棍，来到房中，发现一个幼小的书生，正在绣榻°上酣睡。仔细一看，原来是霍桓，大家推了半天才把他推醒。他一下子站起来，目光亮晶晶得像流星，倒也并不显出十分害怕的样子，只是红着脸一句话也不说。大家指说他是贼，恐吓他，他才流着眼泪说："我不是贼，只不过爱你家小姐，想和她亲近亲近罢了。"众人又怀疑这样连凿几堵墙，不是一个孩子所能办得到的。霍桓便取出铲子，说出它的妙用来。大家拿过来一试，觉得很奇怪，疑心是神仙赐给他的，便准备去告诉夫人，但见青娥低着头在细想，好像不大愿意的样子，便说："这孩子原是好人家子弟，也不辱没了小姐，不如把他放走，叫他再找媒人来求婚。明天早晨，我们告诉夫人，只说晚上有贼进来便是。小姐以为这样好不好？"青娥并不答话，大家便催霍桓快走。霍桓要讨还他的铲子，她们一齐笑道："傻孩子，你还忘不了这凶器吗？"

这时，霍桓瞥见枕边有凤头钗一股，就偷偷地塞到袖子里。不料被一个丫鬟看见了，赶快去告诉青娥。青娥不说话，也不生气。一个老妈子拍着霍桓的颈子说："你们不要说他傻，他年纪虽小，倒是很有心思的。"说着便拉了霍桓走，仍然从墙洞中把他送出去。

◎绣榻：绣着花的床榻。

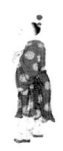

赠锓试石

钻穴眠闺

青娥

【名家评点】

《聊斋志异》中的《青娥》篇与蒲松龄生活的时代背景及悠久的中国传统文化有千丝万缕的联系。封建社会诗书之家的少男少女，绝少与外界接触之机会，故最易产生一见钟情之恋情；明末清初，成人之学道求仙，是当时社会政治黑暗使然，少女之思道慕仙，是受成人之影响；霍桓之为人，有魏晋风度；在情欲问题上，最理解体谅小姐者，不是母亲，而是婢仆；利用对方的耻辱感，促成婚姻，是封建社会常见之事。（王光福、赵瑜）

霍桓回到家里，不敢把实情告诉母亲，只是要求母亲再托媒人去说亲。母亲不忍明说不答应，只是托了许多媒人，想赶快替他另找一门合适的亲事。青娥知道了这个消息，心里很着急，偷偷打发个心腹向霍夫人透露些意思。霍夫人听了很高兴，又托了个媒人前去。这时正好有个丫鬟把那件事泄露了，武夫人以为这简直是奇耻大辱，非常气恼。媒人一到，更激起她的怒火来。她用拐杖划着地，大骂霍桓，还牵涉到他母亲身上。媒人害怕，逃回霍家，把情形详细说了一遍。霍夫人也怒道："那不成器的东西干的好事，我是被蒙在鼓里的，武家怎能用这种无礼的话来骂我？为什么他们在荡儿、淫妇睡在一个枕头上的时候，不当场把他们一并杀了呢？"从此以后，霍夫人逢人便讲这件事。这话传到青娥耳朵里，使她羞得要死。武夫人也很后悔，但是又无法封住霍夫人的口。青娥私下派人委婉地向霍夫人表示，立誓不嫁别人，话说得很悲切。霍夫人被她感动，这才不讲了，但是亲事也就没再提起。

这时陕西的一位欧公来任县令，看到霍桓的文章，很器重他，常常把他叫到衙门里去，十分优待。一天，问霍桓可曾结婚，他答称没有。欧公仔细问他缘故，霍桓才说道："早先和武评事的女儿有过盟约，后来因为一个小小的误会，把婚事搁下来了。"欧公问他，这门亲事还愿不愿意重提？霍桓红着脸不说话。欧公笑道："我来替你们撮合一下吧！"便委托县尉、教谕做媒，向武家致送聘礼。武夫人很欢喜，这亲事才算成了定局。

过了一年，霍家把青娥娶了过来。她一进门，就把铲子丢在地上说："这是做贼用的家伙，快拿去吧！"霍桓笑道："我们可不能忘了这个大媒！"他把铲子很珍重地带在身上，从不离开。

青娥为人温文善良，不多讲话，每天拜见婆婆三次，其余的时间，只是闭门静坐，不大留心家务。但是婆婆偶然因为庆吊出门去了，她也能把每件事处理得井井有条。过了两年多，青娥生了一个儿子，取名孟仙，一切都委托奶妈照顾，好像并不十分爱惜似的。又过了四五年，她忽然对霍桓说道："我们恩爱的缘分，已经八年了，现在我要和你分别了。这可怎么是好？"霍桓吃惊地问她，她也不再说什么，穿上很整齐的衣服，朝拜了婆婆，回到屋里。霍桓跟进去问她，她已

◎教谕：官名，元、明、清县学的教官，主管文庙祭祀，教诲生员。

[读名著学成语]

行思坐筹

形容时刻在思考着或怀念着,同"行思坐想"。清·蒲松龄《聊斋志异·青娥》:"生行思坐筹,无以为计。"

辞母游仙

青娥

经睡在床上，气息都没有了。母子俩号啕恸哭，买了棺材，把她盛殓埋葬。

这时，霍夫人已经年老气衰，每次抱着孙子，就想起他的娘来，难过得肝肠寸断，从此得了病。她睡在床上，见了饮食便呕吐，只是想吃鱼羹；但附近一带不产鱼，要到一百里外才买得到。恰好仆人都已打发出去了，霍桓对母亲很孝顺，他来不及等待，便带了钱出去，日夜赶路，不肯休息。

在回家的路上，他走到山中，天色已经昏暗，两足又十分疼痛，跨不开大步。后面忽然有一位老者赶上来，问他说："你脚上莫非起泡了吗？"霍桓点头称是。老者把他拉到路旁坐下，敲着石头取火，用纸裹了药粉，熏他的两脚。熏好之后，叫他再试着走，果然不痛了，而且走起路来觉得更轻便。霍桓十分感激，向老者道谢。老者问他为什么走得这样匆忙，他便把母亲生病的事以及得病的原因，原原本本讲了一遍。老者问他为什么不另娶一房妻子，他答道："没有找到合适的对象。"老者远远地指着一个山村说："那里有一个美人，你要是能跟我去，我愿意替你做媒。"霍桓因为母亲生病，正在等鱼吃，暂时没有工夫。老者拱拱手，约他改天到村里去，只要提起老王，就能找到他。说完，告别走了。

霍桓回到家里，把鱼烹好了献给母亲。母亲稍微吃了一些，过几天，病就慢慢好了。他便又带了仆人，骑着马往山村中寻那老者。走到先前那个地方，却找不到村庄所在。徘徊了好久，太阳渐渐西下，山谷错综复杂，又望不到远处。他和仆人分路上山，看看有无村落。因为山路高高低低，不能再骑马，只好徒步上去。这时，大地已经笼罩上一层烟雾，他东张西望，还是看不见人家。正待下山，又迷失了来路，心里急得火烧似的。他正在胡乱摸索的时候，偶一失足，忽地从高山上跌了下去，幸而几尺下有一方狭窄的平台把他挡住。平台的阔度，只能容下一个身体，往下一望，黑洞洞得看不到底。他害怕极了，连动也不敢动。幸而平台四面都生着小树，像是栏杆一般把他的身体拦住。他稍微定了定神，发现脚旁边有一个小洞口，不禁暗暗欢喜，便用背靠着石头，爬进洞去，心里这才比较稳静了些，希望等到天明，可以呼救。

过了一会儿，在洞里很深的地方发出了亮光，像是一点点的明星。他往前走了二三里路，

◎鱼羹：鱼做的糊状食物。

【名家评点】

霍桓由于过分疲劳，竟在美人身边"鼻气休休"地酣然入睡。在痴呆不解事中，写出了他的一片真纯。怜香惜玉，忠厚至诚，其情其态，与明人拟话本中的卖油郎有异曲同工之妙。（周先慎）

【读名著学成语】

急不可待

急得不能等待，形容心怀急切或形势紧迫。清·蒲松龄《聊斋志异·青蛾》：「逆害饮食，但思鱼羹，而近地则无，百里外始可购致。时厮骑皆被差遣。生性纯孝，急不可待，怀赀独往。」

洞扉送美

传世彩绘聊斋志异

青娥

忽然出现一所房子。屋里并无灯烛，但是光明得和白昼一样。一个美人从屋里走出来，仔细一看，却是青娥。她见了霍桓，惊诧地问道："你怎么能到这里来了？"霍桓顾不得细说，握住她的手，呜咽痛哭。青娥把他劝住，问起母亲同孩子，霍桓详述困苦的状况，她听了也很悲伤。霍桓说："你已经死了一年多了，这里莫非是阴曹地府吗？"青娥说："不是，这里是仙府。从前我并不是真的死了，你们埋葬的乃是一根竹杖。你如今能到这里来，足证你和仙人也是有些缘分的。"

青娥带霍桓去拜见她父亲。她父亲乃是一位身材魁梧的长髯老人，正高坐在堂上。霍桓向前施礼。青娥告诉父亲说霍官人来了。老人很诧异地站起来，握了霍桓的手，略微谈了谈过去的事，便说："姑爷来得很好，你是有缘分的，应该留在这里。"霍桓推托母亲在盼望他回去，不便久留。老人说："我也知道，不过住三四天再走，谅无妨碍。"说着便为他备饭备酒，并吩咐丫鬟们把床位设在西厅里，铺上锦绣被褥。

霍桓退下来，要拉着青娥同去。青娥拒绝说："这是什么地方，哪容做龌龊的事？"霍桓握住她的胳膊不放，就听到窗子外面的丫鬟们哧哧地笑起来，使青娥越发觉得羞愧难当。正在拉拉扯扯的时候，老人进来呵斥道："你真是生成的一副俗骨，把我的洞府都玷污了，还不赶快滚去！"霍桓平日性子大，一听这话，又羞又恼，便沉下脸来说："儿女私情谁也难免，你老人家就不该偷看。要我走也不难，你女儿得跟我一同走！"

老人没有说话，叫女儿跟他走，并打开后门送他们出去。不料霍桓刚踏出门外，父女俩却把门关上进里边去了。他回头一看，已全是峭壁危崖，一条缝也找不到，只剩下他一个人孤零零的，不知道如何是好。这时，明月西斜，星斗渐渐稀少，他茫然站了好久，心里又悲又气。他对着峭壁用力叫喊，始终没有人答应。他恨极了，便从腰里取出铲子，凿着石头，打了进去，还边凿边骂。不多一会儿，洞已凿了三四尺深，隐隐听到有人说道："这真是个孽障啊！"霍桓凿得更有劲了。忽然洞底打开两扇门，有人把青娥推了出来说："去吧，去吧！"峭壁就又重新合上了。

青娥抱怨说："你既然爱我，要我做妻子，哪有这样对待丈人的？不知哪里来的老道士，给你这把凶器，把人纠缠得要死！"霍桓因为青娥已经到手，心满意足，也就不和她争辩，只是担心道路艰险，不易行走。青娥折了两条树枝，每人跨上一条。树枝立即变成了两匹马，走起来很

◎仙府：仙人所住的府第。

【名家评点】

文章的前半部分，作者仅用数百字的篇幅，就将霍生、青娥成婚的经过写得跌宕起伏、扣人心弦。这便是蒲松龄层层追险、节节生奇、置之死地而后生的情节艺术。（刘颖慧）

【锦言佳句】儿女之情,人所不免,长者何当伺我?

试毕失亲

青娥

快，一会儿工夫就到家了。原来霍桓已经失踪七天了。

当初，主仆分头上山后，彼此就失却联系。仆人寻他不到，回家禀告了老太太。老太太派人到山上山下都搜遍了，一点踪影也没有。老太太正在忧愁不安的时候，听说儿子回来了，不胜欢喜，连忙出去迎接。但是，一抬头却看见已死了的儿媳妇也回来了，倒吓了一大跳。霍桓把经过情形约略讲了一遍，老太太越发欣慰了。

青娥因为形迹离奇，怕引起别人的议论，便向老太太提议搬家。老太太答应了。他家在邻县本有一所别庄，即日迁过去，谁也不曾知道。两人在那里同居了十八年，又生了一个女儿，以后嫁给了同县的李家。

后来，霍老太太死了。青娥对丈夫说道："我们老家那块草地里，有一只野鸡孵着八个蛋。这地方可以安葬。你们父子快去办理安葬的事。孟仙年龄已经不小了，葬事完毕，可以留守庐墓○，不必回来。"霍桓依她的话去做，把母亲埋葬之后，独自回去。过了一个多月，孟仙回家探望爹娘，爹娘却都不见了。一问老家人，才知道丧事完毕，他们就没有回来。孟仙心里感觉蹊跷，也只能为之一叹。

孟仙很有一些才名，但是屡次考不取，四十岁还没有中举。后来以拔贡的资格到北京参加会试，遇到同号的一个考生，年龄十七八岁，

○庐墓：从前的规矩，祖父母、父母埋葬之后，子孙应当住在坟墓左右，陪伴一个时期，称为"庐墓"。

【名家评点】

青娥虽为仙女，也是多情人，她的情是为霍生之真情所动而生。但她的表现不像霍生那样热烈直露，如痴似呆，而是深沉含蓄，聪慧灵妙。（周先慎）

此篇所写之事涉及人间仙境两界，故变幻无常，诡异莫测，情节的发展极尽奇峭曲折之能事。作者驰骋想象，挥洒笔墨，处处有出人意想之笔。读时故事将如何发展，如何结局，难以预测；读后掩卷回想，却又有文理可循。（周先慎）

【说聊斋】

蒲松龄一生唯一的一次远游

古人说：'行万里路，读万卷书。'伟大的作家几乎都是足迹遍天下，走过许多地方的。而蒲松龄一生几乎没有离开过家乡，几十年中，都是骑着小毛驴，往返于满井——西铺，西铺——满井之间（西铺村为蒲松龄设馆教书之地，满井庄为蒲松龄家所在地）。除了到济南乡试外，唯一的一次南游，是在康熙九年他三十一岁时，到江苏宝应县去做幕宾。时间虽只有一年，但这一次南游，却使他得到重要的收获。他不仅在这次南行之中受到江南山水的熏陶，还认识了官场的实质，获得了如何写《聊斋志异》的启示，可以说这次南游的经历对于蒲松龄撰写《聊斋志异》来说是非常重要的。

风度潇洒，一见便很倾慕。拿过他的考卷一看，上面写明"顺天°廪生°霍仲仙"，不禁瞪着眼睛诧异起来。他把自己的姓名说出，仲仙也觉得奇怪，便问孟仙籍贯。孟仙也告诉了他。仲仙高兴地说："我来北京的时候，父亲叮嘱我，如果在考场里遇到山西人姓霍的，便是我们同族，应该和他结交。如今果然不错，但是我们的名字为什么这般相同呢？"孟仙问仲仙的三代履历，以及他父母的姓名，听罢又大吃一惊说："那就是我的父母啊！"仲仙怀疑年龄不对。孟仙说："我们的父母都是仙人，哪能凭他们的面貌判断他们的年岁呢？"于是把以往的事迹，讲给仲仙听。仲仙才相信了。

考试完毕，两人来不及休息，一同乘车回仲仙家。刚到家门口，家人迎出来说："一夜之间老太爷和太夫人都不知道往哪里去了。"两人十分诧异。仲仙进去问他妻子，他妻子说道："昨晚我们还在一起饮酒。母亲说：'你夫妇俩年纪轻，不懂事，明天大哥来了，我就不再担心了。'早晨到他们房里去看，一个人也没有了。"

兄弟二人听了，连连顿足，十分悲伤。仲仙还想追踪寻觅，孟仙认为没用，也就作罢。

那一科仲仙中了举人。因为山西是他们的祖籍，便跟着哥哥搬了去。

他们还指望父母仍然留在人间，但是到处访问，始终不曾找到踪迹。

◎顺天：旧府名。清朝的顺天府，属直隶省，治大兴，辖宛平、良乡等十九县，即今北京一带。◎廪生：食公家粮食的生员，就是秀才。

传世彩绘聊斋志异

仙人岛

王勉，字黾斋，灵山°人。很有一些才气，在考试中常常名列第一，因此自命不凡，随意讥评消骂，许多人都受过他的侮辱。

一天，他偶然遇见一个道士。道士向他注视着说："你本来是一个贵相，但因为你过于轻薄，把前程折磨光了。凭你的聪明，如果肯埋头修道，还不难成仙。"王勉鄙夷地说道："福泽如何，的确很难预料，但是世界上哪里有什么仙人？"道士说："你的见解怎么这样浅陋°？不用到别的地方去找，我便是一个仙人。"

王勉越发笑他狂妄。道士说："我算不了什么。如果你肯跟我去，几十个真正的仙人马上可以见到。"王勉问在哪里，道士答道："近在咫尺。"说着就把手杖夹在两腿中间，另外送给王勉一根，叫他也学他的样子，又吩咐他闭上眼睛，喝道："起来！"便觉得手杖比五斗米的口袋还粗，腾空飞起。偷偷一摸，满身都是嶙峋°的鳞甲。他害怕起来，连动也不敢动。

过了一会儿，只听道士喝道："停止！"把手杖抽去，落在一座大宅第°中，高楼大厦，类似王宫。里面有一座一丈多高的平台，上面有大殿十一间，雕梁画栋，十分宏丽。

道士拉着王勉走上去，就叫侍童准备筵席，邀请宾客。殿上摆了几十桌，场面十分宏大。这时道士也换了礼服等候。

不一刻，许多客人全由天空来到，他们所骑的，有的是龙，有的是虎，有的是鸾凤，种类不一。每人又各自带来了乐器。仙人队中有女有男，全是赤脚。其中有个美丽仙姑，骑的是彩凤，宫廷装束，侍女代她抱着约莫五尺长的乐具，不是琴，也不是瑟，叫不出名称来。

大家入座行酒，山珍海味，吃起来又甜又香，绝不同于平常的食物。王勉默然地静静坐着，只是注视着那个仙姑，心里很爱她，想听听她的音乐，只怕她不肯弹奏。

酒喝了一半，一位老者首先提议说："承蒙崔真人邀请，今天称得起是个盛会，大家都应该尽情地欢乐一下。凡是持有相同的乐器的，组成乐队，弹奏一支曲子。"于是大家配集一起，丝竹°的声音，响入云霄。

只有那位跨凤仙姑，没有乐器能和她的乐器搭配。等到繁音停歇之后，侍女才打开绣囊，把乐具横放在桌上。仙姑便伸出玉手，像是调筝一般地开始弹奏。声调比琴要大几倍，激烈处可以使胸襟开阔，柔腻处令人魂销魄荡。弹奏了大约半顿饭的时间，合殿寂然°，连咳嗽的声音也

°灵山：县名，在广东省。 °浅陋：见闻狭隘，见识贫乏。 °嶙峋：形容山石等突兀、重叠。 °宅第：规模较大的住宅；府第。 °丝竹：琴瑟与箫管等。泛指乐器。 °寂然：肃静的样子。

【名家评点】

本篇写天仙生活着重渲染其飘逸富贵豪奢，艳如牡丹，写地仙生活则是另外一种风格，清幽僻静，美若秋菊。天仙们高高在上，高贵难近，地仙们则如山野隐士，虽志趣高洁，却平易质朴，和蔼可亲。天仙仙乐华美，似非天界绝无，地仙却似有更多人间智慧。地仙中，芳云姑娘、绿云姑娘和明珰姑娘是描写中心，她们都很美丽，性格开放，才华横溢，机趣盎然。由于讽刺和赞美的叠合，整个故事保持了轻松活泼的喜剧气氛，耐人品味。（陈昌恒、周禾）

【读名著学成语】

笑不可仰

笑得直不起腰来。清·蒲松龄《聊斋志异·仙人岛》:"芳云又掩口语妹,两人皆笑不可仰。"

台殿迎仙

传世彩绘聊斋志异

仙人岛

听不到。最后，铿然一声，像是敲击清磬°似的戛然而止。大家赞美道："云和夫人的妙奏真是绝调°啊！"于是众仙起立告别。鹤唳龙吟，一会儿工夫全散去了。道士也准备了宝榻绣被，招待王勉过夜。

王勉最初见到仙姑，就已爱慕，听了音乐之后想念得更厉害了。他以为凭自己的才气，求取功名，就好像拾一把草那般容易，等到富贵之后，什么东西不能到手？一时各种思绪纷至沓来，像是乱麻一堆，理不出个头绪。道士仿佛知道他的心事，便对他说道："你的前身和我是同学。后来因为你的意志不够坚定，便堕入尘网°。我不愿意丢下你不管，实想把你从恶浊世界里引导出来，不料你中毒已深，很难醒觉。现在我要送你回去，未必没有再见的日子，但是要想做天仙，今生是没有希望了。"说着指着台阶下面的一块长石，叫他闭起眼来坐上去，一再嘱咐他不要睁开眼看。然后他用鞭子驱石，石头立即飞起，风声飕飕，一下子不知道走了多少路。这时他忽然想看看下界景色究竟是个什么样子，便偷偷把两眼微微睁开一条细缝，只见大海茫茫，漫无边际。心里一吓，赶快合眼，但是已经来不及了，身子随着石头一齐向下掉，砰然一声，像一只海鸥似的落下。幸喜他靠海居住，懂得一些游泳，能在水里漂浮。一会儿听到有人鼓掌说："跌得真美啊！"

正在危急关头，一个女子把他拉到船上，一面说道："吉利，吉利，秀才'中湿'了。"王勉一看，那女子年龄十七八岁，长得很美丽。

王勉一出水冷得全身发抖，向女子求火来烤干衣服。女子说："跟我回家去，我替你想办法，如果你得意了，可不要忘掉我才是。"王勉说："这是什么话啊！我是中原的才子，偶然遭遇到危险，承你援救，今后当全力相报，哪能把你忘掉呢！"

女子放桨划船，快得像是刮风，刹那间便已靠了岸。她从舱里取出采来的一把莲花，引导他一同前去。

走了半里路进了村庄，看见红门向南开着，

【名家评点】

从远古至清末的海洋书写中，"仙人岛"是一个具有悠久文学传统的命题，也是一个含义丰富的文化意象。蒲松龄的涉海叙事，有好几篇都是属于这种神仙岛屿叙事的。他的《安期岛》遵循东方朔"海内十洲"的思维传统，写神仙岛上的居民，饮仙水，善"却老术"，能用神器"窥海镜"观看鲛宫龙族世界。但是他的《仙人岛》则完全不同，不再是荒岛求生和奇遇故事，而是崭新的"智斗"场景，具有很强的创新价值。（倪浓水）

◎磬：古代打击乐器，形状像曲尺，用玉、石制成，可悬挂。◎绝调：举世无双。◎尘网：人世。把人世看作束缚人的罗网。

[锦言佳句]

女乃舒玉腕,如搦筝状,其亮数倍于琴,烈足开胸,柔可荡魄。弹半炊许,合殿寂然,无有咳者。既阕,铿尔一声,如击清磬。

随石堕海

仙人岛

过了几道门,女子先跑进去。随即有一个四十岁上下的人出来,向王勉作揖,请他入内,叫侍役取出冠袍袜鞋,给他换上,然后询问他的家世。王勉说:"实不相瞒,我也有点小小名气。承蒙崔真人殷切垂顾,邀我到天宫里去。自以为功名易如反掌,因此不愿意退隐,准备返回故土。"

那人肃然起敬道:"这是仙人岛。鄙人姓桓,名文若。世世代代都是隐居在这个幽僻地方,能够看到名流光临,真觉得荣幸之至!"

于是他殷勤地预备酒筵,然后从容地说道:"鄙人有两个女儿,大的名叫芳云,已经十六岁了,如今还没有找到合适人家,我很想把她嫁给像你这样一位才子。你以为如何?"王勉心想,一定就是那个采莲女子了,马上起立称谢。

桓文若叫人从乡里中邀请两三位年高德劭的人来,一面又吩咐侍从,立即把女儿唤出。不久就闻到一股异香,十几个美女簇拥着芳云走出。娇艳鲜丽,好像是一朵映在早晨太阳下面的芙蓉。礼毕就座,美女环绕左右,原来那个采莲女子也在里面。

酒过数巡之后,一个梳着小抓髻的女孩从里面跑过来,她的年龄只有十一二岁,但是姿态非常秀媚。她微笑着依偎在芳云腕下,眼睛转动个不停。

桓文若说:"女孩子不好好在闺房里读书,出来做什么啊?"然后转过头来对王勉说道:"她叫绿云,是鄙人的幼女。很慧明,已经读过一些书了。"说着便叫她对客人吟诗,她念了《竹枝词》◦三首,委婉动听。念完,父亲叫她挨着芳云坐下。

接着桓文若说:"王先生是个天才,胸中蕴藏的一定丰富,能不能让鄙人领教领教呢?"王勉毫不迟疑地读了近体诗一首,露出一种以为了不起的神气。其中有两句道:

> 一身尚有须眉在,
> 小饮能令块垒◦消!

邻座的一位老翁再三诵读,认为诗写得很好。

芳云低声说:"上句是孙行者离火云洞,下句是猪八戒过子母河◦!"一座鼓掌大笑。

桓文若又请他念些别的诗句。王勉便背他所作的《水鸟》诗道:"潴头鸣格磔◦……"忽然忘了下句,刚一沉吟,芳云便向她妹妹叽叽咕咕地低声絮语,然后掩口而笑。绿云向她父亲说:"她已经替姐夫作好下句了,就是:'狗腚响弸

◎竹枝词:一种乐府诗体,也叫"巴渝词"。◎块垒:比喻郁积在心的气愤或愁闷。◎芳云故意曲解两句诗的意思,说是孙行者走出火云洞,身上烧得只剩下须眉,猪八戒误饮了子母河水,肚皮里就生了血团肉块。◎格磔:水鸟鸣声。◎弸巴:狗屁股响的声音,完全是讽刺王勉的诗句。

【名家评点】

在她们对王生肆无忌惮的嘲讽轻谑过程中,又穿插其父对她们的呵斥、阻止,对王生的宽慰、安抚,再点染几位德高望重的邻叟极有涵养的种种反应,读来又完全使人置身于一种十分熟悉的现实生活情景之中。(周先慎)

在一片花团锦簇景象与轻松诙谐的气氛中,小说很有层次地一步步写出王勉以才情自诩、目无千古的种种狂妄表现及其转变过程,真实深刻而又富于机趣。(周先慎)

【读名著学成语】

顾盼自雄

左看右看,自以为了不起。形容得意忘形。清·蒲松龄《聊斋志异·仙人岛》:"王即慨然颂近体一作,顾盼自雄。"

逞才惹诮

仙人岛

巴！'"合座又大笑了。

王勉面露羞愧之色。桓文若狠狠地瞪了芳云一眼，王勉才稍稍安定下来。

桓文若又请教他的文章，王勉心想，世外人一定不懂得八股，便把他那最得意的作品搬弄出来，题目是"孝哉闵子骞"①二句。破题是："圣人赞大贤之孝——"绿云望着她父亲说："圣人不会喊他弟子的字②，'孝哉'一句，就是别人的话。"

王勉一听，觉得兴致索然。桓文若笑道："小孩子懂得什么！这没有什么要紧，我们只论文章作得怎样。"

于是王勉接着背诵。每念几句，姊妹必定附耳小语，好像在不断批评，但是吞吞吐吐，声音低得听不清楚。王勉读到得意的字句，还把督学使的评语念出，有句评语是："字字痛切！"绿云听了对她父亲说："姐姐说该把'切'字删掉。"大家都不懂她们的意思。桓文若唯恐话里含有侮慢的意思，也不敢往下追问。王勉念完文章，又把总评背出，其中有两句道："羯鼓一挝，则万花齐落③！"芳云又遮着嘴和她妹妹讲话，两个人全笑得抬不起头来。绿云又宣布说："羯鼓应当是四挝。"大家又不懂。绿云想开口说话，芳云忍住笑呵斥她说："小妮子要说出来，打死！"大家越发疑惑了，互相推测不已。绿云实在忍耐不下去了，便说："去掉'切'字，是说痛了就不通④；鼓四挝，就是说不通又不通⑤啊！"桓文若装作发怒的样子把她喝住，连忙起来斟酒谢罪。

王勉本来以才名自负，目空一切，这时也不禁神气沮丧，浑身冒汗。桓文若一面安慰他，一面又奉承说："我有一个上联，请大家对一对：'王子身边，无有一点不似玉！'"大家还没来得及对，绿云应声说："黾翁头上，再着半夕即成龟⑥！"芳云失声而笑，呵着手搔她的两胁，扭了好几下，绿云挣扎逃走，回头望着她姐姐说："关你什么事！你骂了他好多次，不觉得不应该，难道别人骂一句，也不许吗？"桓文若连声呵斥，

【名家评点】

《聊斋志异》中的对话之妙，……特别是卷四《狐谐》，卷七《仙人岛》，卷八《司文郎》等篇中的对话，真是字字生棱，不可逼视（三篇就作为作品说，《狐谐》最完整，《仙人岛》头重，《司文郎》尾赘）。（聂绀弩）

① "孝哉闵子骞"二句是：孝哉闵子骞，不间于其父母昆弟之言。见《论语·乡党》篇。②古人父亲和老师都是直呼他们儿子和弟子的名，而不叫他们的字。按：闵子骞名损。③羯鼓是一种乐器，类似今天的腰鼓。一挝是鼓打一次。万花齐落，系指唐明皇羯鼓催花故事。这两句评语是形容文章写得好。④痛了就不通：是说人身上有痛的地方，血脉就不流通。⑤不通又不通：是形容的声音。⑥黾翁头上，再着半夕即成龟：拆字。意思是说王勉是只乌龟，因此芳云才搔她妹妹的两胁。

读名著学成语

意兴索然

索然:全无,空尽。**兴致全无**。形容一点兴致也没有。清·蒲松龄《聊斋志异·仙人岛》:"王闻之,意兴索然。"

席散,几位老翁告别。丫鬟们引导夫妻走入内室,灯烛屏榻,布置得十分精美。又见洞房里面,牙签①满架,无书不备,稍微提一些问题,芳云总是原原本本,应答如流。王勉这时才觉得自己的学识太渺小了。

芳云唤明珰,那个采莲女子应声进来,王勉这才知道她的名字。

王勉屡次受侮辱,唯恐妻子看不起他,幸而芳云说话虽然刻薄,但是闺房之内,两人还能互相爱悦。他闲居无事,常常吟诗。芳云说:"我有一句良言,不知道你肯听不?"问她是什么话,她答道:"从此不要作诗,也是藏拙的一个办法啊。"王勉听了很惭愧,便绝笔不再作诗。

过了几个月,王勉因为家里还有老人幼子,常常十分牵记②,想回家去一次,他把这意思告诉芳云,芳云说:"回去没有什么困难,只是再见就没日子了。"王勉泪流满面,恳求她一道前去。芳云考虑再三,才答应了他的要求。

桓文若设宴送行。绿云提着一只篮子进来,说:"姐姐远行,没有什么东西可以相赠。只怕到了海南地方,没有房子可住。我起早带夜替你造了宫室,你不要嫌做得粗糙。"芳云谢了,把东西收下。拿到眼前细看,都是用细草扎成的楼房,大的像香橼,小的像橘子,约有二十多栋,每栋房子的横梁、柱子、廊檐、匾额,都可以看得清清楚楚。里面还摆设了床帐,像芝麻一般大小。王勉认为这是小孩的玩具,可是心里也暗暗佩服做工精巧。芳云说:"实在对你说吧,我们都是地仙,因为我俩有一段缘分,才和你结为夫妇。本来我不想踏进红尘,只因你家有老父,所以不忍心违背你的意愿。等到你父亲百年后,就要回来的。"王勉恭恭敬敬地答应了。

桓文若问:"是乘车呢,还是坐船?"王勉因为风浪危险,愿意走陆路。走出家门,车马已经等在外面了。辞别出发,一路上马跑得飞快,

---

◎牙签:古人藏书的标识,等于卡片。◎牵记:牵挂,思念。

仙人岛

顷刻到了海边,王勉担心没道了。芳云取出白绸一匹,向南抛去,变成了一条一丈宽的长堤。马车一瞬间驶了过去,长堤也逐渐收了起来。到一处被潮水淹过的地方,四面一看,是块很大的空地。芳云叫停车,下车从篮子中取出草扎的楼房,和明珰几个人照原样布置起来,一转眼间变成了深宅大院。大家进去,换好了衣服,就如同在原先的岛上那样毫无差别,房里的摆设也一模一样。这时天色已晚,就住下过夜。

第二天一早,芳云让王勉去接家里老人、孩子。王勉叫车一直跑到老家,到了一看,房子已换了主人。向邻居一打听,才知道母亲及妻子都死了,老父还在。儿子好赌博,田产输光了。爷爷和孙子没地方住,暂时到西村找房住下了。王勉刚到家时,求功名的想法还挂在心里。等听到这些情况,悲痛异常,自己心想,富贵纵然能够得到,它同虚幻的花朵有什么两样。催马到西村见到了父亲,见父亲穿得破破烂烂,衰老的样子很让人可怜。父子相见,一齐痛哭失声。王勉问不成器的儿子,原来赌钱没回家。于是王勉用车把老父接走了。

芳云见到公公,施礼之后,预备好了洗澡水,拿来锦裳◦,让老爷子睡在香喷喷的房子里,又请来公公以前的老朋友陪着老爷子吃酒谈心,侍候得超过了世家大族。

一天,王勉的儿子找到这里来了。王勉不理,不让儿子进门,只给了二十两银子,让人传话给他说:"拿这些钱去娶个媳妇,好好过日子。如果再来找,就用鞭子打死你!"儿子哭着走了。

王勉自回家以后,不大与人应酬,但凡是从前的老朋友来访,就一定要招待他们住几天,比过去谦让有礼多了。特别有个黄子介,从前和他同学,也是有才学而不得意的人,王勉留他住了很久,不时同他密谈,赠送的礼物也特别丰厚。

过了三四年,王勉的父亲死了,王勉花了上万银钱,选了块风水好的墓地,隆重地埋葬了父亲。这时他儿子已娶了媳妇,这媳妇把丈夫管得很紧,因此也不常出去赌钱了。奔丧那天,媳妇才初次拜见公婆。芳云一见面,就称赞她会过日子,给了三百两银子,让他们去购置田产。

第二天,黄子介和王勉的儿子再去看望时,那里的房子全不见了,人也不知去向。

◎锦裳:古代礼服上所绣的色彩绚丽的花纹。泛指华美鲜艳的衣服。

【名家评点】

《仙人岛》命意在讽刺一个浅薄而自视甚高、出口不逊、盛气凌人的狂妄书生,让他在受尽诮辱之后,思想终于有了转变。这本来是非常现实的内容,此类人物即在今天也还常见。但作者偏能别出奇想,大胆地采用幻笔,让这位书生的思想转变到一个虚空邈远的神仙世界——仙人岛上去完成。曲曲折折地写出一系列神奇诡异的情节,由天仙而地仙,由仙人岛而返回人间,再由人间而登仙籍飞升。奇幻莫测,层出不穷,机趣横生,发人深省。(周先慎)

【锦言佳句】

秋水盈盈,朗若曙星。

抛练化堤

胡四娘

程孝思,四川人,从小就很聪明,能写文章。他的父母很早就去世了,家里非常贫困,无衣无食,只好求胡银台雇佣他干点文书差事。胡银台试着让程生写了篇文章,看了后非常高兴,说:"这人不会长久贫困,可以把女儿许配给他为妻子。"

胡银台有三个儿子、四个女儿,都是在襁褓时就跟大户人家定了亲的。只有小女儿四娘是小妾生的,她的生母早就死了,长到十五岁了还没定亲,于是胡银台就把四娘许给了程生,招赘◦他为女婿。有人讥笑胡银台,认为他老糊涂了,胡乱许亲,但胡银台毫不理会,打扫了房子,让程生住下,饭食、衣服都优厚周到地供给。公子们看不起程生,不愿和他一起吃饭,就连仆人和奴婢们也常常揶揄◦程生。程生默默地忍受着,不跟他们计较,只是很刻苦地读书。众人在一边厌恶地讽刺他,程生照旧读书,停也不停;那些人又故意在旁边鸣锣敲钟,前后捣乱,程生干脆拿起书本,到卧室里去读。

起初,四娘还没出嫁时,有个神巫能预知人的贵贱,神巫把胡银台的子女们挨个看了一遍,都没有说奉承的话,唯独四娘来后,他才说:"这是真正的贵人啊!"等到四娘嫁给程生,姐妹们都叫她"贵人",以此来嘲笑她,但四娘性情端庄,寡言少语,听到别人这么叫她,就像没听见一样。渐渐地连丫鬟和婆子们都这么叫她。四娘有个丫鬟叫桂儿,感到十分不平,大声说:"怎么知道我家郎君就不会做贵官呢?"二姐听到后,嗤之以鼻◦,说:"程郎如做了贵官,把我的眼睛挖了去!"桂儿发怒地说:"到那时,恐怕舍不得你的那两颗眼珠子!"二姐的丫鬟春香说:"二娘如果食言,我用我的双眼代替!"桂儿更加愤怒,拍着巴掌发誓说:"管教你们都成了瞎子!"二姐恼恨桂儿言语冲撞,甩手就给了她几巴掌,桂儿号啕大哭。胡夫人听说这件事后,也不置可否,只是微微冷笑了一声。桂儿吵嚷着向四娘哭诉,四娘正在纺线,听着她诉说后不动怒也不说话,照旧自顾自地纺织。

◦招赘:招人到自己家里做女婿。◦揶揄:耍笑、嘲弄、戏弄、侮辱之意。◦嗤之以鼻:用鼻子发出冷笑声。表示轻蔑,看不起。

【名家评点】

《胡四娘》篇自出机杼,别具一格,它有别于《聊斋志异》中某些浪漫主义的篇章,不以云谲波诡的想象、离奇怪诞的情节、鬼狐神妖的幻化来征服读者;而是凭借简洁、质朴的文学语言和白描手法,摹写封建社会的浅薄人情。人物形象惟妙惟肖,人物对话个性鲜明,通篇洋溢着浓郁的生活气息,充分显示了峻切的现实主义特色。(孙一珍)

《胡四娘》网式结构的叙事模式。所谓网式结构,即指许多线有经有纬,纵横交织。此一线正进行时,被彼一线横插进来,使这一线暂时隐去,以后再出现。彼一线正进行时,又为另一线截断,暂时隐去,过一会儿又再现……如此反复纵横穿插,但却纲目分明,毫不紊乱。(徐君慧)

【读名著学成语】

砥志研思

专心致志，深思钻研。清·蒲松龄《聊斋志异·胡四娘》："程入闱，深思钻研，以求必售。"

正赶上胡银台做寿，女婿们都来了，带来的贺礼摆满了屋子。大媳妇嘲笑四娘说："你家送的什么寿礼啊？"二媳妇就说："两个肩膀挑着一张嘴呗！"四娘面色坦然，一点也不羞惭。大家见她事事都像傻子一样，更加欺侮她。唯有胡银台的爱妾李氏，是三姊的生身母亲，一直敬重四娘，经常照顾怜恤她。还常嘱咐三娘说："四娘外表憨厚，内里聪明，精明不外露。你那些姐妹兄弟们都在她的包罗之中，自己却还不知道。况且程郎昼夜苦学攻读，怎会久在人下呢？你不要效仿他们，应该善待四娘，将来也好见她。"所以，三娘每次回娘家，总是特意和四娘交好。

这年，程生因为胡银台的帮助，考中了秀才。第二年，学使驾临进行科考，正好胡银台去世了，程生披麻戴孝，像儿子一般悲痛，因为这事没有能够参加科考。丧期过后，四娘赠给程生银子，让他补进"遗才"◦籍。四娘嘱咐程生说："过去你在这里住了这么久，之所以没被赶走，只因为有老父亲在，现在是万万不行了！倘若你这次去能扬眉吐气，考中举人，回来时还可能有这个家。"程生临别，李氏、三娘都赠送了很多礼物给他。

程生进了考场，立志发愤，认真揣摩，仔细构思，以求务必考中。不久放榜了，他竟然榜上无名。程生没能实现夙愿，气怒不堪，没脸回家，幸亏身上的银子还有一些，于是就带着行李进了京城。当时，胡家的亲家们大都在京城做官，程生恐怕他们见到后被讥笑，于是改了原来的名字，编了个家乡籍贯，向大官门下谋求差事做。有个姓李的御史大夫，是东海人，见了程生后很器重他，收他做了幕宾◦，并资助费用，给程生捐了个贡生◦，让他去参加顺天科考。这次，程生连战连捷，被授予庶吉士◦的官职。程生便跟李公讲了实情。李公借给他一千两银子，先派了个管家去四川，为程生买宅子。这时，胡家大郎因为父亲亡故，家里亏空，要卖一处别墅，这个管家就将其买了下来。办成这件事之后，派车马前去接四娘。

◦遗才：秀才参加乡试，先要经过学道的科考录送，临时添补核准的，称为"遗才"。◦幕宾：官员手下的谋士和食客。又称幕宾、幕友、幕客，到清朝才有师爷的称谓。他非官非吏，无品无位，只是受聘于幕主官员的佐治人。◦贡生：明、清两朝由府、州、县学推荐到京师国子监学习的人。◦庶吉士：明、清官名。为皇帝近臣。

胡四娘

原先，程生考中以后，来了个报喜的，胡家一家人都厌恶听到这种消息，又审知所报的名字不符，就将报喜人喝退赶走了。恰好三郎结婚，亲戚朋友们都来送礼庆贺。姑嫂姐妹都在，唯独四娘没被兄嫂请来，这时，忽然有个人奔跑进来，呈上程生寄给四娘的一封信，兄弟们将信打开一看，面面相觑，吓得脸上失去了正常的颜色。此时在酒宴中的亲戚们才请见四娘，姐妹们都惴惴不安，害怕四娘心里怀恨，不来赴宴。

不一会儿，四娘竟翩然而来。那些人纷纷凑上去，祝贺的、搬座的、寒暄的，屋里一片嘈杂。耳朵听的，是四娘；眼睛看的，是四娘；嘴里说的，也是四娘。但四娘仍像以前一样凝重端庄。大家见她不计较过去，心中才稍微安宁了点，于是争着向四娘敬酒。大家正在喝酒谈笑的时候，门外传来急促的哭号声，大家感到很奇怪，心里有着疑问。一会儿，忽然看见春香跑了进来，满脸鲜血。众人一起询问，春香哭得回答不上来。二娘呵斥了她一声，春香才哭着说："桂儿逼着要我的眼睛，要不是挣脱，我的眼珠子就让她挖去了！"二娘大为羞惭，汗流满面，把粉都冲下来了。四娘依旧不动声色，漠然置之。满座一片寂静，没有人说一句话，接着便陆续告辞。四娘穿着盛装，唯独拜了李夫人和三姐，然后出门，登上车走了。大家这才知道买别墅的，就是程生家。

四娘刚住到别墅里，日用东西都很缺。胡夫人和胡家公子们分别送来了仆人、丫鬟和器具，四娘一概不要，只接受了李夫人赠送的一个丫鬟。住了不久，程生请假回来扫墓，车马随从如云。到了岳父家，先向胡银台的灵柩行了祭礼，然后参拜了李夫人。等胡家兄弟们穿戴整齐要拜见程生时，程生已上轿打道回府了。

胡银台死后，他的儿子们天天争夺财产，把他的棺材扔在那里不理会。过了几年，棺木朽烂，渐渐地竟要把屋子当作坟墓了。程生见了十分伤心，也不和胡家兄弟们商量，选了下葬的日子，每件事都按照礼节来办，隆重安葬。出殡那天，车马接连不断，村里的人都赞叹不已。

◎漠然置之：形容对人对事物不重视关心，放在一边不予理睬。

【名家评点】

二妇的世俗心理与大妇相同，然而她比大妇却更加尖刻。如果说大妇的发问于俗浅中带有酸气，那么二妇的直言则浸透辣味，愈益鲜明地显示出长舌妇的典型气质。"优秀的作家还有这样一种本事，那就是同是一种罪恶或愚蠢推动着两个人，而他能分辨出这两个人之间的细微的区别。"蒲松龄恰恰就具有这种本事，他能从同一情境中两个庸俗不堪的人物口吻中写出她们之间极其细微的差别。（孙一珍）

【读名著学成语】

睚眦之嫌

怒目而视的嫌隙怨恨。引申为极小的怨恨。清·蒲松龄《聊斋志异·胡四娘》：「冀四娘念手足之义，而忘睚眦之嫌。」

程生做官十几年，历任清贵◎的要职，但凡乡亲们遇到难事，他无不尽力相帮。胡二郎因为人命案被牵连入狱，直接受命巡按御史◎的官员，是和程生同榜考中进士的，执法非常严明。胡大郎央求岳父王观察写了封信给这个官员，人家却置之不理，胡大郎更加害怕。他想去求四娘，又觉没脸见她，于是拿着李夫人写的信前去相求。来到京城，胡大郎不敢贸然进程家。看见程生上朝走了后，他才登门求了见。他盼望着四娘念手足之情，忘记过去的嫌隙。门人通报后，便有原来的一个老妈子出来，将他领进内厅，很草率应付地摆上酒菜。他吃喝完后，四娘才出来，脸色温和地问道："大哥在家事情很忙，怎么有时间不远万里来到这里？"大郎跪倒在地，哭泣着说了来由。四娘将他扶起来，笑着说："大哥是个好男子汉，这算什么大事，值得你如此这般？妹子一个女流，你什么时候见过我向人呜呜地哭泣？"大郎便拿出李夫人的信，四娘看了后说："各位嫂子们都是些了不起的天人，各自去求求自己的父亲、哥哥，就可以办好这事，何必奔波到这里？"大郎哑口无言，只是哀求不已。四娘变了脸色，说："我以为你千里跋涉而来是为了看妹子，原来是拿大官司来求贵人！"说完一甩袖子，直接进了内室。大郎既羞惭，又恼恨，只好出门离去。他回到家里后，详细地讲了此行经历，一家大小无不痛骂四娘，连李夫人也觉得四娘太狠心了。

过了几天，胡二郎竟被释放回家，全家大喜，还讥笑四娘不肯相救，徒落了个被众人怨恨。一会儿，四娘派了仆人来问候李夫人。李夫人将来人叫了进去，那人送上带来的银子，说："我家夫人为了二舅的案子，忙着派人料理，没顾上写回信给您。让我送上这点礼物，以代信函。"此时，大家才知道，二郎之所以能平安回来，还是程生和四娘出力帮忙的结果。

后来，三娘家境渐渐贫困，程生更加周到地接济她。又因为李夫人没有儿子，程生就把她接到自己的家里，像母亲一样地赡养。

◎清贵：高贵显要。◎巡按御史：中国古代官职之一，御史的一种。

宦娘

温如春是陕西的一个世家子弟。他从小就特别喜爱弹琴，即使在外旅行，也一刻离不开琴。

一次，温如春外出到了山西，途中经过一个古寺，他将马系在寺门外，打算暂时休息一下。进了寺门，看见一个穿着布袍的道士，盘腿坐在走廊里。道士的竹杖斜靠在墙上，花布袋子里装着架古琴。温如春一看到琴就触动了自己的爱好，于是就问道士："您也会弹琴吗？"道士答："只是弹得不好，愿意向行家学习。"说着，就把琴从布袋子里取出来，递给温如春。温如春接过来观看，只见琴身的纹理精妙，他试着勾拨°了一下，琴声非常清脆悠扬。温如春很高兴，为道士弹了一支短小的乐曲，道士微微一笑，似乎感到还不够满意。于是，温如春就拿出自己最高的水平，弹奏了一番，道士笑着说："还好，还好！但是做贫道°的师父还不够格啊！"温如春听他的口气很大，就反过来请他弹几曲。道士把琴接过来放在膝上，才拨动了几下，就觉得和风徐来；又过了一会儿，百鸟群集，将庭院里的树都落满了。温如春非常惊奇，就拜道士为师，向道士求教。道士把刚才的曲子又重新弹了几遍。温如春仔细地听，用心地记，才稍微领会了曲子的节奏。道士试着让他弹，又点拨指正不合节奏的地方，然后说："学会了这些，在人间就没有对手了！"从此以后，温如春精心钻研，严格练习，最后成了弹琴的高手。

【名家评点】

如果有人要我推举《聊斋》中最佳篇什的话，除《公孙九娘》《婴宁》外，我必以《宦娘》一篇为荐。（赵俪生）

《宦娘》通篇以"琴"作为全文情节演进之道具，因而但明伦评说该篇"以琴起、以琴结，脉络贯通，始终一线叙述"。"琴"乃是古代文化的一个标志性意象，自从有了"俞伯牙摔琴谢知音"的故事，它就成了知音的代名词，《宦娘》以"琴"为线索叙述温如春与宦娘、良工的爱情，其中不也蕴含着寻觅知音的情感吗？（李桂奎）

◎勾拨：弹奏。◎贫道：古时僧道谦称自己，后来专用于道士谦称自己。

【锦言佳句】

道人接置膝上,裁拨动,觉和风自来;又顷之,百鸟群集,庭树为满。

仙音秘授

传世彩绘聊斋志异

宦娘

后来，温如春动身回家，离家还有几十里路，天色已晚，又下起暴雨，一时之间找不到投宿休息的地方。他看到路旁有个小村庄，就赶紧跑过去，顾不得选择，见有一个门户便急匆匆躲了进去。进了屋，寂静无人，一会儿，出来一个十七八岁的姑娘，长得像天仙般美丽。她抬头见有生人，吓得急忙退回去了。温如春还没有娶亲，对这个姑娘产生了爱慕之情。过了一会儿，一位老太婆出来询问他，温如春说出了自己的姓名，并且要求借宿。老太婆说："在这里住宿是不碍事的，只是没有床铺，如果不嫌委屈自己，可以用干草垫地上铺个地铺。"不多一会儿，老太婆点了蜡烛来，又把草铺到地上，显得很热情。温如春问她姓什么，老太婆回答："姓赵。"温如春又问："刚才那位姑娘是什么人？"老太婆说："她叫宦娘，是我的侄女儿。"温如春说："我不自量，欲攀附高门，结为婚姻，怎么样？"老太婆皱起眉头，现出为难的样子，说："这件事却是不敢答应你。"温如春问她为什么，老太婆只是说很难讲清原因。温如春感到失望，只好不再提了。老太婆走了之后，他看到地上铺的草又潮又烂，无法睡觉，就端坐在那里弹琴，以便度过漫漫长夜。雨停之后，温如春不等天明就起身回家了。

县里有个退休在家的部郎葛公，很喜欢有文才的人。温如春有次去拜访他，他要温如春弹奏几曲。温如春弹琴时，帘幕后隐约有个女子在偷听。忽然，一阵风吹开了帘子，现出了一个十六七岁的姑娘，美貌无双。原来，葛公有个女儿，乳名◦叫良工，善于辞赋，是当地有名的美人儿。温如春动了爱慕之心，回到家中跟母亲说了，母亲便请了媒人前去提亲，但是葛公嫌温家家境衰落，没有答应。然而，良工自从听了温如春的弹琴之后，心里暗暗地产生了倾慕之情，时常盼望能够再次聆听那美妙的琴声。而温如春因为亲事不成，愿望不能实现，心情沮丧，意志消沉，再也不登葛家的大门了。

有一天，良工在花园里拾到了一张旧信笺◦，

◎乳名：小名；奶名。 ◎信笺：信纸。

【名家评点】

《宦娘》是采用线式结构中较复杂的一种，它以多线来展开故事情节，以暗线来留下悬念。在线式结构的长处——明朗之外，加入了奇幻，充分显示了《聊斋志异》结构上的高超艺术。（徐君慧）

【锦言佳句】

危坐鼓琴,以消永夜。

聆奏倾心

宦娘

上面写着一首题为《惜余春》的诗词：

> 因恨成痴，转思作想，日日为情颠倒。海棠带醉，杨柳伤春，同是一般怀抱。甚得新愁旧愁，铲尽还生，便如青草。自别离，只在奈何天里，度将昏晓。今日个蹙损春山，望穿秋水，道弃已拚弃了！芳衾妒梦，玉漏惊魂，要睡何能睡好？漫说长宵似年，侬视一年，比更犹少：过三更已是三年，更有何人不老！

良工把诗词吟诵了三四遍，心里很喜欢。她把诗笺○带回屋里，拿出精致华美的信笺，认真地抄了一遍，放在书案上，过后再找却找不到了，心想也许被风吹走了吧。

正巧，葛公从良工的绣房门口经过，拾到了这张锦笺，以为是良工作的词，厌恶词句轻佻，心里很不高兴，就将它烧了，忍着没有讲出来，打算把良工快些嫁出去。这时，临县刘布政的公子正好派人前来提亲，葛公很高兴，但还想亲眼看看这位公子。刘公子来到葛家，衣着华美，相貌英俊。葛公非常满意，对刘公子热情款待。后来刘公子告辞走了，在他的座位下遗留了一只绣花女鞋。葛公心里顿时憎恶刘公子的轻薄行径，因此把媒人叫来，告诉了这件事。刘公子一再替自己辩解，葛公不听，最终拒绝了刘公子的求亲。

原先，葛公种有一种绿色的菊花，自己珍藏着不外传。良工把这种绿菊花养在她的阁房里。这时，温如春的院子里突然有一两棵菊花也变成了绿色，朋友们听到这个消息，就上门来观赏，温如春也极为珍视这种绿菊。一天早晨，温如春去看菊花，在花畦○边拾到写有《惜余春词》的

○诗笺：用来写诗的纸张。　○花畦（qí）：种花的园圃。

【名家评点】

《宦娘》所写的偶然性情节，描绘得栩栩如生，活灵活现，令人感动和悦服，其诀窍就在于作者能紧紧抓住人物性格的特征，处理好偶然性与必然性之间的辩证关系，并巧妙地将浪漫主义的虚幻情节和现实主义的真实细节有机地结合起来，做到虚中有实，实中藏虚。（何国治）

信笺，他反复读了几遍，却不知道从哪里来的。因为"春"字是自己的名字，就更加喜爱它，便在书桌上详加评点，评语写得轻薄放荡。

葛公听说温如春的菊花变成了绿色，觉得很奇怪，便到温的书房来探访，看到桌上的诗笺，便拿起来阅读。温如春觉得自己的评点有些不雅，伸手夺过来，揉成了一团。葛公只看到一两句，认出了正是在良工房门口拾到的那篇《惜余春》词。他心中非常疑惑，进而联想到温如春的绿菊，也猜疑是女儿良工赠送的。葛公回家把这些事告诉夫人，叫夫人审问良工。良工感到委屈，哭着要寻死。这事没有见证，无法证实。夫人也担心这事传扬出去名声不好，盘算着不如把女儿嫁给温生。葛公赞同，将此意转告给温如春，温如春喜出望外。这天，温如春遍请亲友举办观赏绿菊的宴会，焚香弹琴，直到深夜才结束。回房睡下后，书僮听到书房里的琴自己响起来，开始还以为是别的仆人弹着玩的，可仔细一看，琴旁并没有人，这才向主人报告。温如春到书房察看，果然是琴不弹自响。那琴声生硬而不流畅，好像是想学自己的弹法，可又没有学会。温如春点起蜡烛突然闯进去，房里空无一人。温如春便将琴带回自己的卧室，那琴一夜没有再发出声响。温如春认为是狐仙弹奏的，猜想那狐仙想拜自己为师学习弹琴，于是他就每晚弹奏一曲，然后将琴摆放原处，听任其弹拨练习，夜夜藏着偷听。过了六七夜以后，那琴声居然成为流畅的曲调，已经很好听了。

温如春成亲之后，和良工一起谈起过去的那篇《惜余春》词，才知道他们能够成亲的原因，

◎见证：证人或证物。

【读名著学成语】

望穿秋水

秋水：比喻人的眼睛。眼睛都望穿了。形容对远地亲友的殷切盼望。清·蒲松龄《聊斋志异·宜娘》：「今日个魇损春山，望穿秋水，道弃已拚弃了！」

传世彩绘聊斋志异

宦娘

可始终不知道那诗词是从哪里来的。良工听到琴能自鸣的奇事后，就去听了一次，说："这不是狐仙，弹奏的曲调凄切°痛楚，有鬼声。"温如春不相信。良工说她家有面古镜，可照出鬼怪的原形。第二天，她派人去将古镜取了来，等着琴自己响起来时，温如春握着镜子突然进了书房，用灯火一照，果然有个女子在房间里，只见她慌慌张张地躲到房角，再也藏不住身了。温如春过去仔细一看，原来是从前避雨时遇见的那位赵宦娘。温如春大为惊奇，就追问她。宦娘含着眼泪说："我替你们当媒人，不能说对你们不好吧，为什么这样苦苦地逼我呢？"温如春打算收起镜子，要宦娘不要再躲避，宦娘答应下来。温如春就把古镜装进镜袋。宦娘远远地坐在一旁，说："我是太守的女儿，已经死去一百年了。从小就喜欢琴和筝，筝已懂得一些了，只是琴没有得名师指点，所以在九泉之下，仍然感到遗憾。那次你躲雨进了我家时，有幸听到你的琴声，十分钦佩。我恨自己是死去的人，不能应承你求亲的要求，和你结成伴侣，所以暗地里设法帮助你们二人结成美好姻缘，来报答你对我的眷恋之情。刘公子丢失的红绣鞋，还有那篇《惜余春》词，都是我做的事，我报答老师不能说不尽心了。"温如春夫妇听了她的话，都非常感激地拜谢她。

宦娘又对温如春说："你弹琴的技艺我能领会多半了，可是还没有学到其中的神韵和道理，请你再为我弹一次吧！"温如春答应了，一面教她弹琴，一面讲解指法°。宦娘特别高兴，说："真是太好了，我能领会了！"说完，起身要告辞。良工原来喜欢弹筝，听说宦娘擅长弹筝，就想听她弹一曲。宦娘答应了，就演奏起来。宦娘弹的声调和曲谱好极了，都不是人间能够听到的。良工边听边打着拍子，请求她传授弹筝的技艺。宦娘执笔写了十八章曲谱后，又起身告辞，温如春夫妇再三恳切地挽留她。宦娘悲切地说："你们夫妻和美，互为知音。我这个苦命人哪有这样的福气！如果有缘，下辈子再相聚吧。"接着，她将一卷画像送给了温如春，说："这是我的肖像，若是你不忘媒人，可以挂在卧室里，高兴的时候，点上一炷香，对着我的像演奏一曲，那我就如同亲自领受了！"说罢，宦娘走出房门，很快消失不见了。

【名家评点】

蒲松龄编写的这篇《宦娘》，情节除充满生动性与丰富性外，还带有中国作风与中国气派，饶富唐人传奇与宋元话本的民族特色：如善于卖关子，故事性强，诡谲奇异，迷离朦胧，变幻莫测；浪漫主义的虚幻性与现实主义的真实性相结合；情节发展的偶然性同人物性格与思想行为的必然性之间的辩证结合；等等。（何国治）

◎凄切：凄凉悲切。◎指法：弹奏乐器时手指动作的原则和方法。

【锦言佳句】

秋水盈盈，朗若曙星。

照镜陈情

阿绣

海州的刘子固，十五岁时，到盖县探望他的舅舅。他看见杂货店里有一个女子，姣丽◎无双，心中便喜爱上了她。他悄悄来到店中，假装说买扇子。女子就喊她父亲，父亲出来了，刘子固很沮丧，便故意压了很低的价格，然后离开了。远远看见女子的父亲到别处去了，他又回到店里，女子打算找她的父亲，刘子固忙阻止说："不要去找你父亲了，你只要说个价格，我不讲价。"女子听了他的话，故意说了个高价，刘子固不忍心和她争价，把身上所有的钱都给了她，买下东西就走了。

第二天，刘子固又来了，还像昨天一样。他付了钱后刚走出几步，女子追出来，叫他："回来！刚才我说的是假话，价钱太高了！"便将一半钱还给了他。刘子固感到她很诚实，此后，他趁空隙就常到店里来，慢慢地跟她熟悉了。女子问刘子固："你住在什么地方啊？"刘子固如实告诉她，又反过来问她姓氏，女子说："姓姚。"刘子固临走时，女子把他所买的东西用纸包好，然后用舌尖舔一下纸边粘上。刘子固怀揣着包裹回去后，舍不得打开，怕把女子的舌痕弄乱了。过了半个月，刘子固的作为让仆人发现了，仆人私下里告诉了他的舅舅，他舅舅强行要求他回去。刘子固情意恳切，恋恋不舍。他把从女子那里买来的香帕、脂粉等东西，秘密地放置在一个箱子里，没人的时候，就关起门把那些东西拿出来看一遍，触景生情，睹物思人◎，想念不已。

第二年，刘子固又来到盖县，他刚放下行李，就赶往那女子所在的店铺。到那里一看，店门关得紧紧的，他只得失望地返回了。刘子固以为那女子偶尔出门没有回来，于是第二天很早就又去了，那店门仍然紧关着。刘子固询问邻居后，才知道姚家原来是广宁人，因为这儿生意不好，所以暂时回广宁了，谁也不知他们什么时候再回来。刘子固因此神情沮丧，失魂落魄。住了几天，他就快快不乐地回家了。母亲为他提婚事，他老是阻止，他母亲觉得奇怪，又很生气。仆人偷偷把以前的事告诉了他的母亲，母亲便对他管制防范更严了，从此他再不能去盖县了。刘子固整日失意恍惚，吃不下饭，睡不着觉。他的母亲愁得没法，心想不如满足了儿子的心愿。于是，立即选了个日子，准备好行装，让儿子到盖县，将他母亲的意思转达给舅舅，托人向姚家提亲。舅舅立即就去姚家，过了一会儿，舅舅回来，对刘子固说："不好办了，阿绣已经许给广宁人了。"刘子固垂头丧气，心灰意冷。回家后，他捧着箱子

【名家评点】

《幽明录》的《买粉儿》，写一个男子爱上了卖胡粉的女子。蒲松龄根据买胡粉这点因由，写出了《阿绣》，生发出一个真假阿绣的故事，交错迭出，妙趣横生。（徐君慧）

◎姣丽：漂亮；美丽。◎睹物思人：看到死者的遗物或别人留下的东西，就联想起物品的主人。

【读名著学成语】

容光焕发

容光：脸上的光彩。焕发：光彩四射的样子。形容身体好，精神饱满。清·蒲松龄《聊斋志异·阿绣》：「母亦喜，为女盥濯，竟妆，容光焕发。」

痴情市物

阿绣

【名家评点】

不论从艺术表现的精美和意蕴的丰富上说，"阿绣"都应推为《聊斋志异》的佳篇，笔者私心还认为是压卷之作。蒲松龄用真假阿绣的奇幻故事给这篇爱情小说注入了象征性的丰富意蕴。它刻画了人追求美的艰苦努力，生命以之，以及未能完成其追求的懊丧、嫉妒、歆羡而又毫无破坏目的的崇高感情。（何满子）

哭泣，常常徘徊思念，希望天下有与阿绣相似的女子。

这时，恰好有媒人上门来提亲，夸赞复州黄家姑娘长得漂亮。刘子固担心媒人说的不确实，命仆人驾车到复州去看看。进了复州西城门，刘子固看见朝北的一家，两扇门半开着，门里有一个姑娘很像阿绣。再凝神去看，只见那位姑娘一边走一边回头看，走进房间里去了，真是像阿绣不会错。刘子固的内心非常激动，于是就去东边邻居家打听，仔细询问之后才知道那姑娘姓李。刘子固反复思索，疑惑不解，天下怎会有如此相像的人呢？他住了好几天，也没找到再见那姑娘的机会，只有两眼直盯盯地看着姑娘的家门，希望姑娘还能出来。

一天，太阳正要落山，姑娘果然出来了，她忽然看见刘子固，就立即反身回去，用手指指身后，又将手掌放在额头上，然后进屋了。刘子固高兴极了，但不明白姑娘是什么意思。他沉思了好一会儿，就信步来到她家的房后，只见一座荒园寂静空旷，西边有一堵矮墙，大概与人的肩膀一样高。刘子固豁然明白了姑娘的意思，于是就蹲下来，藏在草丛中。待了很久，有人从矮墙上露出头来，小声说："来了吗？"刘子固答应着站起身来，仔细一看，真是阿绣。他悲痛万分，泪落如雨。姑娘隔着墙，探出身子，用毛巾帮他擦眼泪，不断地安慰着他。刘子固说："我想尽了办法也没有实现心愿，自以为今生是没有希望了，怎想到还会有今天？你怎么到这里来的？"姑娘说："李氏是我表叔。"刘子固请阿绣翻过墙来，阿绣说："你先回去，把仆人打发到别的地方住，我会自己到的。"刘子固听从了她的话，坐等她来。一会儿，阿绣悄悄来了，化的妆不很浓艳，袍裤还是以前穿过的。刘子固挽着她坐下，详细诉说自己的相思之苦，于是又问："你已许配人家，怎么还没有过门呢？"阿绣说："说我已经许配人家，是骗你的。我父亲因为你家太远，不愿跟你们结亲，所以托你舅舅用假话骗你，以打消你的念头。"说完，两人上床躺下，男欢女爱，不可言喻。四更刚过，阿绣急忙起来，翻墙走了。刘子固从此不再思量黄家姑娘的事。他住在这里忘了回去，一个月过去了还不回家。

一天夜里，仆人起来喂马，见刘子固房里还亮着灯，偷偷一看，见是阿绣，非常惊骇◦。仆人不敢跟主人讲，第二天一早起来，他到集市

◎惊骇：惊慌害怕。

[说聊斋]

《聊斋志异》的手稿

蒲松龄为了让自己的作品能够得到保存,在生前就专门立下『长支传书,次支传画』的规定。因此,在蒲松龄于1715年去世后,他的《聊斋志异》手稿就由其长子蒲箬一支世代相传。至其八世孙蒲英灏时,丢失了手稿下半部,至今杳无音信。而手稿上半部蒲英灏在临终前将其托付给其子蒲文珊。1950年蒲文珊将这部手稿捐赠给人民政府辽东省文化处,1951年转交东北文化部。后转交东北图书馆即辽宁省图书馆收藏至今,成为镇馆之宝。

佳期误会

传世彩绘聊斋志异

阿绣

上访查了一番，才回去追问刘子固说："夜里跟你交往的那人是谁啊？"刘子固开始不愿告诉他，仆人说："这座房子太冷清了，是鬼狐聚集的地方，公子应当自爱。他姚家的姑娘，怎么会到这里来呢？"刘子固听后，才不好意思地说："西邻是她表叔，有什么好怀疑的？"仆人说："我已详细访查过了：东邻只有一个孤老太太，西边那家只有一个小孩，没有什么亲戚住在家里。你所遇到的一定是鬼怪，要不然，哪有穿了几年的衣服还不换的呢？况且她面色太白，两颊略瘦，笑起来没有酒窝，不如阿绣美。"刘子固反复想了想，才非常害怕地说："那怎么办啊？"仆人出主意说，等她来时，拿着家伙一块打她。天黑后，姑娘来了，对刘子固说："我知道你怀疑我。但我没别的意思，不过是想了却过去的缘分罢了。"她的话还没说完，仆人就推门进来了。姑娘大声呵斥仆人："把你的兵器扔了吧！快摆上酒来，我要与你的主人告别。"仆人一听便扔了兵器，就像有人夺走一样。刘子固更加害怕，勉强摆上酒席。姑娘像往常一样有说有笑，举手指着刘子固说："知道你的心事，我正打算尽我的绵薄之力◎为你效劳，你为何想暗中害我？我虽然不是阿绣，但也自以为不比阿绣差，你看我真不如你过去的那个人吗？"刘子固吓得毛发倒竖，一句话也说不出来了。姑娘听着打三更了，拿起酒杯喝了一口，站起来说："我暂时走了。待你洞房花烛之后，我再与你的新媳妇比比美丑。"说完，一转身就不见了。

刘子固听信了狐狸精的话，到了盖县。他抱怨舅舅骗他，不愿住在舅舅家。他搬到邻近姚家的地方住，托媒人给自己说亲，用丰厚的彩礼◎打动姚家。姚家妻子说："我家小叔子为阿绣在广宁选了个女婿，阿绣的父亲为此到广宁去了，成不成还不知道。须等他回来后，才能再跟他商量。"刘子固听了这些话，惶惶不安，没了主张，只好坚守在这儿，等待他们回来。

过了十几天，忽然听说要打仗，开始时刘子固怀疑是讹传，时间长了，才知道是真的，于是他急忙收拾行装走了。中途遇到战乱，主仆二人失散，刘子固被军队的前哨抓住了。士兵认为刘子固是个文弱书生，便疏忽了对他的防备，刘子固便偷了一匹马逃走了。

◎绵薄之力：微不足道的力量。指尽自己的努力去帮助别人。 ◎彩礼：订婚及结婚时，男方赠予女方的财物礼品。

【名家评点】

余味深长的是，故事的主导情节是假阿绣假扮真阿绣，假阿绣帮助刘子固得到了真阿绣，故事的结尾却写真阿绣假扮假阿绣，真真假假，假假真真，真假之际，人鬼之间，使故事始终保持了迷人的艺术魅力。（陈昌恒、周禾）

他逃到海州地界时，看见一个女子，蓬头垢面，步履艰难，快走不动了。刘子固骑着马从她身边走过，女子忽然大声呼喊："马上的人不是刘郎吗？"刘子固停下马仔细看她，原来是阿绣！他心中仍然害怕她是狐狸，于是问道："你真是阿绣吗？"女子问："你怎么说这种话？"刘子固把他遇到的事说了一遍。女子说："我真是阿绣。父亲带着我从广宁回来，半路上遇到士兵被抓住，他们给我一匹马骑，可我老是从马上跌下来。忽然有一个女子，握着我的手腕拉我逃跑，我们在军队中乱窜，也没有人盘问。那女子跑得像鹰飞的一样快，我拼命跑也跟不上，跑百十步就掉好几次鞋。跑了很久，听到人喊马叫的声音渐渐远了，那姑娘才放开手说：'告别了！前面的路都很平坦，你可以慢慢走，爱你的人即将要来了，你可以同他一块回家。'"刘子固明白那女子是狐狸，心里非常感激她。刘子固就把留在盖县的原因告诉了阿绣，阿绣说他叔叔在广宁为她选择了一个姓方的女婿，还没等送聘礼，战乱就开始了。刘子固这才知道舅舅说的不是假话。他把阿绣抱到马上，两人骑着一匹马回了家。

进门看到老母亲安然无恙，刘子固很高兴。他把马拴好，进屋向母亲讲述了事情的前后经过。母亲也非常高兴，急忙为阿绣梳洗打扮，装扮好了后，阿绣容光焕发。母亲拍着手说："怪不得我那傻儿子在梦中都忘不了你啊！"接着铺好被褥，让阿绣跟自己一起睡。他们又派人到盖县，送书信给姚家。没过几天，姚家夫妇一块来到刘家，选定了吉日办完婚事，就回去了。

刘子固拿出收藏的那只箱子，里面的东西原封没动。有一盒子粉，打开一看，脂粉已变为红土。刘子固感到很奇怪，阿绣掩口笑着说："几年前的骗局，你今天才发觉。那时见你任凭我给你包裹，从来都不检查真假，所以就跟你开了这个玩笑。"正在嬉笑时，一个人掀开门帘走进来说："你们这样快活，应当谢谢媒人吧？"刘子固一看，又是一个阿绣，急忙喊母亲。母亲和家里人都来了，没有一个人能辨识真假的。刘子固回头一看也迷惑了，看了很久，才朝一个女子作揖感谢。那女子要了镜子自己照一下，害羞地转身跑了，再找她时已没了踪影。刘子固夫妇感激她的恩情，在屋里设了一个灵位°，用来祭拜。

【锦言佳句】

别矣！前皆坦途，可缓行，爱汝者将至，宜与同归。

◎灵位：为供奉死者而暂设的牌位。

叠骑归里

双美争妍

阿绣

一天晚上,刘子固喝醉了酒回家,房间里黑黑的,没有人,他刚要点灯,看见阿绣来了。刘子固拉着她问:"你去哪儿了?"阿绣笑着说:"你醉得臭气熏人,真让人讨厌!你这样盘问,难道我跟男人偷偷幽会去了?"刘子固笑着捧起她的脸颊。阿绣说:"你看我与狐狸姐姐哪一个更美?"刘子固说:"你比她好。但只看外表看不出来。"说罢关上门,两人亲热起来。一会儿有人叫门,阿绣起身笑着说:"你也是只看外表的人。"刘子固不明白她的意思,走去开门,却是阿绣进来,他十分惊愕。他这才明白刚才和他说话的那个阿绣,是狐狸。黑暗里又听到笑声,刘子固夫妻望空中祈祷,祈求°狐狸现身。狐狸说:"我不愿见阿绣。"刘子固问:"为什么不变成另一个相貌呢?"狐狸说:"我不能。"刘子固问:"为什么不能?"狐狸说:"阿绣是我妹妹,前世时不幸夭折。她活着时,和我一块跟着母亲到天宫去,拜见了西王母,我们心里都暗

◎祈求:恳切地请求。

【名家评点】

由于作者赋予人物以崇高的理想,也由于形象本身幻想性和现实性的结合,以及艺术表现上的某些特点,这篇小说不浅不露,具有一种含蓄蕴藉的美的特质。它所创造的艺术的意境,不是单直平实的,而是曲折幽深的,简直可以说是接近于一种空灵的诗的境界。(周先慎)

[说聊斋]

中国蒲学研究第一人——路大荒

路大荒（1895—1972）先生是蒲松龄的同乡，其家离蒲家庄仅八里路。路氏主编的《聊斋全集》共四册，约六七十万字。中华人民共和国成立后，他又在这个基础上加以补充修订，于1962年由中华书局出版了《蒲松龄集》，字数增为一百二十三万八千。除《聊斋志异》未刊入外，包括了诗、词、赋、骈文、散文、俚曲、杂文、楹联，和他所撰的《蒲松龄年谱》。这是目前有关蒲松龄的最完备的资料。此外，路氏还主持整修了蒲松龄故居，搜集了蒲氏的众多文稿和手迹。他终生致力于蒲松龄著述的搜集和研究，堪称国内研究蒲松龄第一人。

几天，家里人都害怕地避开她。每当家中丢了东西，她就打扮得整整齐齐地端坐着，头上插着几寸长的玳瑁簪子，将家人召集到一起，庄重地告诉他们："所偷的东西，今天晚上必须送回原来的地方；不然的话，就会头痛大作，后悔也来不及。"天亮后，果然在原来的地方看见被偷的东西。三年后，狐狸再没有来。偶然丢失了金银等贵重东西，阿绣模仿狐狸的装扮做法，吓唬家人，也常常见效。

暗地爱慕她，回家后，我们就精心模仿西王母。妹妹比我聪慧，只一个月就学得非常神似；我学了三个月才学像了，但始终赶不上妹妹。如今又隔了一世。我自以为超过她了，没料到还是跟从前一样。我感激你二人的诚意，所以此后会不时来一趟的，现在我走了。"于是不再说话。

从此，狐狸三五天就来一次，家中一切难办的事都能解决。每当阿绣回娘家，狐狸常来住

◎一世：一生；一辈子。

小翠

王太常，浙江绍兴人。幼年时，有一次躺在床上。突然，天色黑暗，雷电交加，一只比猫大一点的东西，跑来伏在他身子底下，辗转不肯离开。一会儿，雨过天晴，那东西便走了。他仔细一看，原来不是猫，才开始恐惧起来，隔着房间喊他哥哥。哥哥一听很高兴，说道："兄弟将来一定会做大官，这是狐狸来避雷劫的。"后来他果然少年中了进士，从知县起，一直做到侍御。

王太常有个儿子，名叫元丰，是个白痴，已经十六岁了，还辨不出他是男是女，乡里谁也不肯把女儿嫁给他。王太常很为这事发愁。

一天，有个妇人领着女儿找上门来，主动请求把女儿给他家做媳妇。那女孩子一副含笑的美丽面容，真像个仙女一般。全家很高兴，问那妇人姓名。她自称姓虞，女儿名叫小翠，已经十六岁了。在商量聘金时，那妇人说："这孩子跟着我，吃糠还不得一饱。一朝住在这高楼大厦里，有丫鬟仆妇供她使唤，有山珍海味给她吃，只要她舒服，我也就心安了。这又不是卖葱卖菜，要讨价还价的吗？"王夫人大悦，很好地招待了她们。那妇人叫女儿拜见王太常夫妇，吩咐说："这便是你的公公婆婆，你得小心伺候他们。我很忙，先回去三两天，以后还要来的。"

王太常叫仆人备马相送。那妇人说她家离此不远，不必麻烦，就径自出门走了。小翠倒也没有什么悲伤和不舍的样子，就在带来的小箱子里翻寻花样，准备做活儿。王夫人见她很大方，也就特别欢喜。

过了几天，那妇人不曾如约而来。王夫人问小翠家住哪里，她只是露出一副痴憨的样子，连来去的道路都说不清楚。王夫人便收拾了另外一个院子，让小夫妇成婚。亲戚们听说王家找了一个穷人家的女孩子做媳妇，不免暗地嘲笑一番。后来看见了小翠美丽的面貌，都大吃一惊，从此就不再议论什么了。

小翠很聪明，能照翁姑喜怒的脸色行事，老夫妇俩都非常宠爱、怜惜她，只怕她嫌元丰傻。小翠却有说有笑的，好像满不在乎的样子。她又很爱玩耍，常用布缝成个球，踢着玩，穿上小皮靴，一踢就是好几十步远，骗元丰跑去拾取。元丰和丫鬟们跑来跑去，往往累得满身大汗。一天，王太常偶然走过，球从半空中飞来，啪的一声，正好打在他的脸上。小翠和丫鬟连忙溜走。元丰还是蹦蹦跳跳地跟着球跑。王太常很生气，拾起一块石头来，向元丰投去，元丰才伏在地上哭了。

◎太常：官名，旧有太常寺正卿、少卿等官，掌宗庙礼仪，清末始废。◎侍御：官名，即侍御史，历代制度不同。这是指监察御史，清末始废。

【名家评点】

在《聊斋志异》姹紫嫣红的女性形象中，小翠之所以能脱颖而出，成为一个卓绝独立的艺术形象，全在于她那非同凡响的性情。作者以对比、夸张等多种妙笔将其写得活灵活现。（李桂奎）

【锦言佳句】

女笑拉公子入室，代扑衣上尘，拭眼泪，摩挲杖痕，饵以枣栗。女阖庭户，复装公子作霸王，作沙漠人；己乃艳服，束细腰，婆娑作帐下舞；或髻插雉尾，拨琵琶，丁丁缕缕然，喧笑一室，日以为常。一狐也，以无心之德，而犹思所报；而身受再造之福者，顾失声于破甑，何其鄙哉！月缺重圆，从容而去，始知仙人之情亦更深于流俗也！

蹴圆被责

小翠

王太常把这情形告诉了夫人，夫人就去责问小翠。小翠只是低头微笑，用手划着床沿。夫人走后，她又照样胡闹起来，把胭脂香粉抹在元丰的脸上，涂得五颜六色，像个活鬼。夫人一见，气极了，把小翠叫来骂了一顿。小翠靠着桌子玩弄衣带，不害怕，也不说话。夫人无可奈何，只得拿儿子出气，把元丰打得直哭叫，使小翠变了脸色，跪在地下求饶。夫人这才气消，丢下棍子走了出去。

小翠笑着把公子拉到卧室里，替他拂去衣服上的尘土，擦干眼泪，抚摩他身上的伤痕，拿枣子、栗子给他吃，元丰才止住啼哭，高兴起来。小翠又关上房门，把元丰扮作楚霸王，自己穿上艳丽的衣服，腰束得很细，扮作虞姬◦，姿态曼妙地跳起舞来。有时又把元丰装成沙漠国王，自己头上插了野鸡翎子，手里弹着琵琶，丁丁铮铮地响着，满屋子充满着笑声。一天到晚，老是这样。王太常因为儿子傻，也就不忍过分责怨小翠，即使偶尔听到，也只是装聋作哑罢了。

在他们这条巷子里，还住着一位王给谏◦，相隔只有十几家。王太常和他素来感情不很好。那时正逢三年一次的考试，王给谏妒忌王太常做了河南道台，很想找机会暗算他一下。王太常知道了，心里很着急，可是想不出对付的办法来。

一天晚上，王太常睡得很早。小翠冠带整齐，扮成宰相的样子，剪了一些白丝线贴在嘴上，当作胡须；又叫两个丫鬟穿上青衣，扮作相府差人，偷偷地从马棚里牵了一匹马，骑着出去。她开玩笑地说道："我要去看看王先生。"到了王给谏家门口，用马鞭打那差人说："我是要看王侍御的，谁要看什么王给谏啊！"拨转马头就走。到自家门口，门房以为是真的宰相到了，赶快报告王太常。王太常连忙起身出外迎接，才知道是儿媳妇玩把戏，气得大发脾气，对夫人说："王给谏正在找我的差错，我儿媳妇倒把家丑送上门去给他看。我倒霉的日子快到了。"夫人一听，也很气恼，奔到小翠房里责骂她。小翠只是傻笑，并不分辩。打她吧，觉得不忍下手；休掉她吧，她又无家可归。老夫妇百般悔恨，一夜都没有好睡。

当时宰相某公，声势非常显赫。他的神气、服装和随从，都与小翠所扮的一样。因此王给谏也以为真是宰相，屡次派人到王太常门口打听宰

◎虞姬：楚汉之争时期西楚霸王项羽的美人，在四面楚歌的困境下一直陪伴在项羽身边，项羽为其作《垓下歌》。◎给谏：官名，或称给事中，和御史同为谏官。

【名家评点】

《小翠》在细节描写上也是非常成功的。可以说，这篇小说的每个事件、每个细节，都写得那样生动逼真，活灵活现，我们阅读的时候，常常情不自禁地为作者的传神之笔叫绝。（王思宇）

相去他家的消息。等了半夜，还没见客人出来，他疑心宰相和王太常正在商议什么机密大事。第二天早朝，他见了王太常，便问道："昨晚丞相到您府上来过吗？"王太常以为他有意讥讽，满面羞惭，只是低声含糊地答应了两个"是"字。王给谏越发怀疑了，从此不再敢暗算王太常，反而竭力和他交好。王太常探得内情，暗暗欢喜，但是私下里叮嘱夫人，劝小翠以后可不要再胡闹了。小翠也笑着答应。

过了一年，宰相被免了职。恰好有人写了一封私信给王太常，误送到王给谏家里。王给谏大喜，便先托一位和王太常有交情的人，以此为要挟，向他借一万两银子。王太常拒绝了。王给谏又亲自上门来谈。王太常想打扮得整整齐齐出去见他，哪知怎样也找不到衣帽。王给谏等了好一会儿，认为王太常搭架子，恨他怠慢，气愤地正要离开，忽见王公子身穿龙袍，头戴平天冠，有个女子从门内把他推了出来。王给谏看见，吓了一跳，假意含笑着抚慰公子，脱下他的龙袍、平天冠，拿了就走。等到王太常赶出来，客人已经去远了。王太常听到这又是小翠干的，吓得面如土色，大哭说："这女人是个害人精。我王家全要死在她的手里了。"说着便和夫人拿着棍子去打小翠。小翠早已知道，关紧了房门，听凭他们叫骂，全不理睬。王太常气极了，拿过斧头来劈门。小翠在房里笑着说道："公公不要生气，不论朝廷来什么刑罚，自有儿媳去承当，绝不会连累你们。公公这样打进来，可是想把儿媳杀掉灭口吗？"王太常听了，只好住手。

王给谏回去，果然上奏章，揭发王太常要造反，有龙袍、平天冠为证。皇帝惊讶地打开验看，原来所谓平天冠，乃是秫秸◦芯扎成的，那件龙袍竟是一块又破又旧的黄包袱。皇帝大怒，责怪王给谏冤枉好人。皇帝又把元丰叫去，见了他那种傻相，笑道："他这样能做皇帝吗？"便交给司法机关去审问。王给谏又指控王太常家有妖人。执法官把丫鬟、仆役拘去审讯。大家都说："实在没有妖人，只是小夫妻俩成天疯疯癫癫地玩笑戏耍罢了。"邻舍的人也是这样讲。案子判决：王给谏诬告，充军云南。

从此以后，王太常觉得小翠很不平常，又因为她母亲一去不来，疑心她不是个凡人，叫夫

【读名著学成语】

爽然自失

形容心中无主、空虚怅惘的神态。清·蒲松龄《聊斋志异·小翠》："公爽然自失，而悔无及矣。"

◎秫秸（shú jie）：去掉穗的高粱秆。

小翠

人前去盘问。小翠只是微笑，什么话也不说。经进一步追究，小翠捂着嘴笑道："我是玉皇大帝的女儿，婆婆难道还不知道吗？"

不久，王太常升任京卿①。这时他已经五十多岁了，常常发愁没有孙子。小翠已经过门三年，每夜都和元丰分床，从来没有同衾共枕过。夫人把另外一张床抬走，叫儿子和媳妇一道睡。过了几天，元丰对他母亲说道："那张床搬走了，怎么老不归还？小翠每天晚上都把脚跷到我的肚子上，使我喘不过气来。她又喜欢掐人家的大腿，实在受不了。"丫鬟、仆妇们听了，都笑起来。夫人连喝带打地把他赶走。

一天，小翠在房里洗澡，元丰见了，要和她同浴。小翠笑着拦阻他，叫他等一下。她出了浴盆，把热水倒在一只缸里，替元丰脱去衣服，和丫鬟们把他扶进去。元丰感觉闷热，大喊着要出来，小翠不听，又用被子替他蒙上。过了一会儿，没有声音了，打开一看，元丰已经死去。小翠很坦然地笑着，一点也不惊惶，把他拖到床上，替他擦干身体，盖上两条被子。王夫人听到消息，哭着跑了进来，骂道："疯丫头！你怎么想把我的儿子杀死！"小翠笑嘻嘻地说道："像这样的傻儿子，倒不如没有的好。"夫人越发气恼，用头去撞小翠。丫鬟们连忙把夫人拉开。

正在吵闹的当儿，一个丫鬟跑过来禀道："公子嘴里有了声音了。"夫人收住眼泪，过去抚摸元丰，见他气透得很急，浑身大汗，被褥都沾湿了。一顿饭的工夫，汗出完了，他忽然睁开眼睛，向四下张望，又看着家里的人，好像都不认识的样子。随即说道："现在我想起从前的事来，完全像在梦里，这是什么原因啊！"夫人听了这话，好像不是一个傻子说的，觉得很奇怪，带着他去见他父亲，试验了好多次，果然不傻了。老夫妻大喜，真如得到奇珍异宝一般，又把另一张床搬回老地方，铺上被褥，看元丰有什么举动。他一到房中，就把丫鬟们都打发走。第二天早上进去一看，那张床只是空摆在那里，等同虚设。从此以后，小夫妇俩疯疯癫癫的行为全没有了。两人十分恩爱，成天形影不离。

过了一年多，王太常被王给谏一党的人弹劾，免了官，还要受点处分。家中藏有广西巡抚送他的一只白玉花瓶，价值千金，王太常打算把它拿出来当掉。小翠很爱这花瓶，拿在手里把玩，一不留神掉在地上，跌个粉碎。她十分羞愧，忙

①京卿：对京堂的尊称。明清时称各衙门长官为京堂，意为堂上之官。

【名家评点】

可以说，小翠和婴宁是《聊斋志异》中两个以笑著称的女性，她们是《聊斋志异》的双璧。小翠第一次出场时就以"嫣然展笑"赢得了叙述者"真仙品也"的赞誉。接下来，叙述者又多次描写小翠的笑："殊欢笑不为嫌""踢蹴为笑""夫人往责女，女俯首微笑""女惟憨笑，并不一置词""女笑应之""女在内含笑而告之""女但笑不言"。（王思宇）

〔说聊斋〕

民国作家莞公谈《聊斋志异》

春天读《红楼梦》，更显富贵繁华；夏天读《水浒传》，痛快淋漓；秋天读《聊斋》，清凄萧索，诚如前贤所咏，在豆棚瓜架底下，听秋坟鬼哭，亦幽默隽永之至也。

碎瓶交罂

小翠

去告诉公婆。老两口正因为丢了官，心里不自在，听了大为震怒，争着骂她。小翠气愤地走出来，对元丰说道："我在你家几年，替你们保全的不止一只花瓶，怎么就这样不给我留一点面子呢？老实对你说吧，我不是凡间女子，只因为我母亲遭过雷霆劫，受了你父亲的保护，又因为我们俩有五年的缘分，所以打发我来。一则是报恩，二则是了却这一点心愿。我在这里，不知道挨了多少次的骂，真是数也数不清了。我所以不走，乃是五年的缘分未满。如今我还能再待下去吗？"说罢，气冲冲地走了出去。元丰追到门外，已经不知去向。王太常觉得自己很不对，但是懊悔也来不及了。

元丰走进房来，看到小翠用过的脂粉和留下来的首饰，睹物思人，哭得要死，白天不想吃饭，晚上不想睡觉，一天天瘦了下去。王太常很着急，想赶快替他续娶，以便解除他的悲痛。可是元丰并不在意，只是找来一位名画师，替小翠画了一张像，每天供奉祷告。这样差不多过了两年。

有一天，元丰偶然因事从别处归来。那时天色已晚，明月当空。村外原有他家一座花园。他骑着马从墙外经过，听到里面有笑声，便停下来，叫马夫扣住缰绳，自己站在鞍子上，隔着墙远远望去，看见有两个女子在园中戏耍，因为月亮被云遮着，昏昏蒙蒙，看不大清楚。只听得一个穿绿衣裳的女子说道："这丫头应当赶出去！"一个穿红衣裳的女子答道："你在我家花园里玩，倒想赶谁出去？"绿衣女子说："这丫头真不害羞，不会做媳妇，被人家休了出来，还敢冒认是你的产业吗？"红衣女子说："总比你这没有主顾°的老丫头强些！"元丰听那红衣女子说话的声音，很像小翠，便连忙喊她。绿衣女子一边走一边说道："我暂时不同你争论，你的汉子来了！"红衣女子走向前来果真是小翠，他可高兴极了。小翠叫他攀上墙头，接他过去，说道："两年不见，你竟瘦得只剩一把骨头了。"元丰握着她的

◎主顾：女子许配的对象。

【名家评点】

不难看出，小翠的天真活泼，聪慧过人，倔强不驯，以及神出鬼没的种种表现，正是自然界的幼狐美丽机灵，生性爱动，不受管束，出没无常等特性的一种反映。这种融人狐于一身的现实主义和浪漫主义相结合的创作方法，使作者能驰骋丰富的想象，因而写出的人物，更加绚丽多姿，瑰奇动人。（王思宇）

【读名著学成语】

刀锯斧钺

古代四种刑具。借指酷刑。清·蒲松龄《聊斋志异·小翠》:"翁无烦怒!有新妇在,刀锯斧钺,妇自受之,必不令贻害双亲。"

家园复聚

小翠

手,流下泪来,把思念她的情形详细对她说了。小翠说:"我都知道,只是没脸再进你家门。今天同大姐在这里游玩,不料又碰到你,可见姻缘是逃不掉的。"元丰请她一同回去,她不肯。请她留在园中,她答应了。

元丰打发仆人回家,报告夫人。王夫人很诧异,便起身坐着轿子赶来。走进园亭,小翠迎接跪拜。夫人拉着她的臂膀,淌着眼泪,竭力诉说自己从前的不对,惭愧得无以自容,又说:"如果你心里不怀恨我,便请你一同回去,让我们二老在晚年得些安慰。"小翠坚决推辞,不肯答应。

夫人因为这花园筑在荒野里,怕他们太冷清,打算多派几个人来服侍。小翠说:"我什么人都不愿意见,只有从前跟随我的两个丫鬟,天天和我在一起,我对她们不能不有些想念,就让她们来服侍,再派一个老仆守门便够了。"夫人全依照她的话,对外只说公子在花园里养病,每天送给他们食物和日常用的东西。

小翠常劝元丰另外娶亲,元丰不依。过了一年多,小翠的面孔和声音,渐渐地和从前两样了,把画像取出来一对,简直判若两人。元丰非常奇怪。小翠说:"你看我现在比以前美吗?"

◎ 判若两人:意思是形容某人前后的言行明显不一致,像两个人一样。

【名家评点】

我个人认为《小翠》集中体现和表达了蒲松龄高超卓越的艺术才能,刻画人物形象之绝妙,之传神,无人能及。……在《小翠》这个故事里,女性忍辱负重,知恩图报又深明大义。蒲松龄把很多美好的元素,包括天真烂漫、善解人意、重感情、美丽、任劳任怨等加在这个女孩子身上,反衬出老王这个官员的浅陋势利。(陈福民)

元丰说道:"现在你美是美了,然而不如从前了。"小翠道:"你这意思是说我老了!"元丰说:"你才二十几岁,怎么老得这么快呢?"小翠笑笑,就把画像烧了,元丰要去取,已烧成了灰烬。

一天,小翠对元丰说:"以前在家时,公公说我到死也不会生孩子。现在双亲都年老了,你又孤零零的没有子孙。我不能生育,怕会贻误你们的宗嗣◦。你还是另娶一个妻子,早晚可以由她来侍奉公婆,你两面跑跑也没有什么不便。"元丰答应了,就向钟太史家下了聘礼。婚期近了,小翠就忙着为钟家新娘做衣制鞋,然后送到钟家去。到新娘进门来,她的容貌、言谈和举止,竟与小翠没有丝毫差异。元丰十分惊奇,到园亭中去找小翠,小翠已不知去向。问丫鬟,丫鬟拿出一条红巾来说:"娘子暂时回娘家去了,留下这个叫我交给公子。"元丰展开红巾,上面系着一枚玉玦◦,这是表示她与元丰决绝了。元丰知道她不会再回来,便带着丫鬟回去。元丰虽然时刻念着小翠,幸而见到新娘有如见到了小翠。他这才领悟到与钟家的姻缘,小翠早就料到了,所以先化成钟女的容貌,可以安慰元丰后来对她的思念。

【说聊斋】
清代书画家高凤翰诗句
《聊斋》一卷破岑寂,灯光变绿秋窗前。
庭梧叶老秋声干,庭花月黑秋阴寒。

◦宗嗣:宗族继承人;子孙后代。◦玉玦:佩玉的一种。形如环而有缺口。"玦""决"同音,故古人每用"玉玦"表示决断或决绝之意。

传世彩绘聊斋志异

金和尚

山东诸城有个金和尚，他的父亲是个无赖汉。他在幼年的时候，被父亲以几百文钱卖给五连山寺。那时金和尚很顽皮，不守清规○，不会念佛，只做些看管猪猡、上城办货等杂役，像个小厮一般。

后来，当家和尚死了，留下一些钱给他。他拿到这笔钱，就离开寺院，去做杂货贩子。他做买卖时，最善打算，几年下来，给他利上滚利，竟成了个暴发户。

金和尚有了钱以后，就在水坡里买田置产，收养了大批徒弟；每天在他那儿吃饭的，总有上千的人。水坡里周围千百亩肥沃的田地，都被他占有了。里中几十幢楼房，住的大部分都是和尚。还有一些贫困无业的人，带了老婆孩子租他的房屋居住，佃他的田地耕种。这种人共有几百家。在每一个门内，周围有好多间相连的小屋，都住着这些佃户。金和尚就住在中间的正屋里面。

这幢正屋前面有大厅。大厅的正梁和柱子都涂得金光夺目；堂上的茶几、屏风都漆得亮晶晶的。再里面是寝室，挂着朱红色的帘子，张着绣花的帷幕。房里弥漫着兰麝香气。在那精雕细刻的檀木床上，织锦缎子的被头，叠起来有一尺多厚。墙壁上挂满了出自名家手笔的美女图、山水画等。要是有什么事情，只要一声呼唤，门外马上有几十个人齐声答应，声响如雷。那些腰缠细带、足穿皮靴的人，顷刻像乌鸦一般纷纷集合，

○清规：佛教中僧尼必须遵守的戒规。

【名家评点】

在《聊斋志异》里，"金和尚"要算是非常特殊的了。第一，篇中没有任何怪异的成分，所记山东诸城五莲山寺金姓和尚，确有其人，确是其地，又确乎其然。第二，本篇没有故事情节，开篇极其简括地交代过他的发迹之后，便以极精练之笔，就其衣、食、住、行几个生活侧面之物事，烘托出其富有、骄奢、淫佚、声势赫奕之状况，最后才稍微放开笔锋，铺写其死后吊唁、殡葬之盛况。这种"零星记叙"的纪实之文，显然同《聊斋志异》的大多数"用传奇法，而以志怪"的篇章，迥然不同。照现代人的文体观念，"金和尚"自然不能算作小说，有的评论者说，"姑可谓之特写或报告文学"，庶几近之。（袁世硕）

【读名著学成语】

六尘不染

佛教语，六尘：色、声、香、味、触、法。指排除物欲，保持心地洁净。清·蒲松龄《聊斋志异·金和尚》：「五蕴皆空，六尘不染，是谓『和尚』。」

恭恭敬敬地站着。他们掩口回话，洗耳恭听。要是有客人突然到来，只要吩咐一声，十几桌酒席马上可以摆出来，什么肥的、炸的、蒸的、熏的，各式各样的菜肴，热气腾腾地摆满桌。他们虽然还不敢公然蓄养歌妓，可是有俊美的小儿十多个，都聪明伶俐，讨人欢喜。他们头上缠着黑纱，唱着香艳的歌曲，听听看看都很不错。

金和尚出门时几十个人骑着马，带着弓箭，前呼后拥地保护着他。奴仆们都叫他"爷爷"；本地方的人，有的叫他"老祖宗"，有的叫他"伯父"，也有的叫他"爷叔"；都不称呼他"师父""上人"或其他道号◦。他的徒弟出门，气派虽然比金和尚差些，可是骑着马，拉着缰，风驰电掣，也和贵公子差不多。

金和尚又多方面的结交，即使千里之外，也有互通声气的人，因此在地方上势力极大。如果有人稍不留意，惹恼了他，就感到害怕，唯恐被他陷害。他的举动很粗俗，浑身没有一点文雅气味，生平不曾读过一卷经，念过一个符咒。足迹不曾到过寺院，房间里也不放磬◦、鼓。徒弟们从没有看见过磬、鼓，也从没有听到过磬、鼓的声音。

那些租住他房屋的妇女，个个打扮得油头粉面，妖媚娇艳，所有胭脂、香粉等东西都是向金和尚拿的，金和尚也从不吝惜。因此在水坡里中，不靠种田吃饭的佃户，将近百余人。有时佃户把金和尚埋藏在床下的财物掘去，他也不大追

◦道号：道士的尊号。◦磬：佛寺中使用的一种钵状物，用铜铁铸成，既可作念经时的打击乐器，亦可敲响集合寺众。

金和尚

问,只是把那佃户赶走就算了。因为他的脾气就是这个样子。

金和尚又买了个别姓的小孩当作儿子,还请了先生教他应试的功课。这孩子聪明,会写文章,便叫他到县里去考秀才;后来又援例°做了太学生;不久以后又到京里去应试,考中了进士。从此以后,金和尚成了个远近闻名的"太公"。从前叫他"爷爷"的,现在都叫他"太爷"了。

不久,这位"太公"和尚死了,那个进士儿子便披麻戴孝,主持丧礼;许多徒弟,都拿了哭丧棒°,站满灵前;灵帏°的后面,低声哭泣着的却只有那一个进士的夫人。那些官宦人家的女人都穿着华贵的衣服来吊丧慰问,贵人的车马把道路都阻塞了。

出殡的那天,搭的棚阁接连不断,旗旛遮蔽天日。陪葬的东西都用草扎成,外面贴着五颜六色的纸张,做成暖轿、车辆几十件,马几百匹,美女近百个,"方相""方弼"两个开路神,穿着黑色的衣裳,身体高入云霄;还有那扎的阴间住宅,高楼大厦,亭阁走廊,竟绵延到几亩地,千门万户,走了进去会迷失道路,走不出来。供着的许多奇形怪状的祭品,大都叫不出名目来,送葬的人,川流不息,地方长官,都弯着腰曲着背进去,在灵前拜了八拜;一些贡生、监生和衙门中的小吏,两手着地,叩了头就走,不敢劳动公子答拜,由师叔送行。各地方的人,男子带着老婆,母亲抱着孩儿,你拥我挤,汗流满面地跑去看热闹,闹哄哄的人声把戏台上的锣鼓声、唱戏声都淹没了。所有站着的人,肩膀都隐没在人潮中,只见万头攒动罢了……

葬后,把金和尚留下的财产分作两份,儿子得一份,徒弟得一份。进士得到了一半资产,就在那里住下,住宅的东、南、西、北都住着他的兄弟辈,彼此互相照应着。

◎援例:引用惯例或先例。◎哭丧棒:旧时在为父母发丧时,"孝子"须手扶一根"孝杖",以表示悲痛难支。◎灵帏:即灵帐。

【名家评点】

这是一篇杰出的讽刺作品。篇幅不长,仅千字左右,但对光怪陆离的社会世相的刻画,对腐朽丑恶的社会风气的揭露,用笔峻刻,写得酣畅淋漓,无论就描写内容之丰富和反映的深度来看,都不能不令人惊叹。(周先慎)

所谓"金和尚",史有其人,并非蒲松龄杜撰,但有关其行迹与发家史,小说道听途说的虚构成分很大,但大体符合当时部分僧人气焰熏天、欺男霸女、为虐一方的实际状况。当宗教在某种客观情势下仅沦为一种谋生乃至致富手段时,道德的崩溃就在所难免,这时"普度众生"的宗教情怀早已抛到九霄云外,无影无踪了。(赵伯陶)

【锦言佳句】

一声长呼,门外数十人轰应如雷。细缨革靴者,皆鸟集鹄立,受命皆掩口语,侧耳以听。

僧殡奇观

局诈

一

一天,某御史的家人偶然站在街头,有个衣着漂亮的人,走过来同他攀谈,慢慢地问起他主人的姓名,接着又打听他主人的官职、门第等。家人一并告诉了他。那个人自说姓王,是公主的亲信。

两人越谈越投机了,那姓王的便说:"官场是很黑暗的,做大官的人都依附皇亲国戚做靠山,你家主人是靠谁的?"家人笑着说:"我们主人是没有靠山的。"那姓王的说:"这就是所谓'惜小费而忘大祸'了。"家人说:"那么靠谁好呢?"姓王的说:"我家公主待人很有礼貌,又能庇护◦人家。某某侍郎就是由我引荐公主的。你家主人倘使舍得花千把两银子做见面礼,我领他去见见公主,大概也不难。"家人很高兴,问他住在哪里。姓王的指指自己的门户说:"天天住在同一条巷子里,还不知道吗?"

家人回去告诉了御史,御史也很欢喜,就摆了一桌丰盛的酒席,叫家人去邀请那姓王的,他欣然来了。他在饮酒之间,谈论着公主的性情和生活琐事,非常详尽;并且说,要不是为了同住一巷的交情,即使送他一百两银子,他也不肯效劳的。御史听着,对他更加敬佩感激了。临别的时候,那姓王的同御史约定说:"你只要准备好礼物,我找机会去同公主讲,早晚总会有好消息报告你的。"

那姓王的过了几天才来,他骑着一匹骏马,装备十分漂亮。他一到就对御史说:"快快收拾好了就走吧。公主的事情很多,去拜望她的,天天接连不断,从早到晚,常常一点空闲都没有。今天刚巧有一些空,要赶快去,错过这个机会,

◎局诈:谓设圈套骗人。 ◎庇护:包庇,袒护。

【名家评点】

《局诈》这篇小说讲述了三则挖空心思骗人钱财的故事。虽然都是讲骗局的,然而在骗局的手段、骗子的形象等方面却有较大差异。(李桂奎)

其实,作品的重心不在表现骗局骗术,而在嘲讽那些求官贪禄、四处钻营的大小官僚和卖官鬻爵的腐败官场。换句话说,不要把它们认作拟实小说,斤斤计较其情节、内容是否可信,而要将它们视为表意的讽喻之作,领略其中的旨趣和意味。(马振方)

【读名著学成语】

月夕花晨

月明的夜晚，花开的早晨。形容良辰美景。清·蒲松龄《聊斋志异·局诈》："一程为人风雅绝伦，议论潇洒，李悦焉。越日折柬酬之，欢笑益洽。从此月夕花晨，未尝不相共也。"

便很难有相见的日子了。"

御史便带了一大笔金银，跟着他去。曲曲折折走了十余里，才到了公主的府第，下了马，恭敬地守候着。那姓王的先捧了礼物进去，好一会儿才出来，传话说："公主召某御史进见。"立刻有几个人接连地传喊出来。御史便低着头弯着腰走进去，只见高堂上面，坐着一个美人，容貌像仙姑，服饰光彩夺目，侍女们都衣锦着绣，一行行地排列着。御史恭敬地拜见后，公主便传令在檐下赐座，用金碗赏了一杯茶，又温和地问了几句。御史恭恭敬敬地答了话便退了出来。这时里面又传出命令，赏赐他锻鞋一双，貂皮帽子一顶。

御史回家以后，很感激那姓王的，因此拿着名帖去拜谢他。不料到了门口，门紧紧地关着，一个人也没有，当时还疑心他伺候公主没有回来。可是接连三天去了三次，始终不见踪影，就派人到公主府去打听。哪知一到那儿，大门已上了锁，向左右邻居一问，都说这里并没有什么公主，只是前几天有几个人租了这房子住下，现在已搬走三天了。派去的人回来报告了情况，御史和家人都非常懊丧，但也没有办法可想。

二

有一个副将军，带了一大笔钱上京城去，想钻营一个美缺◎，但苦于找不到门路。

一天，有一个穿着皮袍、骑着马的人去看那位副将军，说他的大舅子是当今皇上亲近的侍从。喝过茶后，那个人请避开旁人说："目下有某处的将军出了缺，倘使你舍得花一笔钱，我可以托我的大舅子在皇帝面前说说，便可弄到这个位置；就是有权力的人也抢不去的。"

◎缺：职位。

局诈

副将军觉得他来路不明,恐怕靠不住。那个人说:"你用不着犹豫,我不过想在大舅子那里抽个小数目,并不想在将军方面多得分文。我们讲定了数目,你可以先写一张字据给我,等皇帝召见以后,再如数付款;如果不召见,银钱还在你那里,谁会从你的口袋里抢夺呢?"副将军听了他这番话,很高兴,就答应下来了。

第二天,那个人又过来,领着副将军去见他的大舅子。说那大舅子姓田,他家的气派煊赫得同王侯府第一样。副将军见他时,他的态度很傲慢,看着别处,不大搭理。引荐的那个人拿了字据对副将军说:"刚才同我的大舅子商量,非一万两银子不可,请你在字据后面签个字吧。"副将军就照着办了。那姓田的说:"人心难测,事后恐有反悔。"那个人说:"大哥太过虑了。你既然能给他官做,难道就不能夺去他的官吗?况且朝廷里的将相,要同你结交而交不上的多着呢。将军前程正远大,总不至于这样忘恩负义的。"副将军也竭力赌着咒,表明心迹,这才离去。那个人送他出来,说道:"三天之内就会来回复将军的。"

过了两天,天刚黑,有几个人大声叫着,跑进来说道:"皇上正等待着你去呢!"副将军慌慌张张地连忙上朝去,看见皇帝坐在殿上,左右两旁站着许多卫士。副将军跪拜以后,皇上传命赐座,殷勤地慰问了一番,回头向左右的人说:"听说他勇猛非常,如今一见,果真是将才。"然后再对他说:"某处形势很险要,现在委派你去,不要辜负我的托付,将来总有封侯的一天的。"副将军谢了恩出来,就有前回披裘骑马°的那个人跟着到他的寓所,依照字据上的数目,取了银子去。

副将军于是安心等待着任命,并且每天在亲友面前夸耀。过了几天去探访,前回说的那个

【名家评点】

《局诈》是《聊斋志异》中一篇很好看的小说。小说由三个小故事组成。讲的都是设局诈骗。第一个故事是俗骗,俗道骗钱。第二个故事是巧骗,机巧骗财。第三个故事是雅骗,道士因为爱琴极有耐心地施骗,受骗者善良天真,如坠雾中。三个故事虽然都是讲挖空心思骗人财物的,然而在触及社会、讽刺官场等方面同其他小说相比,内容更深刻,艺术表现力更精熟,在情节组构方面也更富顿挫之美。(王少华)

◎披裘骑马:穿轻暖的皮衣,骑肥壮的马。形容阔绰。

[读名著学成语]

绝世出尘

远离世俗尘世。清·蒲松龄《聊斋志异·局诈》：「遂鼓《御风曲》，其声泠泠，有绝世出尘之意。」

将军的缺已经派了别人。那副将军不禁大发雷霆，气愤地到兵部※衙门的堂上去争论，说道："我得到皇上的委派，你怎么可以派了别人？"兵部尚书很奇怪，就向他追问，他便讲出了经过的情况。令人听来，很像是在说梦话。当时尚书大怒，就把他抓起来送到司法机关去，他才供出引荐人的姓名，可是朝廷中并没有这个人。副将军又花费了万把两银子，才被革职放回。

三

李生，是嘉祥※人，喜欢弹琴。有一天，偶然到东城外去散步，见一个做工的人在挖土时，掘出一张古琴，他便用低价买了下来。拂拭以后，发出异样的光彩；他把弦子理了一下弹着，发音非常清亮。他高兴极了，像得到了璧玉一般，就用锦绣的套子包着，藏在密室里，就是至亲好友，也从来不拿出来给他们看。

本邑的县丞※程某，新近到任，投了名帖去看李生。李生素来很少同人往来，因为程某先去看他，他也就去回看了一次。过了几天，程某又招他去喝酒，请了几次他才去。程某为人很风雅，一点不沾染俗气，议论也很洒脱。李生同他谈得很投机，下一天，备了帖子回请他，说说笑笑，更加融洽了。从此以后，每逢花晨月夜，总是聚在一起喝酒玩赏。

过了一年多，李生在程某的公馆中偶然看见桌子上放着一个琴，用锦绣的套子裹着，李生便展开玩弄。程某说："你也懂得此道吗？"李生说："并不擅长，但生平很爱好它。"程某惊讶地说："我们交好不是一天了，怎么可以不一听你的绝技呢？"于是把香炉里的沉香拨旺了，请李生奏一曲。李生答应了，便弹了一个曲子。程某说："真是高手。我也愿献薄技，请勿见笑。"

◎兵部：管理选派武官、审核军饷等职务的机关。 ◎嘉祥：山东省县名，在济宁附近。 ◎县丞：辅助县令的官。

局诈

于是，程某弹了一支《御风曲》，音调清雅，有超绝尘世的意境。李生更加佩服，愿意把他当作老师。从此两人结成琴友，情分更加深厚。经过一年多的传授，李生把程某的技术都学会了；但是程某每次去看李生，李生还是把寻常的琴供他弹弄，从未肯泄露他所藏的古琴。

一天晚上，李生有些喝醉了。程某说："我最近学会一个曲子，你愿意听吗？"便弹了一个《湘妃曲》，音调幽怨像哭泣，李生连声赞美。程某说："可惜没有良琴。要是有良琴，音调还要好听啦。"李生欣然说："我有一张琴，同平常的琴不同。如今遇到知音的人，怎么敢老是秘藏着呢！"于是从柜子里取出古琴来，交给程某。程某于是用袖子拂去了灰尘，靠着桌子又弹起琴来，轻重强弱全合音节◎，美妙得异乎寻常。李生听了，不住地鼓掌。程某说："我琴艺拙劣，辜负了这张良琴！如果让我内人弹奏一曲，或许能有一两声中听的。"李生惊异地说："你的夫人也精通这一门吗？"程某笑笑说："刚才这一曲就是我内人教我的。"李生说："可惜她在内室，不便外出，我竟无福听到。"程某说："我们是知己朋友，不必受形迹的拘束。明天，请你带了琴去，我叫她隔着帘子给你弹奏一曲好了。"李生听了非常高兴。

第二天，李生抱了琴过去。程某备了酒菜，开怀畅饮。隔了一会儿，程某带了琴进去，不久，又出来陪着李生喝酒。又一会儿，李生隐约看见帘子内有一个美女，接着就从里面流出一股香气；又一会儿，弦子声音轻微地响了起来，仔细一听，不知是什么曲子；只觉得心荡骨酥，使人魂灵儿都出了窍。她弹完曲子，走近帘子向外边张望，李生隔帘一看，竟是个二十多岁的绝色佳人呢！

◎音节：声音高低、缓急的节奏。

【名家评点】

第三篇也写行骗之事，而人物、局面与前两篇大不相同。有关李、程两人以琴会友的种种描写就与琴友的真实生活十分相像，人物儒雅有神，境界超尘脱俗，令人看了心驰神往。道士琴艺如此之高，致使"善琴"的李生"倾倒"认师。他为得良琴，不只用尽心机，而且毅然弃道为官，又弃官为民，几乎达到忘我的地步，是个地地道道的琴痴。良琴归他所有，也算物得其主，李生如果豁达一些，似乎不必千里寻踪，穷追不舍。不知读者以为然否？（马振方）

程某换了大杯劝酒，帘内又改奏《闲情赋》，李生的身心都着了迷，以至于喝得大醉，便起身向程某辞别，要把琴带回去。程某说："你现在醉着，恐怕跌碰坏了这张良琴，不如暂时留在这里，明天请再过来，我叫内人把她最擅长的曲子奏弹一番。"李生便回去了。

第二天，李生去看程某，可是公馆里冷清清的一个人也没有了，只有一个老仆看着门。李生问他："程某上哪里去了？"他说："五更天带了家眷出门，没有关照上哪里去，只说大约三天就回来的。"过了三天，李生再去等候，直等到天黑，一点消息也没有。程某的下属起了疑心，就报告了县令，打开了他的房门一看，屋子里都搬空了，只剩下桌椅和床榻。县令把这情况报告上级，都弄不懂什么道理。

李生失掉了那张珍贵的古琴，懊丧得吃饭睡觉都没有心思了，不怕路远，到几千里之外去访问程某的老家。程某原来说是湖北人，三年之前，出钱捐官◎，做了嘉祥的县丞。李生就照着程某的姓名向他的乡里打听，可是那儿并没有这个人。有人说："有个姓程的道士，擅长弹琴；据说他还有点铁成金的法术；三年之前，忽然走开了，从此就没有再见到过，恐怕就是这个人。"又仔细打听道士的年龄、容貌，和程某完全符合。这才明白道士的捐官，都是为了那张琴。那道士同李生交往了一年多，并不谈及音乐的事。后来逐渐地摆出琴来，逐渐地卖弄本领，又逐渐地用女色来诱惑他，费了三年的工夫，把琴弄到手以后就走了。由此可见，道士对于那张良琴是比李生还要爱好哩！世上的骗局花样繁多，像程道士骗琴，可说是骗局中最为风流儒雅的。

【锦言佳句】
宦途险恶，显者皆附贵戚之门。

◎捐官：缴纳钱财以求取官职。

传世彩绘聊斋志异

梦狼

直隶省有个姓白的老人，大儿子在南方做官，一去三年，因为路途遥远，杳无音信。恰巧有个姓丁的亲戚前来探望，老人因为他好久没有来，很殷勤地招待他。丁某向来走无常，在谈话的时候，老人总要问他阴间的事情。丁某所答复的话，有些离奇怪诞。老人不十分相信，只是付之一笑罢了。

分别后几天，老人正在睡觉，看见丁某又走来了，邀老人一同出外游玩。老人跟他去，走进一座城池。又走了一会儿，丁某指着一处大门说："这是你外甥的家。"老人的姐姐有个儿子，在山西做县官。老人有些诧异，说："怎么会在此地？"丁某说："你倘然不相信，走进去就知道了。"

老人走到里边，果然瞧见了外甥。纱帽红袍，穿着御史的官服，坐在堂上。两旁有许多侍卫衙役，齐齐整整地站着，却没有人可以进去通消息。丁某把他拉到外边，说道："你儿子的衙门，离这里不远，你可要去见他吗？"老人答应了。

不多一会儿，走到另一所房子。丁某说："进去吧！"老人向门里一望，只见一只很大的狼站在通道口，吓了他一跳，不敢进去。丁某又说道："进去吧！"老人再走进一重门，看见厅堂上下坐着躺着的全部是狼。再看看阶下，白骨堆积如山，心里越发害怕。丁某就把自己的身体挡在前面，保护着老人一同进去。

老人的大儿子刚巧从里边走出来，见了父亲和丁某，显得很高兴。略坐一坐，吩咐手下人准备饭菜。忽然一只很大的狼衔了个死人进来。老人吓得发抖，站起来说："这是干什么的？"大儿子说："拿到厨房里去烧来吃。"老人急忙拦阻他，心里跳个不停，要想出去，可是被一群狼挡住了路，进退两难，不知怎样才好。

忽然看见这群狼乱叫乱跑，四散逃避，有的躲在床下，有的伏在桌子底下。老人觉得很诧异，不懂什么缘故。一会儿，有两个穿金甲的勇士走进来，横眉怒目，拿出一条黑色的绳子，把他大儿子捆绑起来。大儿子扑到地上，变成了一只老虎，嘴里露出锐利的牙齿。一个勇士拔出宝剑，要杀老虎。另一个勇士说道："且慢！且慢！这是明年四月里的事，现在不如把它的牙齿敲掉，也就算了。"于是拿出一柄大铁槌来，敲那老虎的牙齿。虎牙零零落落掉在地上。老虎大声吼叫，震得山摇地动。

老人十分害怕，忽然醒过来，才知道是做了一个梦。心里觉得很奇怪，派人去请丁某，丁

【名家评点】

《梦狼》的命意是十分浅显的。它以宣扬因果报应的形式，揭露封建官吏的贪酷。因果报应，在蒲松龄那个时代，大多数人是深信不疑的；官吏的如狼似虎，也是人民所熟知而且深恶痛绝的。（何满子）

◎直隶省：清朝的直隶省，就是现在的河北省。◎杳无音信：没有一点消息，形容信息断绝，了解不到对方的情况。◎走无常：这是旧时代的一种迷信，又叫"走阴差"，据说是活人在阴间充当差役。

[读名著学成语]

官虎吏狼

官如虎，吏如狼，形容官吏贪暴。清·蒲松龄《聊斋志异·梦狼》：「窃叹天下之官虎而吏狼者，比比也。即官不为虎，而吏且为狼，况有猛于虎者耶！」

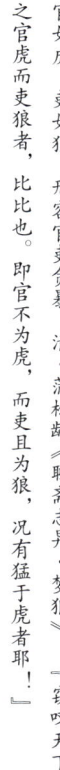

官场宝鉴

传世彩绘聊斋志异

梦狼

某推辞不来。老人就把这个梦记录下来，一面派小儿子到他哥哥任上去。自己写了一封信，警诫大儿子，措辞°十分沉痛恳切。

小儿子到了哥哥那里，看见哥哥的门牙都没有了，觉得诧异，问他什么缘故。原来是吃醉了酒从马背上跌下来磕掉的。一查磕掉牙齿的日子，正是父亲做梦的那一天，越发诧异了，就把父亲的信拿出来。大儿子读后，脸上变色，停了一会儿，说道："这是一个乱梦，不过偶然符合罢了，何必大惊小怪。"这时候他正在通过一个有权力的上司，得到第一名保举，所以全不把这种怪梦放在心上。

弟弟住了几天，见哥哥衙门里尽是些无恶不作的差役，送贿赂讲人情的人，半夜里往来不绝，便痛哭流涕地劝阻他。哥哥说道："弟弟一向住在乡下，所以不知道做官的诀窍。官职的升降，权柄在上司而不在百姓。得到上司欢喜，就是好官；一味爱百姓，还有什么方法叫上司欢喜呢？"

弟弟知道不能劝阻，就回转家中，把一切情形告诉父亲。老人听了，大哭一场，可是没有什么办法，只得把家中的财产捐出来，赒济°穷人。每日向神道°祷告，希望将来逆子°一个人受报应，不要累及家属。

第二年，有人传来消息，大儿子因为得到保举，将要到吏部去做官了。前来贺喜的人，络绎不绝。老人是唉声叹气，睡在床上，推托有病，不见一个客人。不多几时，听说大儿子在回家的路上遇到强盗，连随从的人都一起丧了性命。老人才从床上爬起来，向别人说道："鬼神的愤怒，只发泄在他一个人身上；对我们阖家真是保佑得太好了。"于是点了香烛，望空拜谢。

◎措辞：说话或作文时选用词句。 ◎赒济：接济，救助。 ◎神道：神灵。 ◎逆子：不孝顺的儿子。

【名家评点】

《述异记》里有《封邵化虎》篇，写汉朝太守封邵，忽然变成老虎，大吃本郡人民。《聊斋志异》把这一材料作了两用，一是写成《梦狼》：江南某邑令白甲之父白翁，梦见儿子衙中虎狼成群。命次子去探视，见白甲贪婪残暴，就像梦中那个吃百姓肉的老虎。一是写成《向杲》一篇，写向杲化成老虎，把土豪吃了，为兄报仇。（徐君慧）

亲戚朋友前来安慰老人，都认为这种传来的消息可能是不准确的。但是老人非常相信，毫不怀疑，选了一个日期，替大儿子准备坟墓。谁知大儿子实在没有死。起先，在四月里，大儿子卸了任，刚离开县城，路上就遇到强盗。他把携带的钱财全部拿出来，献给强盗。众强盗说："我们这一次来，是要替一县的老百姓出一口怨气，难道专门为了这些东西吗？"就把他的头砍下来。又问："家人中有个叫司大成的是谁？"司大成一向是赃官的心腹，专门帮着主人干坏事。众家人把司大成指出来，强盗也将他杀了。还有四个无恶不作的差役，都曾经帮助赃官搜刮民脂民膏，赃官这次想把他们带进京去。强盗将这四个人搜出来，一并杀死，然后把钱财分装在口袋里，飞也似的去了。

大儿子的魂灵伏在路旁，看见一个官员经过。那官员问："杀死的人是谁？"前面开道的差役们禀报说："是某县的白知县。"官员说："这人是白某的儿子。白某这样大年纪，不该让他见到这等凄惨的事情，应当把这人的头接起来。"当时就有一个人拎了头放在他脖子上，说道："这是个不正派的人，不该把头放得端端正正，让他的肩膀搁着下巴吧。"说完，就走了。

过了一个时辰，他醒过来了。恰巧妻子前来收尸，见他还有一口气，将他抬回去，慢慢地用水浆灌到他的嘴里，他居然也能喝下去了。可是夫妻俩流落在客栈里，穷得不能回家。过了半年左右，老人才得到确实的消息，派小儿子把他接回来。他虽然复活，可是眼睛能够看得见自己的背脊，人家都不把他当个人了。

老人的外甥为官清正◎，名誉很好，这一年升为御史，和老人梦里所见的完全符合。

【锦言佳句】
人患不能自顾其后。

◎清正：清白正直；清廉公正。

夜明

有个客商乘船在南海里行驶，夜里三更时，船舱里突然非常明亮，像天明了一样。客商起来一看，只见海里有个庞然大物◎，半个身子露出水面，如同一座大山；它的眼睛像两个初升的太阳，光芒四射，把整个大海都照得通明。客商很震惊，询问船上的人，并没有一个人知道这是什么东西。大家一齐趴在船舱中观察它。过了一会儿，那个怪物渐渐沉入水中消失了，于是，天又黑了下来。

后来，客商到了福建，那里的人都说有一天夜里突然天地间亮了一阵子，然后又恢复了黑暗，将此当作怪事相传。客商计算人们所说的日期，正是在船上见到怪物的那个夜晚。

◎庞然大物：形体高大的东西。

【名家评点】

此篇文字虽短，但对夜明现象的出现却叙述得十分具体：水中一巨大怪物，上半身浮于水面，像座山，两只眼睛像两个初升的太阳，致使半夜三更"大地皆明"。作者借某贾客记叙此事，除了强化此篇的真实性外，更重要的是借他在南海亲眼看到夜明，在闽中亲闻夜明的事实，极言夜明地域的广大。（陈昌恒）

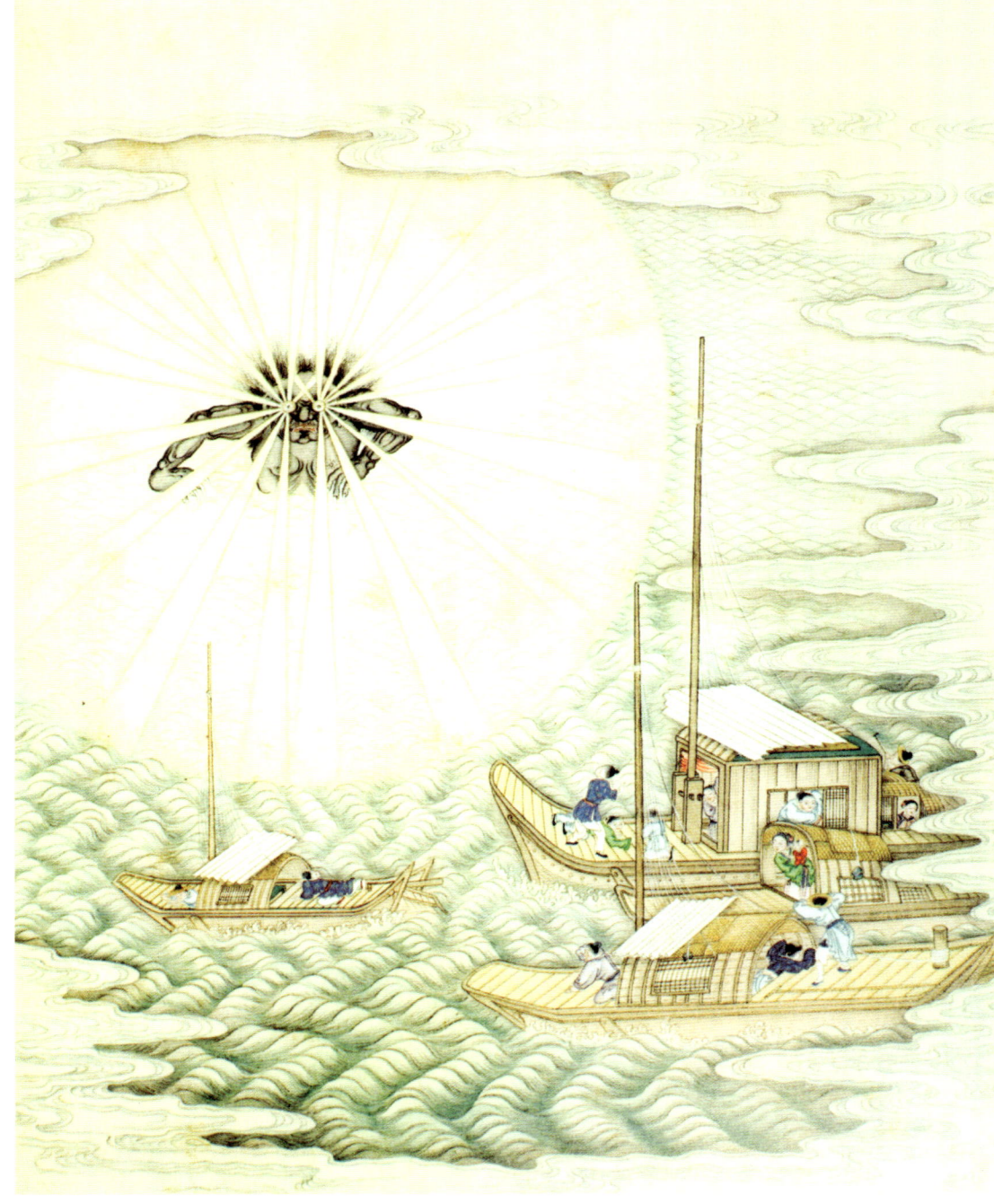

珠光远射

[锦言佳句]

起视，见一巨物，半身出水上，俨若山岳；目如两日初升，光明四射，大地皆明。

鸿

天津①有个专门打鸟的人，一次，打到一只母雁，那只公雁也跟着飞到了他的家里，悲哀地鸣叫着，围绕着他家的房子飞来飞去，直到天黑下来，它才飞走。第二天，打鸟的人很早出门，就看到那只公雁早已飞来，一边跟在他后边飞着，一边悲伤地叫着；接着，就飞落在他的脚下。打鸟的人准备把公雁一块捉住，只见公雁伸长脖子前俯后仰，最后吐出了半锭黄金。打鸟的人才恍然明白它的用意，于是说："你要用这金子来赎你的妻子啊。"随后，打鸟人就放了那只母雁。两只大雁在地上走来走去，好像是悲喜交集，接着就结伴一起飞走了。打鸟人称了称金子，有二两六钱多。

哎呀！禽鸟有什么智慧呢，竟然能如此看重情意！人生最大的悲痛莫过于生离死别，动物也是这样吗？

◎天津：即今天津市。天津为天子经过的渡口之意。

【名家评点】

本篇写鸿，又是一种境界。雌鸿被捉，雄鸿追随，不仅徘徊哀鸣，且以黄金赎妇，"钟情若此"，着实动人。《聊斋》既有《义鼠》《义犬》《禽侠》诸题，本篇似乎也可题作《情鸿》或《鸿情》了。（马振方）

《鸿》篇120字，却包含了多个故事情节：雌雁被抓后，雄雁追随至射鸟人家，这是第一个情节，说明下面还有故事；第二天一早，雄雁便号叫着飞到射鸟人脚下，这是第二个情节，到这里，读者是抹了一把汗的，雄雁这不是送死吗？就在射鸟人要抓它时，它竟然一伸脖子吐出了半锭黄金，以此赎妻，这是第三个情节；被感动的射鸟人放了雌鸟，于是两只大雁高兴地一起飞走了，这是最后一个情节。短短的篇幅，却用这样四个故事情节一步步地吸引读者带着疑惑往下看，每深入一层便多一份欣喜，多一点希望，完美的结局终于让读者感受到了爱情的力量。（郇彦宁、王何汉）

[锦言佳句]

两鸿徘徊，若有悲喜，遂双飞而去。

吐金赎偶

嫦娥

山西太原人宗子美，跟随着父亲外出游学◦，后来到了扬州，就住了下来。

宗子美的父亲与住在红桥下的林婆婆平素就有交往。一天，宗子美与父亲路过红桥，正巧遇到林婆婆。林婆婆再三请他们父子到家中做客，喝茶叙谈。到林家后，看见有位女子站在一旁，长得很漂亮。宗子美的父亲极力称赞那姑娘，于是林婆婆说："你家公子温柔和顺，像个大姑娘，是有福之相。假若你们不嫌弃，便把我的女儿许配给公子，怎么样？"宗子美的父亲笑着，督促儿子赶快起身给林婆婆施礼，说道："你这一句话价值千金啊！"原先，林婆婆独居，这姑娘忽然间自己来到她的家中，向她述说了孤苦之情。林婆婆问她名字，姑娘说叫嫦娥。林婆婆很爱怜她，就把她留下了，其实，她是把嫦娥当稀有的货物储存起来。

当时，宗子美刚刚十四岁，见到嫦娥后，心里就偷偷地喜欢上了她，自认为父亲必定会找媒人前去提亲订婚。可回来后，他父亲好像把这事给忘了。宗子美心里火烧火燎一般，暗地里把这事告诉了母亲。父亲得知后说："那是与林婆婆贫嘴◦开玩笑的。她不知要将这女儿卖多少黄金呢，这事怎么可能如说得那么容易！"

过了一年，宗子美的父母都去世了。宗子美不能忘记对嫦娥的情意，服孝快要满期时，就托人向林婆婆表达了求娶嫦娥的意愿。林婆婆起初不应允，宗子美气愤地说："我生平从来不轻易向别人折腰相求，为什么你这老婆子把我的真心诚意看得一钱不值呢？假若你背弃以前的婚约，得将我折腰的诚意还我。"林婆婆于是就

◎游学：远游异地，从师求学。 ◎贫嘴：爱多说废话或开玩笑的话。

【名家评点】

蒲松龄在《嫦娥》中直接解构了传统嫦娥故事的三大要素（人物形象、叙事行动和艺术想象）。不仅给她换了一个痴心的丈夫，还附赠了生子富贵的大团圆结局，消解了"琼楼玉宇，高处不胜寒"的孤寂之感。使嫦娥形象更贴近现实，也更具人性色彩。蒲松龄的妙笔巧思让《嫦娥》成为明清小说中改写嫦娥故事的成功典范。（苗文君）

【读名著学成语】

一言千金

一句话价值千金。常用以形容所言之富有价值。

清·蒲松龄《聊斋志异·嫦娥》:"一言千金矣!"

结亲拜妪

嫦娥

说："以前或许与你的父亲开玩笑定亲，可能有这事。但当时没有正式订约，过后也都忘却了。今天你既然这样说，我难道还想留着女儿嫁给天王不成？我天天精心打扮她，实指望能换得来千金，现在请你出一半的钱，可行吧？"宗子美自己忖度难以办到，也就把这事放到了一边。

正巧有一位老年寡妇租住在西邻，她有个女儿刚到待嫁的年龄，小名叫颠当。宗子美偶然见到她，发现颠当天生丽质，美貌不在嫦娥之下。宗子美很思慕她，每次以赠送礼物为由接近她。时间长了，他们之间逐渐熟悉了，见面时往往以目传情，但二人想说话，却没有机会。一天晚上，颠当越过垣墙来借火，宗子美欢喜地拉住她，于是二人就完成燕好◎之事。宗子美约定迎娶颠当，颠当推辞说哥哥在外经商还未回来。自此以后，他们一有机会就相互往来，更加亲密。

一天，宗子美偶然经过红桥，见嫦娥正巧站在门里，宗子美很快地走过去。嫦娥望见，向他招手，宗子美停下脚步站着，嫦娥又向他招手，他就进了嫦娥的家门。嫦娥以背弃信约来责难宗子美，宗子美向她述说了其中的缘故。嫦娥进入里屋，取来一锭黄金交给宗子美，宗子美不接受，推辞说："我自认为永远不会再与你有缘分了，就与别人订了婚约。现在我若接受你的黄金，娶你为妻，就辜负了别人；若接受你的黄金，却不娶你，就辜负了你的好心。所以，这黄金我实在不敢接受。"过了好久，嫦娥才说："你的婚约之事，我都知道。这事是必定不能成的。即使成了，我也不怨你负心。你赶快离开这里，妈妈要回来了。"宗子美仓促间拿不定主意，不知道怎么办好，接了黄金就回到了家里。

过了一夜，宗子美把这事告诉了颠当。颠

◎燕好：男女欢合。

【名家评点】

《嫦娥》中既有异性恋又有同性恋，三位主人公的感情纠葛错综复杂，扑朔迷离，令人困惑不已，也令人心旌摇曳。但掩卷三思，我们又不难看清小说中那种在情和欲之间翩翩飞舞的情爱和作者深藏其中的人生观、爱情观。嫦娥和颠当始终没有像《聊斋》中别的篇章那样，或和睦地双美共事一夫，或费尽心机争夺宗生的爱，而是相互成全和牵引。（孙巍巍）

当认为嫦娥说的话很对，但她劝宗子美专心钟爱嫦娥。宗子美沉默不语，颠当说她愿意处在嫦娥之下做妾，宗子美这才高兴起来。宗子美马上派媒人携带着黄金交给林婆婆，林婆婆无话可说，就把嫦娥交给了宗子美。嫦娥进门后，宗子美向嫦娥叙述了颠当的话。嫦娥微笑，怂恿纳颠当为妾。宗子美很高兴，急着想见颠当一面，但是颠当却很长时间不来了。嫦娥知道颠当这么做是为了自己，因此就暂且回家，特意给他们创造机会。嫦娥嘱咐宗子美，让他与颠当相见时，把颠当佩戴的香囊偷来。不久，颠当果然来了，宗子美与她商量迎娶的事，颠当说不着急。颠当解开衣襟和他调笑时，胁下露出一个紫色的荷包，宗子美趁空摘取。颠当突然变了脸色，起身说："你与别人一心，与我是二心，你是负心郎！请从此以后，断绝来往。"宗子美百般解释、挽留，颠当不听，走了。一天，宗子美从她家门前经过，打探观察，发现那房子已被另一位吴姓的租住，而颠当母女已搬走很久时间了，连点影迹都见不到，没有办法去打听。

宗子美自从娶了嫦娥，家中就骤然富裕起来，楼阁长廊，连接街巷。嫦娥喜欢嬉戏玩耍。一次，他们见到一幅美人的画卷，宗子美对嫦娥说："我常说，你的美丽，真是天下无双。只是可惜，我不曾见过传说中的赵飞燕、杨贵妃啊。"嫦娥笑着说："你想见识杨贵妃、赵飞燕，这也不难。"于是，她拿起画卷仔细看了一遍，便急忙走进屋里，对着镜子修饰打扮，然后学着赵飞燕翩翩起舞的轻盈风姿，又学杨贵妃慵懒娇媚的醉态。长短肥瘦，随时变化，表现出的那种风情和姿态，与画卷上美女的样子一模一样。嫦娥刚装扮起舞时，有一个婢女从外边走进来，见

【锦言佳句】

樱唇半启，瓠犀微露，睛不少瞬。长短肥瘦，随时变更。风情态度，对卷逼真。

◎赵飞燕：汉成帝皇后，能歌善舞，体态纤美，轻盈如燕，相传其能在掌中起舞，故称"飞燕"。◎杨贵妃：唐代玄宗的宠妃。中国古代四大美女之一。

传世彩绘聊斋志异

嫦娥

了嫦娥不能认出来,惊讶地问她的同伴姐妹,再仔细地端详,才恍然大悟地笑起来。宗子美高兴地对嫦娥说:"我得到你这位美丽的娇妻,那么历史上的美人,也就都在我的屋子里了。"

一天夜里,宗子美夫妇刚刚睡着,忽然有几个人把门撬开闯进屋里来,火把将房间的墙壁照得通亮。嫦娥急忙起来,惊呼:"盗贼进来了!"宗子美刚刚醒来,正想大声呼叫,一个强盗用刀架在他的脖子上,吓得他连大气都不敢喘;另一个强盗抢过嫦娥扛到自己背上,这群强盗哄然而散,跑走不见了。这时,宗子美才大声叫喊,家中的仆役都集拢来,察看房子中的珠宝细软,没有丢失一点儿。宗子美非常悲痛,惊吓得失了方寸,连个主意也没有了。他们告到官府,官府下通牒°追捕,但没有半点消息。

光阴荏苒,三四年的时间过去了,宗子美心情郁闷,借着到省城赴试的机会,顺便到京都去散散心。他居住了半年,算卦°问卜,各种方法都用尽了,也没有打听到嫦娥的下落。一次,他偶然路过姚家巷,遇到一位女子,那女子蓬头垢面,衣衫褴褛,如同讨饭的乞丐。宗子美停下脚步,细细看她,原来是颠当!他吃惊地说:"颠当,你怎么憔悴成这个样子?"颠当回答说:"自从与你分别后,我家就南迁了,老母亲也去世了。我被恶人抢去卖到旗人居住地,遭受了打骂羞辱和冻饿,实在是无法忍受。"宗子美听了,伤心地流下了眼泪,问道:"可以从旗人将你赎出来吗?"颠当说:"很难。要花费好多钱,是没有办法办到的。"宗子美说:"实话告诉你,这几年来,我家中可以称得上小富,可惜我现在客居°在这里,所带的钱财很有限,如果将行李和马都卖掉,就能够赎你的话,我绝不敢推辞。假若所需的钱财数量过大,那我就要回家去操办。"颠当与他相约,明天在西城的丛柳下相会,并嘱咐宗子美一定要一个人去,不要让别人跟着他。宗子美答应说:"好的。"

第二天,宗子美早早地履约前往。到了西城,颠当早就等在那里了。颠当衣着华美,与昨天所见,大不一样。宗子美惊奇地询问,颠当笑着说:"昨天我是试一试你的心,幸亏故人之情未变。请你到我家去叙叙,我一定好好地报答你。"宗子美跟着颠当向北走了一段路,就到了颠当的家。

◎通牒:书面通知。 ◎算卦:按照卦象推算事情吉凶。 ◎客居:在外地居住;旅居。

【名家评点】

嫦娥这个名字会勾起人们对于古老神话中月宫仙子的记忆。一种清虚的、高贵的、不食人间烟火的令人生爱而又令人凛然的形象。蒲松龄这篇《嫦娥》的艺术形象的构思,也建立在这一人们共有的艺术记忆的基础上。因此,他创造了一种幻美,小说情节是彻头彻尾虚幻的,而且也几乎不沾一点人间烟火气。然而,这样一个分明是虚幻的故事,人们只为它的美丽所吸引,一点不觉得它荒诞无聊。(何满子)

【说聊斋】

作家茅盾谈《聊斋志异》

《聊斋》则立意深远，讽刺现实……蒲松龄写《聊斋》用的是《史记》笔法，与《史记》有相同处，也有发展。

颠当拿出菜肴和美酒，与宗子美一起喝酒交谈。宗子美邀约颠当跟他一块回家去，颠当说："我在这里有很多的俗事拖累，不能跟你走。但嫦娥的消息，我知道一些。"宗子美迫不及待地追问她，嫦娥在哪里。颠当说："她的行踪飘忽不定，我也说不准她所在的具体地方。西山有位老尼，瞎了一只眼，你去问她，她自然会告诉你。"当晚，宗子美就宿在颠当的家里。

天亮后，颠当给宗子美指明了去西山的路。宗子美到了那里，看见有一座古寺，周围的墙垣都倒塌了，在一丛竹子里有间茅草屋，老尼正在屋内补缝衣服。老尼见有人来，漫不经心地不搭理。宗子美给她行礼，老尼这才抬起头来问他要做什么。宗子美将自己的姓名告诉了她，接着讲了自己所请求的事。老尼说："我是个八十岁的瞎子，与世隔绝，从哪里能知道美人的消息呢？"宗子美苦苦地哀求她，老尼才说："我实在不知道。但我有两三家亲戚，明天晚上来访，或许小女子辈们知道这件事，也说不定。你明天晚上可以来。"宗子美就出来了。

第二天，宗子美再来到西山茅草屋，老尼却不在家，茅草屋的破门紧紧地锁着。宗子美在这里等了很久，夜已经深了，明月高高地挂在天上，他走来走去，一点办法也没有。突然，宗子美远远地望见有两三位女子从外边走进来，其中的一个就是嫦娥。宗子美高兴极了，猛然间现身，急忙拉住嫦娥的衣袖。嫦娥说："莽撞的郎君，吓死我了！可恨那颠当多嘴多舌，又让你用儿女情来缠磨我。"宗子美拉着嫦娥坐下，握着她的手，叙说别离后经历的艰辛，不知不觉地流下了悲伤的眼泪。嫦娥说："实话告诉你，我是天上嫦娥，被贬谪下界，浮沉于人世间，现在贬谪的期限已满。假托遭遇强盗抢劫离去，就是为了断绝你的希望。那位老尼，是给王母娘娘看门的。我最初被谴时，承蒙她的关照收留下来，所以，有时间常来看望她。如果你能放我走，我就想办法将颠当给你娶过来。"宗子美不放她，低着头流泪。嫦娥回头向远处张望说："姐妹们来了。"宗子美四处张望，嫦娥不见了。

宗子美失声痛哭，不想再活在人世间，就解下衣带上吊了。宗子美恍恍惚惚地觉得自己的魂已经离开躯体，迷迷糊糊地不知飘荡到了哪里。

○贬谪：因过失或犯罪而被降职或流放。

姚巷遇丐

竹庵尼话

嫦娥

忽然，他见到嫦娥来了，捉住自己的魂提起来，使得双脚离地，又进入寺中，然后从树上取下尸体，一边推挤，一边呼唤："痴郎！痴郎！嫦娥在此！"宗子美感觉到自己好像从梦中忽然醒来。稍稍安定后，嫦娥气愤地说："颠当贱婢！害得我杀死郎君，我不能轻饶了她。"二人下山租了一辆车子，回到寓所。宗子美就命家人准备行装，自己反身到西城去答谢颠当。但到了那里，原先的房舍完全变样了，宗子美在惊愕慨叹之后，只得返回。他心里暗想，幸亏嫦娥未发现。刚进门，嫦娥迎面笑着对他说："你见到颠当了吗？"宗子美惊愕地说不上话来。嫦娥说："你想背着我嫦娥，怎么能见到颠当呢？请老实地坐在那里，颠当一会儿就会自己来的。"不多会儿，颠当果然来了，仓皇地跪在床下。嫦娥用指头弹着她的头，说："小鬼头，害人不浅！"颠当连连叩头，但求免死。嫦娥说："把别人推到火坑里，而自己想逍遥天外？广寒宫里的十一姑，不几天就要下嫁了，需要绣枕头百副、鞋百双，可以跟着我去，共同完成。"颠当恭恭敬敬地说："只要分给我，一定按时做好送来。"嫦娥不允许，对宗子美说："你若同意的话，我就放她走。"颠当眼巴巴地看着宗子美，但宗子美只是笑着不说话。颠当生气地瞪着他。颠当乞求回家去告诉家人一声，嫦娥答应了，颠当于是就回家去了。宗子美向嫦娥问起颠当的生平、身世，才知她是西山的一只狐狸。宗子美买好车子，等待着。

第二天，颠当果然回来了，他们就一块返回家乡。然而，嫦娥这次回来，举止变得很持重◎，

◎持重：行事慎重；谨慎稳重，不轻浮。

【名家评点】

须知在任何一个范围内要保持主宰者身份的尊严，都必须维持或制造出一种神的身份，至少是神一般的形象。因此嫦娥这个人物带有广泛的讽喻性和概括人生现象的意义。作为这种人物的对照和支柱，必须有一个甘愿作妾的颠当。颠当颇像白蛇身边的小青，武则天身边的上官婉儿，她的地位必须有这样一种性格去适应。（何满子）

[说聊斋]

学者南怀瑾谈《聊斋志异》

清朝的蒲松龄写了部《聊斋志异》,借鬼来骂人,他自比司马迁,《聊斋志异》也被称作中国的鬼史。文字非常好,是我们小时候必看的,又怕又爱读。

平日里从不轻率地与家人说笑。宗子美强迫嫦娥扮装游戏,她从不肯,只是偷偷怂恿颠当去做。颠当很聪慧,善于谄媚◦男子。嫦娥喜欢单独睡觉,宗子美每次想与她一起睡,她就以身体不舒适推辞。一天夜里,已是三更天了,还听到颠当房中传来笑声,咪咪地笑个不停。嫦娥让婢子偷偷去看个究竟。婢子回来,什么话也没有说,只是请夫人自己去看看。嫦娥伏在窗上偷偷向里一看,只见颠当装扮作自己的模样,宗子美抱着她,呼叫着嫦娥的名字。嫦娥轻蔑地一笑,回到屋里。不大会儿,颠当心头暴痛起来,她急忙披上衣服,拉着宗子美来到嫦娥房中,进门便跪下。嫦娥说:"我又不是医生和巫婆,哪里能治病?你自己想效仿西施捧心学娇罢了。"颠当只是叩头不止,不停地说知道错了。嫦娥说:"好了。"颠当便从地下起来,不由自主地笑了,离去。

颠当暗中对宗子美说:"我能让娘子学观世音菩萨。"宗子美不相信,于是就与颠当开玩笑打赌。嫦娥每次盘腿打坐,总是双目若闭。颠当悄悄地用玉瓶插上柳枝,放到茶几上,自己就垂发合掌,侍立在一旁,樱桃般的嘴唇半开,瓠子◦般的牙齿微露,双目一眨也不眨。宗子美在一旁笑她。嫦娥睁开眼问她,颠当说:"我学的是龙女伺候观世音。"嫦娥笑着骂她,罚她学着童子样子给自己施礼。颠当将头发束起来,就四面向上参拜,伏在地上翻转,变化各种形态,左右辗转,她脚上袜子都可以磨着自己耳朵。嫦娥笑了,用脚去踢她。颠当抬起头,用嘴咬着嫦娥的脚尖,轻轻地用牙齿衔着。嫦娥正在开心嬉笑,忽然觉得有一丝媚欲之情,从脚趾而上,直达心

◦谄媚:卑贱地奉承,讨好别人。◦瓠子:果实粗细匀称而呈圆柱状,绿白色,果肉白色。果实嫩时柔软多汁,可作蔬菜。

提魂救縊

叩乞分工

嫦娥

头,春情°已动,难以忍受,自己控制不住。嫦娥急忙收敛心神,镇静下来,呵斥说:"狐奴才!你该死!迷惑人也不选择一下吗?"颠当害怕,急忙松开口,伏在地上。嫦娥又严厉地责备她,众人都不明白其中的缘故。嫦娥对宗子美说:"颠当这婢子,狐性不改,刚才差点儿被她愚弄。如果不是我的道业根深,很容易堕落进她的圈套!"自这以后,每次见到颠当,就谨慎地提防她。颠当既羞惭又害怕,她告诉宗子美说:"我对于娘子的一手一足,无不亲爱。但正因爱得深,所以不自觉地媚惑她过分了。如果说我有别的心思,不但不敢有,我心里也不忍啊。"宗子美把这实情告诉了嫦娥,嫦娥改变了对颠当的态度,恢复到同当初一样。然而,因为嬉闹没有个节制,屡次劝诫宗子美,宗子美听不进去。因此,大小婢妇都效仿他们,争相狎戏°。

一天,两个婢女扶着一个婢女,扮作杨贵妃醉酒的模样。两个婢女使了个眼色,趁这位婢女放松身体假作醉态蒙眬之时,两人把手一放,婢女突然跌到台阶下,摔倒的声音如同推倒一堵墙。众人大声惊呼,近前一摸,装扮贵妃的婢女像贵妃毙于马嵬坡一样,已一命归西了。众人十分惧怕,赶快把这事告诉了主人。嫦娥惊骇地说:"闯祸了,我说的话怎么样!"前去验看,已经不可能救活了。派人去告诉婢女的父亲。婢女的父亲某甲,平素为人就无德行,哭闹着跑来,把女儿的尸体背到厅房里,又喊又骂。宗子美吓得关上门,不知怎么办才好。嫦娥自己出面责备他,说:"即使主人虐待婢子致死,法律上也没有偿命这一条。况且你女儿是意外暴死的,怎么知道她就不会再苏醒过来呢?"某甲叫嚷着说:"四肢都冰凉了,哪有再生之理!"嫦娥说:"不要

◎春情:男女相互爱恋的感情。春心。 ◎狎戏:戏耍;狎昵。

【名家评点】

唯仙多情,亦唯仙能制情;唯仙真乐,而唯仙不极乐,此文之梗概也。(但明伦)

这篇写了两个女性。先是分头描写,不使两女子见面,直至宗生与嫦娥离而复合时,才使两女子相逢。此后是两两并写,使两人的性格特点获得了进一步发展和充分的表现。嫦娥是一个恪守信约、才情具备的姑娘。颠当聪明伶俐,多少有点狡猾。写嫦娥,写颠当,又都以宗子美为轴心。多头写来,变化有致,层次井然,堪为文章高手。(胡忆肖、毕敏)

【锦言佳句】

今而知为人上者，一笑颦亦不可轻。

衔钩纵媚

嫦娥

传世彩绘聊斋志异

吵闹！纵然是活不了，还有官府在。"于是，她走进大厅，用手抚摸尸体，婢女已经苏醒过来。嫦娥再用手抚摸，婢女就随着她的手站起身来。嫦娥反转身来，愤怒地对某甲说："婢子幸亏没死，贼奴怎么能这样无理！可以用绳子将他捆绑起来，送到官府去。"甲无话可说，长跪在地，哀求饶恕。嫦娥说："你既然知罪，暂且免于追究处分。但无赖小人，反复无常，把你女儿留在这里，终究是一个祸胎，立即把她领回去。当初买她花了多少钱，要赶快筹办好，如数送来。"派人押送回去，让他请两三个村里的老人，在见证后画押°作保。完了之后，才把婢女叫到跟前，让甲自己问，说："没有伤着吧？"婢女回答说："没有。"就把婢女交给甲，让他领走。

事情处理完后，嫦娥把婢女们喊来，数落她们的罪责，一个个被扑打。又把颠当唤来，严禁她再干这类事。对宗子美说："现在知道了吧，主子的一笑一颦°也不敢轻率。戏谑是从我开始的，竟使这弊端屡禁不止。世间凡是哀伤的事属阴，欢乐的事属阳；阳到了极处，就会生阴，这是万物循环的规律。婢子的祸殃，是鬼神给我们的警告。如果再执迷不悟，就要闯大祸了。"宗子美听从了嫦娥的话。颠当哭泣着要求嫦娥解脱她。嫦娥用手指掐着颠当的耳朵，过了一会儿

【名家评点】

能够如此指挥裕如地处理妻妾关系的女主人，必然也能有效地控制丈夫，控制全家，是这一家子的真正主人。她的神的形象和主妇的形象是二合一的。神使她成了主妇，主妇使她成了神。嫦娥不仅是神的拟人化，也是人的拟神化。蒲松龄把超现实和现实转化糅合在一起了。（何满子）

◎画押：旧时在公文、契约或供状上画花押或写"押"字、"十"字，表示认可。◎一颦一笑：人忧愁和欢笑的表情变化。

松开手。颠当在迷茫中恍惚了一会儿,忽然间如大梦初醒,伏地便拜,高兴得手舞足蹈。自这以后,闺阁中清净严肃,没人敢再随便喧哗。那个婢子回到自己家中,没有生病却突然死了。甲因为赎婢子的钱赔偿不起,就请村中老者替他来哀求怜悯,嫦娥答应不赔了。又因婢女服侍过主人的感情,嫦娥还施舍给了她一口棺木。

宗子美常常忧虑没有子嗣。一天,嫦娥腹子中忽然听到小儿啼哭的声音,于是就用刀割破她的左肋,取出一个婴儿,是个男孩;没有过多久,嫦娥又怀孕了,又用刀割破右肋取出一个婴儿,是个女孩。男孩很像父亲,女孩很像母亲,他们长大成人后,都与大户人家成婚结亲。

异史氏说:"阳极阴生,真是至理名言啊!然而,家里边有个仙女,十分幸运地能让我享受到极大的快乐,消除我所有的灾祸,并能使我的生命延长,而让我不死。这是乐土啊,在这里终老天年就行了,但仙人为什么还有忧虑呢?天地运行循环往复的规律,从道理上讲,本来就应当是这样的。而世上那些长期困窘运气不好的人,又怎么去解释呢?过去宋国有一个求仙而没能得道的人,他总是说:'如果能做一天的神仙,就算立即死去,我也没有什么遗憾了。'我不再笑话他了。"

◎阴阳:简朴而博大的中国古代哲学概念。 ◎乐土:和平安乐的美好地方。 ◎宋国:周代诸侯国名。

【锦言佳句】

凡哀者属阴,乐者属阳;阳极阴生,此循环之定数。

褚生

顺天府的陈孝廉,在他十六七岁时,跟着一位塾师在和尚寺里读书。寺里学生很多,其中有个褚生,自称是山东人,攻读钻研,成天不肯休息。而且他就寄宿在书斋里面,从来没看见他回过家。陈生和他交情最好,便问他为什么这样辛苦。他答道:"我的家境很穷苦,连学费都筹办不来,白昼的时间不够用,但如果加上半个晚上,那么我的两天就足能抵得上别人的三天了。"

陈生听了他的话很感动,就要把床搬过来和他一道住。褚生对他说道:"且慢,且慢,我看这位先生,还不配做我们的老师。阜成门°附近有位吕先生,年纪虽然老了,还可以做老师,我们一同前去投他。"当时在京城设馆授徒的很多,都是按月缴纳学费,每到月底,学生去留听便。于是两个人到了吕先生的馆里。

吕先生本是浙江的名儒,落魄得回不了家,便以教授幼童糊口,实在不合他的志愿。两人来了,他很高兴,而褚生人极聪明,过目就能了解,因此尤其受他器重。两个人情感也很融洽,白天同桌,夜里同床,亲密得像是兄弟。

一个月完了,褚生忽然请了假,过了十几天还没有回来。大家都不知道为了什么。有一天,陈生因事到天宁寺去,遇见褚生正在廊子底下削麻秆°,涂硫黄,制作火柴。他一看到陈生,忸忸怩怩地露出不安的样子。陈生问他因何废学°。褚生把他拉到一旁,戚然说:"我家里穷,没有钱送给先生,必须要做半个月的小贩,才能读一个月的书。"陈生听了慨叹了很久,然后说道:"你只管去读,我一定竭力设法,替你筹办学费。"褚生很感激,便同他返回私塾,一面他嘱咐陈生

◎阜成门:北京的一个城门。◎麻秆:麻的茎,秆子细而长。◎废学:不再继续上学;辍学。

【名家评点】

本篇在《聊斋》涉及科举题材的作品中是一篇感怀色彩比较强的作品。篇中出现了一个"设帐"的吕先生,"吕,越之宿儒,落魄不能归,因授童蒙,实非其志也","实非其志也"几乎就是蒲松龄夫子自道,"实非其志"而蒲松龄在其七十多岁的生涯中却不得不做了近五十年。褚生作为鬼魂帮助朋友考试,与司文郎"实欲借良朋一快之耳"一样,表露的是蒲松龄的同一种心迹。故事的末尾褚生投胎吕家后考中秀才,可谓是把考中的幻想进一步延伸到来世了。(刘方喜)

不要对人讲，只是随便找了个理由，瞒过了吕先生。

陈生的父亲本是一个商人，靠着囤积居奇发了财。陈生偷窃他父亲的钱，替褚生缴纳学费。后来被发觉了，他父亲追查失金，陈生把实情说出，父亲认为他发痴，便不让他再去读书。褚生觉得见不得人，要辞别老师走了。吕先生查明原因，慨然说道："你既然穷，怎么不早说呢！"就把钱全数还给陈父，仍然留褚生读书，和他一道吃饭，待他像自己的儿子一般。

陈生虽然不再入学，但常常邀褚生到酒家小酌，褚生因为避嫌不肯去，但陈生意思很诚恳，说到沉痛处，往往流下眼泪，褚生不忍拒绝，便和他照旧往来。

过了两年，陈父死了，陈生请求复学°。吕先生因为他的诚意可感，把他收下。但他废学已久，大大落在褚生后面了。

半年之后，吕先生的长子从浙江乞食晋京寻父，同门弟子全捐助旅费，褚生没东西奉献，只是流着眼泪，表示恋恋不舍。吕先生临别，叫陈生拜褚生为师，陈生按照他的话做，请褚生到他家设馆°。不久他就进了县学，经过录遗°试而参加乡试。陈生唯恐考不好，褚生愿意代他下场。

试期到了，褚生带了一个人来，说是他的表兄刘天若，嘱咐陈生暂时跟他到外面去。陈生刚要出门，褚生忽然从后面一拉，他的身子像要跌倒似的，刘天若连忙把他扶走。两人游览了一回，一道住在刘家。他家没有妇女，在内宅款待客人。

住了几天，忽忽到了中秋。刘天若说："今天李皇亲的花园里面，游人很多，我们一同前去

【锦言佳句】

使人荷茶鼎、酒具而往。但见水肆梅亭，喧啾不得入。过水关，则老柳之下，横一画桡，相将登舟。

◎复学：中途停学一段时间后又重返学校上学。◎设馆：谓开设学馆。◎录遗：清代科举考试制度，凡生员参加科举、录科未取，或未参加科试、录科者，在乡试前再行补考一次，名为"录遗"。经过录遗即可参加乡试。

褚生

解解闷，然后顺便送你回去。"说着叫人抬着茶炉酒器前往。一路茶棚花亭，游人喧嚣杂沓，挤不到里面。走过水闸，看到一棵老柳树下横着一只画舫，他们便跳了上去。

喝过几杯酒之后，感到寂寞无聊。刘天若向他的小僮说："梅花馆里新近来了一个美女，不知道可在家吗？"小僮去不多时，便和那美女一同来了，原来就是乐户里的李遏云。李是京都的有名妓女，能够作诗唱歌。陈生和他的朋友曾在她家吃过酒，因此彼此认识。相见之下，略微寒暄了几句。李遏云愁容满面，刘天若命她唱歌，她唱了一段"蒿里"。陈生很不高兴，说："主人和客人即便不能使你满意，哪至于对着生人唱这种死歌？"李遏云连忙起立谢罪，勉强露出笑容，唱了一些靡靡之音的艳曲。陈生这才欢喜，拉住她的手说："你从前写的那首《浣溪纱》词，我读过几遍，现在全忘了，希望再听一次。"李遏云便吟道：

　　泪眼盈盈对镜台，开帘忽见小姑来，低头转侧看弓鞋。　强解绿蛾开笑靥，频将红袖拭香腮，小心犹恐被人猜！

陈生反复地念了好几遍，甚为欣赏。过一会儿船泊了岸，一同穿过长廊，见墙上题诗很多，陈生拿过笔把这首词写了下来。

这时天色近黄昏。刘天若说："考试的人快要出场了。"便送陈生回家。一进门，刘天若告别走了。陈生见室内黑魆魆的，一个人也没有。一眨眼间，褚生走了进来，仔细一看，却又不是褚生。正在惊疑的当儿，来客忽然在他身旁跌倒。家人说："公子太累了。"大家把他扶起。他才感觉跌下去的不是别人，原来正是他自己。

起来之后，见褚生立在旁边，陈生神志恍惚地像在做梦，于是把人支开，问他究竟是怎么回事。褚生答道："我对你说了你可不要吃惊。

◎杂沓：杂乱；拥挤纷乱。◎蒿里：乐府曲名，古时候的一种挽歌。蒿里乃是死人所居之地。◎浣溪纱：词牌名。上下两阕，每阕三句。李遏云所唱即是这个词牌。◎这是一首刻画受压迫的少妇心情的词，可译其大意如下：满眼含着眼泪面对镜台，打开帘子忽然小姑跑了过来，连忙把头低下装作在看绣鞋。勉强展开眉头露出笑脸，扯起红袖来频频揩拭粉面，尽管这般小心还是怕人疑猜！

【名家评点】

可泣可歌，可诗可画。以死鬼而歌艳曲，亦是淡处求浓，枯处求荣。（但明伦）

【说聊斋】

《聊斋志异》和《西游记》

《聊斋志异》和《西游记》存在共通性,如两者都是写神仙鬼怪的,而且都以写神仙鬼怪著名;但也存在一些差异,如《西游记》是长篇,《聊斋志异》是短篇,《西游记》只塑造了孙悟空等几个典型形象,《聊斋志异》却塑造了几十个典型形象。《聊斋志异》和《西游记》写的都是神仙鬼怪,它们的主题却是反宗教的。《西游记》无论思想性、艺术性都居明代神魔小说之首,成为明代四大奇书之一。它通过神魔的外衣,以嬉笑怒骂来揭露和鞭挞当时的社会。而《聊斋志异》亦是如此,它不仅成就超过了它之前之后的同类作品,远远超过了《封神演义》《三宝太监西洋记》《四游记》等,而成为明代神魔小说之首,同时也以深刻的笔触揭露了当时社会的黑暗和人民的苦难,不管是在思想上还是艺术技巧上都具有极高的价值。

我实在是个鬼啊。早就应该投生,所以还在这里逗留,乃是因为你的恩情不敢相忘,便附在你的身上,替你入场考试。三场已经结束,我的心愿已了。"陈生请他再替他参加会试。褚生说:"你的先人福气不大,吝啬的骨头,是不能承受过高的爵位的!"问他要到哪里。褚生答道:"吕先生和我有父子的缘分,我常常记挂着他。表兄刘天若担任阴府的典簿◦,求他向阴府主管说说情,或者有些效果。"说完告别而去。

陈生觉得很蹊跷,第二天早晨去访妓女李遏云,准备问问一同泛舟的事。一到那里,才知道她已经死了好几天了。又去李皇亲花园,见题词还留在墙上,但是墨色很淡,好像将要没灭似的。这时才恍然大悟,题词的是魂,作词的是鬼。

当晚褚生兴冲冲地跑来,说:"我的目的侥幸达到,特来向你告别。"说着伸出两只手来,请陈生在上面写两个"褚"字,做个记号。陈生打算备酒饯行。褚生摇手说:"不用不用,你如果不忘旧情,发榜◦以后,莫怕路途遥远,到浙江去看看我。"

陈生抹着眼泪送他,见有人在门口等候。褚生正在依依惜别时,那人用手把他的头一按,使他随手而扁,塞到袋子里,背起来走了。

过几天发了榜,陈生果然中了举。于是他便整理行装,前往浙江。吕夫人断绝生育已经十多年,过了五十岁忽然又生了一个儿子。孩子生下来两手紧紧握牢,谁也掰不开。陈孝廉一到,请与孩子相见,便说:"他的掌心里应该有个'褚'字。"吕先生不大相信。孩子一见客人,十个手指自然伸开,一看,果然有字。吕先生吃惊地询问原因,陈孝廉把情形详细说了。大家都觉得奇怪。陈孝廉送了很厚的礼物,然后才回北方。

后来吕先生以岁贡资格到京参加殿试,住在陈家,这时他的小儿子十三岁,已经入了县学。

◎典簿:官名,掌法律事务。 ◎发榜:考试后公布被录取者名单。

司文郎

平阳人王平子，到北京应乡试，在报国寺里租了一间房子。寺里先有一个从余杭县来的秀才，王平子因为住在隔壁，送了一张名片去，余杭生并不回答。早晚碰了头，也很没有礼貌。王平子讨厌他这种狂妄的态度，便不和他来往。

一天，有个少年到寺里游玩，穿着白色的衣服，风度潇洒，上去跟他一谈，言论也很风趣。王平子心里很敬爱他，问他的家世，那少年说是登州人，姓宋。王平子便命仆人移过两把椅子来，和他坐下聊天。正好余杭生走过，两个人站起来让座，余杭生毫不客气，一屁股坐在上首，冒冒失失地问那宋生说："你也是来投考的吗？"少年答道："不是的。我自己知道没有才学，早已不图上进了。"余杭生又问他是哪省人，宋生告诉了他。余杭生说："你不想求取功名，足见你有自知之明。我看山东、山西的读书人简直没有一个通的。"宋生说："北方通的人的确很少，可是不通的人未必就是我；南方通的人的确很多，可是通的人也未必就是阁下◎！"说罢抚掌大笑。王平子在旁附和着，一屋子充满了笑声。余杭生又羞又气，竖起了眉毛，捋着袖子，大声说："你敢马上出一个题目，和我比一比文章的高低吗？"宋生眼睛望着别处，笑着说道："这有什么不敢？"便回到他住的屋子里，把五经四书拿出来，交给王平子，请他出个题目。王平子随手一翻，指着《论语》上的一句说道："'阙党童子将命'◎，就是这个题目吧。"余杭生站起来，索笔要纸。宋生拖住他说："用不着写，还是用嘴念吧。我的破题已经作好了：'于宾客往来之地，而见一无所知之人焉'◎。"王平子一听，捧了肚子，笑得前仰后合。余杭生怒道："完全不会作文章，只会谩骂，还像个人吗！"王平子竭力替他们调解，请另外出个题目。于是他又翻出一句，"殷有三仁焉"◎。宋生立刻念道："三子者不同道，

【名家评点】

《司文郎》是历来为人们所激赏的一篇。本篇写得最精彩的部分无疑是盲僧以鼻来辨别文章优劣，其构想确是匪夷所思——虽然所辨别的不过是作为"学而优则仕"的敲门砖的八股文，但这服从于作者的批判目标，在此可不必深究。其对科场试官之目鼻皆盲、不辨良莠、糊眼冬烘的讽刺可谓尖刻、辛辣以极，历来为人们所称引。（李时人）

◎阁下：对人的敬称。现多用于外交场合。◎阙党童子将命：在《论语·宪问》章。"阙党"就是孔子所居的阙里，"将命"乃是传达宾主的话，因为这童子很聪明，孔子有意让他见见世面。◎这两句话的意思是：在大庭广众之间，竟看到了一个什么也不懂的人。乃是讽刺余杭生的话。◎殷有三仁焉：见《论语·微子》章。三仁（人）指的是微子（纣王的庶兄）、箕子（纣王的叔父）和比干（纣王的叔父）。

【读名著学成语】

薪桂米珠

"米贵得像珍珠，柴贵得像桂木。"

——清·蒲松龄《聊斋志异·司文郎》："都中薪桂米珠，勿忧资斧。舍后有窖镪，可以发用。"

其趋一也。夫一者何也？曰：仁也；君子亦仁而已矣，何必同？"◎余杭生一听，文章也不作了，站起来说："这家伙也稍微有些才气。"说完走了。

王平子因此越发敬重那宋生，邀他到房间里，一谈就是半天。把自己所作的文章全部拿出来请他评阅◎。宋生看得很快，一下子就看了上百篇。然后说道："你对于八股文下的功夫很不错，不过你下笔的时候，虽然不是想一定要成功，还存着一些侥幸的念头。单是这一点，就已经不是上乘了。"说着，便把他看过的文章拿过来，一篇一篇地批评他。王平子佩服极了，便拜他为师。吩咐厨子用蔗糖给他裹汤团◎，宋生觉得很好吃，说道："这滋味我从来没有尝过，过些时还希望你再替我裹一次。"从此两个人越发意气相投，过三五天，宋生定要来一次，王平子就请他吃汤团。余杭生也偶然和他相遇，虽然没有什么交谈，但是他那种骄傲的神态已经比从前大大减少了。

一天，余杭生拿出自己所作的课卷来请宋生点评，宋生见别的朋友已经加了许多圈点评赞，看了一遍，就顺手放在桌上，不说一句话。余杭生怀疑他没有看，再向他请教。他回答说已经看完了。余杭生又怀疑他不懂，宋生说："这有什么不懂？只是不好罢了。"余杭生说："你粗粗一看，怎么知道不好？"宋生便背他的文章，好像早就读熟了的，一面背，一面指出他的毛病。余杭生局促不安，惭愧得浑身冒汗，一句话也不说便溜走了。过了一会儿，等宋生去了，余杭生又进来，一定要看看王平子的文章，王平子拒绝了他，但是被他硬搜出来。他见文章上圈点很多，笑道："这倒很像是汤团！"王平子本来不大会说话，只有腼腆地听他嘲笑。第二天，宋生来了，王平子便把昨天的情形告诉他。宋生很气愤地说道："我以为'南人不复反矣'◎，这家伙竟敢如此放肆，我定要报复他一下！"王平子竭力劝

◎这几句话的意思是：三个人的行为不同，但是志趣是一致的。他们的共同点是什么呢？就是一个"仁"字。君子只要讲仁就够了，行为的不同有什么关系呢？这也是讽刺余杭生的话。◎评阅：阅览并评定试卷或作品。◎汤团：即汤圆。◎南人不复反矣：诸葛亮南征孟获，七擒七纵。孟获才说道："南人不复反矣。"因为余杭生是南方人，所以借用这句话。"南人"便是指余杭生。

司文郎

【名家评点】

本篇感怀抒情的色彩也更浓，当王生再次落榜，知道结果后，王倒没有什么反应，宋却大哭不止，原来宋是鬼魂，生前"负才名"而"不得志于场屋"，"生平未酬之愿，实欲借良朋一快之耳"。宋对科考失败这样地耿耿于怀，至死不忘，很容易使人想到蒲松龄不得志于场屋而又孜孜以求的一生。（刘方喜）

从艺术表现上来说，本篇将"讽世"与"感怀"结合得比较好。《聊斋》中与本篇情节结构类似的还有《于去恶》篇。从整体表现特点来说，相对而言《于去恶》篇中的人物形象不够丰满，主要是在叙"事"而非写"人"。而本篇通过细节描写，活生生地勾画出了余杭生与宋生这两个丰满生动的人物形象，是通过栩栩如生的人物形象，而非单纯的叙述来表现主题的，主题自然也就更加鲜明，读者的印象也就更加深刻。（刘方喜）

他，说一个人不要过分刻薄。宋生对他的好意，十分感佩。

等到考试完毕，王平子把试卷拿出来请宋生看，宋生非常赞许。两个人偶然到大殿上游玩，看到一个瞎了眼睛的和尚坐在走廊下，摆着药摊替人治病。宋生一见，惊讶地说道："这是一个奇人，他很懂得文章，不能不向他请教。"便叫王平子回到寓所里去取文章。正好碰到余杭生，于是和他同来。王平子上去参见，口称大师。和尚认为是请他行医的，问是什么病。王平子便把向他请教文章的意思说了。和尚笑道："是哪个人多嘴？我是个没有眼睛的人，怎能评论文章？"王平子请他用耳朵替代眼睛。和尚说："三场的文章有两千多字，谁耐烦费那么大的时间来听？不如把文章烧了，让我用鼻子替代眼睛吧。"王平子依着他的指示。每烧一篇文章，和尚便闻闻气息，点点头说道："阁下最初是仿效几位大名家，学得虽然不十分像，但也差不多了，这味道还能合我的脾胃。"王平子问他，像这样的文章能不能考中。和尚说："也可以考得中的。"余杭生不大相信，先把古代名家的文章烧一篇试试。和尚一闻说道："妙啊！这味道通到我心里了，不是归有光、胡友信◎的手笔，谁能写得出来？"余杭生大为惊奇，便把自己的文章烧了。和尚说："刚刚领教了一篇，还不曾体味到整个的妙处，怎么又换了一个人呢？"余杭生假意说方才是朋友的作品，只有一篇，现在才是自己的文章。和尚闻了闻剩余的纸灰，连声咳呛说："别再烧了，这气味哽在喉咙里，勉强咽到胸口，再烧，我可要呕吐了。"余杭生满面羞惭地退走。

过了几天发榜，余杭生竟考中了，王平子反而落第◎。宋生便和王平子跑到和尚那里告诉他。和尚叹口气说："我虽然瞎了眼睛，但是没有瞎了鼻子，那些帘官◎简直连鼻子也瞎了！"一忽儿余杭生也来了，扬扬得意地说道："瞎和尚，你也吃过人家的汤团吗？现在究竟如何？"和尚笑道："我所谈的是文章，不是替你算命。你不妨把考官们所作的文章，每人都烧一篇试试，我

◎归有光、胡友信：都是文章名家。归有光，明代昆山人；胡友信，明代德清人。◎落第：科举考试（乡试以上）没被录取。◎帘官：科举时代，乡试会试时的考官，分内帘官与外帘官。

可以知道谁是取中你的房师。"余杭生和王平子一同搜寻，只找到了八九个人的作品。余杭生说："如果说错了，怎样罚你？"和尚气愤答道："把我的瞎眼珠挖了去！"余杭生把文章烧起来。一篇一篇地烧过，和尚都说不是。烧到第六篇，和尚忽然对着墙壁大呕起来，而且放出声音很响的屁，引得大家都笑了。和尚擦了擦眼睛对余杭生说道："这才真是你的老师呢！起先我不知道，骤然一闻，鼻子和肚皮里都受了刺激，膀胱里也容纳不下，一直从肛门里排泄出来了！"余杭生大怒，临走时说道："明天见！你可别后悔！"过了两三天，竟然不来，到他住的地方一看，原来已经搬了家。这才知道余杭生果然就是那个臭文章的考官的门生。

宋生安慰王平子说："我们读书人不应该埋怨别人，应当勉励自己。不埋怨别人，道德可以越高，能勉励自己，学问可以越深。目前的失意，固然是运气不佳，不过平心而论，你的文章也不够到家，希望你今后还要继续加倍努力，天下总有眼睛不瞎的人。"王平子听了很钦佩。因为听说第二年还要举行一次乡试，便决定不回家，留在北京向他请教。宋生对他说："北京虽然柴米都很贵，你不要担忧没法过日子，这座房子后面，有埋在地下的藏金，可以掘出来使用。"并且告诉他金子在什么地方。王平子谢道："从前窦仪和范仲淹◦虽然很穷，却很廉洁；我不敢自比古人，但现在钱还够用，怎敢贪不义之财？"一天，王平子酒后睡了，他的仆人和厨子偷偷地去发掘。王平子忽然听到房子后面有声音，悄悄地出去一看，满地都是黄金。仆人和厨子见事情败露，都非常害怕。王平子正在埋怨他们的时候，发现金酒杯上大部分刻着款识，仔细一瞧，乃是他祖父的名字。原来王平子的祖父曾经在南方做过官，以后来到北京，就在这座院子里害暴病死了，金子正是他留下来的。王平子大喜。拿来一称，共有八百多两。第二天把这消息告诉宋生，并且取出酒杯来给他看，想和他平分，宋生坚决不肯受，只得作罢。又拿了一百两金子，想送给瞎和尚，

【锦言佳句】

凡吾辈读书人，不当尤人，但当克己……不尤人则德益弘，能克己则学益进。

◎窦仪和范仲淹：两人都是宋朝人。两人都很清廉，不取不义之财。

传世彩绘聊斋志异

司文郎

和尚早已走了。

从此他越发刻苦读书，这样过了几个月。到了考期，宋生说："如果这一次再考不中，那真是命了！"但到时竟又因为犯了场规落选。王平子倒没说什么，宋生却大哭不止，王平子反而劝解他一番。宋生说："老天爷妒忌我，让我倒了一辈子的霉，现在又连累了好友，这只能说是命运了！"王平子说："一切事都有个定数。像先生乃是不想求取功名，这倒不是命运。"宋生擦了擦眼泪说："我早想对你说了，只怕你要惊怪，我并不是人，乃是一个到处漂泊的鬼。年轻时很有才名，却一直考不中，于是我便负气来京，希望得到一个知道我的人，使我的著作可以传世。不幸就在甲申◦那一年，死在乱军之中，此后年年就像随风漂游的蓬草，没有定所。幸而与你相知，因此竭力帮助你，想把我平生没有实现的愿望，借好朋友来快慰一下，不料至今还是不能出头。在这种情况之下，谁能淡然无动于衷呢？"王平子也受了感动，掉下眼泪来。便问他为什么老是这样埋没着。宋生回答说："去年上帝发过命令，让孔夫子会同阎罗王审查历劫◦的鬼魂，上等的分发在官署中任用，其余转生人世。我的名字已经被列入了，所以没有去报到，就是想看到你考试得中的快乐。如今既已失望，只好向你告辞了。"王平子问他要考什么官职。他答道："文昌帝君◦府里的司文郎出了缺，暂时由一个耳聋的书童代理，因此弄得文运颠倒。万一我能侥幸得到这个位置，一定树立新的风气，把混沌的局面澄清一下。"

第二天，他高高兴兴地跑来说道："我的目的达到了。孔夫子叫我作了一篇《性道论》，看了很欢喜，说可以做管理文章的官。阎罗王一查功过簿，因为我常说刻薄话，主张不用我，孔夫子同他力争，才得成功。我叩谢后，孔夫子又把我叫到案前，吩咐说：'如今因为爱惜你的才气，特别让你担任这清高重要的职位，你可要改

◦甲申：明朝灭亡那一年（1644年）。◦历劫：佛教语。谓宇宙在时间上一成一毁叫"劫"。经历宇宙的成毁为"历劫"。后统谓经历各种灾难。◦文昌帝君：中国民间和道教尊奉的掌管士人功名禄位之神。

【名家评点】

在《聊斋》中，《司文郎》是对话最多的篇什之一，对话是其表现人物的主要手段。从上面的引述可以看出，司文郎、余杭生不但说话颇多，而且开口就响，声态并作，形象因而鲜明突出。盲僧是幻想的奇人，却也生动如活，清晰可见，除了嗅文以鼻的行动细节，全仗声口毕肖的个性化语言。……19世纪法国文学史家泰纳以为，巴尔扎克《人间喜剧》中的人物比真人"还要有神气，有活力，有生气"。我们也可借用这话评价《聊斋》的某些人物形象。不过，巴尔扎克笔下是现实的人，《聊斋》多写狐鬼花妖，艺术幻想的成分很大，而像盲僧，则是地道的幻想人物，却比真人还真，比活人更活，同现实的形象一样富于立体感。（马振方）

【读名著学成语】

以耳代目

米贵得像珍珠,柴贵得像桂木。——清·蒲松龄《聊斋志异·司文郎》:"王具白请教之意。僧笑曰:'是谁多口,无目何以论文?'王请以耳代目。"

过自新,好好办事,不能再犯从前的错误!'由此可以知道,阴曹对于道德,比文学更为看重。你一定品行尚未修好,所以不能考中。今后只要努力做善事就可以了。"王平子问道:"既然如此,那个余杭生有什么德行呢?"宋生说:"这个我可不知道。总而言之,阴曹赏罚分明,毫无错误。便是我们先前看到的那瞎和尚,也是一个鬼。他是前朝的名家,只因生平不知敬惜字纸,所以罚他做个瞎子。他想替人治病,以赎生前罪过,因此常到热闹地方来。"王平子叫人预备酒菜。宋生说:"不必了。吃了你一年,只剩这一刻工夫了,再给我裹些汤团就够了。"王平子很难过,一点也吃不下,让宋生一个人吃,他一下子吃了三碗,捧着肚皮说:"这一顿饭可以饱三天,我这样做,乃是表示不忘你待我的好处。从前我吃你的汤团,都埋在房屋背后,已经长出菌子°来了。把这菌子采下来当药,小孩子吃了,可以增加智慧。"王平子问他什么时候再见。他答道:"既然做了官,就应该避避嫌疑。"又问他,如果到文昌帝君庙里祭奠他,可能达到否。宋生说:"这都没有益处,天国离人间很远。只要你能洁身自好,多做善事,地府自然有人通消息,我一定会听到的。"说完,向王平子告别,就不见了。王平子到房后一看,果然生出一种紫色的菌子,便采下收藏起来。旁边有新土拱起,原来他临别吃过的汤团全在里面。

王平子回家以后,更加刻苦用功。一天夜里,梦见宋生乘车张伞前来,向他说道:"你从前曾因为小小的气愤,误杀了一个丫头,以致削去了功名,如今你的德行已经把罪过抵消了。不过你的命很薄,没有做官的希望。"这一年,他就中了举人,明年参加会试,又中了进士。他有两个儿子,一个很笨,把紫菌给他吃下,便变得很聪明了。后来他有事到南京,在客栈里遇到余杭生,畅谈阔别多年的情况,样子很谦恭,不过两鬓已经斑白了。

◎菌子:香菇等蕈类。

吕无病

洛阳有位孙公子,名麒,娶的是蒋太史◎的女儿,夫妇感情甚好,不幸妻子在二十岁上就死了,孙麒十分悲伤,便离开家,住到山中的别墅里去。

一天正下着雨,他白昼睡在床上,房里没有人,忽然看见内室帘子下面露出妇人的脚来,他觉得可疑,便问是谁。当下有个女子掀开门帘走出,年龄大约十八九岁,衣服穿得朴素整洁,皮肤微黑,生了一脸麻子,像是穷家的女子。心想这一定是从村子里来租房子的,便喝道:"你需要什么,应该向家人说明,怎么就随便跑进来呢!"女子微笑着说:"我不是村里的人,原籍山东,姓吕。父亲也是个读书人,我的小名叫无病,跟着父亲搬到这里,老人早就死了,我羡慕公子出身大家,又是个名士,愿意给你做丫头。"孙麒说:"你的意思很好,但是和男佣夹在一道住,很不方便,等我回家以后,再用轿来接你吧!"女子吞吞吐吐地说道:"我知道自己丑陋粗笨,哪里敢希望留做你的配偶?只想听你书房呼唤,大概还不致倒捧书本吧。"孙麒说:"就是收丫头,也该选个好日子才是。"说着便叫她去取《通书》第四卷,意思是要试试她的能力。女子翻检出来,自己先略略看了一下,然后送过去说:

"今天河魁◎不在房,正是好日子。"孙麒心里稍微动了一动,便把她留在房里。

女子闲着没事,替他收拾桌子,整理书本,烧香,擦香炉,把房间弄得又清爽又干净。孙麒很喜欢她。到了晚上,打发仆人到别处去睡,女子眉眼上露出了笑容,服侍得格外殷勤周到。吩咐她去休息,她才端着灯走了。孙麒半夜醒来,床头好像有人睡着似的,伸手一摸,知道是那女子,用手摇撼她,她惊醒了,起来站在床下。孙麒说:"为何不到别处去睡?这里难道是你待的地方吗?"女子说:"我害怕。"孙麒可怜她,便叫她把枕头摆在床里边。忽然飘来一股和莲花一般的清香气息,他心里好生奇怪,叫她同到一个枕头上睡,不觉心里发荡,慢慢就和她同被而卧,十分喜欢她。

他想躲着总不是办法,又怕一道回去招人闲话。他有个姨母,和他的别墅只隔十几个门,便想让无病藏在她家,然后用车把她接回去。无病认为这主意很好,便说:"阿姨我早认得,用不着先去关照,我马上就去。"孙麒送她过墙走了。

孙麒的姨母本是一位守寡的老婆婆,天亮开门,无病挨了进来,老婆婆问她,她答道:"你

◎太史:官名,是史官,兼管星历。◎《通书》:宋周敦颐撰,朱熹为它作注,和《太极图说》并出。后人也称历书为《通书》。◎河魁:星名,月内凶神。照迷信说法,所值之日,百事宜避。《荆湖近事》载称,有个名叫李戴仁的,性迂缓,和他老婆异室而居。一天晚上,他老婆敲门,他取过《百忌历》来一查,大惊道:"今天河魁在房,不宜行事。"他老婆羞惭而去。

【名家评点】

本篇通过吕无病与王天官女对待前室幼子的不同态度以及因此引起的各种纠葛,细腻地刻画了封建社会的人情世态。王氏女敢如此凶悍,乃自恃是天官之女,实际上她也受到县宰的包庇。后来天官夫妇死去,王氏在家立足困难,因此才有了改悔之心,也是合乎现实生活逻辑的。(刘烈茂)

【说聊斋】

作家莫言谈《聊斋志异》

要理解蒲松龄的创作,首先要了解蒲松龄的身世。他的作品,一方面是在写人生,写社会,同时也是在写他自己。蒲松龄博闻强记,学问通达,说他上知天文下知地理绝不是夸张。他的科举之路刚开始非常舒畅,县、府、道考试,连夺三个第一,高中秀才,但接下来就很不顺利了。那么大的学问,就是考不中个举人,也有他自己的运气。原因有考官的昏庸,也有他自己的,正因为这样,所以他能看到别人看不到的,正因为这样,才使他与下层百姓有了更多的联系。他的痛苦、他的梦想、他的抱负,都从字里行间流露出来。

的外甥打发我来问候阿姨。公子想搬回家去,路远没有马,让我暂时在这里寄住一下。"老婆婆相信她的话,便把她留了下来。

孙麒回去,推说姨母家有个使女,要送给他,叫人把她用车子接了来。从此坐卧不离[◎],日子越久,越对她宠爱,收她做姨太太,大户人家要同他配亲,他都回绝了。他很想和她相守到老。无病知道他的意图,竭力劝他结婚。于是他取了一个姓许的女子,但还是特别宠爱无病。

许氏很贤惠,一点也不嫉妒,而无病对许氏也越来越恭敬,因此两人处得很好。许氏生了个儿子,名叫阿坚,无病喜欢他,经常抱抚,像是她亲生的一样。阿坚三岁上就离开奶妈,跟无病一起睡,许氏叫也叫不去。后来许氏生病,不久就死了。临终时对孙麒说:"无病很喜欢这孩子,孩子就算是她生的好了,便是把她扶正做大太太,也没有什么不好的。"等到葬礼办完,孙麒准备照许氏的话去做,向乡邻亲族一说,大家都认为使不得,无病也坚决辞谢,计划便中止了。

同县王天官[◎]有个女儿,刚刚死了丈夫,托人向孙家求亲。孙麒本来不愿续娶,无奈王家一再来说,媒人又称赞女儿长得美,亲族也仰慕王家势力,大家一撺掇,孙麒动摇了,便把她娶了过来。

王氏长得果然漂亮,但是骄傲得不得了。不论衣服或器物,一不称意,常常随意毁弃。孙麒因为喜欢她,不忍违拗。过门好几个月,丈夫由她独霸,无病到她面前,笑也不是,哭也不是;而且她还常常因无病生丈夫的气,以致屡次发生争吵。孙麒很烦恼,赌气一个人独睡,又惹得王氏大吵大闹。孙麒实在受不了,找了个理由进京,实际是逃避妻子的麻烦。

王氏又因为丈夫出远门,埋怨无病,无病忍气吞声,竭力奉承,尽量看她的脸色行事,但也不能使她高兴。晚上王氏叫无病睡在地下陪宿,阿坚跑来跟着她,每逢叫她起来做事,孩子总是啼哭。王氏讨厌他,骂他。无病便连忙把奶妈叫来抱他,他不肯去,强要抱他走,他哭得越凶了。王氏大怒,把他痛打了一顿,才跟着奶妈走了。

阿坚因此得了惊悸病,不吃东西。王氏禁止无病和他见面。孩子成天啼哭,王氏喝令奶妈把他丢在地下。孩子呼吸急促了,声音也哑了,喊着要喝水。王氏拦住不许给他。天快黑了,无病趁王氏不在,偷偷送水给孩子喝。他一见无病,

◎坐卧不离:时刻相随。 ◎天官:官名,百官之长,即吏部尚书。

吕无病

丢下水拉住她的衣服，号啕不休，王氏听到，气势汹汹地走过来。阿坚听到她的声音，立即止住哭，纵身一跳，就气绝了。

无病放声大哭。王氏怒道："看你这贱骨头的丑态，难道用孩子的死来威胁我吗？且不论他是孙家的一个毛孩子，就是把王府的公子杀死，王天官的女儿也担当得起！"无病屏着气，含着眼泪，请求给他买口棺材。王氏不肯，吩咐立刻把他丢弃。

王氏走了以后，无病悄悄去摸孩子，发现他手足还有些温暖。便低声对奶妈说道："赶快把他抱走，在野外等我，我随后就来。如果他死了，我们把他埋葬；如果他活了，我们就一同来抚养他。"奶妈答应着去了。

无病回到房里，取了一些簪子、耳环出来，追上奶妈。一看那孩子，已经苏醒了。两人很高兴，打算到孙家别墅去，投靠孙麒的姨母。奶妈怕她脚小走不动，无病便先跑起来给她看，快得像是飘风似的，奶妈竭力向前奔跑，才勉强跟得上。约莫到二更光景，阿坚病得很沉重，不能再向前走，便就近进了一个村庄，躲在一个种田人家的门口，靠着门等待天亮。早晨，敲门进去，借了一间屋子，拿出首饰来换了钱，请巫婆和医生给阿坚治病，但是病始终不见好。无病流着眼泪说道："你好好照顾孩子，我要寻他父亲去。"奶妈正在怀疑她说话离奇，而无病已经走了，她惊讶得不得了。

就在那一天，孙麒在京，正睡在床上养神°，无病悄悄地走了进来。孙麒跳起来说道："刚躺下就做梦吗？"无病拉住他的手，哭得像个泪人儿一般，跺着脚说不上话来，过了很久很久，才失声说道："我吃尽千辛万苦，带着孩子逃到杨……"话没说完，放声大哭，倒在地上消失了。

孙麒不觉吓呆了，仍然疑心是在做梦，唤用人来共同一看，无病的衣服鞋子还在那里，都不懂是怎么回事。孙麒立刻收拾行李，连夜赶回家去。他听说儿子死了，小老婆逃了，抚着胸脯大哭，言语之间，不免怪罪到王氏，王氏翻了脸，还口相骂。孙麒气愤极了，顺手拿起一把刀子来，丫头、老妈子连忙拦阻，他不能接近王氏，便远远地向她投去，刀背砍中她的面颊，弄得脸破血流，她披散着头发，一路叫喊出门，想跑去告诉她的娘家。孙麒把她捉回来，痛打了一顿，衣服都撕成碎条，浑身受伤，痛得连身都不能翻了。

◎养神：使自己的身体与心理处于平静状态，排除杂念，静心守神不胡思乱想，以此来恢复精神和体力。

【名家评点】

作者用对比的手法，塑造了吕无病与王氏两个鲜明对立的艺术形象，尤其是吕无病的善良慈爱，更体现了我国古代妇女的传统美德。（刘烈茂）

反唇相讥

【读名著学成语】

受到指责不服气，抓住对方话把，反过来责问对方。

《聊斋志异·吕无病》："语侵妇，妇反唇相讥。" 清·蒲松龄

孙麒叫人把她抬到房里护养，预备等她养好了再休她。王氏的兄弟们听到消息，大怒，率领很多人打上门来，孙麒也召集有气力的仆人，拿起棍棒来和他们对抗，双方叫骂了一整天才散。

王家没有得到便宜，告到县里。孙麒叫人保护着进城，上堂对质，控诉妻子的凶悍。县官不能使他屈服，为了向王家买好◎，便把他送到学官那里惩办。学官朱先生，是一位世家子弟，性情方正，不肯依附权贵，他知道了内幕之后，怒气冲冲地说道："难道知县老爷把我当作一个龌龊学官，专门勒索伤天害理的金钱，去给人家舔痔疮吗？像他这等叫化子的行为，我是干不出来的！"他竟拒绝不理，结果孙麒扬长而去。王家也奈何他不得，便向朋友们示意，替他们圆圆场，想叫孙麒到岳父家谢罪了事。孙麒不肯，调停人往返了十来次，也没有解决。

王氏的创伤渐渐平复，孙麒打算休她，又怕王家不收，事情也就因循下来。

无病走，孩子死，使他日夜伤心。他想找到奶妈，打听打听究竟是怎么回事，便记起无病说"逃到杨……"那句话来。附近有个杨家疃，怀疑他们可能是在那里。跑去一问，没人知道这件事。

有人说五十里以外有个杨谷，便又派人骑着马去访求，果然找到了他们。阿坚的健康渐渐恢复了，一见面，大家都很高兴，便用车把他们载回家中。

阿坚望见父亲，哇的一声大哭起来，孙麒也不禁流泪。王氏听到孩子还活着，气愤地奔出，准备叫骂。这时孩子正在啼哭，睁开眼睛看到王氏，吓得连忙钻到父亲怀里，好像是请求把他藏起来似的。他抱起来一看，孩子已经断了气。赶快呼唤，过了很久才苏醒过来。孙麒怒道："不知道你怎样虐待他，使他害怕成这个样子！"于是立刻写了休书，把王氏送往娘家。王家果然不收，又把她送了回来。孙麒没办法，父子两人住在另外一座院子里，不和王氏见面。

奶妈把无病的情形详细说了一遍，孙麒才明白她原来是鬼。因为感念她的恩义，便把她的衣服鞋子埋葬，在碑上题了"鬼妻吕无病之墓"几个字。

不久，王氏生了一个男孩，她竟然亲手把孩子掐死了。孙麒越发恨她，又把她休了，王家又把她送来。孙麒想不出办法，便写了一张状子，向上级官府控告，都因为王天官，状子被搁置不理。后来王天官死了，而孙麒仍然不罢休，这才

◎买好：趁机讨好人家。

吕无病

判决离异。孙麒从此也不再娶妻，收了一个丫鬟做小老婆。

王氏回到娘家以后，泼悍°的名声远近皆知。过了三四年，没人敢向她求婚。她忽然懊悔了，但是已经无法挽回。

有个从前在孙家做过事的老妈子，碰巧来到她家，王氏客气地招待她，对着她淌眼泪，看样子像是想念旧日的丈夫。老妈子把情形告诉了孙麒，他也一笑置之。

又过了一年多，王氏的母亲又死了，孤零零地没个依靠，嫂嫂们也很讨厌她，使她越发感到无处存身，成天哭哭啼啼。有个贫苦的读书人死了妻子，她哥哥想多给她备些嫁妆，把她打发出去，王氏不肯，常常暗地托人向孙麒传话，表示她已经忏悔前非，孙麟不相信，还是不去理会。

有一天，王氏带着一个丫鬟，偷了一匹驴骑着，一直跑到孙家。恰好孙麒从屋里出来，她迎面跪在台阶底下，哭个不停。孙麒想躲开她，她拉住他的衣服又跪了下来。孙麒坚决地拒绝她说："如果重新住在一起，没有口角还好，有一天又争吵起来，你那群哥哥弟弟凶得像虎狼一般，那时再要离异，还能办得到吗？"王氏说："我是私自跑出来的，绝对没有回去的道理。你肯留我，我便留下，不肯留我，我只有一死。"停了一下，她又说道："我从二十一岁跟了你，二十三岁上被你休了回去，便是有十分罪过，难道就没有一点情分吗？"说着，便脱下一只手镯，两脚尖并在一起，套上手镯，用衣袖盖在上面，说："那时节的香火盟誓°，你难道完全忘掉了吗？"孙麒才满眼含泪，叫人把她搀扶到屋子里去。

但是他仍然疑心王家用的什么计，想得到她兄弟们的一句话，作为凭证。王氏说："我是私下跑出来的，哪里有脸再去求我的弟兄？如果你不能相信，我早备好了寻死的家伙了，让我切断手指，表明我的心迹。"说着，便从腰间取出一把快刀，伸出左手的一个指头来砍断。鲜血像

◎泼悍：泼辣凶悍。 ◎香火盟誓：古人盟誓，多设香火告神。

【名家评点】

蒲松龄笔下的悍妇，《马介甫》中的尹氏和《邵九娘》中的金氏、江城，都极有神采。本文悍妇王天官女靠娘家势力施横施暴，公然仗势欺人，毫不避讳地说杀了王府世子，王天官女也不怕。对这样的悍妇，连县令都不敢制裁，只能在其娘家势力消弭时，她才改邪归正。写这样的悍妇，就和社会有了更深刻的联系。（马瑞芳）

泉水一般涌出。孙麒吓慌了，赶快替她包扎。王氏面色大变，但是并不呻吟，笑着说道："我今天大梦已醒，特来借你一间斗室○，做出家的打算，你何必猜疑？"孙麒才叫儿子和小老婆另外住在一个地方，自己在两处跑来跑去。他又每天寻求良药，医治她的指伤，过了一个月，就渐渐恢复了。王氏从此不吃荤，不喝酒，只是关起门来念佛。

过了好多日子，她看到家务没人料理，便对孙麒说道："我这次回来，本来准备什么事也不想管的，现在看到这样的用度，坐吃山空，恐怕儿孙要有饿死的一天了。没办法，只好厚着脸皮再管一下。"于是把丫鬟、老妈子召集了来，叫她们按天纺纱织布。大家因为她是自己跑上门来的，很看不起她，背后常常冷言冷语地讥笑她。王氏装作不曾听见。等到检查工作，凡是偷懒的一概鞭打，不肯放过，大家才开始害怕起来。王氏又挂上帘子，仔细查问管钱的男佣的账目，计算得清清楚楚。孙麒十分欢喜，叫儿子和小老婆每天去礼见她。

这时阿坚已经九岁了，王氏对他加倍体贴。早晨上学读书，王氏就把上好的东西留下，等他回来吃。阿坚也渐渐和她亲近。

一天，阿坚用石头打鸟，王氏恰好走过，正打在她的头上，一下子就昏倒了，过了好久不开口，孙麒大发脾气，痛打阿坚。一会儿，王氏苏醒了，竭力拦阻，并且很欣慰地说道："我从前虐待孩子，心里老是存着一个疙瘩，如今幸而把这一个罪案消了。"孙麒一听，对她越发宠爱了。但他还是常常要到他小老婆房里过夜。

阿坚结婚以后，她便把对外的事情交给儿子，家里的事情交给媳妇。

一天，她说道："我某一天要死了。"孙麒不相信。王氏便自己整理葬具，到了那一天，她换上衣服，躺进棺材里就死了。面色和生前一样，满室都是异香，等她入了殓，香气才渐渐消散。

○斗室：形容极小的屋子。

[说聊斋]

《聊斋志异》的文学影响

清代就有不少人模仿《聊斋志异》的文笔来写作，如苏州沈起凤的《谐铎》，满洲人和邦额的《夜谭随录》，长白浩歌子的《萤窗异草》，平湖冯起凤的《昔柳摭谈》，金匮邹弢的《浇愁集》，以至袁枚的《子不语》等，皆是仿此而作。不只是中国的作者受《聊斋志异》的影响，就是外国作者，如日本名作家芥川龙之介等，也模仿《聊斋志异》而创作。《聊斋志异》自诞生以来便不断被人们改编为戏曲、话本、电影、电视剧等，天津评书家陈士和等更是专门讲《聊斋》故事，形成了一个流派，可见《聊斋》故事在民间影响之大，传播之广。

崔猛

崔猛，字勿猛，是建昌县①一个大家公子。性情很刚直。幼年在私塾里读书，小同学偶然侵犯了他，他常常举起拳头便打。老师规劝过他好多次，总是不改。因此才给他起了这样的名字。

到了十六七岁时，他练得一身好本事，还能撑着长竿跳到高房子上去。平日最爱打抱不平，一乡的人都佩服他，因此到他家申诉冤苦的很多，屋子的里里外外常常挤满了人。

崔猛专门锄强扶弱，不怕得罪人。谁要惹恼了他，他就拿起石头木棍乱打，把那人打得遍体鳞伤。

在他大发脾气的当儿，没有人敢劝他。只是他很孝顺母亲，老太太一到，什么事也就完了。老太太教训他很严厉。他不敢违拗，可是一出门便忘记得干干净净了。

隔壁有个泼妇，每天虐待婆婆。婆婆快饿死了，儿子偷偷地拿饭给她吃，被泼妇发觉了，百般辱骂，四邻全都听到了。崔猛大怒，跳过墙去，把泼妇的耳朵、鼻子、嘴唇、舌头都割了下来，她立刻就死了。

老太太听到这消息，大吃一惊，赶快把泼妇的丈夫叫来，竭力向他安慰，并且把一个年轻的丫鬟许配给他，事情才算没有扩大。为了这件事，老太太气得成天哭，连东西也不吃。崔猛害怕了，跪在母亲面前，愿意挨打，并且表示很后悔。老太太还是哭，不睬他。崔猛的妻子周氏也跪下来求情。老太太这才把儿子打了几下，又用针在他的臂上刺了一个十字，涂上红颜色，使它消灭不掉。崔猛一并忍受。老太太才消了气，重进饮食。

老太太平素欢喜布施和尚道士，遇到僧道

①建昌县：今江西永修县。

【名家评点】

《崔猛》描写的义侠之士崔猛，是《水浒传》中鲁达一类人物，他看到横行乡里的巨绅子某甲，强夺李申的妻子，还把李申吊在树上鞭打刺割，逼他写所谓"无悔状"，便"气涌如山，鞭马向前，意将用武"。被母亲阻止后，"不语亦不食，兀坐直视，若有所嗔"，"至夜，和衣卧榻上，辗转达旦，次夜复然"，直到杀死某甲，才"掩扉熟寝"。这是个抑强扶弱、不避怨嫌的典型。路见不平，拔刀相助是这类行侠仗义人的天性，可惜他又把刚猛之气用到剿杀所谓"土寇"身上，又终非像鲁达那样走向反抗官府的起义道路，反映了蒲松龄的思想和阶级局限。（侯忠义）

[读名著学成语]

抑强扶弱

抑：压制。扶：帮助。压制强暴，扶助弱小。清·蒲松龄《聊斋志异·崔猛》："崔抑强扶弱，不避怨嫌；稍逆之，石杖交加，肢体为残。"

忿杀邻妇

崔猛

上门，总是让他们吃饱。这天他家门口来了一个道士。崔猛走过，道士望着他说道："公子满身都是横暴◦气，恐怕难得善终。像你们这样行善的人家，不应该如此。"

崔猛因为刚才受过母亲的训诫，一听这话，便恭恭敬敬地说道："我也知道自己的毛病，但是一遇到不平的事情，就无法克制。今后我要尽量改过，不知可能避免祸患吗？"

道士笑道："不要问能不能避免，只要问你自己能改不能改。你应当竭力抑制自己的火气。万一有什么意外，我告诉你一个免死的办法。"

崔猛生平不相信那种趋吉避凶的法术，听了道士的话，只是笑了笑，并不答话。

道士说："我早知道你不肯相信。但是我所说的，并不是巫婆所用的法术。你照我的话去做，总是一件好事，即使没有效果，也不至于对你有什么妨害。"崔猛便请他指教。道士说："刚才在门外看到一个小后生，你应该好好地同他结交。将来你犯下死罪，他可以救你。"

说着，便叫崔猛一同出去，指着那小后生给他瞧，原来是姓赵的儿子，小名僧哥。姓赵的是南昌人，因为家乡闹灾荒，暂时搬到建昌来住。

崔猛从此竭力和赵家父子交好，请他们住在自己家里，十分优待。这时僧哥才十二岁，登堂拜见崔母，崔猛和他结为兄弟。过了一年，僧哥全家回到南昌，从此便不通音讯了。

自从邻家泼妇死后，老太太对儿子管束得更严了。有人来向崔猛诉冤，全被老太太挡驾。

一天，崔猛的舅舅死了，他跟随母亲去吊丧。途中遇到几个人捆着一个男子走过，他们嫌那男子走得慢，一路上不住地打骂。看热闹的人把路都塞住了，轿子抬不过。崔猛问是怎么回事，认识崔猛的人争先告诉他。

原来有一个绅士的儿子某甲，在乡里横行霸道。他看到李申的妻子长得美貌，想把她抢过来，只是没有名目。于是便指使仆人，引诱李申赌博，借给他钱，把利息定得很高，还把李申的妻子写在借契◦上做抵押品；李申钱输光了，再借给他，一夜之间，就负债几串。半年后，连本带利有三十多串。李申无力偿还，某甲便派了很

◦横暴：强横凶恶。 ◦借契：借用别人财物时所立的契约。

【名家评点】

心理描写是深化人物性格的手段之一，中外的小说都很讲究。《聊斋志异》不但注意了这个问题，而且在如何写人物的心理活动方面，作了多种多样的创造。其中尤有特色的是《崔猛》。（徐君慧）

【锦言佳句】

崔闻之，气涌如山，鞭马前向，意将用武。母搴帘而呼曰："嗟！又欲尔耶！"崔乃止。既吊而归，不语亦不食，兀坐直视，若有所嗔。妻诘之，不答。至夜，和衣卧榻上，辗转达旦，次夜复然。忽启户出，辄又还卧。如此三四，妻不敢诘，惟慑息以听之。既而迟久乃反，掩扉熟寝矣。

多人把李申的妻子抢去。李申到他家门口哭骂。某甲大怒，叫人把李申绑在树上，用木棍敲打，逼他出立字据，不许反悔。

崔猛听说，气极了，骑着马冲上去，准备动武。老太太看见了，拉开轿帘叫道："咦，你的老毛病又发作了吗？"崔猛没法，只得束手不问。

吊丧完毕，回到家里，崔猛不说话，也不吃饭，呆呆地坐着，眼睛看着前面，好像在和什么人生气似的。妻子问他，他也不搭理。到了晚上，和衣而睡，翻来覆去，直到天明。第二天晚上，又是如此。有时开门出去，一下子又回来睡下。这样做了三四次。妻子不敢问，心里虽是害怕，也只能听凭他。最后一次他出去了很久才回来，就关上房门睡着了。

那天晚上，有人把某甲杀死在床上，肚子剖开，肠子流了出来。李申妻子的尸体被赤裸裸地丢在床底下。县官怀疑是李申干的，把他逮捕审讯，滥用酷刑，脚踝骨都打得露了出来。但是李申始终没有招认。

过了一年多，李申因受刑不过，只能冤枉地招认人是他杀的，依法判决斩首。

这时崔老太太死了。出殡之后，崔猛便对他妻子说道："某甲实在是我杀的。只因老母在世，不敢向人泄露。如今大事已经办完，为什么自己犯了罪，却叫别人遭殃？我要到衙门里自首去了。"

他的妻子惊恐地拉住他的衣服不放。崔猛扯碎衣服。走脱了，立即赶往衙门中自首。县官大吃一惊，把他加上刑具，关在监牢里，同时当堂释放李申。可是李申不肯走，硬说人是他杀的。县官没法判决，只好把两个人一并收监。

李申的家人亲戚全埋怨他。李申说："崔公子所做的事，正是我想做而做不到的。他既然替我做了，难道我忍心看着他死吗？现在就只当崔公子没有自首好了。"无论怎样，他也不肯更改口供，还和崔猛争执得很厉害。时间久了，衙门里全晓得了实情，硬把李申释放，要让崔猛抵罪。

眼看刑期快要到了，恰好恤刑○官赵部郎前来复核狱囚。看到崔猛的名字，命左右侍从回避了，然后点名唤他。崔猛走到里面，抬头向上一

◎恤刑：明代及清初由中央派往各地审录刑囚、清理冤滞的官员，常被称为恤刑。始设置于明太祖时，成化后遂成定制。

仙缘指示

无违慈训

崔猛

望,原来赵部郎便是僧哥,一时又悲又喜,便将案情照实供出。

赵部郎考虑了好一会儿,仍然把他收禁监牢,吩咐禁卒好生看待。后来因为他是自首的,依律减罪,判决充军云南,李申跟去替他服役。不到一年工夫,又按照大赦的条例,把他释放回家。这全是赵部郎的力量。

崔猛回来以后,李申始终不肯离开他,替他料理一切事务,而且不受酬报,只是对于飞檐走壁、抢枪使棒的武技,却特别用心学习。崔猛待他也很好,替他娶了老婆,又赠给他一些田产。

崔猛从此竭力改变以往的行为,每次抚摸胳膊上刺的"十"字,便流下泪来。因此乡邻有什么争斗的事,李申总是假借崔猛的名义,前去调解,并不通知崔猛。

有个王监生,家里很有钱。各处无赖匪徒都和他往来。县里一些殷实◦人家,多被他们抢劫,有人得罪了他,便派刺客在路上把这人杀死。

王监生的儿子,也很荒淫残暴。王监生有个守寡的弟媳,父子俩都和她有奸情。儿媳仇氏,屡次规劝丈夫,结果被他用绳子勒死。仇氏的兄弟告到衙门里,县官受了王家的贿赂,反把原告按诬告律治罪。仇氏兄弟含着一肚子的冤屈,没处申诉,便找到崔家来,想向崔猛诉苦,李申把他们挡走了。

过了几天,有客人来访崔猛,正赶上仆人不在,崔猛叫李申送茶。李申一声不响,走了出来,对别人说道:"我和崔猛不过是朋友罢了,跟着他奔波万里,在人情上也算说得过去了。崔猛从来没有给我薪水,反叫我做奴仆的事,我实在不甘心。"说完,气冲冲地径自走了。

有人把这话告诉崔猛,崔猛见李申忽然改变态度,不免有些诧异,可是也并不放在心上。过了两天,李申忽然又向衙门递状纸,控诉崔猛三年来不给他工资。崔猛这才感到奇怪,便亲自上堂对质。李申气势汹汹地争论不休。县官认为他没有理由,把他呵斥几句,赶了出去。

又过了几天,李申忽然在夜里闯进王监生家中,把他父子二人和弟妇一并杀死,在墙上贴了一张纸,写上自己的姓名。等到县里派人前去追捕,早已逃匿无踪。王家怀疑是崔猛主使的,县官不相信。这时崔猛才明白李申之所以控告他,原来是怕杀了人连累他。

县官行文到附近州县,缉捕得很紧。恰巧李自成大军打进了北京,事情才搁了下来。

不久,明朝灭亡,李申带家眷回来,依旧

◎殷实:富裕;充实。

【名家评点】

《聊斋志异》运笔常常首先点明人物的性格底色,接下来对这一底色反复皴染。就《崔猛》一文而言,具体做法是反复强化崔猛打抱不平的性格以及与这种性格相关联的特定情节。不论是李申代服刑、救崔妻的举动,还是僧哥的帮助,都是因为崔猛曾帮助过他们,而崔猛这些行侠仗义的行为则是其好打抱不平性格所致。全文正是依靠这样的因果逻辑来组织叙事的。(李桂奎)

充军来役

【读名著学成语】

泫然流涕

意思是泪珠止不住地流下来。清·蒲松龄《聊斋志异·崔猛》:"崔由此力改前行,每抚臂上刺痕,泫然流涕。"

崔猛

和崔猛相处得很好。

当时地方上土匪很多。王监生有个侄儿，名叫王得仁，把他叔父从前结交的无赖匪徒集合起来，盘踞在山里做强盗，放火劫掠村庄。一天夜里，他带领全部盗匪，借复仇为名，来到崔家。崔猛恰巧出去了。李申跳墙逃出，伏在暗中。强盗搜不到崔猛，便把他妻子架去，又抢走了许多财物。

李申回来，家里只剩下一个仆人，又气又急，一时无计可施。于是他找到了一根绳子，分成几十段，把短的交给仆人，长的自己带在身边。他吩咐仆人跑到强盗巢穴的背后，爬上半山，用火燃着绳子，散挂在荆棘丛中，然后立即跑下山来，其他一切可以不问。仆人答应着去了。

李申看到强盗腰里都缠有红带，帽子上全扎着红巾，便仿效他们的装束，扮作强盗。家里有一匹刚生下驹来的老马，强盗把它丢在门外，李申把小马系住，骑上老马，衔枚◎出门，直向强盗的巢穴中来。

这时强盗正占据了一个大村庄。李申把马拴在村外，自己跳墙进去，看见强盗们乱糟糟的，手里刀枪还没放下。他私下问了小强盗，知道崔猛的妻子关在王得仁家里。

过了一会儿，听到传令，叫强盗们各自休息，大家一齐答应了。

这时忽然有一个人前来报告，说东山起火，强盗们一齐向那边望。最初只有一点两点，一下子多得像天上的星斗一般。李申气喘吁吁地叫说："不好，东营里受到袭击了！"王得仁大惊，立即装束起来，带领强盗们前去迎敌。

李申趁此机会，悄悄地溜到后面，见两个强盗守卫在那里，李申骗他们说："王将军的佩刀忘记带去。"两个强盗争先寻刀，李申拔刀从他们背后砍去，一个先倒下了，另一个刚要回头，也被他杀死。然后他把崔猛的妻子负在背上，跳墙逃出，解下马来，把缰绳交给她，对她说道："娘子不认识路，只管放开缰绳，任凭这匹马怎样跑。"老马因为恋念着小马，奔得很快。李申在后面紧跟着。过了山谷把绳子燃着，挂满谷口，然后回转村中。

第二天，崔猛回家，认为这是个奇耻大辱，暴跳如雷，意欲独自骑马前去平贼。李申劝他不要冒险，一面召集村人商议。村人胆怯，谁也不敢答应。经过多方劝导，只得到二十几个壮丁，但是又没有兵器。

这时，正好在王得仁的族人家里拿到两个奸细，崔猛要把他们杀死，李申不许。他叫二十几个壮丁排成一队，手中各拿着白木棍子。然后

◎衔枚：枚的形状像筷子。古时行军，在偷袭敌人的时候，令军士嘴里衔枚，防止他们说话。这里是静默无声的意思。

【名家评点】

本篇虽如题目所示，描述崔猛其人其事，但是后篇集中转入描述李申，其形象比崔猛还见光彩。冯镇峦评此篇为"崔李合传"，但并非如史传以类相合，而是彼此交关联系，成为结构完整的小说。（禹克坤）

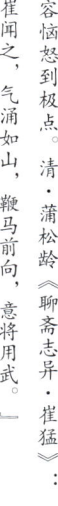

【读名著学成语】

气涌如山

形容恼怒到极点。清·蒲松龄《聊斋志异·崔猛》："崔闻之,气涌如山,鞭马前向,意将用武。"

崔猛

把两个奸细拖过来，割掉耳朵，放他们逃走。

村人见他这样做，都很不高兴。大家说道："像我们这队伍，正害怕强盗们知道。如今你反而把虚实告诉人家，万一他们发动全部人马，向我们进攻，这村庄一定保不住了。"李申说："我正要他们前来。"

他先把窝藏奸细的人杀了，又派人出去借弓箭，借火器，并且到县里借了两门大炮。等到天快黑了，他带领一群壮丁走到山谷中险要的地方，架上大炮，叫两个人拿了引火，躲在一边，吩咐他们要看见了强盗才发炮。然后他又带人到山口的东面，砍下许多树木，堆在山坡上。他和崔猛各带十几个壮丁，分在左右埋伏。

一更天将尽，远远地听到马嘶声，偷偷一看，强盗果然蜂拥而来，人马络绎不绝。等他们全部进入山谷，李申便下令把树木推下，堵塞强盗的归路。忽然间大炮响了起来，喧哗叫喊的声音，震动山谷。强盗赶快后退，自己互相践踏。退到山谷的东口，走不出去，拥拥挤挤地聚集在一处。山上弓箭火枪，像暴风雨一般射下来，强盗们断头折足◎，横七竖八地倒在山沟里，最后只剩下二十几个人，跪在那里哀求饶命。李申派人把他们捆绑好了，送回村庄，一面乘胜攻入匪巢。守巢的强盗听到消息，早已逃得无影无踪。李申和家人搜出他们的钱财粮食和军用品，一起带回村中。

崔猛高兴极了，便问李申当初安置火绳的道理。李申说："我在东山安置火绳，是怕他们向西追赶，因为我们要向西逃走。至于用短的火绳，乃是要它一下子烧完，怕强盗侦察出那里没有人埋伏。后来我把火绳安置在谷口，乃是因为谷道很狭窄，一个人便可以挡住去路，强盗便是追来，见了火光，一定会害怕。这全是一时不得已而冒险的下策啊。"

于是把俘获的强盗带来讯问，他们果然是追到山谷中，看见了火光才吓退了的。这二十几个强盗，全都被割下鼻子放走了。

从此崔猛、李申的威名大震。四方避乱的人，全都逃到这里来。村中有民兵三百多人，各处强盗不敢侵犯。靠着这种力量，地方上太平无事。

◎折足：断脚。

【名家评点】

小说通过怒杀王氏父子及其娣妇事件，形象鲜明地刻画出李申的侠义，也可以看作崔猛品德的折光映射。小说的绝妙之处还在于，此后则极力刻画李申在侠义中体现的智慧谋略，使得后半篇中两人形象既有联系又有区分，也就是说各自显出其个性、风采。（禹克坤）

【锦言佳句】

两岸铳矢夹攻,势如风雨,断头折足者,枕藉沟中。

奇计诛凶

传世彩绘聊斋志异

诗谳

范小山是青州府人，以卖笔为业。四月上旬的一个晚上，细雨绵绵，他外出经商还没有回来，家里只有妻子一个人。就在这晚，妻子被强盗杀死了。

第二天，在范家附近烂泥中发现了一把王晟送给吴蜚卿的扇子，扇子上还题有一首诗。大家都不知道王晟是什么人，只知道吴蜚卿是益都一个很有钱的人，他和范小山是同乡，平日行为很轻佻，所以当地的人都深信这件事就是他做的。县官把吴蜚卿捉来审问，他开始时坚不承认，但因受不住严刑拷打，只得招认，就这样定了案。后来经过十多位官员的批驳审讯，也都维持原判。

吴蜚卿自知难免一死，吩咐妻子把家产都拿出来，救济那些鳏寡孤独、无依无靠的穷人。如果有人在他们门前念佛千遍的，送棉裤一条；念万遍的，送棉袄一件。于是，穷人就纷纷上门，门庭若市，念佛的声音十余里远闻。这样，吴家很快就穷了下来，每天只能依靠出卖田产度日。

吴蜚卿又暗自思忖，与其做刀下冤鬼，还不如早些自杀，他贿赂狱卒，买来了毒药，准备自杀。当夜，他做了一梦，梦见一位神人告诉他说："你不要死，以后会有人替你申冤的。"再睡，又听到同样的话，才没有自杀。

不久，周元亮来做这里的道台◎。当他看到囚犯吴蜚卿的案子时，觉得有些问题，就把范小山找来，问他告发吴蜚卿杀人有什么确实证据，范小山说有扇子为证。周道台仔细验看了扇子以后又问："王晟是什么人？"大家都说不知道。他又把判决书仔细地看了一遍，叫人去掉了吴的脚镣手铐，并把他移到关禁普通犯人的地方。范小山不服，竭力和周道台争辩。周道台发怒说："你是想随便杀一个人就算了呢，还是想抓到真正的仇人？"众人怀疑周道台与吴蜚卿有交情，就不敢再讲。

周道台吩咐捉拿南关某店店主到案。店主不知为什么抓他，很害怕。周道台升堂审问店主说："你店里墙上有东莞李秀的诗，这是什么时候题的？"店主答道："是去年提学来考试时，有两三个秀才吃醉了酒题的。但我不知道他们住在什么地方。"周道台又差人到日照县去拘捕李秀。几天后，李秀传到，周道台问他："你既是

◎谳（yàn）：议罪。◎道台："道"是省以下的行政区域名称，道台是这个道的行政长官。

【名家评点】

周元亮是个心理学大师。写他断案几乎全用对话，语言精彩生动，活画出周的聪慧、善思、果断。对苦主，劝解之中带温情；对嫌疑犯，威慑之中带诱导。同是嫌疑犯也因人而异：对最有可能杀人的李秀，先声夺人地以"杀人"诈问，再细细追查隐情；对王佐则一笔带过，避免重复。构思紧凑，引人入胜。小说的命题很有意义，"谳"是审判定案的意思，"诗谳"是通过诗歌审案。故事与"异史氏曰"的议论相辅相成。（马瑞芳）

秀才，为什么要谋杀别人的妻子呢？"问得李秀丈二和尚摸不着头脑，只是惊惶叩头，连声说没有这回事。周道台把扇子丢给他自己看，并对他说："明明是你自己作的诗，为什么要假冒王晟的名字呢？"李秀仔细看了诗以后说："诗的确是我作的，但字实在不是我写的。"周道台问："这个人既然知道你作这诗，必定是你的朋友了，你说这个人是谁？"李秀答道："从字迹上看，好像是沂州王佐写的。"周道台又派公役去把王佐提来。周道台用审李秀的方法审问王佐，王佐说："这是益都铁商张成请我写的。他叫我上款°写吴蜚卿，下边署名王晟，说王晟是他的表兄。"周道台说："强盗在这里了！"把张成捉来审问，张成也供认不讳。

原来张成因为看到范小山的妻子容貌俊美，想去勾引她，但又怕她不答应，以后声张出去，会坏了自己的名声。他考虑再三，想出了假冒吴蜚卿的办法。他想根据吴蜚卿平日的行为，大家一定会相信。他就事先假造了一把有吴蜚卿上款的扇子，准备在勾引成功时，就说出自己的真名；万一不成，好嫁罪于吴蜚卿。偏偏范小山的妻子因独自在家，怕有意外，晚上总是带着刀睡觉。那天晚上，张成爬墙进去，走近她床边时，她惊醒过来，一把抓住了张成的衣裳，举着刀坐起身来。张成吃了一惊，赶忙把刀夺了过来。范妻一面紧紧地拖住张成的衣服不放，一面大喊大叫。张成急了，怕惊醒别人，就把她杀死，丢下扇子逃走了。

真正的凶手捉到以后，吴蜚卿的三年冤狱才算了结。人们都称赞周道台，但不知道周道台是怎样发现这案子实情的。县里有些人乘便向周道台问起这件事，周笑着说："这事并不难看出。判决书上明明写着范小山的妻子是四月上旬被杀，而且那天晚上还下细雨。四月的天气，夜里还有寒意，扇子又不是什么重要的东西，哪里会在这样匆忙急迫的时候，反而带着把扇子去自找麻烦呢。可见是有意嫁祸于人。此外，从前我曾在南关客店避雨，看见粉墙上题有一首诗，下面署名是东莞李秀。那首诗和这把扇子上的诗口气相似，所以假设李秀是凶手，从李秀这个线索，终于追到了真正的凶手。"大家听了都佩服得五体投地。

【锦言佳句】
天下事，入之深者，当其无有有之用。

◎上款：在给人的信件、礼品、书画等上面写的对方的名字或称呼。

陈锡九

陈锡九，江苏邳县人。父亲陈子言，是当地名士。有个姓周的富翁，仰慕他的名望，把女儿许给锡九。陈子言几次应试，都没有考中，因为家道贫寒，往陕西游学，几年没有音讯回来。周某心里暗暗有些愧悔○。后来把小女儿嫁给王举人做续弦○。王家聘礼丰盛，奴仆成群，因此越发厌恨陈锡九家里穷苦，决心与他解除婚约。问女儿，女儿不肯答应。生起气来，就给她一点旧衣裳、旧首饰，把她嫁给陈锡九。陈家常常揭不开锅，周某一点也不可怜他女儿。

有一天，周父派个老妈子把一盘食物送给女儿。老妈子走进陈家大门，向陈锡九的母亲说道："主人叫我来看看小姐。不知道小姐可曾饿死？"陈锡九的妻子恐怕婆婆听了难受，勉强说说笑笑，用别的话岔开了。就将盘里的食物拿出来，摆在婆婆面前。老妈子拦阻她说："小姐不必这样。自从小姐嫁到他家，几时交换过一杯冷水来？我家的东西，恐怕老太太也没有脸面吃下去吧。"陈锡九的母亲听了大怒，气得脸色都变了。老妈子不服，只是把恶言恶语来顶撞。正在吵闹的时候，陈锡九恰巧从外边回来，问明情由，怒不可遏，把那老妈子的头发抓住，连打了几个耳光，驱逐出门。

第二天，周某派人来迎接女儿，女儿不肯回去。过了一天又来了，人数增加了许多，吵闹不休，好像要打架的样子。陈锡九的母亲怕事，硬劝媳妇回去。媳妇没法，泪汪汪地拜别了婆婆，上车去了。

过了几天，周某又派人来找陈锡九，逼他写休书。母亲勉强叫陈锡九写了给他。只是希望陈子言回来，再想办法。可是周家有人从西安回来，早知道陈子言已经死在那边。陈锡九的母亲听到这消息，又是悲伤，又是气愤，得了病，不久就死了。陈锡九在万分伤心的时候，还希望妻

○愧悔：惭愧、懊悔。○续弦：妻子死后再娶。

【名家评点】

孝子节妇，出于一门，其为鬼神所祐宜矣，况又名士之后哉！（何守奇）

读完这篇小说，我们不能不佩服作者高超的叙事艺术。小说所叙事件头绪纷繁，情节复杂。但作者以杰出的叙事能力，叙述事件不仅层次井然、眉目清晰、首尾连属，而且腾挪起伏、一波三折、扣人心弦。这种艺术效果，是与成功地运用一些具体的叙事手段分不开的。（陈昌恒、周禾）

【读名著学成语】

家徒四壁

家里只有四面墙。形容极其穷困，一无所有。清·蒲松龄《聊斋志异·陈锡九》：「市棺赁舆，寻双榆下，得父骨而归。合厝既毕，家徒四壁。」

子能回来，隔了好几天，仍杳无影踪，越发悲愤。家里还有薄田几亩，卖了钱办理母亲的丧事。殡葬完毕，一路讨饭，赶往陕西，要去找寻父亲的尸骨。

到了西安，把那里的居民几乎都问到了，有人说："几年前，有个书生死在客栈里，我们把他葬在东郊，如今坟堆已经看不出来了。"陈锡九没有办法，只得白天在市上讨饭，晚上住在野庙里，希望有一个知道的人能指点他。

一天晚上，经过义冢°地，有几个人拦住了他的去路，向他讨饭钱。陈锡九说："我是异乡人，一向在城里城外讨饭吃，怎会欠人家饭钱？"这几个人大怒，把他拖到地上，拿些埋葬婴孩的破棉絮塞在他嘴里。陈锡九声嘶力竭，正在危急的时候，忽然这几个人都吃惊地说："什么地方的官府来了！"于是大家放手逃走，一霎时寂静无声。

后来有一批坐车和骑马的人到来，问躺在地上的人是谁。就有几个人把陈锡九扶到车前。车中的人说道："这是我的儿子啊！恶鬼们怎敢这样放肆，给我都绑了来，不要逃走一个！"陈锡九觉得有人替他把嘴里塞的东西拿掉。定一定神，仔细辨认，真是他的父亲，便大哭着说："我因为要找父亲的尸骨，吃了千辛万苦，原来父亲还在人间啊！"父亲说："我不是人，如今做了太行山°总管。这一次来，也是为了我儿。"陈锡九哭得更伤心。父亲稍稍安慰他。陈锡九一边哭，一边叙述岳父家强迫他离婚的事。父亲说："不用担心！如今新妇也在你母亲那里。你母亲很想念你，可以暂时去一趟。"于是叫他一同坐在车上。车子跑得很快，好像风雨一般。

过了一个时辰，来到一座衙门，大家下车，走进几重门，见母亲果然在那里。陈锡九一边哭，一边听母亲讲话，看见妻子站在母亲旁边，便问

◎义冢：掩埋无主尸体的坟墓。　◎太行山：山名。太行山脉盘旋于山西、河南、河北三省，主峰在山西晋城南。

陈锡九

母亲说:"媳妇也在此地,可是她已经死了吗?"母亲说:"不是。你父亲特地把她接来,等你回去以后,就要把她送回去的。"陈锡九说:"孩儿愿意侍奉父母,不愿意回去了。"母亲说:"你辛辛苦苦地跑来,原是为了找寻你父亲的尸骨啊。倘然不回去,对于你从前的志愿,如何说法?而且你的一片孝心,上帝已经知道,赐给你黄金万两。你夫妻俩正好长久享受,怎说不回去了?"

陈锡九还是哭泣。父亲几次催他走,陈锡九哭得越发伤心。父亲发怒说:"你还不走吗?"陈锡九怕父亲生气,止住了哭,才问父亲的尸骨究竟葬在哪里。父亲拉着他说:"你快走,我来告诉你。离开义冢地一百多步,有一大一小的两株白榆树,就在那个地方。"因为父亲拉他走得太急,竟来不及向母亲辞别。门外有一个体格强壮的仆人,牵着一匹马在等候他。跳上马背,父亲叮嘱他说:"你前两天住宿的地方,有一点盘费在那里,可以赶快办理行装,回转到了家乡,向你岳父讨还妻子,不得到妻子,千万不要干休!"陈锡九答应了一声就走。马奔得极快,鸡鸣时候,已经到了西安。仆人扶他下马,正要拜托仆人向父母致意,人马已经不见了。

寻到原来住宿的地方,靠在墙壁上,打个瞌睡,等候天明。忽然觉得坐的地方有一块小石头抵着大腿。天亮后,仔细一看,却是一块银子,于是买了棺材,雇了车辆,寻到两株白榆树底下,找到父亲的尸骨,运回家乡。

他把父母合葬以后,家里穷得一无所有。幸而本乡的人都哀怜他的孝心,大家送饭给他吃。他要去讨还妻子,自己估量动起手来打不过人家,便邀了他的堂哥陈十九同去。到了周家门上,管门的不放他们进去。陈十九本来是个泼皮◎,什么肮脏的话都讲得出来。周某叫人劝陈锡九回家,愿意把女儿送还给他。陈锡九才回家。

◎泼皮:流氓;无赖。

【名家评点】

在古代,青年男女的婚姻受制于双方家族的政治、经济的等价交易,所谓"门当户对""父母之命",都表明青年男女在婚姻中不能独立自主。他们之间的情感契合被压榨得几乎等于零。这是婚姻关系中的封建专制主义。为此千百年来造成了难以数计的人间悲剧。本篇中的陈锡九与周女就是这场悲剧中的受害者。(禹克坤)

起先，周家的女儿回去，周某对她大骂女婿及亲家母。女儿不说话，只是对着墙壁落泪。陈锡九的母亲病死，周某也不让女儿知道。得到了休书，丢在女儿的面前，说："陈家把你休掉了。"女儿说："我不曾犯凶悍和忤逆°，为什么要休掉我？"她想到陈家去质问，周某就把她关了起来。后来陈锡九往陕西去了，又假造他的死讯，想叫女儿断绝希望。这个消息一传播开去，就有内阁中书°杜家来说亲，周某竟然允许了。结婚的日子选定，女儿才知道，她一味哭泣，不肯吃东西，用被子蒙着头脸，只剩微微的一口气。周某想不出办法，忽然听得陈锡九吵上门来，说话很不客气。他预料女儿一定要死了，就叫人抬去送还陈锡九；心想要等女儿死后，前去寻事泄愤。所以陈锡九刚回家，周家送女儿的人已经来了，还怕陈锡九见她有病，不肯收留，刚一进门，就丢下走了。

乡邻替陈锡九担忧，大家商量，要把周家的女儿送还。陈锡九不听，扶她进去。放到床上，已经断气，才着急起来。正在慌张的时候，周家的儿子带了几个人，拿了武器，打到陈家，把门窗都打坏了。陈锡九逃出去躲起来，这伙人四处搜寻。乡邻都替陈锡九抱不平。陈十九召集了十几个人，挺身而出，向这伙人反攻，周家的儿子和兄弟都被打伤，才抱头鼠窜而去。

周某越发气愤，便往县里告状。县官出票拘捕陈锡九、陈十九二人。陈锡九临走的时候，正要把妻子的尸首拜托隔壁一位老太太照管，忽然听得床上的死人好像有些气息。走近一看，眼睛微微在转动了。再过一会儿，已经能够翻身。陈锡九大喜，就跑到衙门里去申诉。县官听说周某是诬告，大为愤怒。周某害怕，暗中送了一笔钱贿赂县官，才得无事。陈锡九回家，夫妻相见，又悲又喜。

【锦言佳句】
善莫大于孝，鬼神通之，理固宜然。

◎忤逆：对父母不孝顺。 ◎内阁中书：明清官名，管抄写机密文书。

陈锡九

在先，周家的女儿绝食后，睡在床上，决心自杀，忽然有人拉她起来说："我是陈家的人。你快快跟我去，夫妻可以相见，不然，就来不及了。"不知不觉，身体已经出门。有两人扶她坐上轿子。不多一会儿，被抬进一座衙门，见公公婆婆都在那里。问这里是什么地方。婆婆说："你不必问，将来自会送你回去的。"有一天，看见陈锡九到来，暗暗欢喜。但是刚见，就分别了，心里很是怀疑和诧异。公公不知为了何事，时常好几天不回来。上一夜，忽然回来说："我在武夷°，迟了两天回来，很使我儿为难了，如今快送媳妇回去吧。"就用马车送她回家。忽然看见自家的大门，就像睡梦中醒过来。夫妻俩叙述过去的事情，大家又惊又喜。

从此以后，夫妻俩总算团圆了，但是日常的开支无法应付。陈锡九在村里设了一个蒙馆，教几个小学生，一方面自己刻苦用功。时常私下自言自语说："父亲说我有天赐黄金，如今四壁空空，难道教几个小学生就能发迹吗？"

有一天，从蒙馆中回家，路上遇见两个人，问他说："你可是陈锡九吗？"陈锡九说："是的。"这两人就拿出铁链条来，将他锁了。陈锡九莫名其妙。不多一会儿，村中的人都围拢来，大家盘问这两个人，才知道府城°里捉到了强盗，供词中把陈锡九牵扯在内。众人哀怜他遭了冤枉，大家凑出钱来，送给差役，所以一路上倒并未吃苦。到府城里见了知府，详细叙述自己的家世。知府听了一愣说："这人是名士的儿子，举止温文，哪里会做强盗？"吩咐松了链子，把强盗带上堂来，严刑审问。强盗才招出来，乃是周某暗中收买他们的。陈锡九又申诉翁婿俩翻脸的原因。知府大怒，立刻出票拘提周某；一面将陈锡九请到衙门里，跟他谈起，两家乃属世交。原来知府是从前郯县韩知县的儿子，是陈子言门下的学生。于是拿出一百两银子来，送给陈锡九，作为攻书求学的费用。又送他两匹骡子代步，让他可以时常到府城里来，以便考核他的功课。又在上司面前到处称赞他的孝行。因此从总督以下，大家都送他银钱和礼物。陈锡九满载而归，夫妻俩十分快慰。

◎武夷：在福建省武夷山市西南，相传汉有武夷君居此山，故名。◎府城：这是指徐州府，因为清朝的郯县属于徐州府。

【名家评点】

在现实社会中，陈锡九与周女是很难从悲剧境遇中得到解脱的，尽管周女作了她力所能及的反抗，以至不惜以死殉情。作家运用神话的创作方法，借助人鬼交接，在幻想中征服这不可抗拒的社会力量，使得这对可爱的青年男女结为良缘，从悲剧走向喜剧。（禹克坤）

【读名著学成语】

温文尔雅

形容人态度温和，举动斯文。清·蒲松龄《聊斋志异·陈锡九》："此名士之子，温文尔雅，乌能作贼？"

有一天，陈锡九的岳母哭哭啼啼来到陈家，见了女儿，趴在地上，不肯起来。女儿很诧异，问她什么缘故，才知道父亲被关在监牢里了。女儿听后，哭得很伤心，埋怨自己，只想自杀。陈锡九没法，只得跑到府城里替岳父说情。知府将周某释放回家，罚他缴出白米一百石。又下一道批谕，把这米赐给孝子陈锡九。周某回到家里，将糠和稗子掺和在米里，运到陈家。陈锡九对妻子说："你父亲真是拿小人的心肠来猜度君子。他怎么知道我一定会受他的米，所以把糠和稗子掺在中间呢？"笑了一笑，把米退了回去。

陈锡九家里虽然有了一点钱，但是墙壁还是东坍西塌的。有一夜，强盗到他家抢劫。仆人听到声音，高声喊叫，只抢去了两匹骡子。隔了半年多，一天晚上，陈锡九正在读书，听得敲门的声音。问是谁，却没人答应。就把仆人唤起来，一同出去观看。大门一开，两匹骡子跳了进来，原来就是以前失掉的。骡子一直跑进骡棚里，气喘吁吁，满身大汗。拿火一照，只见骡背上各驮着一只皮袋。解下皮袋来看，里边都装满了银子。他们觉得十分奇怪，不知是哪里来的。后来听说那天晚上周家被一群强盗抢劫，把赃物装在骡子上运出去。刚巧遇到驻防的军队，追赶紧急，强盗丢了赃物，四散逃走。骡子认得旧主人家，所以跑回来了。

周某从狱中出来，回到家里，腿上刑伤还很厉害，又遭到强盗抢劫，引起一场大病，不久就死了。他女儿夜里梦见父亲戴了刑具跑来，说道："我平生所做的事情，懊悔也来不及了。如今还在受阴司的责罚，没有你公公援助，不能脱罪。你替我代求女婿，写一封信去。"女儿醒来，抽抽咽咽地啼哭。陈锡九问她，她详细说了出来。陈锡九早已有心要往太行山走一趟，所以即日动身。到了那里，准备三牲°祭礼，向父亲祝告。晚上就露宿在这地方，希望能够看见什么。可是直到天明，毫无动静，只得回转家中。

周某死后，周家母子二人越发穷了，只能倚靠二女婿。王举人大挑°得补知县，因为贪污革职，全家搬往沈阳。周家母子更没有可以倚赖的人了，幸而陈锡九时常照顾他们。

◎三牲：古代祭祀用的牛、羊、豕三种牺牲。◎大挑：清朝的制度，每逢几次会试之后，把考不中的举人挑选出来，即补授知县教谕等职，叫作"大挑"。

传世彩绘聊斋志异

于去恶

北平陶圣俞是个名士。顺治年间去参加乡试,住在城郊。偶然出门,看见一个人背着包裹踟蹰地行走,像是寻找房子似的。略一问询,那人便把行李放在道旁,互相攀谈起来。客人谈吐很不平凡,陶圣俞大悦,便请他一同居住。客人也欣然同意,把包裹提了进来。从此两人便一道住下。客人自称是顺天府人,姓于,字去恶。陶圣俞年龄较长,于去恶便呼他为兄。

于去恶不大出门游玩,常常一个人闷坐室内,但是桌上又没有书本,要是不和他谈话,就默默地躺着。陶圣俞很怀疑,搜查他的行李箱子,里面除了笔砚,再没别的用具。心里觉得奇怪,便去问他。他笑着答道:"我们靠着平日用功,难道一定要临渴才掘井吗?"一次,他向陶圣俞借了几本书,关起门来抄录,抄得很快,一天就抄了五十多张。抄完了也不见他折成册页,偷偷察看,原来是一写完便烧成灰吞到肚里。陶圣俞越发疑惑,问他缘故。他说:"我只不过用这种办法代读呢。"便背诵他所抄的书,一下子念了几篇,一个字也不错。陶圣俞觉得很新鲜,要他传授妙术。于去恶说不行。陶圣俞怀疑他小气,言语之间露出不满。于去恶说:"兄长实在是太不能谅解我了。欲待不说,我的心无以自明;突然说了,又怕兄长吃惊。这便如何是好?"陶圣俞竭力说但言无妨。于去恶说:"我不是活人,实在是鬼。如今阴司用分科考试的方法分派官职。七月十四日奉旨考试帘官。十五日入场,月底就可以发榜。"陶圣俞问他考试帘官何意。他答道:"这是上帝慎重的意思。无论鸟吏鳖官◦,都要参加考试。懂得文章的派做内帘,不通的没有份。因为阴司里有这类的神,也和阳世相仿。得了志的衮衮诸公◦,早把学问丢到脑后,只因他们年轻时拿到敲门砖,取得了功名,门一打开,就把敲门砖丢弃了。要是再管理文书十几年,他们脑子里还有字吗?阳世所以有能力很低的人侥幸上进,英雄反而不能得意,就是因为缺少这种考试。"陶圣俞深以为然,从此对他越发恭敬了。

一天,于去恶从外边回来,面上带有愁容,叹口气说:"我生前贫苦不得志,相信死后可以免受这种苦恼,不料霉气竟跟到地下来了!"陶圣俞请教原因,他说:"文昌帝君奉命前往都罗国封王,帘官的考试作罢。多少年来的游神◦耗鬼◦,也在考场里面评阅文章,这样看来,像我还有什么希望呢?"陶圣俞问这些鬼神都是些什么人,答道:"说出来兄长也不认识,略举一两个,兄长大概还可以知道:就是做过乐正

◦踟蹰:徘徊;心中犹疑、要走不走的样子。 ◦鸟吏鳖官:远古少皞氏以鸟名官,谓之"鸟官"。周置天官冢宰,天官有"鳖人"。此处泛指官吏。 ◦衮衮诸公:旧时称身居高位而无所作为的官僚。 ◦游神:游食之神。喻奔走干禄,借八股而幸进的试官。 ◦耗鬼:耗乱不明的鬼,喻糊涂试官。

【名家评点】

小说表现的三个书生之间的友情也是极为动人的。共同的目的、共同的命运、共同的感受是他们友情的基础。友情世界是纯洁、温馨、高尚的,它与丑恶的现实形成强烈对比。友情既是古代知识分子实现自我价值的一条途径,又是他们精神的避风港。蒲松龄一生都在呼唤朋友、寻求知己,他在《偶感》诗中就吟道:"此生所恨无知己,纵不成名未足哀。"这篇小说对友情的描写,正反映了作者在功名无望之后寻求知己的心理。(张稔穰、杨广敏)

【锦言佳句】

吾辈读书,岂临渴始掘井耶?

烧字吞灰

于去恶

的师旷和做过司库的和峤◦那班人物。我想了想，命运既不足为凭，文章也不可靠，只好算了。"说完，露出失望的神情，便要整理行装别去。陶圣俞竭力安慰他，才又留下来。

到了七月十五日晚上，他对陶圣俞说："我要进考场了，烦兄长在黎明时候，在东郊外点上香，喊三声于去恶，我便会来的。"说罢出门走了。陶圣俞买酒备菜等待。东方发白了，照他的话到了东郊，摆好酒菜点上香，喊了三声。一会儿，于去恶带来一个少年，问他的姓名，于去恶代答道："这位是方子晋，是我的好友，方才在考场里遇见，他听到兄长的大名，很想拜识。"大家一同回到寓所，点上灯方才见礼。方子晋玉树临风，风度谦和温婉，陶圣俞很喜欢他，便说："子晋的文章，一定很得意吧？"于去恶说："说来可笑，考场中的七个题目，他已经作了大半，仔细一看主考官的姓名，立即把笔砚文具收拾起来，径自走出，真是一个妙人。"陶圣俞煽炉进酒，便问道："场里出的什么题目？去恶，有第一名的把握吧？"于去恶答道："从书艺经论上面选的各一篇任何人都作得出来的策问，说：'自古以来，不公道的事情本来很多，但是今天更是世风日下，奸情丑态，花样越来越多。不只十八层地狱不能具备，也不是十八层地狱所能容纳得了。这可有什么办法对付？有人说应该酌量增一二层地狱，但是又有悖上帝好生之心。究竟应该不应该增加，或者是否有别种办法正本清源？各人尽量陈述，不要隐讳。'我的对策虽然不够好，但说得很痛快。又就'天魔殄灭，赐群臣龙马天衣有差'拟表◦。然后是瑶台◦应制◦诗，西池◦桃花赋。这三种自信场中没有人能比得上我。"说罢鼓掌。方子晋笑道："这会儿且让你得意，几天之后，不痛哭才称得起是男子汉大丈夫呢！"

天明后，方子晋告辞要走，陶圣俞留他住下，他没有答应，约定夜晚再来。但是过了三天，竟然没有来。陶圣俞叫于去恶寻他，于去恶说："不必。子晋为人诚实，他不会食言的。"等到太阳下山，方子晋果然来了，取出一本东西交给陶圣

◎师旷：春秋时晋国乐师，是个瞎子。和峤：西晋人，性吝，杜预说他有钱癖。于去恶认为这两个人一盲一蠹，不配衡文。◎表：也是一种试题，近似章奏。◎瑶台：神仙所居之地。◎应制：就是奉诏而作。◎西池：西王母所居之地。

【名家评点】

造成这种黑白颠倒衡文不公的原因，作品中一一作了剖析。一个是帘官贪财，看钱不看文；一个是帘官瞎眼，看不出高低好坏。《于去恶》中把那试官比作"乐正师旷"和"司库和峤"。乐正和司库都是古官名，前者司乐，是个盲人；后者管钱，是个钱癖。士子要想被录取，要向试官行贿，备足财礼，才有希望。（侯忠义）

俞说:"失约三天,是在抄录旧作百余篇,求你批评一下。"陶圣俞捧过来一读大喜,读一句,称赞一句,大略读了一两篇,便藏在箱子里。三个人不知不觉谈到深夜,方子晋留下,和于去恶同床而眠。从此习以为常,方子晋没有一晚不来;陶圣俞一天没见方子晋,也会郁郁不乐。

一天夜里,方子晋慌慌张张地跑来对陶圣俞说:"地府的榜已经贴出,去恶兄落第了!"于去恶正在躺着,听了这话大惊,从床上翻起,不住流泪。两人竭力劝慰,他才止哭。但大家默然相对,沉闷得令人不能忍受。方子晋说:"方才听说大巡阅使张桓侯马上要来,怕是失意的人们在造谣。如果是真的,文场还可能翻案。"于去恶一听,面上露出笑容。陶圣俞便问何故。于去恶说:"桓侯张翼德,三十年到阴府巡视一次,三十五年到阳世巡视一次。两个世界的不平,全等待他老人家消除。"说罢站了起来,拉着方子晋走了。

过了两夜,他们才又返回。方子晋对陶圣俞说:"你不该向去恶兄道贺吗?桓侯前天晚上驾到,把地府的榜撕个粉碎,上面的名字只留了三分之一。他把落第的试卷全部重新阅过,看中了于五兄,荐他充任交南巡海使,一两天内车驾就迎接他上任去了。"陶圣俞很高兴,备酒庆贺。吃了几杯之后,于去恶问道:"兄长府上有多余的房间吗?"陶问他做什么用。于去恶说:"子晋孤身一人,无家可归,对兄长又很依恋。我的意思是让他有个去处。陶圣俞大喜道:"这样我觉得荣幸极了。便是没有屋子,同床也不妨啊。不过家父在堂,必须事先禀告一下。"于去恶说:"早已知道令尊大人仁慈忠厚,可以投靠。兄长的试期还远,子晋如果不能久待,让他先去如何?"

第二天刚到黄昏,便有车马到门前,接于去恶上任。于去恶站起来同陶圣俞握手,说:"从此我们就分别了。我有一句话想说,又怕妨碍了兄长锐进的志向。"陶圣俞问他是什么话。他答道:"兄长的命运不够亨通,生得不是时候,

【锦言佳句】
眉目朗彻,宛然一子晋矣。

◎张桓侯:即张飞,字翼德,三国时人。◎亨通:通达;顺畅。

于去恶

这一科只有十分之一的希望。下一科张桓侯视察阳世，公道开始抬头，兄长可以有十分之三的希望。三科之后才可中举。"陶圣俞一听，就要中止入场。于去恶说："不行，这是天数。便是明知道不可以，但是注定的艰苦，也必须受完才行。"他又望着方子晋说："不要耽搁了。今天年、月、日、时都好，就要用我的车送你前去，我自己骑马走了。"方子晋欣然拜别。陶圣俞心情迷乱，不知道说什么话，含着眼泪送别。只见车马分途，一下子纷纷离散。这时才想起方子晋回去不曾向他嘱咐一个字，但是懊悔也来不及了。

陶圣俞三场考毕，不很得意，赶快束装返里。一进家门，便问方子晋在哪里。家里的人都莫名其妙。于是向他父亲叙述经过。老人大喜道："照你的话看来，客人早到了。"起先陶翁白天睡觉，梦见车子停在门口，一个美少年走出，登堂拜候，惊讶地问他从哪里来。少年答道："大哥准许借给我一间屋子，因为他忙于考试，不能一道回来，我先到了。"说罢就要进去拜见陶母，陶翁正待谦辞，这时老妈子走出来报告说："夫人生了一位公子。"一惊而醒，大大觉得奇怪。这天陶圣俞所说的话，正好和梦境相符，才知道孩子便是方子晋的后身。父子都很欢喜，给他起个名字叫"小晋"。

孩子刚生下来，夜间常常哭啼，母亲很以为苦。陶圣俞说："如果是子晋，我见了他，就不会再哭。"按照乡下的风俗，孩子忌见生人，怕出毛病，因此不让陶圣俞进去。但是孩子哭得母亲没办法，只好让他一见。陶圣俞叫着他的名字说："子晋别这样，我来了！"孩子哭得正急，听到声音立即止住，瞪着眼睛注视，好像要看个仔细似的。陶圣俞摸了摸他的头走出，从此，小晋就不再哭闹了。

几个月后，陶圣俞不敢见他，一见便弯着腰要哥哥抱，哥哥一走就哭个没完。陶圣俞也很钟爱他。小晋四岁就离开母亲，和哥哥一同睡觉，遇到陶圣俞出去，便闭上眼睛假寐，一直等他回来。哥哥在枕上教他念《诗经》，小晋呢呢喃喃地读，一夜就读完四十几行。取出方子晋的文章来教他，尤其读得起劲，过口就能背出。再用旁的文章试验，就不成功。八九岁上，长得眉清目秀，居然就是当年的方子晋了。陶圣俞两次赴试，全没有考中。后来考场弊端揭发，帘官有的处死，有的判罪，科场里的恶风为之一清，这全是张桓侯的力量。陶圣俞在下一科里中了副贡生，后来又成了贡生。从此便灰心仕途，隐居在家，教育弟弟。他常对人说："我有这种乐趣，便是要我进翰林院也不干啊！"

◎假寐：假装睡觉。

【名家评点】

小说构思奇特，情节生动，借抄书吞灰的于去恶引起悬念，推动情节发展，巧妙地把阳间与阴间联系起来，即使小说情节变幻曲折，丰富多彩，也充分揭示出科考黑暗的极端普遍性，对阴间的揭露进一步强化了对阳间的批判。（陈昌恒、周禾）

【锦言佳句】

吾有此乐,翰苑不易也。

三分泣别

凤仙

传世彩绘聊斋志异

刘赤水是平乐县人，从小聪明俊秀。他在十五岁时便考入府学读书。因为父母早早去世，他便自暴自弃°，天天游荡，荒废了学业。他的家产还不到中等人家的水平，但他天性爱好修饰打扮，连家里的被褥床榻都十分精致华丽。

一天晚上，刘赤水被人请去喝酒，忘记把蜡烛熄灭就走了。等喝过了几巡酒后，他才想起了这件事，急急忙忙返回家中。他听到屋内有人小声说话，于是俯下身子偷偷向里一看，只见一个少年拥抱着一个漂亮姑娘躺在床上。刘赤水的家紧靠着一座权贵人家荒废的宅第，那荒废的宅第中常有怪异的事，所以他心里知道这对男女是狐狸，也不害怕。他进入房间，大声喝道："我的床上岂能容许别人睡觉！"那两人惊慌失措，抱起衣服光着身子逃走了。那两人逃走时落下了一条紫色的绢裤，裤带上还系着一个针线荷包。刘赤水心中大喜，又恐怕他们偷回去，就藏在被子中紧紧抱住。一会儿，一个头发蓬松的丫鬟从门缝中进来了，向刘赤水讨要丢失的东西。刘赤水笑着索要报酬。丫鬟答应送给他酒水，刘赤水不答应；丫鬟又说赠给他金子，他也不答应。丫鬟笑了笑就走了。接着又返回来说："我家大姑说：你如果赐还东西，一定给你找个漂亮的妻子作为报答。"刘赤水问道："你家大姑是谁？"丫鬟答道："我家姓皮，大姑小名叫八仙，和她睡在一起的是胡郎。二姑水仙，嫁给了富川县的丁官人。三姑凤仙，比那二位姑娘更漂亮，从来没有看见她而不中意的。"刘赤水恐怕她不守信用，就要求坐在这里等候好消息。丫鬟去了一会儿又回来说："大姑叫我告诉先生：好事怎么能仓促之间就办成呢？刚才跟三姑说了这件事，反而遭到了她的斥骂。只要缓几天等着，我们家不是轻易许诺而不守信的人家。"刘赤水就把东西还给了她。

过了好几天，一点消息也没有。一天傍晚，刘赤水从外边回家，关上门刚刚坐下，忽然两扇门自动打开了，有两个人手提着一床被子的四个角，兜着个女子进来了，说："送新娘来了！"说完，笑着放到床上就走了。刘赤水走近一看，女子酣睡未醒，还散发着芳香的酒气，红红的脸儿带着醉态，娇美的容貌可以倾倒世间所有的人。刘赤水高兴极了，替她抬起脚来脱去袜子，抱着她的身子轻轻脱去衣服。这时女子已经稍微有些清醒了，睁开眼睛看着刘赤水，但四肢仍不能随意活动，只得恨恨地说："八仙这个浪丫头出卖了我！"刘赤水拥抱着她亲热。女子嫌他皮肤冰

◎自暴自弃：不求上进，甘心落后。

【名家评点】

这个故事不同于众多人狐之恋的故事，凤仙并未展现出多少对刘赤水的爱意。故事中的凤仙在狐的世界，却有着俗世的情怀，她对丈夫的期冀与俗世女子无异，那就是期待丈夫科举成名，自己的地位也随之上升。因此，这虽是一个狐仙世界的故事，但影射的却是人类社会，凤仙虽具很多非人的才能，实际性情与追求却与俗世女子无异，她所充当的是模范妻子的角色。（尹玲玲）

【锦言佳句】

见画黛弯长,瓠犀微露,喜容可掬,宛在目前。

以妹易袴

凤仙

凉，微笑着说："今夕何夕，见此凉人！"刘赤水说："子兮○子兮，如此凉人何！"于是互相欢爱起来。过了一会儿，凤仙说："八仙这个丫头真不害羞，弄脏了人家的床褥，却用我来换她的裤子！我一定好好地报复她一下！"从此，凤仙没有一天晚上不来，两个人盛情缠绵，十分亲热。

一天，凤仙从袖子中取出一枚金钏，对刘赤水说："这是八仙的东西。"又过了几天，凤仙怀里揣着一双绣鞋来了。那绣鞋嵌着珍珠，用金线绣着花纹，制作精巧极了，凤仙嘱咐刘赤水拿出去宣扬。刘赤水就拿着绣鞋在亲朋中夸耀，要求观看的人都用钱或酒作为交换的礼物，从此刘赤水就把绣鞋当作奇货珍藏着。

一天晚上，凤仙来了，说了些别离的话，刘赤水很奇怪，就问她，凤仙回答说："姐姐因为绣鞋的事怨恨我，想带着全家远远地离开这里，隔绝我和你相好。"刘赤水很害怕，情愿把绣鞋还给她。凤仙说："不必还她。她用这个方法要挟我，如果还给她，正中了她的计谋。"刘赤水问道："你为什么不独自留下来？"凤仙说："父母远去，一家十余口都托付给胡郎照顾，如果不跟随去，恐怕八仙这个长舌妇会造谣生事。"从此，凤仙就不再来了。

刘赤水十分思念凤仙。过了两年，有一天他在路上，遇见一个姑娘骑着马慢慢走着，一个老仆人拉着马缰绳牵着马，和他擦肩而过。那女子回头掀起面纱偷偷看他，丰满的姿容美丽极了。不一会儿，一个少年从后边走来。刘赤水问那少年道："这个女子是什么人？好像挺漂亮的。"

◎子兮：你啊。

【名家评点】

金钏一枚，衬出绣履一双。以纨裤而合，以绣履而离；中间复取履而赠之以镜，以镜而离；又以镜而合，后仍以履作结。而履而灰，灰而复履；忽作满杆之履，忽作堕地之履。此皆从纨裤针囊生香设色而出，却以小报纨裤一语作束上提下之笔，遂令读者信其件件都是实事，几忘其专以"影里情郎，画中爱宠"二句，凭空撰出书中黄金屋、书中颜如玉一篇议论文字。（但明伦）

【读名著学成语】

轻诺寡信

轻易答应人家求的，一定很少守信用。清·蒲松龄《聊斋志异·凤仙》："吾家非轻诺寡信。"

刘赤水赞美不止。少年向他拱手致礼，笑着说："太过奖了，那是我的妻子。"刘赤水惶恐惭愧地向他表示歉意。那位少年说："没有关系。但是南阳诸葛三兄弟中，你得到了其中那位卧龙，其余的两个小人物又哪里值得称道！"刘赤水对他的话感到很疑惑。那少年对他说："你不认识曾经偷偷睡你床的人了吗？"刘赤水这才明白他就是胡郎。于是互相叙起连襟°之谊，谈笑得十分欢畅。胡郎说："岳父母刚刚回来，我们要去拜见，你愿意一起去吗？"刘赤水十分高兴，就跟着他们进入萦山。山上有本地人过去躲避战乱时居住的房屋，那女子下马进去了。一会儿，好几个人出来看，说道："刘官人也来了。"两个进了门，拜见了岳父母。另有一位少年已经先在那儿了，他穿的靴子和衣袍十分华美，光彩耀目。岳父说："这是富川县姓丁的女婿。"他们互相见礼后，各自就座。

一会儿，酒菜纷纷端上来，大家互相谈笑，十分融洽。岳父说："今天三位女婿一齐来了，可以说是难得聚会。又没有外人，叫女儿们都出来吧，大家团聚一次。"不一会儿姐妹们都出来了。老人吩咐摆上座位，各自靠着自己的夫君坐下。八仙见到了刘赤水，只是掩着嘴笑，凤仙就和她互相开玩笑；水仙的容貌差一点，但是稳重温婉，满座的人都在热烈谈笑，她却只端着酒微笑而已。于是，男女同席，靴鞋交错，兰麝香气熏人，大家喝得十分高兴。刘赤水看见床头上摆着各种乐器，于是拿起一支玉笛，请求允许他吹一曲为岳父祝寿。老翁很高兴，就叫擅长乐器的人各自都献上一项技艺。于是满座的人争着去拿乐器，只

○连襟：姐姐的丈夫和妹妹的丈夫两者间的亲戚关系。

传世彩绘聊斋志异

凤仙

【名家评点】

描写人情世故，用笔不重，不过是宴聚作乐，饮酒申贺，正是在轻描淡写中，真实而又自然地反映了封建社会的世态炎凉。（毕敏）

刘生由浪子考生转为孝子考生，将全则故事分成前后相对的两部分。在前部，刘生放荡浪漫，纯是典型浪子。无论是这位浪子的个性塑造或小说本身的情节进展都具有尽情欢乐，享受人生的"戴奥尼西安风格（Dionysian Style）"。后半部分，凤仙在体悟世态冷暖之后送给刘生一面魔镜，来激励他向学。这魔镜随着刘生的读书勤惰映现镜中人的喜怒，而镜中人的喜怒正代表社会的喜怒。因为父母早亡而失丧的社会约束力如今回来捆缚刘生了，刘生不免要扮演科举孝子了。（董挽华）

有丁婿和凤仙不去拿。八仙对凤仙说："丁郎不熟悉音律，可以不拿乐器，你难道是手指弯曲伸不开的人吗？"说着，便把拍板扔到凤仙怀中。于是大家便合奏起了各种曲子。老翁非常高兴地说："天伦之乐好极了！你们姐妹几个都能歌善舞，何不各自尽力表演自己擅长的技艺？"八仙站起来，拉着水仙说："凤仙从来都把她的歌喉看得比金子还珍贵，不敢劳动她的大驾，我们两个人可以合唱一曲《洛妃》。"两人的歌舞刚刚结束，正好有个婢女用金盘端着水果进来，大家都不知道这种水果叫什么名字。老翁说："这是从真腊°国带来的水果，叫'田婆罗'。"顺手抓了几个送到丁婿面前。凤仙很不高兴地说："对女婿难道因贫富不同就爱憎不同吗？"老翁有点不高兴，没有说什么。八仙说："爹因为丁郎是异县人，所以算是客人。若按长幼理论，难道只有凤妹妹有个拳头大的酸女婿吗？"凤仙始终很不高兴，脱去了华美的衣服，把鼓拍交给婢女，唱了一折《破窑》，声泪俱下。唱完以后，一甩袖子就走了，满座的人都为此不高兴。八仙说："这个丫头的个性乖张，还是和过去一样。"就去追凤仙，不知到哪里去了。

刘赤水感到很丢脸，也告辞了回去。走到半路上，看见凤仙坐在路旁，凤仙招呼他坐在自己身旁，对他说："你是一个男子汉大丈夫，难道就不能为妻子争一口气吗？功名富贵都在书中，希望你自己好好努力！"她抬起脚来又说："匆匆忙忙出门，荆棘刺破了我的鞋子。以前给你的东西，带在身边没有？"刘赤水拿出绣鞋，凤仙拿过来换上。刘赤水请求把换下来的旧鞋给他，凤仙微笑着说："郎君也是个大无赖啊！哪里见过将自己妻子的东西也藏在怀里的人？如果你爱我，我有一件东西可以送给你。"立刻拿出一面镜子交给他说："你想见我，应当从书卷中寻找；不然的话，再要想见面就没有日子了。"说完了话，就不见了。刘赤水十分惆怅地回到家中。

刘赤水拿出镜子看，只见凤仙背着身子站在镜中，好像望着相距百步之外的人那样。他因此想起了凤仙的嘱咐，就谢绝宾客，闭门读书。有一天，刘赤水看见镜中的凤仙忽然以正面出现，脸上充满了笑意，因而越发珍爱这面镜子。没有人的时候，他就和镜中的凤仙互相望着。过了一个多月，他那发奋读书的志向逐渐衰退了，游玩起来常常忘了回家。回到家中再看镜中凤仙的影子，凤仙面容悲伤，好像要哭的样子。隔了一天再看，那影子又背面而立，像开始时那样了。

◎真腊：又名占腊，为中南半岛古国，其境在今柬埔寨境内，是中国古代史书对中南半岛吉蔑王国的称呼。

刘赤水这才明白，是因为自己荒废了学业。于是，他就闭门苦读，昼夜不停。过了一个多月，镜中凤仙的影子又正面向外了。从此，刘赤水就用这面镜子来检验自己的学业。每当他荒废了学业，镜中人的面容就悲伤；刻苦攻读几天，镜中人的面貌就微笑。于是他把镜子日夜悬在面前，如同面对着老师一样。这样苦读了两年，就一举考中了举人，他欣喜地说："现在可以对得起我的凤仙了！"拿过镜子来看，只见镜中凤仙的黛色眉毛又弯又长，雪白的牙齿微微露着，笑容可掬，好像就站在自己面前。刘赤水心里爱极了，不转眼珠地长久凝视着。忽然镜子中的凤仙笑着说："'影子里的情郎，图画中的爱人'，就是说的今天这种情景吧。"刘赤水惊喜地四处看，原来凤仙已经在他的身边。他握住凤仙的手，问候岳父岳母的情况，凤仙说："我自从和你分别之后，就没有回家，藏在附近的山洞里，以此来分担你的辛苦。"

刘赤水到府城去赴宴，凤仙请求和他一起去。两人同坐一辆车去赴宴，别人在对面也看不见她。宴会结束后将要回去的时候，凤仙私下里与刘赤水商议，她假作刘赤水在郡中的媳妇。凤仙回来以后，开始出来见客人，经手管理家务。人们都惊讶她的美貌，却不知她是狐狸。

刘赤水是富川县令的学生，他去看望老师，遇见了丁生。丁生热情地邀请刘赤水到他家里去，招待得优厚周到，并说："岳父母最近又迁居到别的地方了。我妻子回家探亲，快回来了。我一定寄一封信告诉他们你高中的喜讯，和他们一起去拜访祝贺。"刘赤水最开始怀疑丁生也是狐狸，等到仔细询问了他的家世，才知道他是富川县大商人的儿子。当初，丁生有一次晚上从别墅回家，遇见水仙在独自赶路。丁生见她生得很美，偷偷地瞧她。水仙就要求跟着他一同赶路。丁生十分高兴，就把她带回自己书房里，与她同居了。水仙能从窗棂◦缝隙中出入，丁生才知道她是狐狸。水仙对他说："郎君不必怀疑我，我因为你忠厚老实，所以才愿意嫁给你。"丁生宠爱她，竟不再娶亲。

刘赤水回家以后，借隔壁权贵家荒废了的大宅子，准备给来祝贺的客人住宿。房子打扫得十分整洁，只苦于没有摆设的帐幔。隔了一夜再去看时，屋里的陈设焕然一新了。过了几天，果然有三十多个人带着酒水礼物等东西来了，车马络绎不绝，挤满了街道小巷。刘赤水行礼让岳父及丁、胡进入客舍，凤仙迎接母亲及两位姐姐到内室里。八仙说："小丫头你现在富贵了，不怨

◦窗棂（líng）：窗格子。

【读名著学成语】

卧榻岂容鼾睡

自己的床铺边，怎么能让别人呼呼睡大觉？比喻自己的势力范围，不容许别人沾手。清·蒲松龄《聊斋志异·凤仙》："卧榻岂容鼾睡！"

姻亲欢聚

镜中督课

传世彩绘聊斋志异

凤仙

我这个大媒人了吧？我的金钏和绣鞋还在吗？"凤仙找出来给了八仙，说道："绣鞋还是那双绣鞋，不过已被千万人看破了。"八仙用绣鞋拍打着凤仙的背说："打你记在刘郎身上。"并把绣鞋扔到火里，祝告说："新时如花开，旧时如花谢；珍重不曾着，姮娥①来相借。"水仙也接着祝告说："曾经笼玉笋，着出万人称；若使姮娥见，应怜太瘦生。"凤仙拨着火说："夜夜上青天，一朝去所欢；留得纤纤影，遍与世人看。"于是就把烧成的灰捏在盘子中，分堆成十几份，望见刘赤水来了，托着盘子送给他。只见满盘都是绣鞋，都和原来那双的样式一样。八仙急忙赶出来，把盘子推跌到地上，地上还有一两只绣鞋在那里，八仙又伏在地上吹它们，绣鞋的踪迹才没有了。第二天，丁生因为路远，他们夫妻二人先回去了。八仙贪图和妹妹戏耍，老父亲及胡生屡次督促她，到了中午才从内室出来，跟大家一起回去了。

当初他们来的时候，仪仗仆从十分气派，来观看的人群如赶集的一样。有两名强盗偷偷看到这样漂亮的女人，连魂都被她们的美貌迷住了，因而打算设计在途中劫持她们。强盗侦察到她们离开了村庄，就在后边跟随着。他们之间距离不到一箭远，马车奔驰很快，强盗们赶不上。到了一个地方，两边山崖夹道，车马走得便慢了。一个强盗赶上了他们，拿着刀大声吼叫，人们都吓跑了。强盗下马掀开车帘一看，原来是个老太婆坐在里面。正怀疑错劫了女子的母亲，向两边张望的时候，有一刀砍伤了他的右臂，顷刻间被人捆绑了起来。强盗凝神仔细一看，山崖并不是山崖，而是平乐县城的城门。车中的老妇是李进士的母亲，正从乡下回来。另一个强盗随后赶到，也被砍断马腿捉住了。守城门的兵丁绑着他们送到太守衙门，一经审讯，强盗就招供了。当时有大盗未能捕获归案，一审问，就是这两个人。

第二年春天，刘赤水考中了进士。凤仙怕招祸惹事，全部推辞了亲戚朋友们的祝贺。刘赤水也不再另娶别的女人。到了他升任郎官时，才纳了一房妾，生了两个儿子。

异史氏说："唉！冷暖炎凉的态度，不管仙人还是凡人，都没有什么不同啊！'少壮不努力，老大徒伤悲'。可惜没有争强好胜的美人，来作镜中的悲容笑颜罢了。我愿意像恒河沙子那么多的仙人，一起派遣美女嫁到人间，那么在贫穷的大海中，就会让众生少受些苦难了。"

◎姮娥：神话中的月中女神。即"嫦娥"。

【名家评点】

本篇写的是刘赤水与皮凤仙的离合故事。凤仙与紫裤等物有密切关系。如窃履后，"刘惧，愿还之"，但凤仙宁愿"隔绝我好"，也不愿屈服于八仙。赠镜之后，两年内刘赤水对镜苦读，她也"伏处岩穴"，与刘共苦。尤其是在皮家的宴会上，她因皮翁对两婿的不同态度，而声泪俱下地唱《破窑》一曲，借曲发挥，拂袖离去，最能显示她的为人。作品就是通过这些日常琐事，展现了凤仙好胜要强、激烈争胜的性格。

（胡忆肖）

【读名著学成语】

恒河沙数

恒河：南亚的大河。像恒河里的沙粒一样，无法计算。形容数量很多。清·蒲松龄《聊斋志异·凤仙》：「吾愿恒河沙数仙人，并遣娇女，婚嫁人间，则贫穷海中，少苦众生矣。」

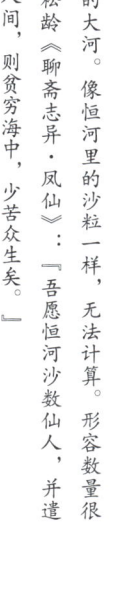

样倾履灭

小梅

蒙阴人王慕贞，是个大户人家的子弟。有一次，他到江浙地方游历，看见一个老太婆在路边哭，上前一问，她说："先夫只留下一个儿子，如今犯了死罪，不知道谁能把他救出来啊！"王慕贞一向就很慷慨，问清了她儿子的姓名，拿出一笔钱来，替他到衙门里斡旋°，结果就把他释放了。

那人出了监牢，听说是王慕贞救了他，却茫然不懂是怎么一回事，便亲自寻到客栈里，一面感谢他，一面询问他相救的原因。王慕贞说："没有别的，只不过是可怜你那老娘罢了。"那人听了大骇，说他母亲已经死去好多年了。王慕贞也觉得莫名其妙。

到了晚上，老太婆也跑来道谢。王慕贞怪她胡闹。老太婆说："老实告诉你吧，我是东山的一个老狐仙，二十年前曾经和这孩子的父亲有过一夜的恩爱，因此不忍见他断绝了子嗣。"王慕贞对她肃然起敬，还想问个仔细，她已经不见了。

先前，王慕贞的妻子很贤惠，喜欢拜佛，不吃荤，不喝酒，收拾一间干净屋子，挂着观音菩萨像。因为没有儿子，就天天在里面焚香祷告。菩萨很灵，常常托梦，教他们趋吉避凶。因此家里的大小事都由菩萨决定。后来他妻子生了病，越来越沉重了，便把床搬到佛堂里面，另外又在套间内设了一张绣花被褥的床位，锁上房门，好像等待什么似的。王慕贞以为她着了魔，但是因为她病得昏昏迷迷，也就不忍过分违拗她。

她病了差不多两年，厌恶烦嚣°，常常把用人打发出去，独自一个人睡。偷偷去听，好像她在里面和人讲话，打开门去看，便立刻寂然没有声音了。她在病中没有什么担心的事情，只是她有一个女儿，已经十四岁了，她天天催着给女儿办嫁妆，赶快把她嫁出去。喜事办完，她把王慕贞唤到病榻前面，拉着他的手说道："如今要永别了。我刚一害病的时候，菩萨就对我说，我命

【名家评点】

这是一篇写狐仙的小说，与其他同类作品不同的是：它不是表现人狐之间缠绵动人的爱情，而是讲述狐仙对人以恩报恩的故事。（张稔穰）

◎斡旋：调解；扭转僵局。 ◎烦嚣：喧扰；嘈杂。

该速死。但是小女儿没有出嫁,心愿未了,菩萨便给了我一些药,让我维持生命等着。去年菩萨要回南海,把案前侍女名叫小梅的留下,服侍我。现在我就要死了,自己命薄,没有生儿子,保儿是我所最疼爱的,怕你娶个悍妇,叫他们母子没有倚靠;小梅长得很美,性情又柔和,就娶她做填房°好了。"

她说的那个保儿,乃是王慕贞的小老婆所生。王慕贞觉得她说的话很荒唐,便说:"你一向信奉菩萨,如今说出这等话来,不有些冒犯神灵吗?"他妻子答道:"小梅服侍了我一年多,彼此不拘形迹,无话不谈,我已经向她说过了。"问她小梅在什么地方,她答道:"屋子里不是吗?"刚要再问,她已经闭上眼睛死了。

王慕贞夜里守灵,隐隐约约地听到套间里有人在哭,很惊骇,疑心是鬼,连忙把丫鬟、小老婆叫来,打开门一看,有一个十五六岁的美人,穿着孝服在里面站着。众人以为是神,都围着她朝拜。女子抹着泪,扶起众人。王慕贞注视着她,她只是把头低下罢了。

王慕贞说道:"如果亡妻的话是真的,那么就请你坐到堂上,受儿女朝拜。如果你认为不行,我也不敢妄想,以免自招罪过。"女子腼腆地出来,径自走上正厅。王慕贞叫丫头摆了一个朝南的座位,他自己先向她行礼,女子也回拜了。然后年长的、年幼的以及男女用人,依次伏在地下向她叩头,女子很庄重地坐着受礼,只有小妾向她朝拜时,她起身扶住,不使行礼。

自从王夫人生病之后,男女用人都偷懒不肯做事,家务早已废弛,没人照管。大家参拜完了,恭恭敬敬地肃立两旁。小梅说:"我感激王夫人的诚意,暂时留在人间,她又拿大事委托给我。你们应该各自悔过,拿出良心来替主人效力,以前的错误全不计较。不然的话,可不要认为家里

◎填房:旧时指前妻死后续娶的妻。

【读名著学成语】

秦晋之盟

春秋时,秦晋两国世代互相婚嫁。泛指两家联姻。清·蒲松龄《聊斋志异·小梅》:"年伯黄先生,位尊德重,求使主秦晋之盟,则唯命是听。"

小梅

没人管啊！"大家抬头向座位上一望，真好似挂着一幅观音图像，时时被微风吹动一般，因此一听她说话，大家心里面不免有所戒惧○。闹哄哄地齐声领命。小梅这才安排办理丧事，样样都井井有条，从此所有的人，没有一个再敢懈怠的。

小梅成天照料里里外外的事情，便是王慕贞想做什么，也要经过她的同意。不过尽管一天见几次面，两人并不谈一句私话。等到殡葬完了，王慕贞想履行以前的约言，却又不敢当面对她讲，便叫小老婆稍微向她透露意思。小梅说："我受了太太的诚恳嘱托，实在不能推辞。但是夫妻大礼，不能草草行事。年伯黄先生，是一位位高德尊的人，如果能把他请来主婚，那么我便一切听命。"

当时沂水的黄太仆正退职还乡，他是王慕贞父亲的朋友，和王家来往得很好。王慕贞前去把实在的情形对他说了。黄太仆觉得很诧异，便跟着王慕贞来了。小梅立即出来拜见。黄太仆一见，认为是天女下凡，一再谦辞，不敢承受她的拜礼。他送了一份很厚的置办嫁妆的礼物，等他们拜过堂才走。小梅回赠他枕头鞋袜，像是孝敬公婆似的，从此两家的关系越发密切了。

结婚以后，王慕贞毕竟因为她是菩萨下凡，就是在亲昵的时候还是很虔诚，并还常常追问菩萨的生活起居。小梅笑道："你也太傻了！哪有真正的神仙下嫁世间凡人的？"于是王慕贞竭力追问她是从什么地方来的。她答道："用不着这样寻根问底，既然认为我是菩萨，你就早晚供奉着，自会消灾免祸的。"

小梅对待用人很宽厚，总是先笑后说话。但是当丫头们开玩笑时，哪怕远远地看到她，也会立即沉默无声。小梅笑着对她们说："难道你们还以为我是菩萨吗？我哪里是什么菩萨？我实

○戒惧：戒慎恐惧。

【名家评点】

作品着力刻画的是小梅的形象。在写法上，不是突出渲染她的神奇，而是反过来极力描她的平易近人，尽量淡化她身上的神奇色彩，充分体现出"花妖狐魅，多具人情，和易可亲"（鲁迅《中国小说史略》）的特点。（陈昌恒、周禾）

【读名著学成语】

惊为天人

指对漂亮女子的容貌大为惊讶，形容其容貌只有天仙才能拥有。清·蒲松龄《聊斋志异·小梅》："黄一见，惊为天人，逊谢不敢当礼，既而助妆优厚，成礼乃去。"

在是太太的姐妹，彼此从小就很要好。太太害病的时候，想同我见一面，便托南庄的王大娘把我叫来。只是因为天天接近姐夫，男女之间应该避避嫌疑，所以才假托是菩萨，把我关在套间里，故弄玄虚°罢了。"

大家听了仍然不大相信。但是她们天天在她身旁，看到她的举动，和平常人并没有什么两样，流言也就渐渐平息了。不过便是最顽皮蠢笨的丫头，王慕贞一向训教不好的，只要她说一句话，没有不愿意听从的。她们都说："自己也不明白是怎么回事。实际倒不是怕她，可是一见她的面貌，心里自然而然地就软了，因此不忍违背她的意思。"这样一来，各种荒废了的事情全做好了，几年之内，田地连片，仓里也有了万石°存粮。

又过了几年，小老婆生了个女儿，小梅生了个儿子。儿子生下来，右臂上有一点红痣，给他取名"小红"。到满月那天，小梅叫王慕贞准备了丰盛的酒席，请黄太仆前来。黄太仆送的贺礼很厚，但是说他年纪老了，不能出远门。小梅打发两个老妈子，强去邀他，黄太仆才到了。小梅抱着孩子出来，把右臂袒露着，表示取名的意思，又再三问他主何吉凶。黄太仆笑道："这是喜红，可以加上一个字，叫作'喜红'。"小梅高兴极了，又郑重向他拜谢。那一日，吹吹打打的锣鼓声，响了一整天，亲朋前来道喜的也不计其数。黄太仆住了三天才走。

忽然门外面来了车马，说要迎接小梅回娘家去。她在王家十多年了，从没有亲戚上过门，大家都觉得奇怪，不免纷纷议论着，小梅只装作没有听见。打扮完了，把孩子抱在怀里，要王慕贞送她一程。王慕贞答应了，走了二三十里，路上渐渐静寂得一个行人也没有了。小梅吩咐停车，叫王慕贞下马，支开仆从，对他说道："王

◎故弄玄虚：故意施弄狡猾的手段，使人觉得莫测高深。◎石：中国古代重量单位，120斤为一石。

小梅

相公[○]，王相公，我们聚会的时间短了，而离别的时间却要很长，你说是不是一件可悲的事！"王慕贞吃惊地问她是什么意思。小梅说："你以为我是什么人呢？"他说不知道。小梅说："你在江南救过一个犯了死罪的人，可有过这回事吗？"他答道有的。小梅说："在路上哭的，就是我的母亲，她感激你的义气，总想设法报答你。正好王夫人好佛，便附会说是菩萨，实际是安排把我嫁给你啊。如今幸而生下这个孩子，我的心愿已了。我看你的倒霉日子就要临头，孩子养在家里，恐怕不能成人，因此借口回娘家，把孩子带走，免得他遭难。你记着，当家里有人死亡的时候，便在早晨鸡叫第一声时，赶快跑到西河柳堤上去，看到一个拿着葵花灯的人走来，要拦在路上苦苦向他哀求，可以解除灾难。"王慕贞答应着，问她什么时候回来。小梅说："不能预定，但是只要你能牢牢地记住我的话，再见的日子大概不会很远的。"

分别的时候，两人握着手伤心地流下泪来。然后她上了车，像风一般地驶去。王慕贞直到望不见影子，才转回家来。

过了六七年，小梅的消息一点也没有。这时忽然四乡瘟疫流行，人死了很多。王家的一个丫头病了三天死了。王慕贞忽然想起从前小梅嘱咐他的话来，心里很着急。这天他同客人吃酒，大醉之后睡着了。等他醒来，听得鸡叫，连忙起身跑到堤上，看见灯光一闪一烁地刚刚走过，急急追去，只隔得一百步光景，但是越追越远，渐渐看不见了，便懊丧地回家。不多几天就暴病而亡。

王家的族人很多无赖，欺负孤儿寡妇，公然去割取他家的庄稼树木，于是家道一天一天地衰落下去。过了一年，保儿又夭折了，家中失去了主人，族人越发蛮横了，把田产抢去，厩[○]中的牛马也被牵一空。他们又想瓜分房屋，因为王慕贞的小老婆住在家里，有些碍手，便找了几个人来，强把她卖掉。她舍不下小女儿，母女抱头

【名家评点】

小梅的形象中虽然有许多优美可爱的元素，但她既不同于天真无邪、胸无世尘的婴宁，也不同于憨跳善谑、无视礼法的小翠。特别是婴宁的形象中，通体表现出来的是纯真的人性美。而本篇则在表现小梅作为少女和作为"菩萨侍女"的优美可爱的基础上，又把她塑造成了一个蒲松龄时代理想化的"内当家"形象。（张稔穰）

◎相公：古代妻子对丈夫的敬称。 ◎厩（jiù）：马棚，泛指牲口棚。

痛哭，邻居都很不平。

正在危急的当儿，忽然有一顶轿子抬进门口，大家迎上去一看，小梅已经拉着孩子从轿子里走出来。她向四下一望，院子里乱哄哄地挤满了人，便问他们是干什么来的。小老婆哭着诉说了一遍。小梅的面色立刻变了，便吩咐跟她来的仆役，把大门关上，用锁锁好。众无赖想抗拒，但是两手像是瘫了一般。小梅命令把他们一个一个捆绑起来，系在廊柱上，一天只给他们三顿稀粥。一面打发老家人到黄太仆那里报信。

布置完了，她便走到后堂大哭，哭完，对小老婆说道："这是天数。本来预定上月回来，因为母亲生病，耽搁下来，迟至今天才到。不想一转眼间，好端端一个家竟成了丘墟◦！"

她又问起旧日的丫头、老妈子，才知道被族人抢去了，越发使她伤心。过了一天，丫头、老妈子听说女主人到了，都自己偷着跑回来，大家相见，没有不流泪的。

被绑在柱子上的族人一齐叫喊着说，她带来的孩子不是王慕贞的骨血。小梅也不分辩。不久黄太仆来了，小梅带着孩子出去迎接。黄太仆握住孩子的右臂，捋起袖子来一看，红痣清楚地显露出来。于是他指示给众人，证明不是冒充。黄太仆又仔细查点失去的器物牲畜，登账记名，然后跑到县衙门里陈诉。县官把众无赖拘去，每人打了四十大板，上了枷，严厉地向他们追索失物。不到几天工夫，田地牛马，统统归还旧主。

黄太仆准备回家了，小梅拉着孩子哭拜道："我不是尘世的人，叔叔是知道的，如今这孩子就托给叔叔照管了。"黄太仆说："只要老夫一息尚存，不会不替他安排的。"

黄太仆走后，小梅把家务盘查了一遍，就把孩子交给小老婆，又预备了一些酒菜，到她丈夫坟上祭扫。她去了半天不见回来。派人前去一看，杯盘还摆在那里，人却已经不知去向了。

【锦言佳句】
死友而不忍忘，感恩而思所报。

◎丘墟：形容荒凉残破。

于中丞

于中丞名叫成龙，观察问题、审判案子都很有经验。有一次，他因工作关系来到高邮，正好遇到一件案子。当地有个财主将要嫁女儿，家中在赶办嫁妆。这份嫁妆非常丰厚，却被盗贼挖通墙壁，把衣服啊被子啊，一股脑儿都偷盗去了。这事情告到衙门里，知府束手无策。于中丞知道了，命令把高邮城的几个城门都关上，只留一个门让行人进出。在那个城门口，派了几个精细差人守着，凡出城的人所装载的东西，都要严密地搜查。于中丞又在城里各地张贴告示，命令全城老百姓都回到自己家中，等候第二天大搜查。告示上还说，一定要用尽方法把赃物查出来。

布告贴出去后，于中丞暗地关照看守城门的差人，要他们注意：假使发现有人一会儿出城，一会儿又进城，几次进进出出的，就把他抓起来。

过了中午，果然有两个人进出城门几次。差人遵照于中丞的吩咐，把他们抓来了。这两个人并没有带什么东西，看不出像是盗贼假装的。于中丞却肯定地说："这两个人一定是真贼。"他们当然不肯承认，不断地分辩。于中丞叫他们把衣服脱下来搜查。他们把外面的长衫一脱掉，只见里面着了两套女人衣裳，都是那财主家被偷的东西。原来这两个小偷看到公告，怕第二天进行大搜查会搜出赃物，就急着想办法把这些偷来的东西转移到城外去。但偷到手的衣裳太多，不能公开搬运，一时无法移走，只好穿在身上，一次一次地出城进城。这样就暴露了目标，中了于中丞的计谋。

于成龙在做知县时，有一次到邻县去办事。一清早，他走到这个县的郊区，看到有两个男人抬着一张床，床上侧睡着一个病人，盖着一条很大的被子，只露出一些头发，头发上还别着一根很美丽的凤簪，显然这是个女人。除了两个抬床的之外，还有四个精壮°汉子紧紧地跟在床的两边，不时用手去推塞被子，把它压到女人的身底下，看起来好像是怕风吹进被子里似的。

于成龙和他们同行了一段时间，看到他们不时在休息，与另外的人互换着扛抬。于成龙很奇怪，叫家人去问床上抬的是什么。他们回答说，床上睡的是他们中一个人的妹妹，病得很厉害，

【名家评点】

本文是断案小说，所以具有断案小说的特征：有悬疑，有推理，前因后果分明，人物之间斗智斗法，读起来紧凑诱人。本文又是纪实文章，于成龙是真实的历史人物，其事迹见于同时代人如王士禛的书及史书记载。（马瑞芳）

◎中丞：清朝的官，又叫巡抚。总揽一省的军政大权。 ◎精壮：精悍强壮。

要送她回婆家。

于成龙觉得那些人的回话有点不大对头，越想越疑惑，就叫家人暗暗跟在那些人的后边，看他们到哪里去。只见那伙人到了一个村庄的一户人家门口，有两个精壮汉子把他们接了进去，也没有讲什么话。家人把这情况报告了于成龙。于成龙赶紧找到那个县的知县，问他城里最近发生什么抢劫案子没有。当时赏罚制度很严格，被抢的不敢去告，做官的也乐得省事不去查问，因此那知县就推说没发生过抢劫的事。

于成龙住进了官舍◎，又叫家人去细心打听。探听得一家有钱人家，在最近刚被强盗抢过，这家的主人还被强盗烧死了。于成龙把被害者的儿子找来，盘问被抢时的情形，这人却不敢承认有这件事。于成龙说："我已经把那天抢劫你家的强盗抓住了，所以叫你来问清一些情况，你只管大胆讲好了。"这样，他才说出了被抢劫的情形，并请求为他父亲报仇。

于成龙立即去拜访当地知县，由当地知县派出公差，在天还没有亮的时候，出其不意地到郊外那户人家，当场抓住了八个精壮大汉。一经审问，都供认了抢劫的罪状。追问那个装病的女人是谁，他们招供说是一个妓女。抢劫后的那天晚上，他们一起住在妓院里，与那个妓女商量好，叫她抱着银子，装作生病睡在床上，准备抬到那个窝点后，再行分赃。

这件案子破获后，大家都钦佩于成龙的能干。有人问于成龙怎么看得出那些人是强盗的，于成龙说："这里边本来有几个很值得怀疑的细节，只是一般人往往忽略了。我是从观察和分析这几个细节上着手来解决问题的：第一，睡在床上的人头上别着美丽的凤簪，这说明是个少妇，世上哪有少妇能容忍许多男子伸手到被里去的；第二，一个少妇病了能有多重，却要不停换人轮流扛抬，两旁又有人用手保护着。可见床上另有贵重的东西；第三，当一个病势沉重的人抬到家时，一定会有女人家出来照顾的，但当时只有男人出来迎接，并且出来迎接的人也没有忧愁或着急的样子，这是不合乎常情的。我到城中打听到有抢劫案后，就断定这伙人定是一群盗贼。"

◎官舍：专门接待来往官员的馆舍。

[说聊斋]

蒲松龄与柳泉

柳泉，原名满井，蒲家庄曾因此井而得名满井庄，到了明朝末年，姓蒲的人日渐增多，所以才改名蒲家庄。当年这里曾是青州府至济南府的大道。井水外溢，清冽甘芳。井的周围，翠柳百数，合环笼盖，田园风光旖旎动人。相传蒲松龄在此设茶待客，与过往行人作促膝之谈，听他们谈狐说鬼，以写作《聊斋》。蒲松龄非常喜爱这个地方，故自号柳泉居士。现蒲松龄故居中有复原的"柳泉"，井北立石碑一座，上刻有沈雁冰手书"柳泉"二字，字体苍劲清奇，成为柳泉一胜。

红毛毡

红毛国，过去是被允许与中国进行相互贸易的。守卫边疆的主帅看见他们来的人太多了，便禁止他们上岸。红毛人坚持要求说，只要给他们一块毡毯[○]大的地方就够了。守卫边疆的主帅想，一块毛毡毯大的地方容不下几个人，便答应了。红毛人把毡毯放在口岸边，上面只站得下两个人，于是他们拉了拉毡毯，就可以容纳四五个人站在上面了。他们一边拉大毡毯，一边不断地有人登上岸来，一会儿时间，毡毯就变得约有一亩地那么大，上面已站着几百号人了。这些上了岸的红毛人忽然一起抽出短刀来，出其不意发动进攻，抢掠了方圆好几里地才离开。

◎毡毯：毛毡制成的毯子。

【名家评点】

当时的中国人对金发碧眼的欧洲人是充满好奇的，本篇所写的事件本身也不同寻常。一毡之地，着实少得可怜，难怪边帅"许之"，结果竟"被掠数里而去"，出人意料。借"一毡地"达到"掠数里"的目的，可见侵略者的狡猾；边帅只见其表，不知其里，一点疏忽，酿成大错。情节的突转，前后的强烈对比，使短小的篇幅波澜陡生，发人深思。（马振方）

《聊斋志异》中不少小说题目都具有多意性特征，如蒲松龄所写"红毛毡"实为红毛国之毡，但读者乍看题目则可能理解为红色毛毡，红毛毡同时还是一种中药材名称。《聊斋志异·红毛毡》讲述红毛国侵略者欺诈中国边帅，请求一毡之地，而后却借助大毡登陆，抢掠方圆数里。（赵羽）

【说聊斋】

英国大百科全书评《聊斋志异》

《聊斋》是一部散文小说，它继承了中国古代散文的传统，富有浪漫色彩，全书四百三十一个描写神鬼的故事，情节离奇而引人入胜。

以毡请地

传世彩绘聊斋志异

张鸿渐

张鸿渐,永平人,十八岁上就成了当地的名士,当时卢龙的知县姓赵,为人贪污横暴,百姓全都恨他。有位姓范的秀才,惨死在酷刑之下,同学们觉得他冤枉,代为不平,预备向上级官署控诉。公请张鸿渐撰写状纸,还邀他参与其事。张鸿渐答应了。

他的妻子方氏,又美丽又贤惠,听到他们的计划,便劝道:"凡和秀才们在一起做事,只可成功,不可失败;成功了,人人都以为你了不起;失败了,便纷纷散去,不能再集合起来了。如今是谁有财有势,谁就占便宜的世界,是非曲直,很难用常理推断。你自己力量又很孤单,万一有个差错,有谁肯来帮忙呢!"张鸿渐认为她的话很有见地,越想越后悔,于是委婉地拒绝了参加告状的事,只替他们写了一张状纸。

上峰审了一堂,没有判定谁是谁非。赵知县花了很大一笔钱,向当道行贿,给秀才们加了个结党反抗朝廷的罪名,把他们关了起来。还要查究写状纸的人。张鸿渐害怕了,连忙逃亡。

他跑到凤翔地界,身上带的盘缠用光了。天色已晚,在旷野里徘徊,找不到投宿的地方。忽然瞥见前面有个小村落,便急忙奔去。有个老太婆正好出来关门,见了张鸿渐,问他要什么。张鸿渐把实情对她说了。老太婆说:"吃饭睡觉都是小事,只是我们家里没有男人,不便留客人住下。"张鸿渐说:"我也不敢有过分的奢望,只求你能让我在大门里睡一夜,避避虎狼就够了。"老太婆动了恻隐之心,这才放他进去,关上门,给了他一个草垫子,吩咐他说:"我可怜你没有地方去,私下留你过夜。天不亮你就得走,恐怕我家小姐知道了,要责怪我的。"

老太婆一走,张鸿渐便靠着墙壁,闭上眼睛休息。忽然有闪着灯笼的光亮,只见老太婆引着一个女子走了出来。张鸿渐连忙躲在暗角里,偷偷一看,原来是个二十来岁的美人。她走到门口,见了草垫子,问老太婆为什么把它放在那里。老太婆把实情说了。女子怒道:"我们一家都是妇女,怎么能随便收留来路不明的人!"然后便问那人哪里去了,张鸿渐很害怕,走出来跪在台阶底下。女子问了问他的身世,面色才稍稍温和一些,说道:"幸而是个读书人,不妨收留。但是这个老奴才竟不事先说一声,像这样草草率率,岂合款待嘉宾的礼节?"说着就叫老太婆把客人领到屋子里去。

◎永平:府名,清代属直隶省,首县是卢龙。 ◎卢龙:县名,清代属永平府。在滦河东岸。 ◎凤翔:陕西县名。

【名家评点】

"张鸿渐"在《聊斋志异》中虽非妇孺皆知,但也是较为引人注目的作品。它以人狐之间复杂的三角关系为线索,反映了当时社会政治生活的一个侧面。像"张鸿渐"这样通过爱情、夫妻关系来表现社会政治内容的作品,在《聊斋》中为数是不少的。这篇文章用虚构和幻想的假,写出了生活的真。而且是在生活真实的基础上,去展开它离奇诡谲的假。整个故事写了一桩令人愤愤不平的事件。这个事件就是罪恶的封建社会制度对一个普通知识分子的政治迫害。(李厚基)

【锦言佳句】

大凡秀才做事，可以共胜，而不可以共败：胜则人人贪天功，一败则纷然瓦解，不能成聚。今势力世界，曲直难以理定。

寄宿伏阶

张鸿渐

过了一会儿，摆上了很精美的酒菜。吃过饭，又在床上铺设了丝绸被褥。张鸿渐心里很感激，私下里向老太婆询问主人姓名。老太婆说："我家姓施，老太爷和老太太都去世了，只留下了三个女儿，刚才你看见的乃是大小姐舜华啊。"

老太婆走后，张鸿渐看见桌子上有一部注释的《南华经》°，便拿到枕上，躺着阅读。忽然舜华推门进来，张鸿渐连忙放下书本，找寻鞋帽，女子走到床前，按住他说："不必这样，不必这样！"说着就靠床坐下，羞答答地说道："我见你是个风流才子，很想把我的家托付给你，因此不避嫌疑，到这里来和你商量。或者你不会拒绝我吧？"张鸿渐一听，感到突如其来，不知道怎样回答才好。只说："不敢骗你，我家中已经有妻子了。"女郎笑道："这也可以见得你很诚实。但也没有关系，既然你不讨厌我，明天就找媒人来好了。"说完，起身要走，张鸿渐探出身子拉住了她，她也便留下了。天没亮就起床，取来一些银钱交给张鸿渐说："你拿去做游玩的费用吧。夜里回来迟些，怕被外人碰见。"张鸿渐依着她的话，总是很早就出去，很晚才回来。这样过了半年，没有例外。

一天，他回来得比较早，到了那里，根本没有村庄房屋，不免大吃一惊。正在踱来踱去，忽然听见老太婆说道："今天怎么回来得这样早啊！"一转瞬间，院落和往日一样，而且他自己已经到了屋子里面。他越发觉得蹊跷。这时舜华从里面走了出来，笑道："你怀疑我了是不是？老实对你说吧，我是一个狐仙，同你有一段前世的缘分。如果你一定见怪的话，那么就从此分手。"张鸿渐迷恋她的美貌，心里也很安然。

夜里，他对女郎说："你既然是个仙人，那么千里之外，瞬间就可以到达的。我离家已经三年了，常常挂念着老婆孩子，你能不能带我回家一趟呢？"舜华好像很不高兴的样子，便说："说到夫妻的情分，我觉得与你是很深厚的。而

◎《南华经》：《庄子》的别名。

【名家评点】

势力世界，曲直无凭，贪赇者安居，鸣冤者反坐，茫茫世界，教人从何处呼天耶！（但明伦）

《张鸿渐》是《聊斋志异》中比较重要的一篇，《聊斋俚曲》中的《富贵神仙》和《磨难曲》都是演绎这篇小说的故事，可见作者对它的重视。这篇小说通过张鸿渐历尽磨难的坎坷遭遇，串联起冷酷无情、没有皂白的现实世界与狐仙生活的幻想世界，形象鲜明地表现了作者对黑暗现实的批判和他的生活理想。（杨广敏）

【读名著学成语】

怒火中烧

犹言怒火中烧。清·蒲松龄《聊斋志异·张鸿渐》："甲词益狎逞。张怒火中烧，反刀直出，剁甲中颅。"

你，人守着我，心却想着她，原来你对我情意绵绵的样子，都是假的！"张鸿渐劝慰说："你怎么说出这种话来呢！俗语说得好：'一日夫妻百日恩'，日后我回去了想念你，就像我今天想念她一样！如果我是个得新忘旧的人，你又有什么贪图呢？"于是女子笑道："我有一种偏心眼儿，对我，希望你不要忘掉；对别人，希望你不要记着。但你要暂时回去看看，这有什么难的？你的家离这里不过几步罢了。"说着，便拉着他的袖子出门。只见道路上一片漆黑，张鸿渐迟疑着不敢前进，女子拖着他走。不一会儿，只听她说道："到了！你回家吧，我去了。"

张鸿渐停下脚步，仔细一认，果然是自家门口。爬过墙去，看见屋子里的灯火还亮着。上前用两个手指头轻轻叩着房门，里面就问是什么人。张鸿渐细细说了从哪里来。屋里人拿着蜡烛来开门，正是方氏。两人又惊又喜，手拉着手走到房内，只见孩子睡在床上。张鸿渐感慨地说：

"我离家的时候，孩子才到我的膝盖头，如今长得这样大了！"夫妻俩偎抱着，好像在做梦一般，张鸿渐把自己的遭遇详细地讲给她听，然后问到官司的情况，才知道秀才们有的死在狱中，有的充军远方，越发钦佩妻子有远见。方氏把身子扑到丈夫的怀里说："你有了美人儿陪伴，料你再也不会想到还有一个独守空房哭哭啼啼的人了！"张鸿渐说："不想你，为什么要回来呢？我和她虽然要好，到底不是同类，只是她对我的恩义不能忘记罢了。"方氏说："你以为我是谁啊？"张鸿渐仔细一看，竟不是方氏，而是舜华。伸手去摸孩子，原来是一个竹夫人◎。一时羞惭得说不上话来。女子说："你的心我已经明白了。本应当从此绝交，幸而你还有对我的恩义不曾忘记的话，勉强可以赎罪。"

过了两三天，舜华忽然说道："我想像这样痴心地爱着你，毕竟没什么趣味。你天天怪我不肯送你回家，如今正好我要到京里去，顺便可

◎竹夫人：用竹编成的笼子，形细长，夏天抱在怀里睡眠。

张鸿渐

以带你同行。"说着,从床上取过竹夫人,两人一同骑上。她叫张鸿渐闭上眼睛,只觉离地不远,风飕飕地吹过,不多久就落了下来。女子说:"从此相别了!"他正待叮嘱几句,女子已经不见了。

张鸿渐失望地站立了一会儿,听到村里的狗在叫,暮色苍茫中,看见树木房屋,全是自己故乡的景物。顺着道路回家,跳墙敲门,也和上一次的情形一样。方氏惊惶地下床,不信是丈夫回来了,盘问确实以后,才拿着蜡烛呜呜咽咽地走出。一见面,她更哭得抬不起头来。张鸿渐还疑心舜华在变戏法作弄他,又见孩子睡在床上,也和上次相同。于是笑着说道:"竹夫人又带来了吗?"方氏不懂他的意思,脸色一沉说:"我天天盼你回来,就像盼丰收一样,枕头上面的泪痕还在呢。刚刚能够见面,你竟完全没有怜惜之情,这是什么心肠啊!"张鸿渐审察她的表情是真的,才握住她的手伤感起来,把详细经过对她说了。问到官司打得怎样了,和舜华讲的没有区别。

两人正在感叹,忽然听到门外有脚步声,问是谁,也没人答应。原来村里有个浮滑①少年,早就看中了方氏的美丽。这天夜里,他从外村回来,远远地看到一个人爬墙进去,以为一定是和方氏私会的,便也跟到院子里。那人本来不大认识张鸿渐,只是蹲在门外偷听。等到方氏连声追问,他才说道:"在你屋里的是谁啊?"方氏怕人知道真相,便说:"没有人啊!"那人说道:"我偷听得很久了,我是来捉奸的!"方氏被逼得没办法,只好把实情对他说明。那人说:"张鸿渐!他的案子还没了结,果真是他回来了,也该捆绑着送到衙门里去!"方氏向他苦苦哀求,那人越发趁机调戏,说的话很难听。张鸿渐气得心中冒火,不能再忍耐下去了,拿起一把刀子,冲出门外,一下砍中那人的脑袋,那人倒在地上,嘴里还在叫喊,张鸿渐又连砍几刀,这才气绝身亡。方氏说:"事情已经闹到这步田地,罪名更重了,你要赶快逃走,一切由我承当。"张鸿渐答道:"大丈夫死就死,算不了什么!怎么可以为了自己活命,而让老婆孩子去受累呢?你不要

【名家评点】

蒲松龄同小说中的张鸿渐一样,曾经代人起草过鸣冤的书信,对于张鸿渐一类正直知识分子他是深切同情的,对暗无天日、公道不彰的社会现实是痛心疾首的,他期望着出现一个吏治清明、路无冤魂的理想世界。(张稔穰、李永昶)

◎浮滑:轻浮油滑。

有什么顾虑，只要能叫这孩子承继父业，读读诗书，我死了也可以闭上眼睛了！"

天刚亮，他便跑到县里自首。赵知县因为他是朝廷大案里面的人，只是轻轻地把他惩治了一下，不久便从府里解往京城，一路上铁锁银铐，痛苦非常。

走到中途，遇见一个女子骑着马过去，由一个老太婆替她拉着缰绳。一看，正是舜华。张鸿渐喊住老太婆，想同她讲话，眼泪随着声音落了下来。舜华调转马头，用手揭起面纱，吃惊地说道："这不是表哥吗？怎么成了这种狼狈样子！"张鸿渐把大概情形说了几句。舜华说："按你过去对我的行为，本应当扭头不管，但是我却不忍心那样做。我的家离这里不远，现在就邀两位公差一同前去，也可以稍稍帮助一点盘缠。"

大家跟着她走了两三里路，看到一个山村，里面有座高大整齐的楼房。女子下马进去，叫老太婆打开大门，招待来客。不一会儿，酒饭送到席上，非常丰盛，好像很早就预备好了似的。女子又打发老太婆出来说道："家里没有男人，就请张官人多敬两位公差几杯酒，路上还要请他们多多照应。已经派人去筹办几十两银子，给张官人做路费，并且酬谢两位差官，过一会儿就会来的。"两个差役心里暗自高兴，只顾开怀畅饮，不再催促上路。喝到黄昏时分，全醉倒了。

这时舜华走了出来，用手一指枷铐，枷铐立即脱落。然后拉着张鸿渐同骑一马，飞也似的疾驰而去。过了一刻便催他下马说："你留在这里吧。我同妹妹们约好在青海◯相会，为了你的事又耽误了好久，她们一定等得心焦了。"张鸿渐问她什么时候再能见面，女子不回答，又问，女子就把他推下马来，径自去了。

天亮以后，向人打听，才知道是太原。于是走到城内，化名宫子迁，租了一间屋子，教授学生糊口。

转眼过了十年，打听得缉捕逃犯的事渐渐懈怠了，便又偷偷摸摸地向东走。到了村口，却不敢公然进去，等到半夜以后，才溜了进去。一

【读名著学成语】

恍如梦寐

指好像做梦一样。清·蒲松龄《聊斋志异·张鸿渐》："两相惊喜，握手入帏。见儿卧床上，慨然曰：'我去时儿才及膝，今身长如许矣！'夫妇依倚，恍如梦寐。"

◯青海：在青海省，又名西海、仙海。这里泛指神仙所居之地。

回家招禍

解犯遇女

张鸿渐

到家门,垣墙◎修得又高又牢,不能跳越,只得用马鞭子敲门。过了好久,方氏才出来问话。张鸿渐小声通了姓名。方氏高兴极了,立即把他接到里面,故意大声叱责道:"既然在京里缺了钱,就该早打发人回来,为什么要你这样深更半夜里敲门!"

两人到了屋内,互相诉说别离以后的事,才知道两个公差逃走了没有回来。他们说话的当儿,门帘外面有个少妇,不断走来走去。张鸿渐问她是谁。方氏答道:"是儿媳妇。"问她儿子哪里去了。她说:"到北京应试没有回来。"张鸿渐淌下眼泪说:"我在外面漂泊了十几年,不想儿子已经长大成人,还能承继书香,你的心血真用尽了!"话还没说完,儿媳早把酒温好,饭煮熟,桌子上都摆满了。张鸿渐可真有些意想不到,心里宽慰极了。

这样住了几天,他只是躲在屋里,生怕被人知晓。一天晚上,他刚刚安歇,忽然听到外面人声沸腾,门敲得特别响。大家很害怕,都披衣下床,只听得有人说道:"有后门没有?"他们更慌了,连忙搬过一扇门板,当作梯子,先把张鸿渐送过墙去,然后回到大门口一问,才知道是因为儿子考中了送捷报的。方氏大喜,很后悔不该叫丈夫逃走,但已没法追回来了。

当天晚上,张鸿渐在荒野里胡乱穿行,也来不及寻找大路,跑到天亮,已经疲倦不堪。他本来想往西方奔去,向人一问,才知道离去北京的大道不远了,于是走到一个乡村里面,准备当卖衣服换口饭吃。抬头望见一座高大门楼,墙上贴有报条,走近一看,知道这家姓许,有人刚刚

◎垣墙:院墙;围墙。

【名家评点】

这篇小说的主要人物是张鸿渐,其性格特点十分鲜明。作者善于在矛盾冲突的发展中刻画人物,特别善于抓住关键时刻人物的言行,运用白描的手法,以寥寥数语对人物进行传神写意的勾画。(马振方)

《张鸿渐》虽不是《聊斋志异》里最好的一篇,却是代表性最强的一篇。因为全书一些重要的主题,这一篇都触及了、包括了,或者关连到了。《聊斋志异》主要的题材,所提出的重要的社会问题、政治问题,所反映的时代、作者自己的政治倾向、思想感情、生活体验,以及艺术表现上、情节结构上和描写上的一些特色,此篇都可作一典型。(吴组缃)

【读名著学成语】

急不择路

急得来不及选择道路地乱跑。形容非常紧迫。清·蒲松龄《聊斋志异·张鸿渐》：「张是夜越莽穿榛，急不择途；及明，困殆已极。」

中了举。过了一会儿，一位老翁从里面出来，张鸿渐上前行礼，说明来意。老翁见他仪貌斯文风雅，料定不是骗饭吃的，便把他请了进去，招待他饮食。言谈之间，老翁问他要去哪里。他假托曾在京城设馆授徒，回家的路上碰到强盗。老翁便留张鸿渐教他的小儿子读书。张鸿渐约略问起老翁的家世，原来他曾做过京堂°，如今告老还乡，新中举的乃是他的侄子。

过了一个多月，姓许的举人带来一位同榜考取的朋友，说是永平人，姓张，是个十八九岁的少年。张鸿渐因为他籍贯相同，姓氏相同，暗中就疑心是他的儿子。但是县里姓张的很多，只好暂时闷在肚里。到了晚上，那人打开行李，取出本科考中的同年录°，张鸿渐连忙借来一看，果然是他的儿子。一面翻阅，不知不觉地流下眼泪。大家全都惊异地问他。他指着同年录上自己的姓名说："张鸿渐就是我啊！"然后把他的来历说了一遍。张孝廉抱着他放声大哭，姓许的叔侄劝慰了半天，父子这才转悲为喜。许翁马上备了礼物，写一封信给御史，为张鸿渐开释，两人才一同回到家中。

方氏从得到儿子喜讯的那天起，成天因为丈夫逃亡而伤心。忽然听说儿子回来了，越发觉得难过。不多时，父子俩一同进门，让她大吃一惊，好像他们是从天上掉下来似的。一问缘由，大家不免又悲又喜。

那个浮滑少年的父亲，见张鸿渐的儿子成了贵人，不敢再存报复的心思。张鸿渐也越发照顾他，并且把当年造成不幸的情形对他说明。少年的父亲一听，又感激，又惭愧，从此两家便有了往来。

◎京堂：清代官制，都察院、通政司、詹事府以及诸卿寺的堂官（长官），都叫京堂。◎同年录：原文作"齿录"，就是同榜录，上面开列每个人的三代，因此也有张鸿渐的名字。

牛飞

县里有个乡下人，买了一头牛，很健壮。夜里，乡下人梦见他买来的牛生了两只翅膀飞走了，他觉得不吉利，怀疑这头牛会死亡或者走失。第二天，他便把牛牵到市场上折价卖了。回来的路上，乡下人把卖牛的钱用手巾包起来，缠在胳膊上。走到半路，他看到一只鹰正在吃一只没啃完的死兔子。走近一看，鹰很温顺，乡下人便用包钱的手巾头捆住鹰腿，用胳膊架着它。鹰屡次扑腾挣扎，乡下人稍一分心，鹰带着包钱的手巾腾空飞走了。这虽然是命中注定的事，但如果这乡下人不因为自己做的梦而起疑心，路上也不贪财，那么这只会走的牛怎能飞走呢？

◎折价：在价格上减低。

【名家评点】

这个故事很短，但却有丰富的含义。很多民族都认为，梦具有预言作用，这种预言通常以象征的方式呈现。诉诸潜意识的"暗示"，在"冥冥之中"具有人难以察觉的驱迫力量，人会身不由己地想去"兑现"那个"暗示"。我们可以说这是一种"自我兑现的语言"，这里面实际隐含着"决定论"与"自由意志"的一场大争论。（王溢嘉）

邑人某夜梦牛飞，于是减价卖牛。这篇小说奇就奇在牛已卖掉，已绝无飞去的可能，而终于还是"飞"跑了。这在作者看来，虽是"定数"，但也是迷信和贪财的结果。正如作者所说："不疑梦，不贪拾遗，则走者何遽能飞哉？"本篇文字虽短，但奇思妙想，出人意表。情节结局证明了"定数"的存在，而作者的议论又唤起读者对"定数"的怀疑，这就使情节意蕴具有了多义性、矛盾性，不仅耐人品味思索，也大大提高了作品的艺术品级。（张稔穰、杨广敏）

[说聊斋]

屡试不第的蒲松龄

蒲松龄出生于山东淄川（今淄博）蒲家庄一个世代耕读之家，蒲氏几代皆为读书人，但科名不显，父槃乃弃儒经商，待到家境亨泰之后，便复闭户读书。蒲松龄幼习举业，19岁『初应童子试，即以县、府、道三第一，补博士弟子员，文名籍籍诸生间。』但此后屡试不第。也正是因为这样的经历，使得蒲松龄对于科举制度的积弊和封建社会的不公有了更深刻的体会，这些对现实社会的不满和抨击都在《聊斋志异》一书中有所反映。31岁那年，迫于生计，出外做了一年多的幕宾。回家后，一直在本乡的私塾中教书，虽然在教书的同时也去应考，可再也没有考取过功名。他从20岁左右开始创作《聊斋志异》，大约到40岁才基本完成，以后还不时修订。

信梦失牛

王子安

王子安，东昌府一个名士，但是在科场中很不得志。有一次考试完毕，希望得中的心思很迫切。将近发榜的时候，喝了很多的酒，便到卧室里睡觉。

忽然有人说道："报马°来了。"王子安蒙蒙眬眬地坐起来说："赏报喜的人十吊钱。"家中人因为他喝醉了，要骗他安睡，便说道："你只管睂吧，已经赏过了。"他又上床去睡。

一会儿又有人通报说："你中了进士了。"王子安诧异说："我根本没有去北京，怎么就考中了呢？"那人说道："难道你忘记了吗？三场早已完毕了。"王子安大喜，坐起来大声喊说："赏报喜的人十吊钱！"家人又骗他说："你只管睂吧，已经赏过了。"又过了一会儿，一个人急急忙忙地跑进来说："你殿试点了翰林，长班°在这里伺候你了。"他一看，果然见两个人跪在床下，衣帽都很整齐清洁。王子安吩咐预备酒饭给他们吃。家人又用话支吾°过去，只是暗暗笑他醉得太厉害了。

以后好久，王子安心里暗想，可不能不出去向同乡炫耀一番。便大声叫："长班！"叫了几十声，没人答应。家人笑着说道："你暂时躺一会儿吧，已经派人找他去了。"

过了半天，长班果然又来了。王子安捶床跺脚，大骂说："你这个蠢奴才，刚才到哪里去了？"不料长班也发起脾气来，说："穷酸太无赖了，刚才不过和你开开玩笑，你倒认真骂起人来了！"王子安大怒，突然跳起，向他扑去，把长班的帽子打落到地上，但是自己也跌倒了。

他妻子听到声音，急忙跑进房中，把他扶起来，说道："你怎么醉成这个样子？"他说："长班可恶，所以我要惩罚他，哪里是醉了？"他妻子笑道："家里只有一个老婆，白天替你做饭，夜里替你温脚，哪里有什么长班来伺候你这穷骨头呢？"儿女们听了，都笑起来。

这时王子安喝的酒稍微消了些，忽然好像从睡梦中惊醒过来，才知道刚才都是胡闹。但是他还记得长班的帽子落在地上，寻找到房门背后，拾得一顶红缨帽，不过酒盅大小。大家都觉得很奇怪。

王子安自己忽然笑道："从前有人被鬼耍弄，我今天被狐仙开了一场玩笑。"

◎报马：科举时代报喜的人。◎长班：旧时代官吏的仆役，称为"长班"。◎支吾：用含混的话搪塞。

【名家评点】

这个故事写得滑稽可笑，但可笑中又使人感到可悲。一个富有文才，被当地称作"名士"的人，把一生的心血都用到了科举考试上，可就是考不中，穷困潦倒。因此，每考一次都抱着莫大期望，期望考中以摆脱困境。而由于"期望甚切"，所以魂系梦萦都在想中举做官，以至于头脑中出现幻景。如果说作品对这个人物进行了辛辣的嘲讽，而在嘲讽背后却是同情和对科举制度的深刻揭露。（陆联星）

蒲翁通过这种特殊的表现形式，活灵活现地剖析了主人公被科举迷了心窍、迂腐荒唐的所为和近乎扭曲的灵魂。这篇足以使观众解颐的作品，似乎减少了以往作品的冷嘲热讽，而是多了几分轻松的调侃和辛酸的幽默风格。（翟云英）

狐戏名士

【读名著学成语】

齐量等观

不顾事物的区别,,作同等看待。清·蒲松龄《聊斋志异·王子安》:"齐量等观,则词林诸公,安非出于造物之戏也。"

折狱

【名家评点】

讼狱断案，是关系到百姓身家性命的大事，对此，作者十分重视。他在《冤狱》篇中说："讼狱乃居官之首务，培阴骘，灭天理，皆在于此，不可不慎也。"但是，官僚体制的腐朽却使当时许多为官者玩忽职守，视讼狱同儿戏。他们或者缧系众人，劳民伤财；或者长期搁置，不加审理；或者滥施酷刑，误伤无辜；或者只凭诉讼，不查事实……作者认为，这些人不唯缺乏为官之智，实乃缺乏爱民之心。同时，他又明确指出："智者不必仁，而仁者则必智，盖用心苦则机关出也。"正因费公是能够体现这种观点的少有官吏之一，作者才对他处理的两个案例以"奇事"志之，并推崇备至。（杨广敏）

淄川县的西面有一个崖庄，庄上有一个小商人，在路上被人杀死了。隔了一夜，他的妻子也在家中上吊自杀。商人的弟弟向县里控告，要求申冤。

当时的淄川知县是浙江人费祎祉，在收到状子后，立即去查验现场。他发现商人的身上有个包袱，里边还有五钱多银子，就知道这不是一件谋财害命的案子。费知县把当地的乡邻、地保都拘了来审问，没得到一些头绪。费知县并不用刑拷问，把老百姓都释放了，只是命令地保要认真查访，限他十天汇报一次。

过了半年，案子始终没有搞清，事情也就渐渐松懈了下来。商人的弟弟抱怨费知县软弱无能，老是跑到公堂上吵嚷。费知县发怒说："你既然不知道凶手姓甚名谁，难道要我随便去冤枉好人吗！"当下呵斥一声，把商人的弟弟赶了出去。商人的弟弟有怨没处申诉，又悲又愤，只得把兄嫂埋葬了再说。

有一天，县里因催讨欠税，逮捕了几个欠税的人。其中有一个人，名叫周成，怕受责打，就向知县说："我的税钱已经准备好了，可以立即上缴。"说着就从腰中取出钱包，请求费知县查看。费知县看完后，就问："你家在哪里？"答是某村。又问："距离崖庄几里？"答说五六里。又问："去年被杀死的某商人，是你的什么人？"周成急忙回答不认识这个人，也不知道有这件事。知县忽然大怒说："你杀了他，还推说不知道吗？"周成竭力地分辩，费知县也不加理睬，用严刑拷打他。周成果然承认了自己犯罪的事实。

原来，商人的妻子王氏，有一天要去走亲戚，因为没有钗环首饰，感到有些寒碜○，吵着要丈夫到邻家去借。丈夫不肯，她就自己去。借来以后，很是高兴，对这些首饰珍爱万分。她唯恐在路上会丢失，就把首饰卸下，用布裹好，放在袖里。但是到家往袖里一摸，布包已不翼而飞。她不敢告诉丈夫，又感到自己无力偿还，心中很懊恼。

就在那一天，周成在路上拾到了这包首饰。他知道这是王氏丢失的东西，就心存歹念，趁着商人外出，半夜里拿着这包首饰，爬墙而入，想胁迫她跟他通奸。这时正是夏天，天气炎热，王氏独自睡在房廊下。周成悄悄地上前非礼。王氏大声哭叫，周成急忙阻止她，留下布包，送还首饰。王氏屈从之后，嘱咐周成说："你以后不要再来了。我家男人很厉害，让他知道了，我们两人都没命。"周成发怒说："我给你的这许多东

◎折狱：审判案件。◎寒碜：穷困、寒酸的样子。

西，在妓院里可以住上几夜，难道这么一次就算了吗？"王氏假意骗他说："不是我不愿意和你相好，只是怕被人知道，多有不便。好在我男人平日多病，不如等他死了以后，再重修旧好。"周成才离去。周成为了能早日和王氏做长久夫妻，就把她丈夫杀了，并当夜跑去对王氏说："你丈夫已经被人杀死了，现在就请你履行过去的诺言，和我相好吧！"王氏听说丈夫被人杀害，号啕大哭。周成害怕，就急忙逃跑。天明后，人们发现王氏已经上吊死了。

费知县审问出真实情况后，判了周成的死罪。人们都钦佩费知县的贤明○，但不知道他是怎样查出真相来的。费知县说："这不是什么难事，我不过能够随处留心罢了。当初我验尸时，发现商人遗下的包袱上刺有'卍'字花纹。后来周成急于缴税，我见他呈上来的布包，上面也绣有'卍'字，并且绣得一样，可见这个布包上的花纹是一个人刺的。我追问周成认不认识那个商人，倘是认得，则周成的布包可能是借那商人的。他又说不认识，并说连这件事都不知道。他与商人住得这样近，这人命案子岂会毫无所闻。这明明是亏心之言，不打自招了，而且他回话时的神色又很慌张。从上面的这些分析，我断定是他杀死那商人的。"

淄川县有一个人，名叫胡成，和冯安是邻居。两家从老辈起就不和睦。胡家父子都蛮强有力，冯安有些害怕，只得在表面上竭力奉承胡家父子，以取得他们的欢心。但胡成还是猜忌着冯安。

有一天，胡成和冯安同在一起吃酒，有了一些醉意，就互相谈起心来。胡成吹牛说："不用愁穷，要弄到百把两银子的财产，并不是什么难事。"冯安知道胡家并不是有钱人家，就嘲笑他在说大话。胡成见他不信，正经地说："老实告诉你吧，昨天我在路上遇着一个大商人，带有很多钱，我就把他弄死，丢进南山一口枯井里去了。"冯安更笑他在胡吹。正巧那时胡成的妹夫郑伦，托胡成代他买些田地，寄放了几百两银子在胡成家中。胡成把银子全数拿出，炫耀了一番。冯安也深信不疑了。冯安回家后，暗地里就写状子向县里告发。

费知县接到状子，立即派公差把胡成捉来审问。胡成说明了原由，承认自己是在吹牛。费知县又问郑伦和岀卖田产的人，也都证明胡成说的是真实情况，几百两银子确是郑伦买田产的。但是同去查勘○那口枯井，井内却真的有一具没头的尸体。胡成大为惊骇，又无法辩解，只是叫

◎贤明：有才德有见识。◎查勘：在现场进行实地调查。

【读名著学成语】

不舞之鹤

不舞蹈的鹤。比喻名不副实的人。也用来讥讽人无能。清·蒲松龄《聊斋志异·折狱》："方宰淄时，松裁弱冠，过蒙器许，而驽钝不才，竟以不舞之鹤为羊公辱。"

传世彩绘聊斋志异

折狱

冤枉。费知县大怒，叫人打了他几十个嘴巴子，并说："证据确实，你还叫什么冤枉呢！"立即用死囚的刑具把胡成扣押起来，并禁止取出井中的尸体，布告附近各村，要死者家属前来申请认领。

过了一天，有个妇人拿着状子到衙门里来了。她自称是死者的妻子，并说她的丈夫何甲带了几百两银子外出经商，被胡成杀死，要求申冤。费知县对她说："井中的确有个死人，但不一定就是你的丈夫。"那妇人却坚持说是的。知县叫人把尸体从井中取出，果然是何甲。那妇人却不敢走近尸前，只是退在后边，站着号叫。费知县说："杀人凶犯已经捕获，但死者的尸体还不全。你暂且回家，等到找着死人的头以后，就叫杀人凶手偿命，为你丈夫申冤。"一面又从狱中叫出胡成，吆喝着说："明天不把人头拿来，就要打断你的两腿。"

差役押着胡成去找人头，找了一整天，人头没有找到，胡成只是跪在堂前痛哭流涕。费知县令人取刑具伺候，假装要上刑的样子，但又不立时上刑，说："想来是你夜里搬尸匆忙，那头不知掉在何处了。你为什么不仔细寻找一下呢？"胡成哭叫冤枉，请求容许再去寻找。费知县又转问前来报状的妇人有几个儿女，答说没有。又问何甲有什么亲属，答说："只有一个堂叔。"费知县叹了口气深表同情地说："你年纪轻轻，就死了丈夫，孤苦伶仃的，以后怎样生活呢？"妇人哭了起来。知县说："杀人的罪已经定了。只要找到人头，得到全尸，就可结案。那时，你马上可以改嫁。你这少年妇女，也不用再抛头露面进出官衙大门了。"妇人感动得哭了，千恩万谢地叩头下去。费知县就出了一道命令，叫所有乡里的人代她找寻人头，以便迅速了结此案。

◎结案：案件审理完毕作出最终判决或进行最后处理。 ◎官衙：旧时对政府机关的通称。

【名家评点】

费公观察之精细，推理之缜密，作风之果断，着实令人惊叹！而产生这一切的基础，显然是他的爱民之心。（张稔穰）

用真名写假事，是中国小说史上惯见的现象。远的不论，即唐传奇就有《古镜记》《虬髯客传》《李卫公靖》《王之涣》等，不胜枚举。诸作并非历史小说，而是中国小说源出于史，重视所谓"写实"的胎记，从而使古代小说以虚拟手段表达对真实人物的见解与情感成为习见的艺术方法。（马振方）

过了一夜,一个和妇人同村的王五,报称他找到了人头。经过审问和查验确实后,知县就赏给王五一千个钱,把何甲的堂叔传来,对他说:"现在案情是搞清了。但这是人命案件,事关重大,非得整年的时间不能了结。你侄儿既无子女,侄媳年纪轻轻也难以生活,还是早些叫她嫁人吧。以后没有什么别的事情了,只要在上司复查和批驳时,你一个人来一下就可以了。"堂叔不肯,费知县动了怒,表示要用刑罚。堂叔惧怕,只能答应。妇人知道后,赶忙上前叩谢知县恩典,知县也用好话安慰她。

以后,费知县贴出布告说:"有人想娶这妇人的,只要到公堂上申请一下就可以了。"布告贴出后,就有人提出申请要这妇人。这人恰恰就是找到人头的王五。费知县传妇人上堂问道:"真正的杀人凶手,你知道吗?"妇人答:"是胡成。"费知县说:"不对,你和王五才是真正的凶手!"二人大吃一惊,竭力辩解狡赖，呼喊冤枉。知县说:"我老早就知道其中实情,所以一直迟迟不说破,是怕万一冤屈了好人。尸体还未取出井外,你怎么就那样确定地相信是你丈夫呢?可见是你事先早就知道他死了。而且你丈夫身上穿的是破旧衣服,哪里会有几百两银子呢?"又对王五说:"人头所在的地方,你怎么会知道得那么清楚呢?你所以这样急着报官,不过是为了想快些娶那妇人而已。"两人都吓得脸变了色,无可辩驳。知县吩咐用刑,两人都很快说出了实话。

原来王五和这妇人已私通很久,为了得到这妇人,王五便把她的丈夫杀了,丢在井里。刚巧胡成因为说了一句戏言,吃了冤枉官司。王五就借着这个机会,移祸于胡成。真正的凶手已经抓到,费知县就释放了胡成;判了冯安诬告的罪名,重重地打了他一顿板子,并处劳役三年。

【锦言佳句】

智者不必仁,而仁者则必智。

◎狡赖:颠倒黑白、狡猾地强辩抵赖。

三生

湖南某人，能记得三世的事。第一世做知县，乡试时担任帘官，有个名叫兴于唐的，很有才情，考试时没被取录，气愤而死。到了阴曹，拿着试卷控诉某人。这状纸一递上去，同病而死的成千上万，大家推他为领袖，结成一支队伍。某人被摄去，和兴于唐对质。阎罗王问道："你既然阅卷，为什么把有才情的人埋没而录取平凡的人？"某人答辩说："我上面还有总裁，我不过是奉行他的命令罢了。"阎罗王便出朱签，命人拘捕主试官，隔了好一会儿，才把他拘到。阎罗王就把某人的话讲了一遍。主试官说："我不过是最后汇总，虽然有好文章，如果房官不向我推荐，我怎能看得到呢？"阎罗王说："不能这样互相推诿○，你们同样犯了失职的罪名。"按照阴司法律，应该挨鞭子。正要动刑的时候，兴于唐大不满意，高叫起来，殿两旁的众鬼同声附和着。阎罗王问他们为什么吵闹，兴于唐抗议说："判罪太轻！必须把两个人的眼睛挖掉，作为不懂文章的惩罚！"阎罗王不肯这样做，这群鬼喊叫得更厉害了。阎罗王说："他们不是不想得到好文章，只是识见浅陋罢了。"众鬼又请求挖他们的心。阎罗王没法，才叫人把他们的衣服剥去，用雪白的刀子割开胸脯。两人血流如注，极声叫喊。众鬼才满意了，都说道："我们含恨地下，始终不能申雪，现在仰赖兴先生的大力，把这口气出了。"于是一哄而散。

某人被剖割完了，押往陕西投胎，做了一个平民的儿子。二十多岁的时候，当地农民起义，把他掳去。后来有位兵备道带兵前来交战，俘获的人很多，某人也在其中。心想自己并不是起义的人，大概经过详细的声辩，便可释放。但是一看坐在大堂上的官员，年纪也不过二十几岁，正是那个姓兴的人。不禁大吃一惊说："我的命完了！"一会儿俘虏全部释放，只有某人最后押上

○推诿：推卸责任；推辞。

【名家评点】

这是一个"灵魂转世"加上"因果报应"的故事，两缕灵魂因一世之结怨，而在三生之间纠缠不清。这种"果报"或"业"的观念普遍存在于民间，不仅见于志异小说，也见于演义小说中，譬如在《薛仁贵征东》及《薛丁山征西》里就有这样的情节。这种"果报"或"业"的观念，显然是受到佛教的影响，而佛教的此一见解又来自印度教。（王溢嘉）

【读名著学成语】

痛彻心腑

痛楚深彻于心底脏腑。形容受到极大的伤害。清·蒲松龄《聊斋志异·三生》：「两踝夹击，痛彻心腑。」

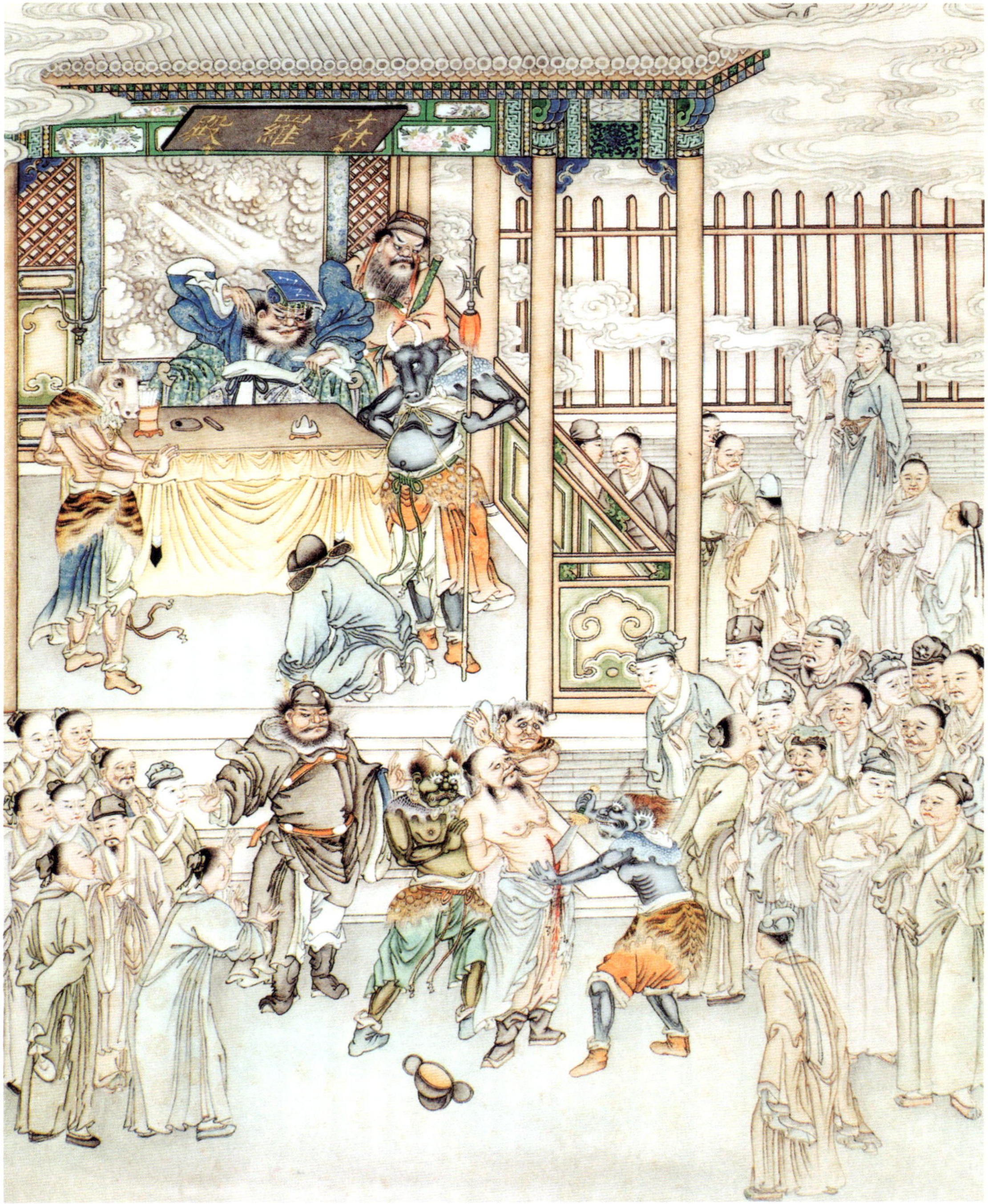

三生

去，那官员不容分辩，立刻下令，将他斩首。某人到了阴曹，递状纸控告兴于唐，阎罗王不肯马上拘捕，要等他把生前爵禄◦享尽之后再说。过了三十多年，兴于唐才到阴曹。两人当堂对质，兴于唐因为随意杀人，罚他托生畜类。又一查某人生前，曾经打过他的父母，罪也相等。某人怕来生再有报应，请求投生为个子大一点的牲畜。阎罗王便判他为大狗，兴于唐为小狗。

某人托生在顺天府的一家商店里。一天，它正在大街上睡觉，有个从南方来的客人，带着一只金毛狗，只有狸猫◦大小，某人一看，这小狗乃是兴于唐。它欺负它个子小，先向它挑衅。不料小狗却咬住大狗的喉头不放，吊在大狗身上，像是一个铃铛。大狗摇摆抓扑，嗥叫着乱跑，许多人想把小狗扯开，却没有办法。一会儿两只狗都死了，一同到了阎罗殿上，互相争论曲直。阎罗王说："像这样冤冤相报，什么时候才了！现在我替你们解开了吧。"于是便判令兴于唐来生做某人的女婿。

某人生在庆云县，二十八岁上中了举人。他有一个女儿，脾气温和，面貌美丽。阔人家纷纷前来说亲，某人都不答应。一天，偶然走过邻县，赶上督学使正在处理应试的读书人，其中第一名姓李，其实是兴于唐投胎。他把李生请到客栈里，对他很优待。问他家庭情况，恰巧李生还没有娶亲，于是就把女儿许给他。别人都说他提拔有才气的少年，却不知道其中还有前世的一段因由。李生把他女儿娶去以后，夫妇感情很好，但是那女婿恃才傲物，常常侮辱岳父，一两年不来探望他一次。他总是忍耐着。后来李生中年潦倒，怎样也考不中，他替女婿百般设法，最后好容易考中了，从此他们才像父子一般地和好起来。

◦爵禄：官爵和俸禄。　◦狸猫：家猫。

【名家评点】

明清时代的八股取士制度造就了一批不学无术、昏庸无能的官吏，再让这样一些官吏去选拔人才，自然辨不出文章的优劣，再加上贿赂公行，怎能不"黜佳士而进凡庸"？蒲松龄从现实生活普遍存在的这种现象中虚构出《三生》这篇作品，用超现实的艺术形式来反映现实的生活内容。（李永昶）

【读名著学成语】

不容置辩

置:安放。不容许别人进行辩解,指没有辩护的余地。清·蒲松龄《聊斋志异·三生》:"吾合休矣。既而俘者尽释,惟某后至,不容置辩,立斩之。"

二犬寻仇

传世彩绘聊斋志异

席方平

【名家评点】

席方平这一形象的出现不仅在文言公案小说创作中是空前的，而且也是中国公案小说整体创作中的一个巨大收获。（孟犁野）

历代大部分公案小说的主人公是清官，如朱邑、包拯、彭鹏、海瑞、施世纶等，他们都是清廉正直、机智明敏的明官，是理想的人物形象。普通平民的形象一般都是无力无能的人物，这是历代公案小说人物形象的共性。但《席方平》里的席方平不是统治阶级的清官，而是平凡的一般老百姓，但他却是抱着百折不屈的斗争精神和怀着坚定的信念的人物。（[韩]张善姬）

席方平是东安◦人。他的父亲名叫席廉，性情戆直◦，与同乡富翁姓羊的有些仇恨。姓羊的先死。隔了几年，席廉病得快要死了，对家里的人说道："姓羊的买通了阴间的官吏，在那里打我。"一会儿全身红肿，大哭大叫地死了。

席方平伤心得饭也不想吃，说道："我父亲是个老实人，如今被恶鬼欺侮，我要到阴间去替他申冤。"从此他就不再说话，一会儿坐，一会儿立，像发了疯一样，原来他的魂魄已经离开躯壳了。

席方平刚踏出大门，不知道要跑到哪里去。但见路上有来来往往的人，便问他们县城在哪里。过了一会儿，走进县城，打听得他父亲已经被收禁监牢。赶到监牢门口，远远地望见父亲躺在廊檐下，样子好像很狼狈。席廉抬起头来，看见儿子，眼中流泪，就告诉他说："狱中官吏都受了贿赂，日夜将我敲打，两条腿已经打成残废了。"

席方平很愤怒，大骂狱中的官吏："我父亲假使有罪，自有国法处置。你们这般死鬼，难道可以私下操纵吗？"就跑到外边，抽出笔来，写了一张状纸。刚巧遇到县城隍在坐早堂，就高声喊冤，把状纸投进去。

姓羊的害怕，把里里外外都买通好了，才上堂来对质。城隍因为席方平所控告的并无证据，认为他不对。席方平满腔气愤，无处申诉，在黑暗中走了一百多里路，到府城里就把官吏差役们营私受贿的情形，写了状纸，在府衙门控告。

拖延了半个月，才得审问。府城隍把席方平打了一顿，批交县城隍复审。席方平回到县里，又受了许多残酷的刑罚，冤气难申。城隍怕他还要打官司，派差役将他押送回家。差役送到门口就走了。席方平不肯进去，逃到外边，竟赶往阎罗王府中，控诉府城隍、县城隍贪污残酷。

阎罗王立刻把府县二城隍拘案对质。这两个官员私下派心腹人和席方平谈判，允许送他一千两银子，要求销案。席方平不肯应允。过了几天，客栈老板告诉席方平说："你的脾气太偏强了。官府要与你和解，你坚决不肯。如今听说他们已经有信到阎罗王那里去，只怕你的事有些危险了。"席方平认为这是外边的传说，并不十分相信。

不久，有个穿黑衣裳的公差来唤他进去。到了堂上，见阎罗王满面怒容，不许他讲话，吩咐先打二十板子。席方平高声问道："小人有什么罪？"阎罗王好像没听见。席方平在被打的时候，喊道："我真该打，谁叫我没有钱！"

阎罗王听了，越发生气，吩咐把他放在火床上。鬼卒将席方平拖下去，只见东边石阶上放着一张铁床，下面生着火，床面烧得通红。鬼卒

◦东安：古县名，旧时国内有三四个东安县。此东安大约属于河北省，现为河北廊坊市安次区。◦戆（gàng）直：憨厚而刚直。

【锦言佳句】

斧敲斫，斫入木，妇子之皮骨皆空；鲸吞鱼，鱼食虾，蝼蚁之微生可悯。金光盖地，因使阎摩殿上，尽是阴霾；铜臭熏天，遂教枉死城中全无日月。

冥殿极刑

席方平

【名家评点】

《聊斋》可以做清朝的历史来读,《席方平》含义很深,席方平在阴司的遭遇,实际上是人间官吏鱼肉人民的真实写照,是对封建社会人间酷吏官官相护、残害人民的控诉书。……小鬼同情席方平故意锯偏,这个细节写得好。……《席方平》应该选进中学课本。(毛泽东)

席方平从城隍处往郡司处时,作者用了动词"行",到冥府告状用了"赴",而告状于二郎用了"奔",这"行""赴""奔"三个行动的速度越来越快,说明席方平的心情越来越急,越来越气,复仇的欲望越来越旺,对官府的认识也越来越清。而且这三个字都表"快走",却程度不同;都表告状的行动,却感情色彩异样,对比中有照应,显得针线严密。(宋靖宗)

剥掉了席方平的衣裳,把他拎起来,放在铁床上,还把他反反复复地揉搓。席方平痛极了,骨肉都烧得焦黑。心里希望快死,但是又不能死。大约过了一个时辰,鬼卒说:"可以了。"就扶他起来,拖他下床,穿好衣裳。两条腿虽然一颠一拐,幸亏还能够走路,于是再押到堂上。

阎罗王问他:"还敢打官司吗?"席方平说:"天大的冤枉未曾申雪,这一颗心还不死,假使我说不打官司了,那是欺骗大王。我一定还要控告!"又问:"你控告些什么?"席方平说:"我亲身所受到的一切,都要控告。"阎罗王又大怒,吩咐用锯子把他的身体锯开。

两个鬼卒把席方平拖下去,只见那边竖着一支木桩,高八九尺,还有两块木板,摊在下面,上上下下,血迹模糊。刚要把他缚起来,忽然堂上大喊席方平,两个鬼卒又把他押回去。阎王再问:"你还敢控告吗?"席方平答道:"我一定要控告!"于是阎王吩咐把他拖下去,赶快锯开。

到了下面,鬼卒拿两块木板,把席方平夹起来,缚在木桩上。锯子刚锯下去,席方平觉得脑壳渐渐地分开,痛得受不住,但是忍着疼痛,不说一句话。鬼卒说:"这人倒是个好汉。"锯子轰隆轰隆地锯到胸口下,又听得一个鬼卒说道:

"这人是个大孝子,毫无罪过,我们让这锯子稍微歪一点,不要锯坏了他的心。"席方平就觉得那锯子曲曲折折地锯下去,痛得格外厉害。

一会儿,身体分作两半了。木板解开,两半身子都跌倒在地上。鬼卒上堂,高声报告。堂上传下命令,吩咐把他的身体合拢了,去见大王。鬼卒把他一推,两半身子忽然又合拢在一起。但是觉得那一条锯子的缝口,痛得似乎要裂开来,走了半步,就跌倒在地上。一个鬼卒从腰里解下一条丝带,交给他说:"我送你这个东西,因为你是个孝子。"席方平接过来,束在身上,顿时恢复了健康,毫无痛苦,于是又上堂跪下。

阎王问他的话,还是与刚才一样。席方平恐怕再要受残酷的刑罚,就答道:"我不再控告了。"阎王立刻吩咐将他送还阳间。鬼卒把他带出北门,指点他回家的路径,就转身走了。席方平心中暗想,阴间的黑暗,原来比阳间更厉害。要想向上帝控告,怎奈没有门路。听世人传说,灌口二郎神◦是上帝的亲戚。这位神聪明正直,向他控诉,定然会有灵验。暗自庆幸两个鬼卒已经回去了,就转身向南。

正在奔跑的时候,有两个鬼卒追上来,说道:"阎王疑心你不肯回去,果然被他猜着了。"拉

◎灌口二郎神:也称二郎神。相传秦时李冰及其次子曾在灌口开离堆,锁孽龙,有德于蜀人,蜀人因此建庙祭祀,奉之为神灵。后演变为小说、戏剧中的神话人物。

他回去，再见阎王。席方平暗想，阎王这次一定越发愤怒，自己怕要受到更惨毒的刑罚了。谁知阎王脸上倒并无凶暴的神气，对席方平说道："你真是个孝子。但是你父亲的冤枉，我已经替他申雪，现在他已经投生在富贵人家，用不着你替他喊冤了。如今送你回去，给你千金的产业，将来可以活到一百岁，你可心满意足吗？"于是把这些话登录在簿子上，还盖上一个很大的印章，让他亲眼看清楚。

席方平道谢下堂，两个鬼卒跟他一同出去，到了路上，便打骂他说："你这个狡猾的贼子！反复无常，害我们跑得要死。你如果再敢这样，就把你捉到大磨子里去，细细地磨碎你。"席方平睁大了眼睛，吆喝道："你们这般小鬼，胆敢把我怎样？我天生的脾气，宁可吃刀子锯子，却不能忍受你们的敲打。请和我一同回去见阎王，倘然阎王叫我自己回家，那就何必烦劳你们送我！"说完，回头就走。两个鬼卒倒害怕起来，反用好言好语劝他回去。席方平故意走得很慢，走了几步，总要在路旁休息一会儿。两个鬼卒只能把怒气闷在肚子里，不敢再说话。

大约走了半天，到一个村庄里，看见有一户人家的大门半开着。鬼卒要他同去坐一会儿。席方平就坐在门槛上。两个鬼卒趁他不防备，把他推进门去。席方平吃了一惊，定一定神，向自己一看，原来已经投胎，变成了一个婴孩。席方平心里愤怒，只是啼哭，不肯吃奶，三天就死了。

他的灵魂飘飘荡荡，不曾忘记灌口二郎神。大约奔走了几十里，忽然看见一辆装饰华丽的马车迎面驶来。车前旗幡招展，仪仗密布。急忙闪在路旁躲避，不料已经冲撞了道子，被前面开道的马兵抓住，绑了起来，送到车前。抬头一看，车中坐着一个状貌英俊的少年。问席方平："你是何人？"席方平一肚子的冤愤，正在没处发泄，想那车中的少年定然是个大官，或许有权力可以替自己申冤，便详详细细地诉说痛苦。车中少年吩咐将他松绑，叫他跟在车后一同走。

不多一会儿，到了一处地方，有十几个官员在路旁迎接。车中少年对每一个人问了几句话，后来指着席方平对一位官员说道："这一个是下界○来的人，他正要诉冤，你应当替他秉公判断一下。"席方平问车旁随从的人，才知道那少年是上帝的儿子九王爷。他所嘱咐的那位官员，就是灌口二郎神。席方平看那二郎神，身材高大，胡须很多，并不像世间传说的那种样子。

九王爷走了之后，席方平跟随二郎神到一

○下界：这里指阴间，地府。

【读名著学成语】

期颐之寿

期颐：百年。高寿的意思。

清·蒲松龄《聊斋志异·席方平》："今送汝归，予以千金之产，期颐之寿，于愿足乎？"

传世彩绘聊斋志异

席方平

【名家评点】

《席方平》几乎全篇都写席方平的告状呼冤,然而却毫不重复,把席方平的逐级告状写得各具特色,使情节呈现出一种回环往复、盘旋而上的螺旋美,而且这种螺旋推进的动态美光照全篇,使人物性格、作品主题顿然生辉,给人一种动态美的艺术享受。它既有一、二环的粗线条勾勒,又有第三环的工笔细描,忽而遁入冥府,忽而驰骋天宫,既有感人的"孝义"之情,又有腥风血雨的公堂拼搏;时而使人心惊魄悸,咬牙切齿,时而又使人拍案称快,心旷神怡。（宋靖宗）

几十年前我没开始写作的时候,就知道蒲松龄,童年时期读得最早的也是蒲松龄的小说。我大哥考上大学后,留给我很多书。其中一册中学语文课本里,有一篇蒲松龄的小说《席方平》。尽管我当时读这种文言小说很吃力,但反复地看,意思也大概明白。这篇小说给我留下了难以磨灭的印象。（莫言）

座衙门里,看见他父亲和姓羊的以及公差们都已经先在那里。少停,来了一辆囚车,从车中拖出来几个囚犯,原来就是阎罗王和府城隍、县城隍。大家当堂质对,席方平所说的毫无虚言。三个官员都吓得浑身发抖,好像伏在地上的老鼠一般。二郎神提起笔来,立刻宣判。不多一会儿,判决书发下来,叫案中有关系的人一同观看。那判决书上写道:

> 审得阎罗王身受上帝的恩典,封为王爵,理当忠贞廉洁,做百姓的模范;不该贪污残酷,引起百姓的唾骂。看他冠带升堂,品级°似乎十分尊贵;哪知爱钱如命,行为其实非常卑鄙。地皮被他刮尽,百姓难以生存。应当将他剖腹挖肠,用清水洗刷干净;然后放上火床,让他亲自尝那酷刑的滋味。府城隍、县城隍奉上帝的任命,做接近人民的官吏。虽然职位不高,理当努力从公。即使遭到上司的逼迫,也应该不屈不挠,主持正义。谁知他们营私舞弊,颠倒黑白,狠心辣手°,不顾人民。一味贪赃枉法,是人面兽心。应当将他们在阴司先处死刑,然后再罚往人世投胎,变成禽兽。至于一般皂隶衙役,既在阴曹当差,当然不是人类。常言道:"公门里面好修行。"理当广行方便,到来世还可投个人身。为什么兴风作浪,造孽多端,耀武扬威,助纣为虐。应该绑赴法场,砍断四肢,然后丢入油锅,煎熬筋骨。原告羊某,为富不仁,奸刁狡猾,靠着金钱的魔力,买通贪官污吏,弄得阎王殿上,黑幕重重,枉死城中,暗无天日。应当将他阳间所有的财产,全部抄没,赏给席方平,奖励他的孝行。一应人犯,都押往东岳°执行。

二郎神又向席廉说道:"念你儿子孝义可嘉,你又是个善良懦弱的人,再赐你阳寿三十年。"于是派人把父子二人送回家乡。席方平把判决书抄了下来,一路之上,父子二人,念个不停。到了家中,席方平先醒过来。叫家人把父亲的棺材撬开,尸首还是冰冷的,等了一天,才渐渐有些暖气,后来果然复活。找寻所抄的判决书,却已经不见了。

从此以后,席家一天天富裕起来,三年之中,买进许多田地。可是羊家的子孙却衰败了,房屋田地,都卖给席家。本乡的人也有买进羊家田地的,夜里梦见神道向他吆喝道:"这是席家的产业,你怎么可以买下来?"起先还不相信,后来种了一年,一升一斗的谷也收不到,于是又转卖给席家。席方平的父亲活到九十多岁才去世。

◎品级:古代官吏的级别。 ◎狠心辣手:残忍的心肠,毒辣的手段。 ◎东岳:东岳大帝。道教所奉东岳庙中的泰山神,谓其掌管人间生死。

【读名著学成语】

金光盖地

比喻钱神的本领高强。清·蒲松龄《聊斋志异·席方平》:"金光盖地,因使阎摩殿上尽是阴霾;铜臭熏天,遂教枉死城中全无日月。"

雪冤诵判

素秋

俞慎，字谨庵，出身于顺天府的一个官宦世家。他进京赶考时，住在京城郊区一所房子里，经常看见对门有一个少年，生得美如冠玉，心中很喜欢他。俞慎渐渐地接近那少年，同他交谈。少年谈吐尤其风雅，俞慎更加喜爱，拉着他的胳膊，邀请他来到自己的住处，设酒宴款待。问他的姓氏，少年自称是金陵人，姓俞名士忱，字恂九。俞慎听到少年与自己同姓，更觉亲近，就同他结拜为兄弟。少年便将自己的名字减去"士"字，改为俞忱。

第二天，俞慎来到俞恂九家，见书房、卧室都是明亮整洁，但门庭冷落，也没有仆人、书僮。俞恂九领着俞慎进入室内，招呼妹妹出来拜见，他妹妹年约十三四岁，肌肤晶莹明澈，就是粉玉也不如她的皮肤白。一会儿，俞恂九的妹妹端来茶水敬客，好像家里也没有丫鬟、女佣。俞慎感到奇怪，说了几句话就出来了。从此，他们二人就像亲兄弟一样友爱。俞恂九没有一天不到俞慎的住所来，有时留他住下，他就以妹妹弱小无伴而推辞。俞慎说："弟弟离家千里，也没有个应门的书僮；兄妹俩又纤弱°，靠什么生活呢？我想，你们不如跟我去，我有不是很大的房子，我们一起住，怎样？"俞恂九很高兴，约定考完试后随他回去。

考试完毕，俞恂九把俞慎请到家，说："今天是中秋佳节，月明如昼。妹妹素秋准备了酒菜，希望不要辜负了她的一番心意。"说完，拉着俞慎的手来到内室。素秋出来，说了几句客套话，就又进屋，放下帘子准备饭菜。不多时，素秋亲手端出菜肴来。俞慎站起来说："妹妹来回奔波，让我怎么过意得去！"素秋笑着进去了。一会儿，拨开帘子，就有一个穿青衣的丫鬟捧着酒壶，还有一个老妈妈端着一盘烧好的鱼出来。俞慎惊讶地说："她们是从哪里来的？为什么不早点出来侍候，却麻烦妹妹呢？"俞恂九微笑着说："素秋又作怪了。"只听到帘子内传来咻咻的笑声，俞慎不解其中的缘故。到了散席的时候，老妈妈同丫鬟出来收拾碗筷。俞慎正在咳嗽，不小心将唾沫吐到丫鬟衣服上，丫鬟应声摔倒，碗筷菜汤撒了一地。再看那丫鬟，原来是个用布剪的小人，只有四寸大小。俞恂九大笑起来，素秋也笑着出来，捡起布人走了。不一会儿，丫鬟又出来，像刚才一样奔忙。俞慎更加惊异，俞恂九说："这不过是妹妹小时候学的一点小魔术罢了。"俞慎于是又问："弟弟妹妹都已长大成人，为什么还没成亲呢？"俞恂九回答说："父母已经去世，

◎纤弱：纤细而柔弱。

【名家评点】

《素秋》是《聊斋志异》中一篇不甚为人注目的作品，但就它的思想内容来看，可谓别具一格。它写的是书生与蠹鱼精兄妹交游的故事，反映了正直知识分子的美好心灵和不幸命运，歌颂了人与异类之间的纯洁友谊。（李永昶）

[读名著学成语]

美如冠玉

貌美如冠上所饰的玉。后形容男子长相漂亮。清·蒲松龄《聊斋志异·素秋》："时见对户一少年，美如冠玉。心好之，渐近与语，风雅尤绝。"

剪婢服役

素秋

我们是留是走还没有拿定主意,所以拖了下来。"接着,两人商定了动身的日子,俞恂九将房子卖了,带着妹妹同俞慎一块西去。

回到家后,俞慎教人打扫出一所房子,让俞恂九兄妹住下,又派了个丫鬟侍候他们。俞慎的妻子是韩侍郎的侄女,非常爱怜素秋,每顿饭都在一块吃。俞慎同俞恂九也是这样。俞恂九非常聪明,读书时一目十行,试着作了一篇文章,就是那些有名望的老儒也比不上他。俞慎劝他去考秀才,俞恂九说:"我暂时读点书,不过是想替你分担些辛苦罢了。我自知福分浅薄,不能做官;况且一旦走上这条路,就不得不时时担忧,患得患失º,所以不想去考试。"

住了三年后,俞慎去考试,又落了榜º。俞恂九为他抱不平,愤然说:"榜上挂个名字,怎么就艰难到这种地步?我当初不想为成败所迷惑,所以宁愿清清静静地生活。现如今看到大哥不能施展文才,不禁觉得对功名心热。我这十九岁的老童生,也要像马驹一样去奔驰一番了。"俞慎听了很高兴,到了考试的日期,送他进了考场,结果俞恂九在县、郡、道三场都考了第一名。

从此,俞恂九与俞慎一块更加刻苦攻读。过了一年参加科试,两人并列为郡、县冠军。俞恂九从此声名大噪,远近的人家都争着来提亲,俞恂九都拒绝了。俞慎竭力劝说他,他就推说等参加乡试以后再说。不久,乡试完毕,倾慕俞恂九的人都争着抄录他的文章,互相传诵。俞恂九自己也觉得必定名列榜首了。等到放榜,兄弟两人却都榜上无名。当时,他们正在对坐饮酒,听到这消息,俞慎还能强作笑语,俞恂九却大惊失色,酒杯掉在地上,一头扑倒在桌子下面。俞慎急忙把他扶到床上,俞恂九的病情却已经十分危险了。急忙喊妹妹来,俞恂九睁开眼对俞慎说:"我们俩交情虽如同胞,其实不是同族。小弟我自己感到快要死了,受你的恩惠无法报答。素秋已长大成人,既蒙嫂嫂抚爱,你就纳她为妾吧。"俞慎生气地说:"兄弟这是胡说什么啊!你以为我是那种衣冠禽兽!"俞恂九感动地流下眼泪。俞慎用重金为他购置了上等棺材,俞恂九让人把棺材抬到跟前,竭力支撑着爬进去,嘱咐妹妹说:"我死以后,立即盖好棺盖,不要让任何人打开看。"俞慎还有话想说,俞恂九却已经闭上眼睛死了。

◎患得患失:生怕得不到,得到以后又生怕失掉。谓斤斤计较个人得失。 ◎落榜:考试落第,榜上无名。

【名家评点】

"素秋"一则里,公子恂九定力不坚,中情内热而征逐科举,遭黜而愤作蠹鱼径尺。怨愤变化异物,这是初民在神话或传说里就含存的悲剧意识,松龄正为恂九的考运渲染上同样的色调。(董挽华)

"衡命不衡文",这士子科考的悲运,不消说士子逃不过,竟连深得书中滋味的书虫蠹鱼也逃不过。而卒化蠹鱼,其痴迷愤恨,何等深重痛切。蒲松龄写愤然遥死的蠹鱼之恨,并非偶然,他正有一腔幽愤。(董挽华)

俞慎十分哀伤，如同死了亲兄弟。可是，他私下里却怀疑俞恂九的遗嘱，觉得很奇怪。趁素秋外出，他偷偷打开棺材一看，只见里面的袍服像蝉、蛇褪下的皮。揭开衣服，有一条一尺多长的蠹鱼，僵卧在里面。俞慎正在惊讶，素秋急匆匆地进来了，惨痛地说："你们兄弟之间有什么隔阂吗？我们之所以这样做，并不是避讳兄长；只是怕传播声扬出去，我也不能在这里久住了！"俞慎说："礼法因人情而判定，只要感情真挚，不是同类又有什么区别呢？妹妹难道还不知道我的心吗？就是你嫂嫂我也不会泄露一句的，请你不要忧虑。"于是很快选定了下葬的日期，把俞恂九厚葬了。

当初，俞慎想把素秋嫁给官宦世家，俞恂九不同意。俞恂九死后，俞慎又同素秋商量这事，素秋不肯。俞慎说："妹妹今年已经二十岁了，再不嫁人，人家会说我什么呢？"素秋回答说："如果是这样，我就听兄长的。但是我认为自己没福分，不愿嫁给富贵人家。要嫁，就嫁给一个穷书生吧。"俞慎说："可以。"不几天，媒人一个接一个地来，但素秋都不中意。先前，俞慎的妻弟韩荃来吊丧，偷偷地看见过素秋，心里非常喜爱她，想买她作妾，同他姐姐商量。姐姐急忙告诫他不要再说了，怕俞慎知道后生气。韩荃回家后，始终不死心，又托媒人传信给俞慎，许诺为姐夫买通关节，保证他乡试得中。俞慎听了后，勃然大怒，将捎信的臭骂了一顿，打出门去。从此与韩荃断绝了交往。后来，又有个已故尚书的孙子某甲，将要娶亲时，没过门的媳妇忽然死了，也派媒人来俞慎家提亲。某甲家宅第高大，家财万贯，俞慎平素就知道，但想亲眼见一见某甲本人，就同媒人约定日期，让某甲亲自来见。到了约定的那天，俞慎让素秋隔着帘子，在里边自己相看。某甲来了，身穿皮袍骑着骏马，带领了一大帮随从，向街坊四邻炫耀自己的富有。再看他相貌，人长得秀雅漂亮，像个姑娘。俞慎非常喜欢，看见的人也都纷纷称赞，但素秋却很不乐意。俞慎没听素秋的，竟许了这门亲事，给素秋准备了丰厚的嫁妆，花钱毫不计较。素秋再三制止，说是只带一个大丫头侍候就行了，俞慎也不听，终究还是陪送得很丰厚。

素秋出嫁以后，夫妻感情很好。但是，兄

【读名著学成语】

人头畜鸣

这是骂人的话，指虽然是人，但像畜类一样愚蠢，也比喻人的行为非常恶劣。清·蒲松龄《聊斋志异·素秋》："是真吾弟之乱命也，其将谓我人头畜鸣者耶？"

◎蠹鱼：虫名，又称衣鱼。蛀蚀书籍、衣服等。体小，有银白色细鳞，尾分二歧，形稍如鱼，故名。

素秋

嫂常挂念她，每月总要回来一趟。素秋回来时，总要拿回几件首饰，交给嫂子收存。嫂嫂不知她的意思，暂且依从她。某甲从小父亲就去世了，守寡的母亲对他很溺爱。他经常和坏人接触，渐渐被引诱去嫖妓、赌博，家传书画、珍贵的古玩，都让他卖掉还债了。韩荃与他相识，便请他喝酒，暗中试探他，说愿用两个小妾加上五百两银子交换素秋。某甲刚开始不同意，韩荃再三请求，某甲有些动心了，但又害怕俞慎知道后不答应。韩荃说："我与他是至亲，况且素秋又不是他同宗的家人，如果事情办成了，他也拿我没办法。万一有什么事，由我出面承担。有我父亲在，还会怕他一个俞慎！"接着，让两个侍妾打扮得漂漂亮亮出来劝酒，并且说："如按我说的办，这两个女子就是你家的人了。"某甲被韩荃迷惑住了，约定好交换日期，就回去了。到了那天，某甲怕韩荃欺诈他，半夜就在路上等着，看到果然有辆车子前来。他掀开车辆的帘子，见里面的人果然不假，就领她们回家，暂且安置在书房里。韩荃的仆人又拿出五百两银子，当面交清。某甲便跑入内室，骗素秋说："俞慎得了急病，叫你赶快回家。"素秋来不及梳妆，急匆匆地出来，上车就走了。夜里看不清方向，车子走了很远，也没有到俞慎家。忽然，看见两支巨大的蜡烛迎面而来，大家暗暗高兴，以为可以问路了。不一会儿，走到跟前，原来是一条巨蟒，瞪着两只像灯一样的大眼睛。众人害怕极了，人和马都逃窜了，车子丢在路旁。天明了，大家才会合在一起，回去一看，只剩下一辆空车子了。他们认为素秋一定是被大蟒吃了，回去告诉了主人，韩荃只有垂头丧气而已。

几天后，俞慎派人来看望妹妹，才知道素秋被坏人骗走了，当时也没有怀疑是素秋的夫婿搞鬼◎。直到陪嫁的丫头回来，仔细追问了事情的经过，俞慎才察觉出其中的变故。俞慎气愤至极，跑遍了县府到处告状。某甲很害怕，向韩荃求救。韩荃因为人财两空，正在懊丧，拒绝了他的要求，不肯帮忙。某甲傻了眼，没有一点办法，府、县拘票来到，他只好贿赂衙役，才暂时没被带走。过了一个多月，金银珠宝连同服饰全被他典卖一空。俞慎在省衙追究得很急，县官也接到上司严加追查的命令。某甲知道再也不能躲藏了，

◎搞鬼：捣鬼。暗中使用诡计。

【名家评点】

蒲松龄在《素秋》中热情地歌颂人与异类、男女异性之间互相帮助、患难与共的友谊，表现了人与人之间的一种新型关系，说明异性之间，不仅需要亲情、爱情，而且需要友情。（李永昶）

[读名著学成语]

月明如昼

月光把黑夜照耀得如同白天。形容月色皎洁。清·蒲松龄《聊斋志异·素秋》："中秋月明如昼，妹子素秋，具有蔬酒，勿违其意。"

幻蟒全身

素秋

才出来，到公堂说出全部实情。省衙又下传票，拘捕韩荃对质。韩荃害怕，把事情的经过告诉了父亲。他父亲当时已退职在家，恼怒儿子的作为不守法，把他绑起来交给了衙役。韩荃到了官府，说到遇见大蟒的变故，官府以为他是胡编乱造，将他的仆人严刑拷打，某甲也挨了好几次板子。幸亏韩荃的母亲整日变卖田产，上下贿赂营救，韩荃才受刑不重，免于一死，韩荃的仆人却已经病死在狱中。韩荃长期囚禁牢中，愿意帮助某甲送一千两银子给俞慎，哀求俞慎撤销这桩案子，俞慎不答应。某甲的母亲又请求再加上两个侍妾，只求暂作疑案搁一搁，等他们去寻访素秋。俞慎的妻子又受了叔母的嘱托，天天劝解，俞慎才应允不再去催。某甲的家中已经很贫穷了，想卖掉宅子凑点银两，但宅子一时又卖不出去，就先送了侍妾来，乞求俞慎暂缓交银日期。

过了几天，俞慎夜里正坐在书房中，素秋同一个老妈妈忽然进来了。俞慎惊奇地问："妹妹原来平安无事啊？"素秋笑着说："那条大蟒是妹妹施的小法术。那天夜里我逃到一个秀才家里，和他母亲住在一起。他说认识哥哥，现在门外，请他进来吧。"俞慎急得倒穿鞋子迎出去，拿灯一照，不是别人，原来是周生，是宛平县◎的名士，两人一向意气相投。俞慎拉着周生的手进了书房，摆酒宴招待，亲热地谈了很久，才知道事情的原委。

原来，素秋在天将明时，去敲周生家的门，周母接她进去，仔细询问，知道是俞公子的妹妹，就要派人通知俞慎，素秋制止了，就和周母住在一起。周母看她聪慧，善解人意，很喜欢她。因为周生还没有娶亲，就想把她娶来给儿子做媳妇，还含蓄地透露了这个意思。素秋以没有得到哥哥的同意而推辞。周生也因为与俞公子交情很好，不肯没有媒人就成亲。素秋只是经常打听消息，

【名家评点】

"素秋"这个名字与素远凝净的秋意相关，在古时五行之说中，因秋属金，其色白，故称之为素秋。素秋的简洁退场，有些类似汉之张良的隐退——有一点儿感伤，有一点儿不安，还带着那种走向命定之处的沉静。（鱼丽）

◎宛平县：原北京市属县，1952年撤销县的建置。宛平县建制在历史上共存在了近千年之久。

得知官司已经说情调解，素秋便告诉周母想回家。周母让周生带一老妈妈送她，并嘱咐老妈妈做媒提亲。

俞慎因为素秋在周家住了很长时间，也有意把素秋嫁给周生。听说老妈妈是来说媒的，非常高兴，就同周生当面定好了这门亲事。原先，素秋夜里回来，是想让俞慎得了银子后再告诉别人，俞慎不肯这么办，说："以前是因为气愤无处发泄，所以想借索取钱财让他们尝尝败家◦的苦头。如今又见到了妹妹，一万两银子也换不来啊！"于是，马上派人告诉那两家，官司不打了。俞慎又想到周生家不太富裕，路途遥远，迎亲很艰难，就让周生母子搬来，住在俞恂九原来住过的房子里。周生也备了彩礼，请了鼓乐队，举行了婚礼。

一天，嫂嫂同素秋开玩笑："你如今有了新女婿，从前和某甲的枕席之爱还记得吗？"素秋微笑，看着问丫头说："还记得吗？"嫂嫂感到疑惑，就追问她。原来素秋在某甲家三年，枕席之事都是让丫头代替的。每到晚上，素秋用笔给丫头画好双眉，让她过去陪某甲。即便是对着蜡烛坐着，某甲也分辨不出来。嫂嫂更加惊奇，请求素秋教给她法术，素秋只笑着不说话。

第二年，是三年一次的大会考，周生准备同俞慎一块去赶考。素秋说："不必去。"俞慎强拉着周生去了，结果俞慎考中了，周生落了榜。回来后，周生便打算不再去应考了。过了年，周母去世，周生就再也不提赶考应试的事了。一天，素秋告诉嫂嫂说："以前你问我法术，原本我不肯用这些法术让别人惊骇。现在要离别远去了，就让我将秘密传授给你，也可以躲避兵难战火。"嫂嫂吃惊地问她缘故，素秋回答说："三年后，这里就没有人烟了。我身体弱，受不住惊吓，要去海滨隐居。大哥是富贵中的人，不能一起去，

【锦言佳句】
秀雅如处女。

◎败家：耗尽家业。

素秋

所以说我们要离别了！"于是，就将法术全部教给了嫂嫂。几天后，素秋又向俞慎告别。俞慎留不住她，难过得流泪，问："你要到什么地方去？"素秋也不说。鸡一叫，素秋就早早起来，带一个白胡须的老仆，骑着两头驴走了。俞慎叫人暗暗地跟在后边送她，到了胶州、莱州一带，尘雾遮天，天晴后已经不知道他们往哪里去了。

三年后，李自成率众造反，村里的房屋变成了一片废墟。韩夫人剪个布人放在大门里面，义兵来了，看到院子里有云雾围绕着一丈多高的天神韦驮◎，就吓跑了。因此，全家得以安然无恙。

后来，村中有一个商人到海上，遇见一个老头，像是素秋的老仆。但是老头的胡子头发全是黑的，不敢贸然相认。老头停下笑着说："我家公子还安康吧？请你捎个口信，素秋姑娘也很安康快乐。"商人问他住在什么地方，老头说："很远，很远！"说完，就急忙走了。俞慎听说后，派人到海边四处寻访，竟没有一点踪迹。

异史氏说："文人墨客没有做官的福相，由来已久。俞恂九最开始的想法是非常明智的，可惜他没能坚持到底。他哪里知道瞎眼的考官，只看重人的命相，并不看重人的才华啊？一次乡试落了榜，便默然死去，这蠢鱼一般的书痴，何等可悲！雄的想飞而夭亡，不如雌的潜伏而长存。"

◎ 韦驮：又名韦驮天，本是婆罗门的天神，后来被佛教吸收为护法诸天之一。在中国寺院通常将之安置在天王大殿弥勒菩萨之后，面对着释迦牟尼佛像。

【名家评点】

自素秋变法作怪及恂九置身科场之外，读者已然明白恂九和素秋这对兄妹并非常人。在读者甫觉其非常人，而庆幸其不为名利动心，得逃科举劫难之时，竟转见恂九中情内热，投身科考，卒遭黜斥，愤然化物，真不免叹息：虽非常人，终亦不免。作者以异物幻设来安排故事情节，牵动读者感情，自有其成功之处。（董挽华）

【锦言佳句】

宁知糊眼主司,固衡命不衡文耶?

偕行归隐

传世彩绘聊斋志异

贾奉雉

贾奉雉,甘肃平凉人。很有些才华,算是一个知名之士,但是考试总是失意。

有一天,他在路上遇到一位秀才,自称姓郎,态度很潇洒,谈话也颇有见解,贾奉雉便邀他到家,取出他自己的课卷来向他请教。郎生读过,没有什么称赞的话,只是说道:"像阁下的文章,小考取第一是有余的,在乡试中连榜尾也够不上。"贾奉雉说:"那该怎么办呢?"郎生答道:"天下事仰着头高攀很难,低着头俯就却很容易,这道理还用我解释吗?"于是他指出一两个人的一两篇文章来,作为标准,取过一看,都是贾奉雉所最看不起、连提也不要提的。他听了笑道:"读书人写文章,主要是为传之永久。如果用像你所举的那些文章换取功名,便是做了宰相,也没有什么体面吧。"姓郎的答道:"不对。尽管你文章写得好,没有地位就不会流传。如果你甘心死抱着文章过一辈子,也就算了;不然的话,那些帘官都是用这些没价值的东西爬上去的,恐怕不会因为评阅你的大作,而另换一双眼睛和一副肺肝吧!"贾奉雉始终默然。郎生站起来笑说:"你真够年少气盛了!"说罢告辞而去。

那年秋天乡试,贾奉雉仍然落第,心情郁郁寡欢,便想起郎生所说的那些话来,取出他以前所指出的文章来勉强一读,还没读完一篇,就昏昏然打瞌睡。心里很着急,不知如何是好。

过了三年,乡试又将到期,郎生忽然来访,两人相见都很高兴。他取出拟好的七道题目,叫贾奉雉试作。第二天要过他的文章一看,认为不好,要他重作。作完又批评了一番。贾奉雉开玩笑似的从废稿中搜集了一些冗赘°无聊、不可告人的句子,胡乱拼凑成几篇文章,等郎生来了给他看。郎生大喜说:"这就可以了!"叫他背熟,再三吩咐他不要忘记。贾奉雉笑说:"实在对你说吧,这不是由衷之言,过一会儿就忘得干干净净,便是打我一顿,也不会记下来的。"

郎生坐在桌子旁边,强迫他念一遍。然后叫他脱去衣服,在他的背上画了一道符。临去时对他说:"这已经够了,把你的书全收起来吧,用不着再读了。"一验他所画的符,洗也洗不掉,渗到皮肤里面去了。

一进试场,七道题目完全和郎生所拟的一样,没有一题遗漏。回想自己所作的那些文章,茫茫然都记不起来,只有杂凑乱拼的几篇,清清楚楚地印在心里。但是提起笔来,总觉见不得人,想把它们稍微改动一下,翻来覆去地想,竟然一个字也更换不掉。苦思到太阳西下,没办法,只有把它们照抄出来,匆匆离场。

郎生等候了很久,问他为什么出场这样迟。

◎冗赘:啰唆的;冗长的,多指文章不精练。

【名家评点】

这篇故事,除反映了蒲松龄一贯骂科举,骂试官,愤慨好文章不得中,狗屁文章反而得第一外,还通过贾奉雉的出世又入世,反映了读书人的改行变节。贾奉雉者,假此以讽世也。(徐君慧)

【锦言佳句】天下事,仰而跂之则难,俯而就之甚易。

背符中元

贾奉雉

贾奉雉把实情告诉他，又请他把符擦掉。脱下衣服来一看，符已经漫然消灭。贾奉雉再一想考场中的文章，好像是前世写的。心里好生奇怪，问他为什么不自己去应试。郎生笑说："正因为我没有这种念头，所以也不能读这种文章啊！"当下约定，明天请贾奉雉到他住的地方去，贾奉雉也答应了。

郎生走了以后，贾奉雉取过文稿来审阅，觉得大大不是自己的本意，心里闷闷不快。便不再拜访郎生，失望地回了家。

不久发榜了，他竟高中经魁◦。再取出旧稿来看，读一句流一次汗，读完，几层衣服都湿透了，自言自语地说："像这样的文章一旦刊布出来，我有什么脸去见天下的读书人啊！"

正在羞惭难过的时候，郎生忽然来了，他说："你希望考中就中了，还有什么苦闷的？"贾奉雉答道："我刚才在想，用这种文章求得功名，正像金碗装狗屎，再没有面目去见朋友了。我准备到深山里退隐，和这个世界永远绝缘！"郎生说："这种想法也很高明，只怕你办不到吧。如果你肯这样，我可以引你见一个人，使你长生不老。既然你不愿留名千古，那靠不住的富贵又有什么可以迷恋的呢！"

贾奉雉大悦，留他过夜，说："容我先考虑一下。"第二天天刚亮，他对郎生说："我的意思决定了，愿意跟你走。"就连妻子也不通知，飘然径去。

两人慢慢走入深山，来到一座洞府里面，其中真是别有天地。一位老者坐在堂上，郎生叫贾奉雉上去参拜，称他为师。老者说："来得好像太早了一点吧？"郎生答道："这人求道的意志已经很坚定了，希望把他收留。"老者说："你既然来了，应该把自己置之度外才行。"贾奉雉诺诺地答应了。郎生把他送到一个院子里，给他布置好休息的地方，又给了他一些果饼，然后别去。

房间精美洁净，只是门上没有板，窗上没有棂，里面也只有一张桌子一张床。贾奉雉脱鞋上床，月光已经射入。他觉得肚里有点饿，取饼来吃，味道甘美，没吃几块就饱了。

贾奉雉心想郎生一定还要来，但是等了很久没有消息，这时万籁俱寂，只觉满室清香，脏腑空明，脉络一条条数得清楚。

他忽然听到一种很尖锐的声音，好像一只猫在搔痒，从窗洞偷偷一看，原来是一只老虎正在房檐底下蹲着。他乍一见，甚为惊恐，但又想起老师的话来，马上敛神端坐。老虎也像是知道

【名家评点】

贾奉雉是一位正直的知识分子，他不要这种丑恶的功名，决心归隐山林，表明他对仕途的绝望和鄙弃，这从根本上否定了科举制度，也是这篇小说思想的深刻之处。（李永昶）

◎经魁：明代科举制度，分五经取士，每经首选一人，叫作"经魁"。如果是五经之魁，便叫作"五经魁"。

[读名著学成语]

与世长辞

辞：告别。和人世永别了，指去世。清·蒲松龄《聊斋志异·贾奉雉》："仆适自念，以金盆玉碗贮狗矢，真无颜出见同人，行将遁迹山林，与世长辞矣。"

闻谜乱性

贾奉雉

里面有人,悄悄摸到他的床边,咻咻地出气,嗅他的脚和腿。一下子庭院里发出像是鸡被抓起的叫声,老虎便连忙走出去。

贾奉雉又静坐了一会儿,一个美人突然进来,带着满身醉人的香气,悄悄地爬到床上,凑到他的耳边上小声说道:"我来了。"说话中间,嘴里和脸上喷散出芬芳。贾奉雉装作若无其事地动也不动。于是她又低声问道:"睡着了吗?"声音很像他妻子,他心里才有些动摇。但又一想说:"这全是老师试探我的把戏。"仍旧闭上眼睛。于是那美人笑道:"老鼠来了!"

原来他们夫妻和丫鬟同在一个房间里睡,唯恐丫鬟们听到,约定用老鼠作为隐语,以便欢好。他听到这句话,完全控制不住,睁开眼睛一看,真的是他妻子。问她怎么来的,她答道:"郎先生怕你寂寞想家,打发一个老婆子引我到此。"说话时对于丈夫出门竟不通知她一声,埋怨个不休。贾奉雉好言相慰,她才高兴起来。

欢聚完了,天已破晓,听到老者一边走一边斥骂,渐渐来到院子里。他妻子连忙下床,没有地方躲藏,便跳过短墙逃走。接着郎生跟着老者来到。老者当着贾奉雉的面用手杖痛打郎生,叫他把贾奉雉赶走。郎生也只好引着贾奉雉从短墙出去,对他说道:"我对你期望得太高了,未免有些冒失,不想你还不能忘掉儿女私情,连累我挨一顿打。现在你姑且回去,我们还是后会有期。"然后指给他回家的道路,拱手告别。

贾奉雉向下一望,就看到他自己的村庄。心想妻子脚步细弱,一定还滞留路上。快步走了一里多,已经来到家门。只见房屋墙壁,倒的倒,塌的塌,全不是从前的样子。村子里面的老老少少,没有一个相识。这时他才奇怪起来。忽然想到刘、阮°从天台返回,和他今天的情景太相像了。他不敢贸然进去,就坐在对门休息。

过了好久,才看到一个老头儿拄着拐杖走来。贾奉雉向他作了个揖,问他贾家在什么地方。老头儿指着他的宅子说:"这就是啊。你莫不是想问问这一家发生的奇事吗?我完全知道。相传这位先生一听到说他自己中了举,马上就逃走了。当时他的儿子才七八岁,到他十四五岁上,他母

◎刘、阮:汉代人刘晨、阮肇。两人到天台采药,路远不能回家,在山中留了十三天,以采食桃子为生。后来遇到两位美女,留居半年,回家后子孙已经七世。

【名家评点】

"贾奉雉"是中国土产的故事,仙乡淹留的传说,在中国一向非常丰富,多姿多彩。"贾奉雉"中术者修炼的地方,在唐代"杜子春传"和其他好几个民间故事里也都出现过,同样是民间故事的一个类型,属于"仙人修行谭"。
([日]藤田祐贤)

【读名著学成语】

豁然顿悟

同"豁然大悟"。形容彻底晓悟。清·蒲松龄《聊斋志异·贾奉雉》："贾豁然顿悟,曰:'翁不知贾奉雉即某是也。'翁大骇,走报其家。"

遇叟谈奇

贾奉雉

亲忽然大睡不醒。儿子活着的时候,冬天夏天还替她换衣服。等他一死,两个孙子穷得没方法过日子,房屋都拆卖了,只用一个木架子盖上草遮蔽着。一个月前,贾夫人忽然醒了,屈指一算,已经睡了一百多年。远近地方的人听到这件怪事,都来这里看热闹,这几天来得才少了一些。"贾奉雉恍然大悟说:"老先生,你不知道贾奉雉就是我啊!"

老头儿大吃一惊,赶快报告他的家人。这时他的长孙已经死去,二孙贾祥,也有五十几岁了。因为贾奉雉看上去年纪很轻,孙子怀疑他骗人。过了一会儿他的妻子走出,才认了出来,两眼含着泪,叫他一道进去。

家里没有地方安身,暂时先到孙子家里,大大小小的男女全跑到他们跟前,都是曾孙玄孙,大半呆头呆脑,没有书香气。长孙媳妇吴氏,买了酒,备了一些素菜,又叫她的小儿子贾杲夫妇和她住在一屋,腾出房间来让给两位长辈。贾奉雉一进去,烟气灰尘和小孩子的尿臭,熏蒸°得头昏。住了几天,又懊丧又后悔,实在不能忍耐。两个孙子轮流供养,饭菜做得尤其不合口味。村里的人因为贾奉雉刚刚回来,天天邀他吃酒,但是他妻子却常常不得一饱。

长媳吴氏原是读书人家出身,懂得一些礼

【名家评点】

《贾奉雉》是一篇带有求仙访道色彩的小说,一定程度上蕴涵着对人生哲理的参悟。(李桂奎)

°熏蒸:用烟、蒸气或毒气熏。

【读名著学成语】

昏昏欲睡

昏昏沉沉，只想睡觉。形容极其疲劳或精神不振。清·蒲松龄《聊斋志异·贾奉雉》："是秋入闱复落，邑邑不得志，颇思郎言，遂取前所指示者强读之，未至终篇，昏昏欲睡，心惶惑无以自主。"

节，对两位长辈侍奉周到。次孙贾祥的供养就渐渐冷淡，有时还要粗声粗气地把食物送到面前。贾奉雉很生气，带了妻子离家，到东村里设帐授徒。他常常对他妻子说："我很后悔这一次回来，但是已经没法挽救了。为今之计，只好重新干老本行。只要不怕羞耻，富贵功名是不难到手的。"过了一年多，长孙媳吴氏还时时馈送食物，次孙贾祥父子却不再登门了。

这年，他又考入县学，县官很器重他的文章，赠送很丰厚。从此日子渐渐充裕了些，贾祥也稍稍和他亲近。贾奉雉叫他进去，把从前的供养费计算了一下，如数还他，和他断绝。于是贾奉雉买了一所新房子，把吴氏接来同住。吴氏有两个儿子，大的叫他守着旧家业。二的贾杲，相当聪明，就叫他和他的学生们一起读书。

贾奉雉从山中回来之后，思想越发明彻了，不久，就又中了举人进士，过了几年再以侍御◎的身份出巡◎两浙◎，声名很显赫，家中富丽堂皇，人人羡慕。

贾奉雉为人耿直，就是有权势的人物他也敢碰，因此在朝的大官总想陷害他。贾奉雉也知道形势对他不利，屡次上疏告退，未蒙皇帝批准，不久，灾祸就发生了。

贾祥本来有六个儿子，都很无赖。贾奉雉

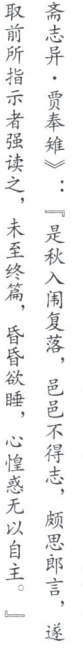

◎侍御：官名，即监察御史，掌纠察百官，巡按州县狱讼、军戎等事。◎出巡：帝王或官员出外巡行。◎两浙：浙江省，从前分作浙东、浙西，故名。

贾奉雉

虽然不许他们上门，这帮家伙却暗地假借他的余势，作威作福，霸占民田，因此引起了乡人的公愤。某乙刚娶了一个媳妇，贾祥的次子把她抢过来做姨太太。这个某乙平日就不大安分，乡人又凑钱帮助他控告，案子闹到京城里，于是，当道的大官一齐上本，弹劾贾奉雉。他也没法替自己辩白。贾祥父子坐了一年多的牢监，全都死在里面，贾奉雉被判充军辽阳。

这时贾杲早已成了秀才，他为人很忠厚，名声很好。贾奉雉的夫人生了一个儿子，已经十六岁了，便付托给贾杲照顾。夫妇两人带了一个男仆和一个女仆走了。临行，贾奉雉叹道："十多年的荣华富贵，还不如一个梦的时间长久，现在才知道这种名利场°中，完全过的是地狱生活！悔不该替刘晨、阮肇，多造出一重罪孽的公案°来！"

几天之后，他们来到海边，远远地看见一只大船，音乐声喧噪，侍卫人员都像是天上的神仙。等到船快靠岸，上面走出一个人来，笑着邀请贾侍御过去谈谈。贾奉雉一见，又惊又喜，连忙跳上大船，押解他的官差不敢阻止。贾夫人很着急，想要跟过去，但是船已经驶去很远了。于是她愤恨地跳进大海里，身子漂浮了几丈远，忽见大船上有一个人放下一条绳子，把她救了起来。

解差下令船夫快些划船，一面追一面叫喊，但是只听到鼓声响得像雷鸣，和汹涌澎湃的波涛声相应和，顷刻之间，什么也不见了。

◎名利场：追求名声利益的场所。 ◎公案：官府处理的案牍。后来指疑难案件。

【名家评点】

求仕还是出世，求仙慕道还是留恋红尘，是封建时代知识分子面临的人生选择。《贾奉雉》创造出了一个在出世、入世、仙界、凡间徘徊挣扎的形象，写出了在科举取士制度下正直的知识分子无路可走的痛苦，为封建时代知识分子的人生提供了一个完整的案例。贾奉雉身上隐含着作者对科举制度的深刻批判，负荷着蒲松龄式书生的理想、追求、困惑和失意。蒲松龄将现实生活的苦闷衍化为贾奉雉，将对生活的了悟升华幻化为郎生，该篇应是聊斋先生科举题材的巅峰之作。（马瑞芳）

【锦言佳句】

十余年之富贵，曾不如一梦之久。今始知荣华之场，皆地狱境界。

浮海登仙

胭脂

东昌府姓卞的牛医，有个女儿，小名叫胭脂。胭脂既聪明又美丽。父亲很疼爱她，想把她许配给书香门第，但是那些名门望族都嫌弃卞家出身低贱，不肯和他家结亲。因此，胭脂已长大成人，还没有许给人家。

卞家对门庞家，他的妻子王氏，性格轻浮，爱开玩笑，是胭脂闺房里闲聊的朋友。有一天，胭脂送王氏到门口，看见一个小伙子从门前走过，白衣白帽，很有丰采。胭脂见了，动了心，脉脉含情地盯着看他。小伙子低下头，急急走了过去。他走远了，胭脂还在凝望着他的背影。王氏看出她的心思，开玩笑对她说："凭借姑娘这样的才情美貌，如果配上这个人，那才是没有遗憾的事呢。"胭脂两颊涨红了，羞羞答答不说一句话。王氏问："你认识这个小伙子吗？"胭脂说："不认识。"王氏说："他是南巷的秀才，叫鄂秋隼，他父亲是举人，已经去世了。我从前和他家是邻居，所以认识他，这世上没有一个男子比他更温婉了。近期因为他妻子死了还没脱孝，所以身上穿着白衣服。姑娘如果对他有意，我去带信，叫他找媒人来说亲。"胭脂只是脸红不说话，王氏就笑着走了。

过了好几天，得不到王氏的音信，胭脂疑心王氏没有到鄂秋隼那里去，又疑心人家做官的后代不肯低就。她左思右想，悒悒不乐，渐渐地不想吃东西，心里终日思念，非常苦恼，最终病倒在床，神情疲困。正好王氏来看望她，见她病成这样，就追问她得病的根由。她回答说："我自己也不知道。自从那天和你分别以后，就觉得闷闷不乐，生成了这病，现在是拖延时间，早晚保不住性命了。"王氏低声说："我的男人出门做买卖没有回来，所以没有人去带信给鄂秀才。你生病，该不是为了这件事吧？"胭脂红着脸，好久不开口。王氏开玩笑说："如果真为这件事，你都病成这样，还有什么顾忌的呢？先叫他夜里来聚一次，他难道会不肯吗？"胭脂叹口气，说："事情到这个地步，已经顾不上羞耻了。只要他不嫌我家低贱，马上派媒人来，我的病自然会好。如果偷偷约会，那是万万不可以的！"王氏点点头，就走了。

◎丰采：风采；举止态度。◎悒悒不乐：心里忧郁、愁闷、不快乐。

【名家评点】

小说里写王氏戏弄胭脂时，对胭脂态度的描绘和她的对答，正是恰到好处。王氏戏弄她说："以娘子（姑娘）才貌，得配若（此）人，庶可无恨。"写"女晕红上颊，脉脉不作一语"。这里就好在脸红而不发一言，她的心事被点破了，所以脸红，她还是闺女，害羞，所以不发一言。（周振甫）

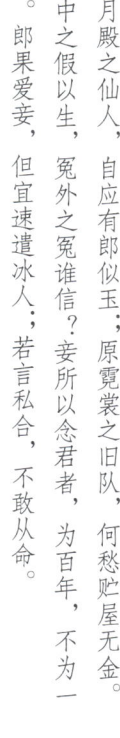

【锦言佳句】

以月殿之仙人,自应有郎似玉;原霓裳之旧队,何愁贮屋无金。

假中之假以生,冤外之冤谁信?妾所以念君者,为百年,不为一夕。郎果爱妾,但宜速遣冰人;若言私合,不敢从命。

戏谑生魇

胭脂

王氏在年轻时就和邻居的书生宿介有私情，出嫁以后，宿介一打听到她男人出门到外地，就来和她叙旧情。这天夜里，正好宿介来了，王氏就把胭脂说的话当作笑话讲给他听，还开玩笑地叫他转告给鄂秋隼。宿介向来知道胭脂长得漂亮，听到这件事后，他心中暗喜，认为有机可乘。他本想和王氏商量，又怕她吃醋，于是就装出毫不在意的样子，用闲话来打听胭脂家里的房屋路径，问得很清楚。

第二天夜里，宿介翻墙进入卞家，直接来到胭脂卧室外面，用手指敲窗。胭脂问："是谁？"宿介回答："我是鄂秋隼。"胭脂说："我想念你，为的是终身，不为一夜。你如果真心爱我，就应该早些请媒人来我家，如果说要私下里不正经，我不敢同意。"宿介假装答应，苦苦要求握一握她的手作为定约°。胭脂不忍心过于拒绝他，勉强起床开房门。宿介急忙进门，就抱住了她要求相爱。胭脂没有力气抗拒，跌在地上，上气不接下气。宿介马上拉她起来。胭脂说："你是哪儿来的坏人，一定不是鄂秀才。如果是鄂秀才，他是温柔文静的人，知道了我生病的原因，一定会爱怜体恤我，哪会如此粗暴！你若是再这样，我就要喊叫了，结果坏了品行，我和你都没有好处！"宿介害怕自己冒名顶替被识破，不敢再勉强，只是要求约定下次再会面的日期。胭脂约定到结亲那一天。宿介认为这约定的日子太久了，再请她说个日子。胭脂讨厌他纠缠不清，就约定等她病好以后。宿介要她给个凭证，胭脂不肯。宿介就捉住她的脚，脱下她一只绣花鞋出了房门。胭脂叫他回来，对他说："我已经把身体许给你了，还有什么舍不得的？只是害怕事情弄僵，让人讲坏话。现在，绣花鞋已经到你手里，料想你是不肯还我的。你将来如果变心，我只有一条死路！"宿介从卞家出来，又到王氏那里去过夜。睡下以后，心里还想着那鞋子，暗地里摸摸衣袖里，鞋子竟不见了。他立即起来点灯，抖弄衣服搜寻。他问王氏拿没拿他的东西，王氏不睬他。他怀疑王氏把鞋藏了，王氏故意笑他，让他更起疑心，逗他讲明白。宿介知道隐瞒不住，就把实情都说给她听。讲完，就点着灯找遍了门外各处，还是找不到。他心中懊恼，只得回房睡觉，还想着深夜应该没有人看见，那只鞋掉了，一定还在

°定约：订约，订立条约或契约。

【名家评点】

小说一开头就抓住矛盾。胭脂是牛医的女儿，却才貌双全，秉性善良，品行端正。牛医要把她嫁给士人，士人却看不起牛医的家世，不愿跟她结亲，因此胭脂到了待嫁的年龄还没有定亲，这是矛盾。她同对门龚姓妻王氏相熟。品行端正的胭脂，却同一个品行不端的王氏做谈友，这又伏下矛盾，惹出许多事来。
（周振甫）

【读名著学成语】

隔窗有耳

比喻说秘密时要小心谨慎，防备有人偷听。清·蒲松龄《聊斋志异·胭脂》：「蝴蜨过墙，隔窗有耳；莲花卸瓣，堕地无踪。」

假名骗履

胭脂

路上。一清早起来，宿介就出门去找，还是没有找到。

先前，街坊上有个叫毛大的，游手好闲，没有职业。毛大曾经勾引过王氏，没有得手。他知道宿介和王氏私通，总想捉住他们来胁迫王氏。这一天夜里，毛大走过王氏门口，推推门，发现门没有闩上，他就偷偷走了进去。他刚到窗外，脚下踏到一个东西，感觉像棉絮一样软绵绵的，拾起来一看，是汗巾°包着的一只女鞋。他伏在窗下偷听，听到宿介讲拿到这鞋的前后经过，听得很清楚。他高兴极了，就抽身出来。过了几夜，毛大夜里爬墙进入胭脂家。因为不熟悉门户，错撞到卞老汉屋里。老汉向窗外张望，看见一个男人，看他那副样子，知道是为他女儿而来的。老汉大怒，拿起把刀赶出来。毛大一见，大吃一惊，反身就逃。刚要爬上墙，卞老汉已经追到，毛大急得无处可逃，回过身来夺走了老汉手里的刀。胭脂的娘也起来了，高声喊叫。毛大逃不脱，就用刀杀死了老汉，翻墙走了。胭脂的病已经好了一些，听见吵闹声，才爬起床出来。娘和女儿一起打了灯笼一照，只见老汉头脑开裂，已经说不出话来，不一会儿就断气了。在墙脚根拾到一只绣花鞋，老太太一看，那是胭脂的鞋。老太太就逼问女儿说是怎么回事，胭脂哭着把过去的事告诉了娘，但是她不忍心连累王氏，就说是鄂秋隼自己上门来的。天亮之后，将这官司告到了县衙里。

县官派人拘捕鄂秋隼到案。鄂秋隼为人拘谨，不会讲话，十九岁了，看到生人又羞又怯像个大姑娘。他被捕后吓得了不得，上公堂，不知说什么好，只会发抖。县官看他这样，更加相信是他杀的人，对他用重刑。鄂秋隼受不了刑罚痛苦，就被屈打成招。犯人解到府衙里，审讯时又像县衙里一样，严刑拷打。鄂秋隼冤气冲天，每次上堂，想和胭脂当面对质，等到碰面时，胭脂总是大骂，骂得他不敢说话，有口难辩，这样，他就被判处死刑。这官司经过了好几个官员一次次复审，判决结果没有变化。

后来，这公案交给济南府复审。当时，济南太守是吴南岱，一见到鄂秋隼，就怀疑他不像个杀人凶犯，私下派人慢慢地问鄂秋隼，让他说出全部经过。听到这些话以后，吴太守更相信这鄂秋隼是冤枉的。他考虑了好几天，才开庭审问。他先问胭脂："那天夜里你和鄂秋隼订约以后，有人知道这件事吗？"胭脂回答："没有人

◎汗巾：擦汗用的手巾；手帕。

传世彩绘聊斋志异

【名家评点】

《胭脂》篇写的是施愚山当山东学使时平反冤狱的故事。施愚山是当事人，是蒲松龄的老师。本篇全从事实出发，未掺进神异，当不会是蒲松龄的臆造。据《情史》所载，《胭脂》的故事情节，似乎是从其中的《张荩》篇改编而来的。（徐君慧）

【读名著学成语】

僵李代桃

比喻代人受罪责或以此代彼。亦作「僵桃代李」。清·蒲松龄《聊斋志异·胭脂》:「彼逾墙钻隙,固有玷夫儒冠;而僵李代桃,诚难消其冤气。」

误投妄杀

胭脂

知道。""开头那天你看到鄂秋隼走过家门时,你旁边有人吗?"回答也是:"没有人。"又叫鄂秋隼上堂,先用好话安慰他,叫他好好讲。鄂秋隼说:"那天走过她家门口,只见我原来的邻居王氏和一个少女出来,我就急忙走开了,并没有和她说一句话。"吴太守就呵斥胭脂:"刚才你说旁边没有人,怎么出来个邻居王氏呢?"立刻要对她用刑。胭脂害怕了,就说:"是有个王氏在旁,但是,她与那些事情没有关系。"吴太守退堂○,下命令拘捕王氏。

王氏拘到后,吴太守不让王氏和胭脂见面说话,立刻升堂审问。他问王氏:"杀人凶手是谁?"王氏回答:"不知道。"太守骗她:"胭脂已经招供,说杀死卞老汉的事,你全部知道,你怎么还不招!"那妇人大叫起来:"冤枉啊!那丫头自己想男人,我虽然说了做媒的话,不过是开玩笑罢了。她自己让奸夫进门,我怎么知道啊!"太守仔细审问,王氏才讲出前前后后开玩笑所讲过的话。太守又叫胭脂上堂,愤怒地质问:"你说王氏不知情,现在她怎么自己招供说为你做媒啊?"胭脂痛哭流涕地说:"我自己不长进,让老父惨死,官司结案不知要到哪一年,因此去连累别人,心中不忍啊!"太守问王氏:"你对胭脂说了玩笑话之后,曾经告诉过谁?"王氏供:"没对谁说过。"太守发怒说:"夫妻在床上没有什么话不讲的,怎么说没有对人讲过?"王氏说:"我男人出门在外,长久不在家了。"太守说:"事情虽如你所说。但凡是戏弄别人的,都会笑别人愚笨,来夸耀自己聪明,你说你没对一个人讲过,骗谁呢?"下令夹她的十个指头。王

◎退堂:旧指官吏问案完毕,退出公堂。

【名家评点】

《胭脂》全文主要可分为毛大杀人之命案、鄂秋隼之冤案、三任官员之审判三个环节。在这三个环节之中,又形成了回环往复的旋绕结构,让案情愈加扑朔迷离。绕笔法的运用,既能及时补充一些背景知识,又能引导读者拨开云雾见青天,可谓一石二鸟之妙笔。(李桂奎)

氏没法，只得供出实情："曾经和宿介讲过。"于是，太守下令释放鄂秋隼，拘捕宿介。

宿介拘到，他供："杀人的事，不知情。"吴太守说："和下流女人一起睡觉的绝不会是好人！"便用大刑◦拷问。宿介就招供说："骗胭脂，是事实，但是绣花鞋丢失以后，就不敢再去了。杀死人，实在不知情。"太守说："翻墙头的人，什么事干不出来！"再用刑。宿介熬不住刑，只得招供杀了人。口供上报，没有人不称赞吴太守精明能办案。

铁案如山，宿介只得伸着脖颈等着秋后处决◦了。然而，宿介虽然行为放纵，品行不检点，倒也算是个山东才子。他听说学使施愚山的才能是人人称颂的，又爱护有才能的人，就写了一份申诉冤情的状子，托人呈送给学使，状子上词句沉痛悲惨。施学使把这案子的招供材料调来，反复阅读研究，他拍着桌子说："这个书生真是冤枉的！"于是，他就商请抚台、臬台，把这案子移交给他再审。他问宿介："那绣花鞋掉在哪里？"宿介供："忘记了。但在我敲王氏门的时候，绣花鞋还在袖子里。"学使回头追问王氏："除了宿介，你还有几个奸夫？"王氏供说："没有。"学使说："淫乱的妇人，哪会只奸一个？"王氏又供："自己和宿介从年轻时就来往，所以不能拒绝他。以后不是没有想勾引我的，但是我实在不敢顺从他们。"要她指出勾引她的是哪几个人，她说："同街坊的毛大，曾经几次来勾引，我几次都拒绝他的。"学使说："怎么会忽然如此贞洁清白起来了呢？"叫人用鞭子抽打。那女人趴在地上只管磕头，额上全是血，竭力分辩她

【读名著学成语】

画虎成狗

画老虎不成，却成了狗。比喻模仿不到家，反而不伦不类。清·蒲松龄《聊斋志异·胭脂》：「身已许君，复何吝惜，但恐画虎成狗，致贻污谤。」

◎大刑：施重刑用的刑具。 ◎秋后处决：旧时于秋季处决犯人，称为"秋决"。

胭脂

没有另外的奸夫,才不追问了。又问她:"你男人远出外地,难道没有借口什么事到你处来的人?"王氏说:"那是有的,某甲、某乙,都因为要借钱给我,送东西给我,曾经来过我家一两次。"

那某甲某乙都是街上的二流子,都是对这女人有意,还没有做出什么来的。学使把他们的名字也都记下,下令把这几人全都拘捕,听候审问。人犯全部传到之后,施学使带了人犯到城隍庙,叫他们都跪伏在香案前面。施学使对他们说:"前几天我梦见城隍菩萨,他告诉我,杀人犯就在你们四五个人之中。现在你们面对城隍,不要说假话,如果能自首,可以宽大量刑;如果说假话,查出来就法不轻饶!"几个人异口同声,都说没有杀过人。学使下令把刑具搬来放在地上,叫人把人犯头发扎起,衣服脱去,准备用刑。他们齐声叫冤枉。学使就叫人把刑具撤去,对他们说:"既然你们不肯招认,那就要请菩萨来把凶手指出来!"他叫人用毛毡被褥把大殿的窗户全部遮住,不让留一点缝隙,将人犯的背都袒露着,赶到暗室里,给他们一盆水,叫他们先洗洗手,分别用绳子拴在墙下,命令他们:"面对墙壁站好,不准动。杀人凶手,城隍菩萨会在他背上写字的。"关了一会儿,把他们叫出来,查看每个人的背脊,指着毛大说:"这是杀人的凶手!"原来,施学使先叫人把灰涂在墙上,又叫人犯在煤灰水里洗手,那凶手怕菩萨在他背上写字,就把背靠在墙上藏匿起来,所以背上会沾上了灰;临出来时,又会用手掩住背脊,背上又沾上了煤烟色。学使本来就怀疑毛大是杀人犯,这样证实就更加确信了。他对毛大用了重刑,毛大就把杀人前后的经过如实招供了。最后,施学使判道:

"宿介:走了盆成括耍小聪明而招致杀身之祸的老路,得了登徒子好色的名声。就因为他与王氏两小无猜,竟然像夫妻一样同床而眠;又因王氏泄露了胭脂的秘密,他竟起了得陇望蜀◎之心,占有了王氏,还要去打胭脂的主意。他学将仲子翻墙越园◎,就像飞鸟轻轻落地;他冒充鄂生来到闺房,竟然骗得胭脂开门;动手动脚,竟然不要一点脸皮。攀花折柳,伤风败俗,丢尽了读书人的品行。幸而听到胭脂病中微弱的呻吟,还能顾惜◎;能够可怜姑娘憔悴的病体,还没有过分狂暴。从罗网里放出美丽

【名家评点】

这篇作品由四部分组成:一是叙述故事情节,二是审案,三是判词,四是结论和附录。因此,很可能写成审案记录,把第一部分写成案情。这篇却能把审案记录写成小说,就在于把案情写成故事情节,通过故事情节写出人物性格来。(周振甫)

◎得陇望蜀:既占领了陇地,又想进占蜀地。比喻贪得无厌。◎将仲子翻墙越园:《诗经·郑风·将仲子》是一位热恋中的少女赠给情人的情诗,其中有"将仲子兮,无逾我墙""将仲子兮,无逾我园"的诗句。◎顾惜:爱惜。

【读名著学成语】

铁案如山

铁案:证据确凿的案件或结论。形容证据确凿,定的案像山那样不能推翻。清·蒲松龄《聊斋志异·胭脂》:"铁案如山,宿遂延颈以待秋决矣。"

听讼奇才

传世彩绘聊斋志异

胭脂

【名家评点】

作者附记的故事，更说明了施闰章的爱惜人才，敢于打破常规，成为士子的护法。他替宿介洗雪冤狱，也有爱惜他是山东名士的意思。他对胭脂的态度，更充满了对才貌双全又有品德的少女的爱护心情，他要县令作媒，更是打破常规的做法。这个故事是用来进一步刻画施闰章的人物性格，所以把它附在篇后。（周振甫）

这篇小说的事件构造与解决过程，都和今天的侦探小说相似。特别是施公的案件解决方法利用犯罪嫌疑人的心理，使真相大白。这是现代侦探小说中常见的破案方法，以这些来看，今天的学者们以侦探小说和公案小说为同类的文学观可以说也是妥当的。（［韩］张善姬）

的小鸟，还有点文人的味道；但脱去人家的绣鞋作为信物，岂不是无赖之尤！像蝴蝶飞过墙头，被人隔窗听到了私房话；如同莲花落瓣，绣鞋落地后，就无影无踪。假中假因此而生，冤外冤有谁相信？天降大祸，酷刑之下差点丧命；自作自受，几乎要身首分离。翻墙钻洞，本来就玷污了读书人的名声；而替人受罪，实在难消胸中的冤气。因此暂缓鞭打，以此抵消他先前所受到的折磨。姑且降为青衣，给他留一条自新之路。

像毛大这样的人：刁诈狡猾，游手好闲，是街坊里的流氓无赖。勾引邻家女人遭拒绝，还淫心不死；等着宿介进了王氏家中，坏主意就顿时产生。推开王氏的家门，高兴地随着宿介的足迹进入院内，本想捉奸，却听到了胭脂的消息，妄想骗取美丽的姑娘。哪里想到魄被天神夺走，魂被鬼神勾去，本想进胭脂闺房，却误入卞老汉之门，致使情火熄灭，欲海起了风波。卞老汉横刀在前，无所顾忌；毛大却走投无路，像逼急的兔子一样起了反噬°之心，转而夺刀杀人。翻墙进入别人家中，本来想冒充他人骗奸胭脂，谁知却夺刀丢鞋，自己逃脱了却使宿介遭了殃。风流场上生出这样的一个恶魔，温柔乡里怎能有这样的害人鬼物。必须立即砍掉他的脑袋，以快慰众人心。

胭脂：还未定亲，已到成年。以嫦娥般的美貌，自然会配上容貌如玉的郎君。本来就是霓裳舞队里天仙中的一员，又何必担心金屋藏娇°？然而她却有感到《关雎》的成双成对，而思念好的郎君；以至于春梦萦绕，感叹年华易逝，对鄂生一见倾心，结果想念成病。只因一线情思缠绕，招来群魔乱舞。为了贪恋姑娘的美貌，宿介、毛大都恐怕得不到胭脂，好像恶鸟纷飞，都来冒充鄂秋隼。结果绣鞋脱去，差点难保住少女的清名，棍棒打来，几乎使鄂生丧了命。将红豆°嵌在骰子°上，相思入骨就会成为祸端；结果使父亲丧命于刀下，可爱的人竟成了祸水。能清正自守，幸好还能保持白玉无瑕；在狱中苦争，终于使案件真相大白。应该表扬她曾拒绝宿介入门，还是清洁的有情之人；应该成全她对鄂生的一片爱慕之情，这也是风流雅事。便让你们的县令，做你的媒人。"

◎反噬：反咬。◎金屋藏娇：本指修建华丽的房屋来让所爱的人居住。后也指男人纳妾或在外包养女人。◎红豆：相思子树的种子，色鲜红，古代文学作品中常用来象征相思，也叫"相思子"。◎骰（tóu）子：中国传统民间娱乐用来投掷的博具。

【锦言佳句】

风流道乃生此恶魔，温柔乡何有此鬼蜮哉！

这个案子一结案，远近都流传开了。

自从吴太守审讯以后，胭脂才知道自己冤枉了鄂生。在公堂下相遇时，她满面羞愧，热泪盈眶，像有一肚子痛悔和爱恋的话而无法说出口。鄂秋隼为她的爱恋之情所感动，爱慕之心也特别深。但又考虑到她出身贫贱，而且天天出入公堂，为千人指万人看，怕娶她被人耻笑，想来想去，拿不定主意。判词宣布后，才定下心来。县官为他送了聘礼，并派吹鼓乐队迎娶胭脂到了鄂家。

异史氏说："小心啊！审理案件不能不慎重啊！即使你已经查处了由甲替乙顶罪是纯属冤枉，可是又有谁能够想到乙也是在为丙顶罪，也是被冤枉的呢？然而尽管案情扑朔迷离，但一定有它的漏洞和矛盾，不明察秋毫，仔细审问和研究，是不能弄明白的。唉！大家都敬佩聪明智慧的人断案英明，却不知道技术高超的工匠用心良苦啊！世上有居于百姓之上的那些官员，整天下棋娱乐来打发日子，或者把头缩在被窝里面理事，下面百姓的疾苦，根本不去过问。到了击鼓升堂、开庭审案的时候，又高高在上，对公堂下申冤的人只会粗暴地使用板子枷锁等刑罚来逼迫他们承认，怪不得在这样不见天日的统治下会有那么多不能平反的冤假错案啊！"

愚山先生是我的良师。起初跟他学习的时候，我还只是一个小孩子。我经常看见他夸奖学生，兢兢业业怕自己没有尽到责任；学生受到一点委屈，他一定会心疼地呵护，从来没有过在学堂上耍威风，向权贵献媚。愚山先生真是宣传圣贤◎之道和维护佛法的人，他不仅是一代宗师，而且评论文章公正，不让读书人受到委屈。他爱护人才胜过自己的生命，更不是以后的一些故意装腔作势、只作肤浅文章的人能比得上的。曾经有一个考场考试的名士，写了一篇文章，题目叫作"宝藏兴焉"，把隐藏在深山里的寺庙错写成"水下"。抄完卷子后才恍然大悟，自己认为一定会被淘汰，就接着在试卷后边写了一首词："宝藏在山间，误认却在水边。山头盖起水晶殿。珊瑚长在峰尖，珍珠结在树颠◎。这一回崖中跌死撑船汉！祈求苍天给留点情面，好与朋友看。"愚山先生评阅试卷时看到这儿，拿起笔和了一首词："宝藏将山夸，忽然见在水涯。樵夫漫说渔翁话。题目虽差，文字却佳，怎肯放在他人下。常见他，登高怕险；那曾见，会水淹杀？"这也是愚山先生风雅的一个有趣传闻，是爱惜有才华之人的一件趣事啊。

◎圣贤：圣人和贤人的合称。亦泛称道德才智杰出者。 ◎颠：高而直立的东西的顶。

阿纤

【名家评点】

在《聊斋志异》中，多数的爱情小说是以表现理想为主的，较多地运用艺术幻想，间接地反映生活。《阿纤》虽然也写了爱情，但它使爱情故事与淳朴的日常生活结合起来，偏重真实地摹写现实。虽然也不排斥发挥想象的作用，但从总体来看，还是现实主义的，有其独特的艺术风格。（李永昶）

小说通过对阿纤一家人生情状和阿纤生活态度的叙述，传达出了对当时世情的讥刺，其内在底蕴则是对平实真切的尘世生活情状的深层感触与品味，其艺术想象是对人情物理的深入体察和艺术概括，使小说呈现出以奇崛想象呈示生活本真状貌的构思特征，显示出《聊斋》创作以对现实人生的体悟为根基的艺术特质。（刘博仓）

奚山，山东高密县人，他以行商°为业，常常客居于蒙阴、沂水一带。

有一天，奚山在途中遇上了大雨，等他赶到他经常住宿的地方时，夜已经很深了。奚山敲遍了旅店的门，没有一家开门。他只好徘徊在一户人家的房檐下。忽然，那户人家的两扇门打开了，一个老头儿走出来，请他进去。奚山很高兴地跟着他走进去。奚山拴好了毛驴来到堂屋里，屋里并没有床榻几桌。老头儿说："我是可怜客人你没有住处，所以才请你进来。我家其实并不是卖酒卖饭的人家。家中没有多余的人手，只有老妻弱女，已经睡着了。虽然有点隔夜剩下的饭菜，苦于缺少炊具无法再热熟，请不要嫌弃，吃点冷饭吧。"说完，就进入里边。一会儿，拿了一张矮凳出来，放在地上，催促客人坐下，然后又进去拿了一张短腿茶几出来。老头儿一趟趟地跑来跑去，忙忙碌碌，十分劳累。奚山一会儿站起，一会儿坐下，心里很不安，就拉住老头儿请他休息。过了一会儿，一位姑娘出来给他们斟酒，老头对奚山说："我家阿纤起来了。"奚山一看这姑娘有十六七岁，身材苗条，容颜秀丽，举止风度优美动人。奚山有一个小弟弟还未结婚，心里暗暗看中了这位姑娘，因而就请问老头的籍贯和门第。老头儿回答说："我姓古，名叫士虚。儿子、孙子都早死了，只剩下这个女儿。刚才不忍心打搅她的酣睡，想必是老伴儿把她叫起来的。"奚山问："女婿是谁家？"老头儿回答说："还没有许配人家。"奚山心里暗暗高兴。接着各种菜肴摆上了许多，好像早就有准备似的。奚山吃完了以后，恭恭敬敬地表示道谢，说道："我这萍水相逢之人，受到你热情地接待，终生不敢忘记。因为老先生是盛德°之人，我才敢冒昧地提一件事。我有一个弟弟叫三郎，十七岁了，正在读书学习，还不算愚笨顽劣，我想要高攀老先生结一门亲事，您不会嫌我家穷贱°吧！"老头儿高兴地说："老夫住在这里，也是寄居。倘若能得到你们这样的人家相依托，便请借给我一间屋子，我们全家都搬去，以免悬念。"奚山都答应了，就站起来表示感谢。老头儿很殷勤地安排他住下，才离开。

鸡叫以后，老头已经出来了，请奚山去漱洗。奚山收拾完行装，拿出饭钱给他，老头儿坚决推辞说："留客人吃一顿饭，万万没有收钱的道理。何况我们还要依附你结为亲家了呢。"

分别以后，奚山在外客居行商一个多月，才返回。离村子还有一里多路，遇见一位老太太

◎行商：外出经营的流动商人。◎盛德：深厚的恩德。◎穷贱：贫穷卑贱。

【锦言佳句】

窈窕秀弱，风致嫣然。

枣栗就亲

阿纤

领着一位姑娘,衣帽都是白色的。走近以后看了看,觉着那姑娘好像阿纤,姑娘也一再转过脸来看他,并拉着老太太的衣袖附在老太太耳边说了些什么。老太太便停下脚步,问奚山说:"先生姓奚吗?"奚山连声说是。老太太神色凄惨地说:"我家老头子不幸被倒坍°的墙压死了,现在我们要去上坟,家里空了没有人。请你在路边稍等一会儿,我们马上就回来。"说完,就进入树林里去了,过了一段时间她们才返回来。这时,路上已经很昏暗了,于是就和奚山一块儿走。老太太诉说自己和女儿的孤苦,不知不觉地伤心啼哭,奚山也觉得心酸难受。老太太说:"这个地方的人情很不善良,我们孤儿寡母很难过日子。阿纤既已经是你家的媳妇,错过了这个机会恐怕就要推迟许多日子,不如今天晚上,就同你一起回去吧。"奚山也同意了。

回到了家以后,老太太点上灯伺候客人吃完了饭,对奚山说:"我们估计你快回来了,就把家里存的粮食都已经卖出去了。还有二十多石,因为路远还没有送去。往北去四五里路,有个村子,村中第一个家,有一个叫谈二泉的,是我们的买主。你不要怕辛苦,先用您的驴运一袋去,敲开他家的门后告诉他,只说南村古姥姥有几石粮食,想卖了当作路费,麻烦他赶着牲口来运去。"老太太就把一口袋粮食交给奚山。奚山赶着驴到了那儿,敲了敲门,一个大腹便便的男人出来了。奚山把事情对他说明了,放下粮食先回来了。一会儿,有两个仆人赶着五头骡子来了。老太太领着奚山到藏粮食的地方,原来是在地窖中。奚山下到地窖里去给他们用斗装粮食,老太太在上面发放,阿纤验收签码。顷刻装好了,打发他们走了。共计来回四次才把粮食装运完,接着就将卖粮食的钱交给老太太。老太太留下他们一个人和两头骡子,收拾行装就起身东去。走了二十里,天才亮。到了一个集镇,他们在市场边上租赁了牲口,谈家的仆人才回去。

◎倒坍(tān):倒塌。多指建筑物倒下来。

【名家评点】

篇中先以许多笔墨写奚山与阿纤父母的周旋,后又写奚山如何怀疑阿纤母女,看似闲文散笔。实际上使用的是间接描写的方法。写奚山识古叟,是介绍阿纤的出身。描写出售储粮,是后文阿纤建仓致富的伏笔。叙写这些的时候,又怕冷落阿纤,不时点上几笔。还在文中安插阿纤与三郎合而又离、离而又合的经历,着重写阿纤。间接描写与直接描写相结合,成功地塑造了阿纤这个美丽勤快而又宽厚的女性形象。(胡忆肖、毕敏)

[读名著学成语]

拔来报往

很快地来，很快地去。形容频繁地奔来奔去。清·蒲松龄《聊斋志异·阿纤》：「少顷，以足床来，置地上，促客坐；又入，携短足几至，拔来报往，蹀躞甚劳。」

回到家里后，奚山把经过情由告诉了父母。双方相见，都很高兴。奚家就收拾了另一所房子，让老太太住了，占卜选择了好日子，为三郎完了婚。老太太给女儿置办的嫁妆很齐全。阿纤寡言少语，性情温和，有人和她说话，她也只是微笑，白天晚上纺线织布，一刻也不停。因此，全家上下都爱惜喜欢她。阿纤嘱咐三郎说："你对大哥说，再从西边经过的时候，不要向外人提起我们母女。"过了三四年，奚家越发富裕了，三郎也入了县学。

有一天，奚山投宿到古家原先的邻居家中，偶然谈及往日有一次没有地方住宿，投宿到隔壁老头老太太家的事。主人说："客人你记错了。我的东邻是我伯父家的别墅，三年前，住在这里的人经常见到怪异的事，所以空废○了很久了，哪会有什么老头老太太留你住宿呢？"奚山感到很惊讶，但没有再往深处说。主人又说："这座宅子一向空着，有十年了，没有人敢进去住。有一天后墙倒坍了，我大伯去察看，看见石块底下压着一头有猫儿那么大的老鼠，它的尾巴还在外边摇摆。大伯急忙回来，招呼了不少人一块儿去，那老鼠已经不见了。大家怀疑那东西是个妖物。十几天以后，又进去探看，里面安静无声，什么东西也没有了。又过了一年多，才有人去居住。"奚山听后，更加感到奇怪。他回到家中，私下里和家里人谈论，都怀疑新媳妇不是人，暗暗地为三郎担心，而三郎和阿纤恩爱如初。时间久了，家中人纷纷议论猜测这件事，阿纤多少有些觉察了。半夜里，阿纤对三郎说："我嫁给你好几年了，从没有做丧失媳妇品德的事，现在却把我不当人看。请赐给我一份离婚书，任郎君自己去选一个好媳妇。"说着，她的眼泪就流下来了。三郎说："我的心意你应该早就了解。自从你进入我家门，我家日益富裕，都认为这福气应归功于你，怎么会有别的坏话？"阿纤说："郎君没有二心，我难道不知道；但是众人纷纷议论，恐怕将来难免有抛弃我就像秋天抛弃扇子那样的时候。"三郎

○空废：荒废；荒芜。

阿纤

反复地安慰解释，阿纤才不再提离婚的事。

奚山心里始终放不下心中的疑虑，就天天寻求善于捕鼠的猫，以观察阿纤的态度。阿纤虽然不怕，但总是愁眉不展，郁郁不乐◎。一天晚上，她对三郎说母亲有点病，辞别三郎去探望母亲。天明后，三郎过去问候，只见屋子里已经空了。三郎吓坏了，派人四方寻访她们的踪迹，都没有消息。三郎心中萦绕着思念之情，吃不下饭也睡不着觉。而三郎的父亲和哥哥却都感到庆幸，轮流不断地安慰劝说他，打算给他续婚，但三郎的心情非常郁闷，很不快乐。等了有一年多，阿纤的音信都断绝了，父亲和哥哥时常讥笑责备他，三郎迫不得已花重金买了一个妾，但他对阿纤的思念之情始终不曾减少。

又过了好几年，奚家一天天地变得贫困了，因此大家又都思念起阿纤来。三郎有一个堂弟阿岚，因为有事到胶州去，途中绕道去看望表亲陆生，并住在了他家。晚上，阿岚听见邻居家有人哭得很哀痛，没有来得及询问这件事。到胶州办完了事回到陆生家，他又听到了哭声，因而就询问主人。主人回答说："数年前，有寡母孤女二人，租赁屋居住在这儿。上个月老太太死了，姑娘独自居住，没有一个亲人，所以这样悲伤。"阿岚问："她姓什么？"主人说："姓古。她家经常关门闭户不跟邻里往来，所以不了解她的家世。"阿岚吃惊地说："这个人是我嫂子啊！"于是，就去敲门。有人一边哭一边出来，隔着门答应说："你是谁啊？我家从来没有男人。"阿岚从门缝里窥视，远远仔细一看，果然是嫂嫂，便说："嫂嫂开门，我是你叔叔家的阿岚。"阿纤听了，就拨开门闩让他进去，对阿岚诉说孤苦之情，心情凄惨悲伤。阿岚说："我三哥思念你很痛苦，夫妻之间即使有点不和，何至于远远地逃避到这儿来呢？"阿岚就要租赁一辆车载她一

◎郁郁不乐：闷闷不乐。

【名家评点】

《阿纤》是《聊斋志异》里唯一写高密的一篇。里面写一个老鼠精非常漂亮，善良，善于理财，只是终生有一癖好——囤积粮食。蒲先生这一笔写得非常风趣，也非常有意味，这个细节就让我们最终不能忘记阿纤跟现实中的女人虽然表面没有差别，但她是耗子变的事实。类似这种细节比比皆是，都是建立在大量的符合我们这种日常生活经验的基础之上。（莫言）

起回去。阿纤面色凄苦地说："我因为人家不把我当人看待，才跟母亲一块儿隐居到这里。现在又自己回去依靠别人，谁不用白眼看我？如果想要我再回去，必须与大哥分开过日子，不然的话，我就吃毒药寻死算了！"

阿岚回去之后，把这件事告诉了三郎，三郎连夜赶路，跑了去。夫妻相见，都伤心流泪。第二天，告诉了房子的主人。房主谢监生见阿纤长得美貌，早已暗中打算把阿纤纳为妾，所以好几年不收她家的房租，多次向阿纤的母亲透露口风暗示，老太太都拒绝了他。老太太一死，谢监生私下庆幸可以娶阿纤了，但三郎忽然来了。于是，谢监生就把几年的房租一起计算，借以刁难他们。三郎家本来就不富裕，听说要这么多银子，显出很发愁的神色。阿纤说："这不要紧。"领着三郎去看粮仓，大约有三十石粮食，偿还租金绰绰有余。三郎很高兴，就去告诉谢监生。谢监生不要粮食，故意只要银子。阿纤叹息说："这都是因为我引起的麻烦啊！"于是，就把谢监生图谋纳她为妾的事告诉了三郎。三郎大怒，就要到县里去告谢监生。陆生阻止了三郎，替他把粮食卖给了乡邻，收起钱来还给谢监生，并用车子将三郎和阿纤两人送回家去。三郎如实地把情况告诉了父母，和哥哥分了家过日子。

阿纤拿出她自己的钱，连日建造仓房◎，而家中连一石粮食还没有，大家都感到奇怪。过了一年多再去看，只见仓中粮食已装满了。过了没几年，三郎家十分富有了，而奚山家却很贫苦。阿纤把公婆接过来供养，经常拿银子和粮食周济大哥，逐渐习以为常了。三郎高兴地说："你真可以说是不念旧仇的人啊。"阿纤说："他也是出于爱护弟弟啊，而且如果不是他，我哪有缘分结识三郎呢？"后来，再也没有发生什么怪异的事情。

◎仓房：贮藏粮食或其他物资的房屋。

【读名著学成语】

众口纷纭

人多嘴杂，议论纷纷。清·蒲松龄《聊斋志异·阿纤》："君无二心，妾岂不知？但众口纷纭，恐不免秋扇之捐。"

畜猫观异

款扉认嫂

瑞云

瑞云，杭州的名妓，容貌、才艺举世无双。十四岁时，妓院的蔡妈妈让她开始接客，瑞云说："这是我一生的开端，不能草率。价钱由你定，客人由我自己选择。"蔡妈妈说："可以。"于是，就定身价为十五两银子，从这天起瑞云开始接客。求见的客人必须有见面礼：送礼厚的客人，瑞云就陪他下盘棋，酬谢一幅画；送礼少的客人，只留下来喝杯茶就打发走了。瑞云的名字早已远近闻名，从此，登门求见的富商和贵家子弟，每天接连不断。

余杭县有个姓贺的书生，是位很有名气的才子，但是家境中等，不太富裕。他一直仰慕瑞云，虽然不敢打算和瑞云同床共枕，也竭力准备了一点礼物，希望能看到瑞云的芳容。他暗自担心瑞云交往的人多，不会把他这个穷书生放在眼里，等到相见时一交谈，瑞云却招待得特别殷勤。两人坐在一起谈了很久，瑞云眉目含情，作了首诗赠给贺生：

> 何事求浆者，蓝桥叩晓关？
> 有心寻玉杵，端只在人间。

贺生得到这首诗十分高兴，有许多话正想说，忽然小丫鬟进来说："来客人了。"贺生只好匆匆告别。

回家以后，贺生反复品味赠诗，睡梦里也思念着瑞云。这样过了一两天，他实在是情不自禁，又带了礼物去见瑞云。瑞云见到他很高兴，把座位移到贺生跟前，小声对他说："你能想办法和我欢聚一夜吗？"贺生说："穷书生，只有一片痴情可献知己。就这一点薄礼，已经竭尽了微薄的力量。能够见到你的芳容，我就心满意足了。至于肌肤之亲，怎么敢有这样的梦想。"瑞云听了后，闷闷不乐，两人对面坐着谁也不说话了。贺生坐了很长时间没出来，蔡妈妈就频繁地叫瑞云，用意是催促他离开，贺生只得走了。他心里非常愁闷，想拿出所有家产，换得一夜之欢，但是到天亮时还得分别，到那时的情景怎么能够忍受呢？想到这些，贺生心里的激情就消退了，心灰意冷，从此和瑞云断了音信。

瑞云选择初夜女婿，选了好几个，没有一个合适的。蔡妈妈很生气，想要强迫她改变原来的打算，但还没说出来。一天，一个秀才带着赠礼来，坐着说了一会儿话，便站起来，用手指头按了一下瑞云的额头说："可惜！可惜！"就走了。瑞云送客回来，大伙都看见她额头上有一个像墨一样的指印。瑞云洗了洗，越洗越清楚。过了几天，那墨痕渐渐扩大，过了一年多，墨痕已

◎此诗化用裴铏《传奇》裴航与云英的爱情故事，见《辛十四娘》"千金觅玉杵"一诗注。

【名家评点】

《瑞云》的主题原来写的是"不以妍媸易念"。这是道德意识，不是审美意识。瑞云之美，美在情性，美在品质，美在神韵，不仅仅在于肌肤。脸上有一块黑，不是损其全体。（汪曾祺）

《瑞云》是一个以"知己"为内在核心的具有道德训化意义的爱情故事，瑞云与贺生在互为"知己"的基础上经历了种种离合与劫难最后成就了幸福美满的姻缘。（程凤）

【锦言佳句】

人生所重者知己:卿盛时犹能知我,我岂以衰故忘卿哉!

点额全贞

瑞云

蔓延到左右颧骨及上下鼻梁。见到她的人无不嗤笑◦，从此再没有来访她的客人了。蔡妈妈夺了瑞云的妆饰，叫她和婢女们一块干活儿。瑞云身体很柔弱，干不了重活儿，一天比一天憔悴起来。贺生听说后，前来看望她，只见瑞云蓬头垢面◦，正在厨房里干活儿，丑得像鬼一样。瑞云抬头看见贺生，连忙面向墙壁，遮掩面容。贺生怜惜她，便向蔡妈妈说，愿意赎瑞云做妻子。蔡妈妈同意了。贺生变卖田地，拿出所有家产，把瑞云买了回来。进了家门，瑞云拉着贺生的衣服哭泣，并且不敢做他的夫人，愿意给他当侍妾，等待贺生另娶正妻。贺生说："人生所注重的是知己。你走运的时候能拿我当知己，我怎能因为你失意了就忘记你呢！"最终贺生没有另娶正妻。听说这件事的人都讥笑贺生，但贺生对瑞云的感情却更加深厚了。

过了一年多，贺生偶然到苏州，有一个姓和的书生与他同住在一家客店。和生忽然问他："杭州有个叫瑞云的名妓，近来怎样了？"贺生回答说她嫁人了。和生又问："嫁给谁了？"贺生说："那人和我差不多。"和生说："如果能像你，可算嫁了合适的人了。不知身价是多少？"贺生说："因为她得了种奇怪的病，所以贱卖了。不然，那个像我这样的穷书生，怎么能从妓院中买到那样一个漂亮的女子呢？"和生又问："那人果真和你一样吗？"贺生觉得他问得奇怪，就反问他为什么这样说。和生笑着说："实不相瞒，我曾见到她的芳容，很可惜她以绝世佳人的姿容，流落在那种地方，就使了点小法术，遮掩了她的光彩，以保护她的纯真本色，留着等待真正爱怜她的人去赏识她。"贺生急忙问他说："你既然能点上墨痕，能不能再洗掉它呢？"和生笑着说："怎么不能！但必须娶她的人诚心诚意来请求一次才行！"贺生起身施礼说："瑞云的丈夫就是我啊。"和生高兴地说："天下只有真正的才子才能懂得真情，不因为丑陋而改变心意。我跟你回去，送还你一个美人。"于是就同贺生一起返回。

到了贺生家里，贺生要准备酒宴，和生止住他说："先让我施行法术，好让准备酒菜的人高兴！"就让贺生用盆盛上水，和生用手指在水上画了几下，然后说："用盆里的水洗一洗脸就会治好的，可是必须让她亲自出来谢医生。"贺生高兴地表示谢意，笑着捧了盆进去，等瑞云自己洗脸。瑞云一洗，脸上的墨痕果然随手而落，光洁艳丽，就同当年一样。夫妇两人非常感激，一块儿出来拜谢，但是客人已经不见了。到处找遍了也没找到，心想，和生大概是个仙人吧？

◎嗤笑：讥笑。 ◎蓬头垢面：头发很乱、脸上很脏的样子。

【名家评点】

《瑞云》是《聊斋志异》"知己型"爱情故事中较为典型的一篇。从思想层面看，《瑞云》篇除了是一个"人生所重者知己"的爱情故事外，还讲述了"天下惟真才人为能多情，不以妍媸易念"的道理，因而是难能可贵的。（刘艳玲）

《瑞云》是一曲关于"知己之爱"的绝唱。贺生在贫贱之时得到"色艺无双"的瑞云的青睐，后来瑞云因故破相，但贺生不因她"蓬首厨下，丑类鬼状"而嫌弃她，并且把她娶回家作妻子。更难能可贵的是，当瑞云表示"愿备妾媵，以俟来者"时，贺生说："人生所重者知己，卿盛时犹能知我，我岂以衰故忘卿哉？"贺生不仅迎娶了瑞云，而且不顾别人的嘲笑矢志不复娶。（李桂奎）

【锦言佳句】

天下惟真才人为能多情,不以妍媸易念也。

涤垢复美

仇大娘

【名家评点】

作品开头以相当多的篇幅写仇家的衰败，然后才让仇大娘登场收拾这种局面，这种不落俗套的开头，意在突出仇大娘。此后的仇大娘，一直处在接踵而来的斗争与反复中，既要与外面的魏名斗，又要与仇家的不肖子斗。就是在这样的复杂环境中，表现了她的刚强、能干。本篇对清兵入关以后人民的乱离生活有一定的反映，使作品具有了更大的认识价值。（胡忆肖、毕敏）

仇仲，山西人，忘记他是哪州哪县的人了。正当天下大乱的时候，被盗匪俘虏了去。他的两个儿子——仇福和仇禄，年纪都很幼小。他续弦的妻子邵氏，照管着两个孤儿。留下来的家业，幸而还能维持温饱。但是连年荒旱，土豪劣绅又常常欺压他们，以致后来连日子也没法过了。

仇仲的叔父尚廉，希望邵氏改嫁，以便霸占他们的家产，因此常常拿这话来劝她。但是邵氏立志守节，毫不动摇。尚廉偷偷地把她卖给一个有势力的人家，订了契约，打算把她抢走。条件都讲妥了，还没有人知道这件事。

同村有个叫魏名的，一向很狡猾，和仇家有仇，对仇家每件事情，都想加以破坏。因为邵氏寡居，他便胡造谣言，诬蔑她不规矩。那个有势力的人家听了这个消息，认为邵氏真的不正经，把娶她的念头打消了。后来，仇尚廉的阴谋和外间对她的流言，渐渐传到邵氏耳朵里，她又气又恨，一肚子冤枉没处申诉，日夜啼哭，身体渐渐不能动弹，连床也起不了。

这时仇福刚刚十六岁，邵氏因为家里连缝缝补补的人都没有，便赶快给他完婚。新媳妇是姜屺瞻秀才的女儿，贤惠能干，家里的一切事情都靠她经管，从此家用一天比一天充裕起来，于是便把仇禄送到学堂里读书。

魏名看到这种情形，心里越发嫉妒，表面上装作和他们很亲善，时常请仇福喝酒，仇福竟把他当作朋友看待。魏名找个机会对仇福说："令堂°病得起不了床，不能料理家务，你弟弟白吃饭，什么也不干，你们夫妻何苦替别人做牛马呢？何况你弟弟将来还得娶媳妇，要花一笔大钱。为你着想，不如及早分了家，那么穷的是你弟弟，富的却是你！"

仇福回去，就和他妻子姜氏商量，姜氏不以为然，数落了他几句。无奈魏名天天挑唆他，仇福受了迷惑，把他的意思直接向母亲说了。母亲大怒，把他痛骂了一顿。仇福越发恼恨，便把家中的金钱和粮食当作旁人的东西一样，随意挥霍。魏名便乘机引诱他赌钱，慢慢把家中的存粮输光了。姜氏知道这回事，却不敢讲。等到没米下锅，母亲吃惊地问起，姜氏才照实说了。母亲气得没办法，只好替他们分家。幸而姜氏很贤惠，还是天天替婆婆烧饭，和平常一样服侍她。

仇福分居以后，越发没有顾忌，大嫖大赌起来。几个月的工夫，田地房产全付了赌债，他的母亲和妻子还蒙在鼓里。

仇福把家产输光以后，走投无路，便立了

◎令堂：对别人母亲的尊称，敬辞。

一张把老婆做抵押借款的字据,但是没有人接受。同县有个赵阎王,本是一名漏网的大盗,平素横行乡里,绝不怕仇福不履行契约,答应借给他一笔钱。仇福拿了钱去,几天就消耗完了。这时他有些踌躇,想要抵赖,赵阎王向他两眼一瞪,仇福吓得开不得口,只好把妻子骗出来交给他。

魏名听到这消息,暗暗高兴,连忙向姜家报信,想要一下子把仇家搞垮。姜秀才大怒,立即告到衙门,仇福很害怕,逃走了。

姜氏到了赵阎王家,才知道被丈夫出卖了,大哭大闹,一心寻死。赵阎王最初还是好言劝慰,姜氏不听;他便改用威逼手段,姜氏破口大骂。赵阎王发了火,用鞭子抽打,她始终不肯屈服,并且拔下头上的簪子,刺入自己的喉咙,众人连忙救护,簪子已经穿透了食管,鲜血直冒出来。赵阎王赶快用布条把她的脖子包扎住,想慢慢折磨她。

第二天,传票下来,赵阎王还是大模大样地毫不在意。县官一验姜氏受伤很重,吩咐衙役答打赵阎王;衙役面面相觑,谁也不敢用刑。县官早就听说赵阎王为人凶狠残暴,一见这种情形,更加相信了,一怒之下,便把自己的家丁◎唤出,立即把赵阎王打死。姜秀才也把女儿抬回家去。

自从姜家告了状,邵氏才知道仇福干了这么多罪恶的勾当,大哭一声,几乎断了气,病就越来越厉害了。这时仇禄刚十五岁,孤苦伶仃地没有依靠,日子简直过不下去了。

仇仲有个前妻所生的女儿,名叫大娘,早年嫁在外县。大娘的脾气很刚猛,每次回娘家来,送她的东西不能使她满意,便顶撞父母,常常是气愤着走去,因此仇仲很厌恶她。加上道路遥远,几年没有来往。魏名深知这种情况,便想在邵氏病得十分严重的时候,把仇大娘召回娘家,好让他们大闹一场。恰好有个做小生意的,和仇大娘住在同村,魏名托他给仇大娘带个口信,劝她回来看看,还用分家产的话去引诱她。

过了几天,大娘果然带着她的小儿子来了。进门见到年幼的弟弟服侍着生病的母亲,景象惨淡凄凉,心里十分悲伤,便问仇福哪里去了。仇禄把详细经过告诉她。大娘听了,义愤填膺地说道:"家里没有成年的人,就被人作践到这种样子!我们家里的田产,这些强盗怎么敢骗了去!"说着走到厨房里,生了火,煮了一锅小米粥,先让母亲吃了,再叫她弟弟和儿子同吃。吃完,气愤地走出家门,到县里控告那些赌棍。

赌棍们害怕了,大家凑了些钱贿赂仇大娘,

◎家丁:受富豪家和官僚雇佣、供差遣或当保卫的人。

【读名著学成语】

矢志不摇

发誓立志,决不改变。清·蒲松龄《聊斋志异·仇大娘》:"仲叔尚廉利其嫁,屡劝驾,邵氏矢志不摇。"

仇大娘

【名家评点】

其一，《仇大娘》这篇故事，情节曲折多变，按"无奇不传"之说，此是写传奇的极好原本；其二，蒲松龄在此篇中阐发了"祸福相依"的朴素辩证思想，也宣扬了"祸福无常"、一切自有天数的宿命论，其中"善恶终有报"的道德伦理观在当时具有进步意义，今天也不乏存在其民族深层心理状态的研究价值。（巩武威）

《仇大娘》属于《聊斋志异》中偏向家庭题材的作品，出于社会教化的目的，蒲松龄晚年时将《仇大娘》篇改编成了通俗俚曲作品《翻魇殃》，两者之间既有联系，也有区别，但呈现给我们的基本面貌都是一幅"人情百态图"。（牛菡）

大娘收下钱，仍然控诉。县官把几个赌棍拘了起来，各打一顿板子，但是对于田产的事却置之不问。大娘气不能平，又带着儿子到州里去告。州官最恨赌徒，大娘又竭力陈诉娘家的孤苦以及坏蛋们设局⊙骗财的状况，言辞激昂慷慨，州官很受感动，判令县官把仇家的田产追还，但仍把仇福判罪，惩戒他的行为不端。大娘回到家来，县官果然奉令催逼各赌徒，于是先前的产业全部归还原主。

这时仇大娘已经寡居多年，先把小儿子打发回家，嘱咐他跟着哥哥过日子，不要再来。大娘从此便留在娘家，服侍母亲，教导弟弟，把里里外外整理得井井有条。母亲得到很大的安慰，病一天比一天见好，家务都委托给大娘经管。村里的土豪恶霸稍稍欺凌一下，她便拿着刀找上门去，理直气壮地和他们争论，没有不被折服⊙的。

她在娘家住了一年多，田产更增加了，便常常买些药物和珍贵的食物，派人送给姜氏。又见仇禄年龄渐渐大了，到处托媒人给他说亲。魏名又逢人便说："仇家的产业，全操在大娘手里，将来恐怕拿不回来了。"人们都相信他的话，因此不肯和仇家论婚。

有个名叫范子文的阔公子，他家的一座花园很有些名气，在山西算得上数一数二的了。园里面的奇花异木，夹路栽种，一直通往内宅。一次，有人不知道是范家的花园，闯了进去，正赶上范子文全家举行家宴，一见大怒，把那人当作盗贼抓起来，几乎打个半死。

清明节那天，仇禄从私塾里回家，魏名在路上拦住他，带他一道游玩，一下子就来到范家花园门口。园丁本来和魏名相识，放他们进去。他们游遍了亭台池阁，不一会儿来到一个地方，溪水潺潺地流着，上面有一座油漆的小桥，通往一道油漆的大门，远远地向门内一望，繁花如锦，正是范子文的内宅。魏名骗他说："你先进去，我小解一下就来。"仇禄踏着脚步过桥进门，来到一个院子里，听到女人的笑声，刚要止步，一个丫鬟从里面跑出来，见了他，连忙转身进去。仇禄这才惊慌失措，飞奔逃走。这时范子文已经赶出来，喝令家人拿着绳子追他。仇禄走投无路，就跳到水里。

范子文反怒为笑，连忙叫家人把他拉上来。见他容貌服饰都很文雅，便吩咐给他换了一套衣服，带他到一个亭子上，和颜悦色地问他的姓名，感觉很亲切。过了一会儿，范子文匆匆走到里面，

◎设局：设置圈套。 ◎折服：使屈服或服从。

【读名著学成语】

繁花如锦

许多色彩纷繁的鲜花,好像富丽多彩的锦缎。形容美好的景色和美好的事物。

清·蒲松龄《聊斋志异·仇大娘》:"遥望门内,繁花如锦,盖即公子内斋也。"

游园投溪

仇大娘

一下子又转身出来，满面春风地握着仇禄的手，一同过桥，渐渐又来到刚才仇禄到过的地方。仇禄不了解范子文的意思，畏畏缩缩地不敢向前，范子文硬把他拉了进去。只见花篱背后，隐隐约约地有个美女偷偷窥看。等到坐定之后，一群丫鬟出来斟酒。仇禄辞谢说："我是个小孩子，不懂事，误入贵府内宅，蒙你不加罪，已经出乎我的意料。如今只求你早早放我回家，我就感恩不尽了。"范子文好像没有听见。

一会儿，各式各样的冷荤热炒全摆了上来，仇禄又站起来告辞，说他已经酒足饭饱。范子文把他按在椅子上，笑着说道："我有一个乐拍◦的名字，你如果能对得出，便放你回去。"仇禄点点头向他请教。范子文便说：

拍名浑不似，

仇禄想了好久，对道：

银成没奈何◦。

范子文听了大笑说："你真是石崇◦啊！"仇禄不懂这话是什么意思。

原来范子文有个女儿，名叫蕙娘，长得很美，又懂得文学，正在挑选合适的女婿。一天夜里，她梦见有人告诉她说："石崇就是你的丈夫。"问他在哪里，那人答道："明天就掉在水里了。"早上把梦对她父亲说了，大家都觉得奇怪。仇禄闯到花园里来跳水，正好符合梦兆，因此范子文才把他邀到内宅，叫他妻子和女儿一同相看。

范子文听到仇禄的对句，很高兴，便说："上联是小女拟出来的，想了很久想不出下联，如今你对得出，这也是天赐的姻缘，我就让小女嫁给你吧。我家房屋不少，也不须你把她迎娶过去。"

仇禄一听，很惶恐，连忙辞谢，并说母亲正在生病，不能离开她入赘。范子文叫他回家商

【名家评点】

原著《仇大娘》篇中的魏名，即"命"也，有命运捉摸不定之意，是对仇福、仇禄，即"福""禄"的戏弄。从蒲松龄本人改编的《翻魇殃》中也能体味出这层含义的存在。（巩武威）

从一定的道德观出发，蒲松龄在本篇所反映的人生世相中，渗透着强烈的爱憎。他一方面以厌恶、憎恨的心情，展示那个社会中奸邪小人的包藏祸心，阴谋诡计和丑恶灵魂，一方面用热情的歌喉唱出善良人们对美好生活的向往，对邪恶势力的斗争精神。这一正一反的两个方面经纬交织，沿着善有善报、恶有恶报的思维路线向前发展，最后让正压倒邪，善战胜恶，美战胜丑。（李永昶）

◎乐拍：曲子的名称。如"胡笳十八拍"。下文所提的"浑不似"，是一种类似的琵琶的乐器。◎没奈何：张循王浚家中多银，每千两铸成一球，名为"没奈何"，意思是说不能动用，没办法。◎石崇：晋人，字季伦，是当时的一个富户。

【读名著学成语】

无地自容

没有地方可以让自己容身。形容非常羞愧。清·蒲松龄《聊斋志异·仇大娘》："大娘搜捉以出。女乃指福唾骂，福渐汗无地自容。"

量商量。就叫马夫背起他的湿衣，备马把他送走。

仇禄回到家中，把经过告诉了母亲，母亲吓了一跳，认为这不是什么好事，从此才知道魏名真阴险。不过因祸得福，也就不去记他的仇，只是警告儿子不要再和他接近罢了。

过了几天，范子文又派人向邵氏提亲，邵氏始终不敢答应。最后还是由大娘做主，请了两个媒人，前去下聘。不久，仇禄就到范家入赘，过了一年多，中了秀才，文名也大了起来。蕙娘的兄弟长大成人以后，对仇禄的礼貌差了一些，仇禄一生气，便带着蕙娘回到家里。那时，邵氏的病有了转机，已能拄着拐杖行走。几年以来，靠着大娘经营，房屋修建得很完好。蕙娘一来，又带了许多男女用人，宛然具备了大户人家的势派。

魏名见仇家不和他来往，越发嫉恨，但又找不到陷害他们的借口。当时有个大强盗犯了案逃到很远的地方去了，魏名便诬赖仇禄是个窝主，仇禄被判充军口外°。范子文上上下下行贿，托人情，也只做到蕙娘免予同行。仇家的田产依例也要没收，幸而大娘拿着兄弟分家的字据，挺身出来理论，把新买的良田多少顷都挂在仇福名下，母女俩才得免于破产，安居度日。

仇禄以为很难重回故乡了，便写了一张离婚字据，交给岳家，独自去了。走了几天，到了北京，在旅店里吃饭，有个乞丐在门外探头探脑地张望，相貌很像他哥哥。走过去一问，果然是仇福。仇禄于是把情形详细对他说了，兄弟二人大哭一场。仇禄分了几件衣服和几两银子给他哥哥，嘱咐他立即回家，仇福流着眼泪接过东西来告别而去。

仇禄走到关外°，在一个将军部下充当小卒，

◎口外：长城以北地区。包括内蒙古，河北北部的张家口、承德大部分地区，乃至于新疆一带的长城以北地区，但不包括东北三省。其中"口"指的是长城的关口，如古北口、喜峰口等。

仇大娘

因为仇禄读过书，身体也不够强壮，将军便叫他主办文书事务，和仆人们在一起住。仆人们见他新来，问他家庭出身，仇禄统统说出来。其中有一个人吃惊地叫道："这是我的儿子啊！"

原来仇仲最初被盗匪掳去牧马，后来盗匪逃散，仇仲流落关外，卖身给将军做了仆人。他把遇难的详情向仇禄说了一遍，才知道彼此真是父子，两人抱头痛哭，满屋子的人听了都流眼泪。

过了不久，将军捕获了几十名大盗，里面有一个人，正是魏名诬赖仇禄做他窝主的那个强盗头子。等他招供以后，仇仲父子便向将军哭诉。将军答应替他申冤，文书上去，主管下令地方官把产业赎回来还给仇家，父子都很高兴。仇禄问他父亲的家口，准备替他赎身，才知道仇仲卖身将军有了不少年数，曾经娶过两次，都没有生过子女，这时正鳏居。仇禄便整理行装，启程回家。

仇福自从和他弟弟分别之后，赶到家中，匍匐地下，叩头悔过。大娘把母亲扶到正座上，手里拿着一根棍子，向他问道："你如果愿意受鞭打，便可暂时把你留下，不然的话，你的田产早败光了，这里没有你吃饭的地方，就请你赶快滚出去！"仇福伏在地下哭泣，愿受鞭打。大娘把棍子一丢说："像你这种连老婆都肯出卖的人，也不值得一打。横竖你的旧案还没有消，只要你再犯罪，把你送到衙门里就是了。"大娘又派人到姜家送信，姜氏骂道："我是仇家什么人，也用得着告诉我！"大娘常常把姜氏的话讲给仇福听，用来羞辱他，仇福惭愧得连大气也不敢出。

◎关外：山海关以东或嘉峪关以西一带地区。 ◎鳏（guān）居：独身无妻室。

【名家评点】

《仇大娘》描写了一个家庭十数年间悲欢离合、否极泰来的故事，塑造了仇大娘这一光彩照人的妇女形象，表达了作者对奸邪小人的憎恶，对善良人家不幸遭遇的同情。（李永昶）

仇福在家里住了半年，尽管大娘在各方面对他供应得相当周到，但是支使起来却像仆人一样。仇福辛苦地劳作，没有一句怨言。委托他办理银钱来往，也总是交代得清清楚楚，分文不苟。大娘看出他的确真心悔改，便和母亲商量，要把姜氏接回家来，母亲认为姜氏不会回心转意。大娘说："不能这样想，她如果肯嫁两个丈夫，哪里还要挨打自杀？不过她有一肚子气，还没有发泄一下罢了。"

于是她带着弟弟到姜家去请罪。岳父母把仇福骂得很厉害，大娘喝令他跪在地上，然后要求和姜氏相见。请了三四遍，姜氏坚决地躲着不肯出来。最后大娘亲自到里面去找到了她，硬拉她出来。姜氏一见仇福，指着他唾骂，仇福羞得浑身冒汗，简直像没地方可以容身。最后还是岳母看着女婿可怜，才把他拉了起来。

大娘问姜氏哪天回家，姜氏说："一向承姐姐厚待，我都记在心里，如今你要我去，我有什么话说？不过难保不再被他卖掉。而且夫妻的恩义早就断绝了，如今再同黑心的无赖子一起过日子，还有什么意思呢？只求姐姐另外给我布置一间屋子，让我去侍奉母亲，总比削发为尼好一点就是了。"大娘替仇福表示忏悔，约定明天来接她。

第二天早晨，大娘派轿把姜氏接到家来，母亲走到门口，跪在地上迎接姜氏。姜氏一见，也跪下大哭。大娘把她们劝慰了一番，然后摆酒庆贺，叫仇福坐在桌子角上伺候。她举起杯子来

◎不苟：不随便；不马虎。

【锦言佳句】
我以一身来，仍以一身去耳。

旅肆認兄

悔过负荆

仇大娘

说道："我一向苦苦地和人相争，并不是为了自己，如今弟弟已经悔过，贤弟媳也回来了，让我把文书账册一并交出，我是单身来的，还要单身回去。"仇福夫妻听了这话，立即肃然起立，围在她身旁跪下，哭个不休，大娘才答应不走。

不久，为仇禄洗刷罪名的命令到了，几天之内，田产全部归还原主。魏名大吃一惊，不明白是怎么回事，只恨再没有什么毒计可施。恰好有一天，仇家的西邻失火，魏名假托前来施救，偷偷带了一条草绳，在仇家房后放了一把火，忽然又刮起大风来，房屋几乎全部烧光，只剩下仇福住的两三间屋子。全家都搬到一起住。

不久，仇禄回来，家人相见，悲喜交集。当初范子文接到仇禄的离婚书后，拿去和蕙娘商量，蕙娘大哭，把它扯碎了丢到地上。她父亲答应随她的心愿，不再勉强她。仇禄一到家，听说她没有改嫁，便很高兴地到岳家探问。范子文知道他家的房屋遭了火灾，想把女婿留下，仇禄不肯，还是告辞回家。

幸而大娘有些积蓄，便拿出来修理残破的墙壁。仇福拿着铁锹挖掘，发现了一窖银子。夜里再和他弟弟一道去开掘，原来是一个一丈见方的石池，里面装的全是银子。于是雇了工人，大兴土木，造了很多高楼大厦，雄壮富丽，比起官宦人家来也无逊色◎。

仇禄深感将军义气，打算带一千两银子去赎他父亲回来。仇福请求前往。仇禄便派了一个健仆陪他同去。仇禄接着把蕙娘迎来。不久，父亲和哥哥也到了，全家欢欣鼓舞，庆贺团圆。

仇大娘自从来到娘家，一直不许儿子们看

◎逊色：比不上，差。

【名家评点】

披肝沥胆，水清米白之言，古今罕有。（但明伦）

（评仇大娘）光明磊落，白日青天，令人起敬，巾帼中哪得如此！（冯镇峦）

她，怕人议论她有私心。如今父亲回来了，她坚决地要走。仇福、仇禄全不忍让她离开，父亲便把家产分成三份，儿子得两份，女儿得一份。大娘执意不肯接受，兄弟二人流着眼泪对她说道："我们要不是姐弟，哪里会有今天？"大娘只好答应，派人接儿子，把家搬到娘家来住。仇福、仇禄雇人替她修造房子，形式完全和他们自己的一样。

魏名自己想了一下，十多年来，他越是想害仇家，仇家越是因祸得福。他又羞愧，又懊悔，更因为仇家很有钱，便想巴结巴结他们。于是借口祝贺仇仲回家，备了一些礼物前去。仇福本想拒绝，仇仲觉得不好意思，收了他的鸡和酒。那只鸡是用破布条绑着脚的，忽然逃到灶间◎里，脚上的布条着了火，鸡又一下子飞到柴堆上，用人看见了也没有注意。顷刻之间，柴堆起火，延烧房屋，一时全家惊惶失措。幸而人手众多，马上就把火扑灭。但是厨房里的用具已经焚烧一空。仇氏兄弟都说，魏名连送的东西也是不祥之物，以后必须当心。

后来碰上仇仲做寿，魏名又送了一只羊来，怎样也推辞不掉，便把羊系在院子里的一棵树上。夜里有个小僮挨了仆人一顿打，气愤地跑到树下，解下拴羊的绳子自缢◎而死。仇氏兄弟叹道："姓魏的给你好处，反而使你倒霉，倒不如让他用计陷害你呢！"

从此魏名虽然常常来献殷勤，但仇家什么东西也不敢接受了，宁可多给他一些钱，打发他走。后来魏名年老了，穷得讨饭吃，仇家还常常送他一些衣服、粮食，一直照顾他。

◎灶间：厨房。 ◎自缢：引绳缢颈而自尽。

【锦言佳句】

益仇之而益福之，彼机诈者无谓甚矣。顾受其爱敬，而反以得祸，不更奇哉？此可知盗泉之水，一掬亦污也。

大义无私

茸堵得金

珊瑚

重庆有个名叫安大成的书生，父亲是个孝廉，早去世了。弟弟二成，年纪还小。大成娶了一位姓陈的姑娘，小名叫作珊瑚。大成的母亲沈氏，生性泼悍残忍，对珊瑚百般虐待，但珊瑚毫无怨言。

每天早上，珊瑚总是打扮得整整齐齐，到婆婆房里问安。一次，正赶上大成害病，婆婆说她妖冶°、诲淫°，没安好心，大大数落了她一番。珊瑚连忙回到房里，洗掉脂粉，换了一身淡素衣服，再去朝见。不料婆婆越发生气，头向墙上撞，还用手打自己的脸。大成素来孝顺，看见这情形，便把妻子痛打了一顿，母亲的怒气才稍稍平息了一些。但是从此以后，婆婆越发憎恨媳妇了。尽管媳妇委曲求全，殷勤侍奉，婆婆却始终不和她说一句话。大成知道母亲讨厌她，也就宿在别处，表示和她断绝了夫妻关系。

这样过了很久，母亲还是不高兴，遇事便指桑骂槐°，全是针对珊瑚而发。大成说："婆妻原是为了侍奉婆婆，如今婆媳像是仇人，我还要媳妇做什么？"于是写了一封休书，派一个老婆子把珊瑚送回娘家。刚刚走出村口，珊瑚流着眼泪说道："身为女子而不能在人家做媳妇，回家有什么面孔见父母？这样还不如一死！"说着，从袖子里取出一把剪刀，对准喉咙便刺，老婆子连忙上前抢救，鲜血已经流了满身。老婆子把她就近扶到大成的一位族婶家里。族婶姓王，是个寡妇，人口简单，便把珊瑚留下。老婆子回去把经过对安大成说了，他吩咐不要对人讲，但心里总是怕被母亲知道。

过了几天，打听得珊瑚的伤口渐渐平复了，便跑到族婶门口，叫她不要留珊瑚住，王氏叫他进去谈谈，他不肯，只是盛气凌人地要把珊瑚赶走。过了一会儿，珊瑚走了出来，一见大成便问道："珊瑚犯了什么罪？"大成说她不能侍奉母亲。珊瑚一句话也不说，只是低着头呜呜地哭，眼泪都是血，白衣服染成了红色。大成见了很难过，觉得无话可说，告辞去了。又过了几天，大成的母亲已经听到风声，怒气冲冲地跑到王氏家里，说了一大串很难听的话，王氏也不甘示弱，反而指出了她的种种坏处。又说："媳妇已经休了，

◎妖冶：妖媚而不庄重。◎诲淫：引诱别人产生淫欲。◎指桑骂槐：着桑树骂槐树。比喻表面上骂这个人，实际上是骂那个人。

传世彩绘聊斋志异

【名家评点】

蒲松龄在《珊瑚》中着眼于伦理关系的透视，主要宣扬封建伦理道德，进行子孝妻贤逆来顺受的说教，其中又夹杂着因果报应的陈腐观念，因此这篇作品在思想上没有多少可取之处。但是由于作家忠实于客观现实生活，注意按照生活的本来面貌描写生活，反映生活，对于今天的读者来说，具体地了解封建家庭的内幕，通过作品提供的艺术画面，还是可以得到许多启示的。因而它具有一定的认识价值。珊瑚的形象饱含血泪，真实感人，具有较强的艺术美感。（李永昶）

她还是安家的什么人？我留的是陈家的姑娘，不是安家的媳妇，谁要你强来干预别人家的事！"大成的母亲气得要死，但是自己理屈，对答不上，又见王氏理直气壮，一点不肯相让，便又羞又恨地大哭着走了。

珊瑚却十分过意不去，就想另外找个地方去住。大成本来有个姨母于老太太，是沈氏的姐姐，已经六十多岁了，儿子已死，只有一个小孙子和守寡的儿媳。她平时对珊瑚很好，珊瑚便辞了王老太太，前去投奔。于老太太一问情由，大骂她妹子糊涂凶恶，就想把珊瑚送回安家。珊瑚竭力说这样做使不得，还嘱咐她不要把这件事对人讲出去，于是她便住在于老太太家里，像是婆媳一般。珊瑚有两个哥哥，听说妹妹处境不好，很同情她，要把她接回家去，另外改嫁。珊瑚坚决不答应，只是愿意跟着于老太太纺纱织布，维持自己的生活。

大成自从休妻以后，沈氏多方面托人，为她儿子找媳妇，但是她那泼悍的名声早已传开，不论远近地方的人家，都不肯把女儿送到虎口里去。

过了三四年，二成渐渐长大成人，便先替他完了婚。二成的妻子臧姑，骄悍◦泼辣，比婆婆还要厉害一倍，婆婆偶然脸上透着不高兴，臧姑立即用难堪的话说她听。二成又是生性懦弱，不敢说一句公道话。这样一来，婆婆的淫威大大减少了，对媳妇连碰也不敢碰，反而看着媳妇的脸色，千方百计地逢迎她。即便如此，还是不能取得媳妇的欢心。臧姑使唤婆婆，像使唤婢女一样。大成也不敢说什么，只有自己替母亲劳作，洗涤洒扫◦的事，样样都干。母子俩常常在没人的地方，面对面暗暗哭泣。不久，母亲忧闷成病，躺在床上，大小便或是翻翻身，都要大成服侍。大成日夜不能休息，两只眼睛都红肿了，叫他弟弟来替班，弟弟刚一进门，臧姑就把他喊走。大成实在忍受不了，跑到于老太太那里，希望姨母抽空看看。他一进门，就一面哭，一面诉苦，还没诉完，珊瑚忽然从房里走了出来。大成一见，惭愧极了，忍住哭声，准备逃走。珊瑚两手叉在门口，大成又窘又急，最后只好从她的肘腕底下冲了出去，回到家里，也不敢把这件事告诉母亲。

【读名著学成语】

木石鹿豕

如同木头、石头、鹿和猪一样。形容愚笨无知。清·蒲松龄《聊斋志异·珊瑚》："冤哉！谓我木石鹿豕耶！具有口鼻，岂有触香臭而不知者？"

◦骄悍：骄横凶悍。 ◦洒扫：先洒水在地上浥湿灰尘，前后清扫。

珊瑚

【名家评点】

《珊瑚》篇中的主要人物珊瑚及其婆母，不仅思想性格特殊，且与其有关的人物的关系也特殊。正是有了篇中一系列鲜明的思想差异、强烈的性格对比的特殊人物、特殊的人物关系，因此，当他们同在一个屋檐下，同食一锅饭的情景下，彼此朝夕相处，怎会不产生独特的矛盾冲突。这样一来，关乎到家庭每个成员的切身利益、生活质量高低的彼此之间关系，就会或和睦相处，亲情浓厚；或吵闹不休，恩断义绝。而这人物关系发展变化的选择表现，不仅起到为社会中的人们提供处理家庭成员关系的导向作用，也显示一定的社会生活内容和时代意义。（李希今）

过了两天，于老太太来了，大成的母亲很高兴，留她住下。从此，于老太太家里没有一天不派人来，每次来总是带些好吃的东西给于老太太。于老太太叫人传话给她儿媳说："这里不会让我饿着，以后不要送什么东西来了。"但是家里还是天天送，没有间断过。于老太太不肯尝一口，总是给病人吃。这时，大成母亲的病也渐渐好了，于老太太的小孙子又奉了他母亲的命令，带了一些好吃的食物来问候病人。沈氏叹口气说："你这儿媳妇可真够贤惠，姐姐是烧什么高香◦修来的！"于老太太说："你那个休去的媳妇怎么样？"沈氏说："咳！的确不像某某人那么坏，但是又怎能比得上外甥媳妇这样好呢？"于老太太说："媳妇在的时候，你不知道什么是辛苦；你发了脾气，媳妇并不恨你，怎么能说比不上呢？"沈氏一听，不禁落了几滴眼泪，并且说她很后悔，便又问道："珊瑚改嫁了没有？"于老太太答道："这可不知道，等我去打听打听。"

又过了几天，沈氏的病已经大大见好，于老太太要向她告辞回去。沈氏流着眼泪说："只恐姐姐一走，我还是要死的。"于是，于老太太和大成商量，不如和二成分开住。二成把这话告诉了臧姑，臧姑很不高兴，言语之间讽刺着大成，对于老太太也不放过。大成愿意把家中所有良田，归在二成名下，臧姑这才满意了。等分家的文契◦写好，于老太太就回去了。

第二天，于老太太派车来接沈氏。沈氏一到她家，首先要见见外甥媳妇，竭力称赞她贤德。于老太太说："年轻人纵然有一百种好处，怎么会没有一点差错？只是我能够容忍罢了。你便是有像我这样一个媳妇，恐怕也不会享福吧！"沈氏说："哎呀！我真冤枉！难道你认为我是草木禽兽吗？我有口有鼻，怎能连香臭也分辨不出！"于老太太说："被你休去的珊瑚，不知提起你来该说什么。"沈氏说："骂我就是了。"于老太太说："果真你问问自己，如果没有什么可骂的，

◎高香：旧时祭祀或敬神时烧的最好的线香。　◎文契：旧时买卖房地产、借贷等所立的契约。

她又从什么地方骂起？"沈氏说："错误是任何人不能免的，正因为她不贤惠，所以知道她会骂的。"于老太太说："应该怨恨的你不怨恨，就可以知道你不晓得应该感激谁；应该休的不休，就可以知道你收养的人好不好！老实对你说吧：前一个时候馈送食物请安问好的，并不是我的媳妇，而是你的媳妇啊！"沈氏大惊说："这是怎么回事！"于老太太答道："珊瑚在我家住了很久了，从前供养的东西，全是她夜间纺织赚钱买来的。"沈氏一听，感动得流了几行老泪，哽咽说："叫我怎样见我的媳妇啊！"于老太太便叫珊瑚。珊瑚含着眼泪出来，跪在地上。婆婆又羞又愧，狠狠地打自己的脸。于老太太再三相劝，她才住了手。从此她们又恢复了婆媳关系。

在于家住了十几天，婆媳俩一道回去。家里的几亩薄田，不够维持几口的生活，只有靠大成的一支笔和珊瑚的一根针，赚钱贴补。

二成的日子过得很好，但是哥哥不去求弟弟，弟弟也不来照顾哥哥。臧姑因为嫂嫂曾经被休过，瞧不起她，嫂嫂也恨她泼悍，根本不去理她。兄弟俩分成两院居住，臧姑常常辱骂他们，一家人都蒙住耳朵，假装不曾听见。臧姑没办法逞威风，便虐待丈夫和丫头。丫头受苦不过，一天上吊死了。丫头的父亲控告臧姑，二成代她上堂对质，挨了一顿板子，还是要拘臧姑到案。大成上上下下替她想办法，仍然不免拘捕。臧姑受到拶指◎的酷刑，皮肉都脱了下来。县官是个贪婪残暴的人，勒索的数目很大。二成把田地做抵押，借了钱，如数缴纳，臧姑才被释放回家。但是债主天天催他还钱，二成没办法，把全部良田卖给本村一位姓任的老头。任老头因为这些田一大半是大成让给二成的，要求大成立个文书。大成一到任家，任老头忽然自言自语道："我是安孝廉啊！任老头是什么人，敢买我的产业！"说着，又转过头来对大成说道："阴府里因为你们

◎拶（zǎn）指：用拶子夹手指。

【锦言佳句】

当怨者不怨，则德焉者可知；当去者不去，则抚焉者可知。

珊瑚

夫妻孝顺，特地让我暂时回来和你见一面。"大成流着眼泪说："爹爹有灵，应该赶快救救弟弟。"安孝廉说："像这种逆子悍媳，没有什么可顾惜的，回家快快备款，赎回我辛辛苦苦挣下的产业。"大成说："我们母子仅能勉强过日子，哪里有那么多的钱呢？"孝廉说："紫薇树下面埋藏着一些银子，可以掘出来使用。"想要再问，任老头已经不说话了。过一会儿他清醒过来，对于刚才的事情，竟茫无所知。

大成回家告诉母亲，正在半信半疑，不料臧姑早已率领着几个人去挖掘，挖了四五尺深，只发现一些砖头石子，并没有什么银子，便失望地走了。大成听说她在挖掘，劝母亲和妻子不要前去。后来知道她什么都没有挖到，母亲才偷偷地走去一看，只见砖头石子混在泥里，也就默然回来。接着，珊瑚也去了，却见土堆里埋的全是白花花的银子，她叫丈夫同往验视◎，果然不错。因为是父亲留下来的，大成不忍心独取，把二成叫来平分，数成两份，各人装到袋子里背回去。

二成和臧姑打开一看，里面全部是破瓦碎石，不免大吃一惊。她怀疑二成受了哥哥的愚弄，叫他到哥哥家去探听，见哥哥正把银子放在桌上，和母亲共同庆幸着。二成把实情告诉哥哥，大成给吓了一跳，但觉得过意不去，就把自己的一份一并送给他，二成这才满意了，拿银子还了债，心里很感激哥哥。臧姑却说："就这件事更可以证明哥哥的虚伪，如果不是他心里有鬼，谁肯把自己分到的东西再让给别人？"二成听了，也半信半疑。

第二天，债主打发仆人来，说还债的银子全是假的，要扭着二成见官。夫妻二人惊慌失色，不知如何应付。臧姑说："我说的话对不对？我早就说哥哥不会对人这般好啊，原来他给你假银子是想坑害你！"二成害怕了，亲自到债主家里哀求。债主怒火很旺，不肯罢休。二成就当面立了文书，写明田地由他随意变卖，好不容易才把假银子换了回来。二成夫妻仔细看那两锭切开的元宝◎，只是表面裹了韭菜叶般薄的银片，里面

【名家评点】

这篇作品在封建社会是有它的深刻的现实意义的，因为它彻底地揭露了封建家庭中的主要矛盾，婆媳矛盾与兄弟矛盾。（任访秋）

◎验视：检验察看。◎元宝：大宝。状似鞋子的金锭或银锭，通常是银锭，从前在中国当作货币使用。

【读名著学成语】

不左右袒

左右袒：露出左臂，不偏不倚，保持中立。清·蒲松龄《聊斋志异·珊瑚》："二成又懦，不敢为左右袒。"

全是黄铜。臧姑和二成商量，把切断的银子留下，其余都还给哥哥，看看会不会出事。她又教他这样对哥哥说："屡次承你好意，把银子相让，实在有点不好意思。我只留了两锭，也算不辜负你这番诚意。如今我的财产，差不多还能和哥哥所有的相等，我不需要更多的田地了，已经让给债主的田，赎不赎也全在你！"大成不了解他的用意，还是再三推让，但是二成坚决不收，只好由他。大成一称，短少了五两多，就叫珊瑚拿出陪嫁的首饰去当了，补足原数，拿去还了债主。债主怀疑还是原来的银子，剪开一看，纹色够得上十成，没有丝毫掺假，便收了下来，把地契文书还给大成。二成把银子送给哥哥以后，心想哥哥一定会与债主发生纠纷。等他听说原来的田产已经赎回，心里大惑而不解。臧姑疑心在挖掘前，哥哥先把真的银子隐藏了起来，便气愤地跑到哥哥那边，连说带骂，吵闹不休。大成这才明白二成为什么把银子送回。珊瑚迎上前去笑道："田契◎就在这里，为什么发脾气呢！"说着叫丈夫取出来交给她。

一天夜里，二成梦见父亲责骂他说："你不孝顺，不友爱，死期已迫，一寸土也不是你的，霸占强赖有什么用！"二成醒来把话告诉臧姑，想把田契还给哥哥。臧姑笑他愚蠢。二成有两个男孩，大的七岁，小的三岁。不久，大的生天花死了，臧姑害怕起来，连忙叫丈夫把田契退还给哥哥，说了多少遍，大成始终不肯接受。过了两天，老二又死了，臧姑更心慌了，亲自把田契送到嫂嫂房里。春天快过完了，田还是荒着，没人去管。大成没办法，只得找人耕种。

臧姑从此改变了行为，每天按时向婆婆问候，像是一个很孝顺的媳妇，对嫂嫂也十分恭敬。不到半年，婆婆害病死了，她哭得很悲痛，甚至不进饮食，还常常对人说："婆婆早死，叫我不能长期侍奉，这是老天爷不许我有赎罪的机会啊！"后来她一连十胎，都小产◎了，便过继◎了哥哥的一个儿子。大成夫妻活的岁数都很大，一共生了三个儿子，有两个中了进士。

◎田契：旧时拥有、买卖、转让田地的书面凭证。◎小产：怀孕不足月而流产。◎过继：自己没有儿子而以兄弟、亲戚或他人之子为后嗣，称为"过继"。

传世彩绘聊斋志异

葛巾

【名家评点】

这篇小说通过离奇的情节、简洁的语言塑造了极富个性的人物形象。俨然塑造出一位多情、善良、知恩图报、性情刚烈、有勇有谋的不凡女子形象。（陈长喜）

《聊斋志异·葛巾》是写"花妖"的名篇。不但在《聊斋志异》中，就是在中国文学史上，它也戛戛独造，无人能夺其席的。它通过"详尽"的描述，展现"平常"的"人情"，让读者尽享曹州美女葛巾、玉版"和易可亲"的精神风貌，而"忘"了她们的"异类"身份。（王光福）

常大用，洛阳人，特别喜爱牡丹。他听说曹州牡丹是山东最出名的，就一心想去看看。恰好因为有别的事情，大用来到了曹州，就借住在一家官宦人家的花园里。当时是二月天，牡丹还没开放。他整天在园中徘徊，注视着那些牡丹幼芽，希望它们早日开花，并作了一百首歌咏牡丹的诗。不久，牡丹渐渐含苞待放，而他的盘缠也快用完了。他就找了些春天的衣服典当点钱生活，整日流连于牡丹园中，忘了回家。

一天凌晨，大用来到牡丹花园，看见一位姑娘和一位老婆婆已经先在那里。他怀疑是富贵人家的家眷，就赶紧回去了。黄昏时候，他再去牡丹花园，又看见她们，就从容地躲避到一旁。他远远地偷看她们，只见那姑娘穿着十分华丽的宫装，艳丽绝伦。大用迷惑不解，转念一想：这一定是位仙人，人间哪有这么美丽的女子！于是，他急忙反身去寻找她们，转过假山，正好遇到老婆婆，那女子正坐在石头上，他们相互看见后，都吃了一惊。老婆婆用身子挡住姑娘，呵斥大用说："大胆狂生，你想干什么？"大用直挺挺地跪着说："娘子必定是神仙！"老婆婆斥责他说："如此妄言，就该捆起来送到县官那里！"大用非常害怕。姑娘微笑着说："我们走吧！"就转过假山走了。大用往回走，连脚也迈不动了。心想那姑娘回家告诉父母，必定有人来辱骂他。回到住处，他仰面躺在床上，后悔自己鲁莽冒失；又暗自庆幸姑娘脸上没有怒容，也许没把这事放在心上。他又后悔又害怕，折腾了一个夜晚就病倒了。第二天太阳老高了，不见有人来兴师问罪，大用心情才慢慢平静下来。他回想起姑娘的音容笑貌，心里的害怕都转化为想念了。这样过了三天，憔悴得快要死了。

这天深夜，仆人已经睡熟了，大用还点着蜡烛没睡。忽然，上次见过的那个老婆婆来了，她手中捧着个杯子走进房间，对他说："我家葛巾娘子亲手调和了毒药，要你赶快喝了。"大用听了非常害怕，随后就说："我与娘子从来没有什么怨仇，何至于赐我死呢！既然是娘子亲手调和的，与其相思得病，不如服毒死了好！"于是，他接过杯子就喝了下去。老婆婆笑了笑，接过杯子就离开了。大用觉得药味又凉又香，不像是毒药。一会儿，他觉得胸中宽松舒畅，头脑清爽，酣然入睡。一觉醒来，红日满窗。大用试着起床，病全好了，心中更加相信她们是神仙。没有机会巴结她们，只能在没人的时候到她站过、坐过的地方，虔诚地跪拜，默默地祷告。

◎葛巾：古时用葛布做的头巾。 ◎调和：混合。

【读名著学成语】

流连忘返

贪恋沉迷于游乐而忘了回去。后形容徘徊、留恋而不忍离去。清·蒲松龄《聊斋志异·葛巾》："未几，花渐含苞，而资斧将匮，寻典春衣，流连忘返。"

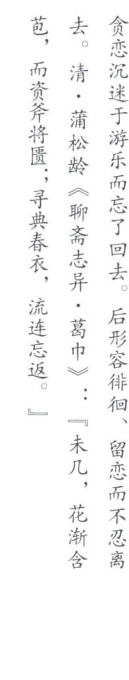

长跪呼仙

葛巾

一天，他正在园中散步，忽然在树林深处，迎面遇见葛巾姑娘。幸好没有别人，大用高兴极了，立即跪在地上。葛巾姑娘走过来拉他起来，大用闻到她身上有股奇异的香气，就手握着她雪白的手腕站起来，只觉她皮肤柔软细腻，摸着很舒服，令人骨节欲酥。正想说话，老婆婆忽然来了。葛巾叫大用藏到石头后面，指着南边说："夜里你用梯子翻过墙去，见四面红窗的房子，就是我住的地方。"说完匆匆走了。大用怅然若失，像掉了魂，不知道葛巾到什么地方去了。

到了夜里，他搬了梯子登上南边的墙头，看见墙那边已经有个梯子放在那儿。大用高兴地踩着梯子下去，果然看见有座四面红窗的房子。听到屋里有下棋的声音，站在那里，不敢往前走，只好翻墙头回去。过了一会儿，他再过来，棋子的声音仍然频频作响。大用慢慢靠近窗户偷看，见葛巾同一个素色衣服的美人正在下棋，老婆婆也坐在那儿，有一个丫鬟在旁边侍候。他只好又返回去。他往返了三次，已经三更天了。大用伏在梯子上，听到老婆婆走出屋外说："梯子！谁放在这里的？"叫丫鬟来一起把梯子搬走了。大用爬上墙头，想下去没了梯子，只好设法下来，闷闷不乐地回去了。

第二天夜里大用又去，梯子已经放在那儿。幸亏寂静无人，大用进入屋内，看见葛巾独自坐着，似乎在想什么心事。看见大用后，葛巾吃惊地站起来，羞羞答答地斜过身子站着。大用作了个揖说："我自以为福分浅薄，恐怕同仙人没有缘分，想不到也会有今晚！"说着就亲热地拥抱她，只觉得她的腰身纤细得只有一把，她呼出的气息像兰花那么清香。葛巾使劲推拒着说："你怎么这样性急啊！"大用说："好事多磨，慢了怕遭到鬼的嫉妒！"话还没说完，就听见远处有人说话。葛巾急忙说："玉版妹子来了！你可暂时藏到床底下。"大用听从了葛巾的安排。不一会儿，一个女子进来，笑着说："败军之将，还敢和我再战一场吗？我已经烹好了茶，特来邀你痛痛快快地玩一夜。"葛巾借口困倦推辞。玉版再三请求，葛巾坐着坚决不去。玉版说："如此恋恋不舍，难道有男人藏在房间里吗？"强拉着她出门走了。

大用爬出来，恨死了玉版。于是，他搜索葛巾的枕头席子，希望能得到一件葛巾遗留的东西。可是房中并没有香奁°等物，只有床头上放着一个水晶如意，上边系着条紫巾，芳香洁净，十分可爱。大用将如意揣到怀里，翻墙回到住处。他整理自己的衣衫时，闻到沾染的香味依然浓郁，

◎香奁：妇女妆具。盛放香粉、镜子等物的匣子。

【名家评点】

我读《聊斋》时，常常这样想：只读《葛巾》，很难全部猜透蒲松龄的思想，如果把《葛巾》和《黄英》《香玉》等写花精的篇章对照着读，加以比较，既可以看出彼此相似之处，又可以看出相异之处。这相异之处，正是蒲松龄用互相对照、互相补充的写法，将他对现实人物的观察和对理想人物的追求表现出来了。（蓝翎）

【读名著学成语】

问罪之师

比喻前来提出严厉责问的人。清·蒲松龄《聊斋志异·葛巾》:"日已向辰,喜无问罪之师。"

夜棋阻兴

葛巾

使得他对葛巾的倾心爱慕更强烈了。可是想到趴在床底下的恐惧心情,又怕被人发觉受到惩罚,想来想去不敢再去了。只有把如意珍藏起来,希望她能来寻找。

隔了一夜,葛巾果然来了,笑着说:"我向来以为你是个正人君子,想不到你竟是个小偷!"大用说:"确实如此!之所以偶然一次不做君子,是希望能得到如意。"说着就把她揽在怀里,替她解掉衣裙。葛巾洁白的肌肤刚露出来,温热的香气便四处流散。偎抱之间,觉得她鼻息汗气,无处不香。因而,大用说:"我本来就认为你是仙人,如今更知道不是假的。有幸得到你的赏识,真是三生◎修来的缘分!只是怕像杜兰香的下嫁一样,不能长久,终成离恨!"葛巾笑着说:"你过虑了。我不过是钟情的少女,偶然为情爱动了心。这件事你一定要谨慎保守秘密,怕那些爱搬弄是非的人,捏造黑白,那样你不能插翅飞走,我也不能乘风驾云,遭受灾祸而分离比好离好散就更惨了!"大用认为她说得很对,但始终认为她是仙人,就再三询问她的姓氏。葛巾说:"你既然认为我是神仙,仙人何必留姓传名呢?"大用问:"那老婆婆是什么人?"葛巾说:"她是桑姥姥,我小时受过她的照顾,所以待她与别的仆人不同。"接着就起身想走,她说:"我那里耳目多,在外面不能耽搁太长时间,抽空我还会再来的。"临别的时候,向大用讨还如意,说:"这不是我的东西,是玉版遗留在我那儿的。"大用问:"玉版是谁?"葛巾说:"她是我的叔伯妹妹。"大用把水晶如意还给了她,她就走了。

葛巾走后,大用的被子枕头都沾染了异香。从此,葛巾每隔两三个晚上就来一趟。大用迷恋她,不再想回家。但是他的盘缠全花光了,就想卖马。葛巾知道以后,说:"你为了我,才花光了盘缠,又典当了衣服,我实在过意不去。现在你又要卖马,一千多里路你怎么回去?我有点积蓄,可以帮你一点忙。"大用推辞说:"感谢你对我的真情,无论怎样我也无法报答。如果再贪心花费你的钱财,我还怎么做人啊!"葛巾坚决要给他,说:"就算是暂时借给你吧!"接着拉着大用的胳膊,来到一株桑树下,指着一块石头说:"搬开它。"大用就把石头搬开了。葛巾拔下头上的簪子,在土里刺了几十下,又说:"把土扒开。"大用照做了,一个瓮口已经现出来了。葛巾把手伸进瓮里,取出将近五十两银子。大用拉住她的胳膊制止,她不听,又拿出十几锭银子。

◎三生:佛家所说的三世转生,即前生、今生和来生。

【名家评点】

常生亦犹叶公好龙耳。若真龙下降、便心骇无主矣,又何怪好士若孟常、春申辈,始无一士出其门哉!(方舒岩)

水落石出日,香消玉殒时。但得情义在,何必尽相知?(王咏赋)

[说聊斋]

清代学者纪昀谈《聊斋志异》

《聊斋志异》盛行一时,然才子之笔,非著书者之笔也。留仙之才,余诚莫逮其万一。

桑下探金

传世彩绘聊斋志异

葛巾

大用强迫她放回去一半后，将瓮掩埋好。

一天夜里，葛巾对大用说："近几天有些流言，看情景我们不能长聚了。这事我们不能不提前商量一下。"大用吃惊地说："这可怎么办！我一向小心谨慎，如今为了你，就像寡妇丧失了平日的操守一样，不能再做自己的主了。我一切都听你的，刀锯斧钺加身也顾不得了！"葛巾出主意说一块逃走，叫大用先回家，约定到洛阳相会。大用收拾行装回家，准备回家后再来迎她。他刚到家门口，葛巾的车子也到了，于是一同进门拜见家人。街坊四邻都惊奇地来祝贺，并不知道他们是偷着逃出来的。大用暗暗担心，葛巾却很坦然，告诉大用说："不要说在千里之外寻访不到，就是知道了，我是世代显贵人家的女儿，家里也不敢把我怎样！"

大用的弟弟大器，这年十七岁，葛巾看到他后，对大用说："弟弟本质°聪明，前途比你强多了。"大器已定下了完婚的日期，未婚妻忽然死了。葛巾说："我妹妹玉版，你曾经偷偷地见过，相貌很不错，跟弟弟年龄也相仿，两人若结为夫妇，可以称得上是天生的一对。"大用一听就笑了，用开玩笑的口气请她说媒。葛巾说："如一定要娶她，也不是很难。"大用高兴地问："有什么办法？"葛巾说："妹子同我最要好。只要两匹马驾一辆轻车，派个老婆子跑个来回就行了。"大用害怕他们自己过去的事会暴露，不敢听从她的主意。葛巾一再说："没有妨碍。"就让驾车，打发桑姥姥去接。几天后，来到曹州，快到门口时，桑姥姥下了车，叫车夫停下车在路上等着，自己乘黑夜进了院子。过了很久，才同一个女子一块儿出来，上车就往回走。到了夜里，她们就睡在车里，五更天再走。葛巾计算她们归来的日子，叫大器身穿盛装赶到五十里外去迎接，就与他们相遇了。大器按照婚礼的礼节，上车同她们一块回到家中，鼓乐齐奏，洞房花烛，拜堂成亲。从此，兄弟俩都娶了个漂亮媳妇，家境也一天天富裕起来。

一天，几十个骑马的强盗突然闯进大用的

°本质：人的本性；资质。

【名家评点】

"但于无人时，仿佛其立处、坐处，虚拜而嘿祷之。"前人指出此二句胜过《西厢记》"惊艳"后的一篇文字，是有一定道理的。这种虚拟的对空膜拜，使我们想到六朝民歌的"想闻散唤声，虚应空中诺"的艺术境界。把常生对葛巾的感激与思念、悬想到了神魂颠倒的程度刻画得淋漓尽致。（刘文忠）

小说最大的艺术特点是用转笔，事则迷离闪烁，反复离奇，文则夭矫多变，纵横曲折。如常大用见到葛巾后，产生有惊有惧有悔有喜有忧的复杂心理活动，始则"相顾而惊"，受姬呵叱，则"大惧""自悔孟浪"，次则"转惧为想""憔悴欲绝"，再则"大喜投地""魂魄飞散"，真是曲曲折折，愈转愈深，愈深愈真。（黄清泉）

【读名著学成语】

好事多磨

喜庆美好的事,往往要经过很多波折才能如愿。清·蒲松龄《聊斋志异·葛巾》:"好事多磨,迟为鬼妒。"

大器亲迎

传世彩绘聊斋志异

葛巾

【名家评点】

这篇故事，蒲松龄显然突破了"私订终身后花园，多情才子中状元，奉旨完婚大团圆"的一般模式，而是写其猜忌，婚约的深度可疑，也颇让人豁然清醒。（鱼丽）

最使人激赏的，是常大用同葛巾从"微窥之"到相爱全过程的铺排描写，那么好事多磨，那么缠绵闪烁，又那么迷离惊险，摆脱一切恋爱描写的公式，虽无红娘，却可与《西厢记》的张生、莺莺恋爱过程描写媲美。（牧惠）

《葛巾》篇便是在奇特的幻想境界里，糅进了关于牡丹的历史典故和名花胜地的地理真实，将"任是无情也动人"的牡丹，变成了"因是有情更动人"的美女，脱尽了世俗富贵气，从而平添一段花一样美丽动人的新传奇，这便是《葛巾》篇所具有的独特风韵所在。（何畏）

家。大用知道有了变故，带领全家登上楼顶。强盗进来，把楼围住。大用俯下身子问："我们可有仇？"强盗回答说："没仇！但有两件事相求：一是听说两位夫人的美貌是世上没有的，请让我们见一见；另一件事是我们五十八个人，每人向你们讨五百两银子。"说完，强盗们把柴草堆在楼下，摆出放火烧楼的架势来威胁。大用只答应了给他们每人五百两银子，强盗不满意，要放火烧楼，家人吓得要命。

葛巾要同玉版下楼，大用阻止，她们不听。二人穿着华丽的衣服下了楼，站在离地面只差三层的台阶上，对强盗说："我姐妹都是仙女，暂时来到尘世间，还怕什么强盗！我就是赐给你们万两黄金，恐怕你们也不敢接受！"强盗们一齐仰拜，连声说："不敢。"姐妹二人打算回楼上，一个强盗说："这是欺骗我们！"葛巾听了，转身站住，说："你想干什么，趁早说出来，现在还不算晚！"强盗们你看我，我看你，没有一个再敢说话的。姐妹俩从容地上楼去了。强盗们抬头看不见她俩了，才一哄而散。

两年以后，姐妹俩各生了一个儿子，这才自己透露说："我家姓魏，母亲被封为曹国夫人。"大用怀疑曹州没有姓魏的官宦家，而且如果是大户人家丢失了女儿，怎么能耽搁到现在也不闻不问呢？他不敢追根问底，但心里却很奇怪，就借口有事又去了曹州。他到了曹州境内察访，发现官宦世族◦中根本没有姓魏的。于是，大用仍旧借住在原来的主人家。忽然，他看见墙

◎世族：旧时指世代显贵的家族。

【读名著学成语】

刀锯斧钺

古代四种刑具。借指酷刑。清·蒲松龄《聊斋志异·葛巾》:"一惟卿命,刀锯斧钺,亦所不遑顾耳!"

楼阶御寇

传世彩绘聊斋志异

葛巾

壁上有赠曹国夫人的诗，感到很奇怪，就向主人打听。主人笑了，就请他去看看曹国夫人。到那儿一看，却是一棵牡丹，长得和房檐一样高。大用问主人花名的由来，主人说这棵牡丹在曹州名列第一，所以同人开玩笑，封它为曹国夫人。大用问它属什么品种，主人说："葛巾紫。"大用心中更加惊奇，于是怀疑葛巾是花妖。

回到家后，大用不敢质问葛巾，只是述说那首赠曹国夫人的诗，观察葛巾的表情。葛巾听了立刻皱起眉头，变了脸色，立即走出房门，呼喊玉版把儿子抱来，然后对大用说："三年前，我感激你对我的思念，才以身相许报答你！如今你既然猜疑我，怎么能够再在一起生活呢？"就和玉版一起都举起孩子远远地抛出去，孩子落在地上一下子就不见了。大用吃惊地看着，葛巾姐妹也忽然不见了。大用悔恨不已。

几天后，孩子落地的地方长出两棵牡丹，一夜间就长到一尺多高，当年就开了花，一棵紫的，一棵白的，花朵都大得像盘子，比平常的葛巾、玉版花瓣更加繁茂细碎。几年后，枝繁叶茂，各长成一大片花丛。把花移栽到别的地方，又变成了别的品种，谁也叫不出名字。从此，牡丹长得繁荣茂盛，洛阳可算是天下无双了。

异史氏说："爱恋专一，能通鬼神，那么，花朵也不是无情之物啊！白居易寂寞时，作诗'少府无妻春寂寞，花开将尔当夫人'，只要能善解人意便是好夫妻，又何必去追究其根源呢？可惜常大用还算不上一个达人◦啊！"

◎达人：乐观豁达的人，行事不为世俗所拘束的人。

【名家评点】

小说以一个个悬念，组成了云谲波诡、曲折离奇的情节波澜。特别是小说的结尾，更出人意料，作者没有落俗套，以大团圆结尾，草草收场，而是在悬念中结尾，给读者以无穷的回味。（吴士余）

葛巾为情毅然而来，见疑又断然而去。其性情何其刚烈，操行何等磊落！（张芹玲）

就人物形象的现实真实感来看，蒲松龄所评议的常生的"未达"处，却正是他的真。《葛巾》的社会现实性的真，才使人于欣赏的满足里潜隐着丝丝的悲凉，感到与生活里的真更相近相通。在幻想里寻求和描绘"达"的形象是完全自由的，但是，一触到社会的实际，不"达"者比比皆是，想自由则难办到。《葛巾》就是他对人生的缺陷——不"达"的哀婉之歌。然而，这哀婉是被两种炫目的名花遮掩着的——在不易看到的花瓣与花托之间夹着。（蓝翎）

【锦言佳句】

怀之专一，鬼神可通。

堕子生花

黄英

顺天人马子才,他的家族世世代代喜好菊花,到了马子才这辈,对菊花爱得更深了。只要听说有好品种,就一定想办法买到它,路再远也不怕。

一天,有位金陵客人住在他家,说自己的一位表亲有一两个北方没有的菊花品种。马子才动了心,立刻准备行装,跟随客人到了金陵。客人千方百计为他谋求,才得到两棵幼芽,马子才像得了珍宝似的裹藏起来。

在回家路上,马子才遇见一个少年,骑着小毛驴,跟随在一辆华丽的车子后面,那少年生得英俊潇洒,落落大方。马子才慢慢来到少年跟前,与他攀谈起来,少年自己介绍说:"姓陶。"他的言谈文雅有礼。又问起马子才从什么地方来,马子才如实地告诉了他。少年说:"菊花品种没有什么不好的,全在于人怎么样去栽培灌溉。"就同他谈论起种植菊花的技艺。马子才十分高兴,问:"你要到什么地方去?"少年回答说:"姐姐在金陵住厌了,想到黄河以北找个地方住。"马子才很高兴地说:"我家虽然很穷,但有茅草房可以居住。如果你们不嫌荒陋,就不要再找别的地方了。"陶生快步走到车前,与他的姐姐商量。车里的人掀开帘子说话,原来是位二十来岁的绝世美人,她看着弟弟说:"房屋好坏不在乎,但院子一定要宽敞。"马子才忙替陶生答应了,于是三人一块儿回家。

马家宅子南边有一个荒芜的园子,只有三四间小房,陶生看中了,就在那里住下来。他每天到北院来,为马子才打理菊花。那些已经枯了的菊花,他就拔出来再种上,没有不活的。陶生家里贫穷,每天和马子才一块儿吃饭饮酒,而他家似乎从来不烧火做饭。马子才的妻子吕氏,也很喜爱陶生的姐姐,时常拿出一升半升的粮食接济他们。陶生的姐姐小名叫黄英,很会说话,也常到吕氏的房里来,同吕氏一块儿做针线活儿。

有一天,陶生对马子才说:"你家生活本来就不富裕,又添我们两人吃饭拖累你们,怎能长久。为今之计,卖菊花也足以谋生。"马子才一向耿直孤洁°,听了陶生的话后,很鄙视他,说:"我以为你是一个风流高士,能够安于贫困,今天竟说出这样的话,把种菊花的地方当作市井°之地,真是对菊花的侮辱啊。"陶生笑着说:"自食其力不是贪心,卖花为业不是庸俗。一个人固然不能用不正当的手段来谋求富足,但也不必去追求贫穷啊。"马子才没有说话,陶生站起来走了。

◎孤洁:孤高清白,洁身自好。 ◎市井:买卖商品的场所。

【名家评点】

《黄英》的故事更完整些,文笔更美些。通过故事情节的发展,作者以带有"贱商"思想特征的封建保守的顺天人马子才,和在马子才看来带有卑贱庸俗的"市井"气息的金陵人黄英姊弟——这样的两派作为对照,以爱菊、种菊、卖菊为故事的本体,道出了两派不同的意识形态、路数之间的往复交错。(赵俪生)

【锦言佳句】

人固不可苟求富,然亦不必务求贫也。

途行借寓

传世彩绘聊斋志异

黄英

从那天起,马子才扔掉的残枝劣种,陶生都拾掇◎回去。陶生也不再到马家吃饭,马子才叫他,他才去一次。不久,菊花将要开放了,马子才听到陶生门前吵吵嚷嚷像市场一样。他感到很奇怪,便偷偷地过去看,只见来陶家买花的人,用车载的、用肩挑的,络绎不绝。他们所买的花全是马子才从来没有见过的奇异品种。马子才心里讨厌陶生贪财,想与他绝交,却又怨恨他私藏良种不让自己知道,于是就走到他门前叫门,打算责备他一顿。陶生出来,握着马子才的手将他拉进了门。马子才进去一看,只见原来的半亩荒地全种上了菊花,除了那几间房子外没有一块空地。挖去菊花的地方,又折下别的枝条插补上了,畦里那些含苞待放的菊花,没有一棵不是奇特的品种,但是仔细辨认一下,全是自己以前拔出来扔掉的。陶生进屋,端出酒菜,摆在菊花畦旁边,说:"我因贫穷,不能守清规,连续几天幸而得到一点钱,足够我们醉一通的。"不大一会儿,听到房中连连喊叫"三郎",陶生答应着去了。很快,他又端来一些好菜,烹饪手艺很高。马子才问:"你姐姐为什么还不嫁人?"陶生回答说:"没到时候。"马子才问:"要到什么时候?"

◎拾掇:整理;收拾。

【名家评点】

《黄英》篇,恰好可用"人淡如菊"四字予以品题,因为它不但描写的是菊花的精灵,而且具有淡雅的特点。一是故事情节比较平淡。虽然写的也是精灵怪异、死生变幻,但放在整部《聊斋》中,却并不是以情节奇特取胜的篇章。同时,作者又采用平易的笔调进行叙述,整个故事像一股缓缓流淌的清泉,可谓"事平似水"。二是作者描写黄英这个人物,用的是淡墨轻彩,颇似绘画技法中的"计白以当黑",是在其他人物的映衬之下,显示出她的恬静稳重的性格来。总观这篇小说,"淡",并不浅薄;"雅",并不矫饰。它以淡雅的韵味与情致引人入胜,在《聊斋》里是很有特色的篇章。(王双启)

陶生说："四十三个月。"马子才又追问："这是什么意思？"陶生只是微笑，但不说话。两人喝酒喝得尽兴后，才高兴地散了。

过了一晚上，马子才又去陶家，看到新插的菊花已经长到一尺多高了。他非常惊奇，苦苦请求陶生传授种植的技术。陶生说："这本来就不是能言传的，况且你也不用它谋生，何必学它？"又过了几天，门庭稍微清静些了，陶生就用蒲席◦把菊花包起来捆好，装载了好几车拉走了。过了年，春天过去一半了，陶生才用车子拉着一些南方的珍奇花卉回来，在城里开了间花店，十天就卖光了，仍旧回来培植菊花。上一年从陶生家买菊花的人，保留了花根，但第二年都变成了劣种，就又来找陶生购买。陶生从此一天天富裕起来，头一年增盖了房舍，第二年又建起了高房大屋。他想建什么就建什么，从来不和主人商量。慢慢地，原来的花畦全都盖起了房舍。陶生便在墙外买了一块地，在地的四周垒起土墙，全部种上菊花。到了秋天，他用车拉着花走了，第二年春天过去了也没回来。这时，马子才的妻子生病死了。马子才看中了黄英，就托人向黄英露了点口风，黄英微笑着，看意思好像应允了，只

◦蒲席：用蒲叶编织的席子。

【读名著学成语】

玉山倾倒

玉山：比喻人的身形美好。比喻喝醉酒后身体摇摇欲坠的样子。清·蒲松龄《聊斋志异·黄英》："陶起归寝，出门践菊畦，玉山倾倒，委衣于侧，即地化为菊，高如人。"

购菊盈门

对花小饮

黄英

是专等陶生回来罢了。

过了一年多,陶生仍然没有回来。黄英指导仆人栽种菊花,同陶生在家时一样。她卖花赚了钱,就和商人合股°做买卖,还在村外买了二十顷良田,宅院修造得更加壮观。一天,从广东来了一位客人,捎来陶生的一封书信。马子才打开一看,是陶生嘱咐姐姐嫁给马子才。他看了看信的日期,正是他妻子死的那天。又回忆起那次在园中饮酒时,到现在正好是四十三个月。马子才非常惊奇,便把信给黄英看,询问她"聘礼送到什么地方"。黄英推辞不收彩礼,又因为马子才的老房太简陋,想让他住进自己的宅子,像招赘女婿一样。马子才不同意,选了个吉庆日子把黄英娶到家里。黄英嫁给马子才以后,在墙壁上开了个便门通南宅,每天过去督促仆人做活儿。

马子才觉得依靠妻子的财富生活不光彩,经常嘱咐黄英将南北宅子各立账目,防止混淆。然而家中所需要的东西,黄英总是从南宅拿来使用。不到半年,家中所有的东西全都是陶家的物品了。马子才立刻派人一件一件送回去,并且告诫仆人,不要再拿南宅的东西过来。可不到十天,又混杂了。这样拿来送去好几次,马子才烦恼极了。黄英笑着说:"你如此追求廉洁,不觉太劳心吗?"

◎合股:几个人把资金凑集在一起。

【名家评点】

《葛巾》《黄英》虽然都写花妖之事,但一进入故事,就朝不同的方向发展了。《葛巾》着眼于描写常大用和葛巾相爱的过程,处处枝节横生,后来常大用爱而生疑,疑而生畏,直至终篇都没有离开情爱的纠葛。而《黄英》里的马子才和黄英,虽然癖好相同,但相处三年多,没有谈及爱情二字。(刘烈茂)

英为彭泽解嘲,实为马生增色。不然,耿介如马,纵苦节可甘,亦安能拥佳丽,享厚富哉?及读杨万里《野菊》云:"花应冷笑东篱族,犹向陶翁觅宠光。"又爽然若失矣。(方舒岩)

马子才感到惭愧，便不再过问，一切听黄英的。

　　黄英于是召集工匠，置备建筑材料，大兴土木。马子才制止不住，只几个月，楼舍连成一片，两座宅子合成一体，再也分不出界限来了。但黄英也听从了马子才的意见，关起门不再培育出卖菊花，生活享用却超过了富贵大家。马子才心里感到不安，说："我清廉°自守三十年，被你牵累坏了。如今生活在这世上，只不过靠着老婆吃饭，真是没有一点男子汉大丈夫的气概啊。别人都祈祷富有，我却祈求快点变穷吧！"黄英说："我不是贪婪卑鄙的人，只是没有点财富，会让后代人说爱菊花的陶渊明是穷骨头，一百年也不能发迹，所以才给我们的陶公争这口气。但由穷变富很难，由富变穷却容易得很。床头的金钱任凭你挥霍，我绝不吝惜。"马子才说："花费别人的钱财，也是很丢人的。"黄英说："你不愿意富，我又不能穷，没有别的办法，只好同你分开住。这样清高的人自己去清高。浑浊的人自己去浑浊，对谁也没有伤害。"于是，就在园子里盖了间茅草屋让马子才住，选了个漂亮的奴婢去侍候他。马子才住得很安心。

　　可是过了几天，马子才就苦苦想念黄英。他派人去叫黄英，黄英不肯来，没有办法，他只好回去找她。隔一宿去一趟，习以为常了。黄英

◎清廉：清白廉洁。

【锦言佳句】

妾非贪鄙；但不少致丰盈，遂令千载下人，谓渊明贫贱骨，百世不能发迹，故聊为我家彭泽解嘲耳。

寄信联姻

鳩工合第

黄英

笑着说:"你东边吃饭西边睡觉,清廉的人不应当是这样的。"马子才自己也笑了,没有话回答,只得又搬回来,同当初一样住到一块儿了。

一次,马子才因为有事到了金陵,正是菊花盛开的秋天。一天早晨,他路过花市,见花市中摆着很多盆菊花,品种奇异美丽。马子才心中一动,怀疑是陶生培育的。不大会儿,种花的主人出来,马子才一看,果然是陶生。马子才高兴极了,述说起久别后的思念心情,晚上就住在陶生的花铺里。他要陶生一块儿回家,陶生说:"金陵是我的故土,我要在这里结婚生子。我积攒了一点钱,麻烦你捎给我姐姐。到年底,我会去你家住几天的。"马子才不听,苦苦地请求他回去,并且说:"家中有幸富裕了,只管在家中坐享清福,不需要再做买卖了。"说完,马子才便坐在花铺里,叫仆人替陶生论花价,低价贱卖,几天就全卖完了。马子才立刻逼着陶生准备行装,租了一条船一块儿北上了。一进门,见黄英已打扫了一间房子,床榻被褥都准备好了,好像预先知道弟弟回来似的。

陶生回来以后,放下行李就指挥仆人大修亭园。陶生每天只是同马子才一块儿下棋饮酒,再不去结交一个朋友。马子才要为他择偶◦娶妻,陶生推辞不愿意。黄英就派了两个婢女服侍他起

◦择偶:选择配偶。

【名家评点】

贫穷的马子才和黄英结婚之后,因为他固守儒家礼仪,认为黄英卖花致富是件可耻的事情,所以,他宁愿住在简陋的房子里。女主角黄英却不这样认为,反而开导丈夫说:"君不愿富,妾亦不能贫也。无已,析君居:清者自清,浊者自浊,何害。"黄英在这里既尊重丈夫,又保持着自我个性的独立与职业追求,确实难能可贵。(宋记远)

【锦言佳句】

清者自清,浊者自浊,何害?

花肆重逢

黄英

居，过了三四年生了一个女孩儿。

陶生一向很能饮酒，从来没有喝醉过。马子才有个朋友曾生，酒量也大得没有对手。有一天，曾生来到马家，马子才就让他与陶生比赛酒量，两个人放量痛饮，喝得非常痛快，只恨认识太晚。从辰时一直喝到夜里四更天，每人各喝完了一百壶酒。曾生喝得烂醉如泥，沉睡在座位上。陶生起身回房去睡，刚出门踩到菊畦上，一个跟头摔倒，衣服散落一旁，身子立即变成了一株菊花，有一人那么高，开着十几朵花，朵朵都比拳头大。马子才吓坏了，忙去告诉黄英。黄英急忙赶到菊畦，拔出那株菊花放在地上说："怎么醉成这样了！"她把衣服盖在那株菊花上，让马子才和她一块儿回去，告诉他不要再来看。天亮以后，马子才和黄英一道来到菊畦，见陶生睡在一旁，马子才这才知道陶家姐弟都是菊花精，于是更加敬爱他们。

陶生自从暴露真相以后，饮酒更加豪放，常常亲自写请柬叫曾生来喝酒。两人结为莫逆之交。二月十五花朝节，曾生带着两个仆人，抬着一坛用药浸过的白酒来拜访陶生，约定两人一块儿把它喝完。一坛酒快喝完了，两人还没多少醉意，马子才又偷偷地拿了一瓶酒倒入坛中，两人又将坛中酒全部喝光。曾生醉得不省人事，两个仆人把他背回去了。陶生躺在地上，又变成了菊花。马子才见得多了也不惊慌，就用黄英的办法把他拔出来，守在旁边观察他的变化。待了很长时间，见花叶越来越枯萎，马子才很害怕，这才去告诉黄英。黄英听后十分吃惊，说："你杀了我弟弟了！"急忙跑去看那菊花，根株已经干枯了。黄英悲恸欲绝，掐了它的梗，埋在花盆中，带回自己的房间里，每天浇灌它。马子才悔恨得不得了，他非常怨恨曾生。

过了几天，听说曾生已经醉死了。盆中的花梗渐渐萌发，九月就开了花，枝干很短，花是粉色的，嗅它有酒香，起名叫"醉陶"。用酒浇灌它，就长得更茂盛。后来陶生的女儿长大成人，嫁给了官宦世家。黄英一直到老，也没有什么异常的事情。

异史氏说："唐代自称青山白云人的傅奕，喝酒醉死，后世人惋惜他，但未必不把喝酒当作人生的大乐事。把这种佳种'醉陶'种在院子里，就如同终日跟好朋友见面，又像是面对美女，不能不费心寻求一番啊。"

◎傅奕：相州邺（今河南安阳）人，一生经历北周、隋、唐三朝，通晓天文历法，排佛论者。

【名家评点】

马子才这个人物完全是一个封建的知识分子。他更带有浓厚的封建文人的那种高情逸致。所以，他鄙视商贾，他认为陶的以菊为业，乃是以东篱为市井，侮辱了菊花，他没有考虑到陶氏姐弟没有田产不能为生，依赖他的帮助，也不能长久地生活下去。这就说明了他是多么的迂腐。（任访秋）

【读名著学成语】

东食西宿

比喻贪婪的人各方面的好处都要。清·蒲松龄《聊斋志异·黄英》："东食西宿,廉者当不如是。"

醉现前身

书痴

彭城人郎玉柱，上代曾经做过知府，行为很廉洁，有了钱不购买田产房屋，只是藏书很多，屋子里都堆满了。传到玉柱，更是个书呆子，家里很穷，什么东西都肯变卖，唯有他父亲的藏书却一本也不忍售出。

他父亲活着的时候，曾经手抄过《劝学篇》，贴在他的座位旁边，郎玉柱每天念几遍，还用白纱罩上，唯恐字迹磨灭。他这样做，并不是想做官，而是相信书中真有黄金屋，真有千钟粟。

郎玉柱日夜读书，不管天冷天热。年龄已经二十开外，尚未结婚，只希望书中真有一个颜如玉的美人出来。客人来访他，他也不知道说什么寒暄话，谈上两三句，便大声念起书来，客人见他这样，也感到无趣，便悄悄地走了。每逢督学使岁考，他总是第一名，可是怎样也考不中举人。

一天，郎玉柱正在读书，忽然刮来一阵大风，把他的书吹跑了。他赶快去追，追到一处地方，一只脚陷在窟窿里去，伸手向窟窿里一探，中间有些腐朽的草，再往下一掘，却是古人埋藏的一窖糟食，因为时间久了，霉烂得像泥土一般。虽然这是吃不得的东西，可是他越发相信《劝学篇》里所说的话"书中自有千钟粟"，所以，读书便更起劲了。

又一天，郎玉柱用梯子爬到书架顶上去，在乱书堆里找到一辆一尺长的金车子，欢喜极了，以为"黄金屋"的话也有了应验。拿出去叫人看，原来车子是镀金的，不是真金。心里埋怨古人为什么说话要骗人呢？

不久，他父亲的一位同科举人，到这地方来做道台，喜欢拜佛念经，有人劝郎玉柱把镀金的小车献给他做佛龛。道台一见大喜，送他三百两银子和两匹马。郎玉柱很高兴，认为这一来金屋车马的话都应验了，读书就越发刻苦。

这时候，郎玉柱已经三十岁了，有人劝他娶亲，他说道："'书中自有颜如玉'，我还怕娶不到美丽的妻子吗？"又读了两三年，依然没有效果。于是人们都嘲笑他。

这时民间传说，天上的织女私逃下凡，便有人和郎玉柱开玩笑道："织女私奔，大概是为了找你啊。"郎玉柱知道这是开玩笑，也不同他理论。

有一天晚上，郎玉柱读《汉书》到第八卷的一半，发现里面夹着一个用纱剪成的美人，他大吃一惊说："所谓'书中自有颜如玉'，莫非就应在这上面吗？"心里不免有些怅然若失。

但是拿起美人来仔细一瞧，眉目灵活得和真人一样，背上还隐隐约约地看到有两个小字：

◎《劝学篇》：宋赵恒（真宗）作。开首八句是："富家不用买良田，书中自有千钟粟。安居不用架高堂，书中自有黄金屋。娶妻莫恨无良媒，书中自有颜如玉。出门莫恨无人随，书中车马多如簇。"◎佛龛：供奉佛像、神位等的小阁子。

【名家评点】

在《聊斋》诸多同类故事中，《书痴》的设计显得独具匠心：郎玉柱突出一个"痴"字，是封建文人极端化在现实中的呈现。颜如玉则带有形而上的意蕴，她的出现，不仅改变了郎玉柱的生命形式，更是改变了他的生命陈述的方式，带领他进入了人生这一课堂，明显地呈现出救赎、拯救的色彩。郎玉柱由一个书痴到最后的成年，触及了封建社会文人生存状态的诸多问题，实是一则封建文人的人生寓言。（李少军）

【读名著学成语】

天伦之乐

天伦：旧指父子、兄弟等亲属关系。泛指家庭的乐趣。

清·蒲松龄《聊斋志异·书痴》："钻穴逾隙者，始不可以告人，天伦之乐，人所皆有，何讳焉？"

汉书藏美

传世彩绘聊斋志异

书痴

"织女"。他这才奇怪起来,每天把美人放在书本上,翻来覆去地玩,甚至连吃饭睡觉都忘记了。

一天,郎玉柱正在呆呆地看这美人,见她忽然把腰一弯,微笑着坐在书本上。郎玉柱诧异极了,便伏在桌子底下磕头,等他站起来,那美人已经长到一尺左右。他越发惊奇了,再跪下去叩头,等他起来,那美人已经走下桌子。美丽的容貌真是人间少有。郎玉柱问她是什么神仙下凡。美人笑道:"我姓颜,名如玉,你认识我很久了。每天又承你眷顾,如果我不来一次,恐怕今后就没有人肯相信古人的话了。"

郎玉柱大喜,便和她同居。不过尽管他们相亲相爱,他却从来不知道如何去尽夫妇之道。每次读书,总是叫那女子坐在旁边。女子叮嘱他不要再读了,他不肯听。于是她说道:"你所以不能飞黄腾达,就是读书的缘故。请你看看春试◦秋试◦的榜上,像你这样用功读书的人,能有几个?如果你再不听话,我要走了。"

郎玉柱暂时听从了她,但一会儿又把她的话忘了,开始读起书来。过了一刻再去寻那女子,竟不知跑到什么地方。他的精神大受刺激,跪在地下祷告,依然没有影踪。忽然想起她隐藏的地方,拿出《汉书》来,仔细翻检,翻到第八卷,果然找到。叫她,她不答应,跪着恳切地祝告,女子才走下来说道:"你再不听我的话,我就永远和你断绝了!"

于是,女子便叫他准备些棋盘、纸牌之类,每日教他玩。但是郎玉柱对这些并没有兴趣,一看到她不在,就拿起书来看。又怕被她发现,把《汉书》第八卷混插在旁的地方,免得她再逃进去。

一天,郎玉柱读得太起劲,女子来了,还没有觉得,等到看见她,慌忙把书合上,但是她

◦春试:明清两代科举,会试在春季举行,叫作"春试"。 ◦秋试:明清时秋天举行的乡试。

【名家评点】

《聊斋志异》常以游戏笔墨写人生,乃至不惜将人物某些癖好作放大处理。《书痴》写郎玉柱嗜书成瘾,尽管陆游曾说过"书痴总觉胜钱痴",但是郎玉柱痴得实在有些可笑。他的"痴"表现在生活的各个方面。家里贫穷,无物可卖,只有父亲的藏书,可他一卷也舍不得丢弃。更"痴"的是,他读书不是为了功名利禄,更不是因为兴趣,而是真的相信"书中自有黄金屋,书中自有颜如玉"。(李桂奎)

又没有影踪了。

这一来他可吓坏了。赶快到书堆里去寻，翻了半天也翻不出来，最后还是从《汉书》第八卷里找到，并且还是在原来的页数里。于是他又跪下祝告，立誓不再读书，女子才走下来。

她教他下棋，并和他约说："如果你三天内下不好棋，我还是要走的。"到了第三天，郎玉柱忽然在一局中胜了她两子，她才高兴了。又教他弹琴，限他五天弹好一支曲子。郎玉柱手眼并用，忙得什么都来不及管。经过一个长时间，居然能随手弹出调子来，而且十分合拍，不觉兴奋得手舞足蹈。

女子天天和郎玉柱吃酒下棋，他渐渐沉醉在这些事物里，便把读书忘了。女子又放他出门，教他交朋友，从此他风流倜傥的名气突然传开。女子对他说道："你如今可以出去做官了。"

一天夜里，郎玉柱对女子说道："凡是世界上的人，只要男女同居，就会生儿育女，我们一起住了好久，你怎么就不生养①呢？"女子笑道："你天天死读书，我早就说没有用处。你连夫妇之道还没有懂得，要知道枕席上是有奥妙的。"郎玉柱诧异地问她，有什么奥妙？女子笑而不答。过了一会儿，悄悄地教他，这一下他可高兴极了，说道："我想不到夫妇间的乐趣真有不能用言语形容的！"于是逢人便讲，惹得别人没有一个不笑。女子知道了，责备他不该这样。他答道："偷偷摸摸的行为，才不好对人说。夫妇之道，天伦之乐，谁家没有，有什么不可告人的？"

过了八九个月，女子果然生了一个男孩，雇一个老妈子替她抚养。一天，她对郎玉柱说道："我跟了你两年，已经替你生了儿子，现在我可

①生养：生育。

【读名著学成语】

祖龙之虐

祖龙，指秦始皇。指秦始皇焚书坑儒，书之魔也。清·蒲松龄《聊斋志异·书痴》："异史氏曰：'天下之物，积则招妒，好则生魔：女之妖，书之魔也。事近怪诞，治之未为不可；而祖龙之虐，不已惨乎！其存心之私，更宜得怨毒之报也。'"

书痴

以走了,再过下去,怕要给你招来麻烦,那时后悔也来不及了。"郎玉柱一听大哭,跪在地下不肯起来,说道:"你难道丢得开那个孩子吗?"女子也很悲伤,过了一会儿才说道:"如果一定要我留下来,就请你把架上的书全部散去。"郎玉柱说:"这是你的家,也是我的性命,你怎么说出这话来?"女子也不再勉强他,只是说道:"我也知道凡事都有定数,但不能不预先向你说明。"

起先,郎玉柱的亲戚族人有看到过那女子的,都感到很奇怪。他们不曾听说他同哪一家定过亲,便来追问他。他不会撒谎,只是沉默着不讲话。人们越发怀疑,谣言不胫而走°,最后传到姓史的县官耳朵里。那县官是福建人,年轻中了进士,听到这消息,很动心,极想一见这个美人,因此发下传票,拘捕郎玉柱夫妇。女子知道了,逃得无影无踪。县官大怒,把郎玉柱收监,革去了他的秀才,严刑拷打,定要得到女子的去向。郎玉柱险些被打死,却始终不肯供出一个字来。县官又将他家的婢女用刑,那婢女才把大概的情形说了。县官认为女子是个妖怪,亲自到郎玉柱家里,发现满屋子都是书,搜查起来很困难,便叫人全部烧了。院子里浓烟凝结不散,阴沉沉的好像起雾一般。

郎玉柱被释放后,到远方求他父亲的门生写了一封信,才恢复了他的功名。那年秋天,他中了举人,第二年又中了进士。但是他恨透了那姓史的县官,替颜如玉立个牌位,每天都向她祷告说:"你如果有灵验,可保佑我到福建去做官。"

后来,郎玉柱果然做了巡按°,往福建巡查。在那里留了三个月,查清楚了姓史的劣迹,抄了他的家。

◎不胫而走:没有小腿却能跑。形容消息等传播迅速。 ◎巡按:明代有巡按御史,为监察御史赴各地巡视者。其职权颇重,负责考核吏治,审理大案,知府以下均奉其命。简称"巡按"。

【名家评点】

《聊斋志异》里有许多书呆子,他们都不治家业,如"书痴"中的郎玉柱"见宾亲,不知温凉,三数语后,则诵声大作"。作者所以把他们描写为书痴,正是为了要把他们塑成远离世俗,保存纯朴的形象。([日]八木章好)

搜美焚书

【锦言佳句】

天下之物，积则招妒，好则生魔。

晚霞

【名家评点】

读《晚霞》，仿佛观摩一幕洞庭扬波、翩若惊鸿的舞姿，倾听一曲凄恻动人、回味无穷的和弦，令人击节兴叹，为之怃然。《晚霞》不仅从艺术形式上呈现出特有的绘画美、舞蹈美和音乐美，而且更重要的是在思想内容上蕴含着隽永的内在美。二者在作品中达到了完美的和谐的统一，表现了真善美的顽强生命力。（孙一珍）

《聊斋志异》中的作品，常以传记文学的传统写法开头，先点出人物姓甚名谁及其特点。《晚霞》篇却独辟蹊径，以气韵生动的风俗画开篇。"五月五日，吴越间有斗龙舟之戏。"端阳节江南赛龙舟的情景，历历在目，令人神往。（孙一珍）

五月五日，江浙一带有一种斗龙船的游戏。用木做成龙的形状，画着鳞甲，漆着黄绿的颜色。船上面是雕花的屋脊，红色的栏杆。风帆、旌旗都是用绣花的绸缎做的。船艄是龙的尾巴，高有一丈多。用布索吊了一块木板，下面有小儿坐在板上，翻上翻下，做种种巧妙的杂戏。板下临着江水，十分危险，一不小心，就要跌了下去。所以他们去买这种小儿，先用许多钱打动小儿的父母，预先把他们训练纯熟，即使跌到水里淹死，也不能后悔的。苏州一带，则用的是美女，情形有些不同。

镇江有个蒋姓的小二，名叫阿端，刚刚七岁，手脚灵活，技术巧妙，没有人能比得过他。他的名声很大，因此到十六岁时还用到他，最后终于在金山下面跌到水里死了。蒋家老妈仅有这个儿子，只好自认晦气，痛哭一番了事。

阿端不知自己已死，有两个人引他走去，看见水里别有一个天地。他四面一看，水波都在四周流着，高高耸起，像墙壁一样。不久出现一座宫殿，看见里面有一个人，戴着武官帽子坐在上面。那两人说："这是龙王。"随即叫他跪拜。龙王和颜悦色地说："他的技巧可入柳条队。"

于是两人引阿端到一处，那是一座四方的大殿。他走到东廊，有许多少年出来跟他相见，都是十三四岁。随即有个老妈过来，大家都喊她"解妈"。她坐下后，便叫阿端献技，过后便教阿端"钱塘飞霆"的舞蹈，"洞庭和风"的音乐。只听得敲钲◦的声音响得聒耳，旁边各院也都响了起来。过了一会儿，各院的声音都没有了。解妈恐怕阿端不能一下子学会，独自详详细细地教他舞法和唱法。但是阿端只要学过一次，就明白了。解妈喜他聪明，说："瞧这个孩儿，可不比晚霞差啊！"

第二天，龙王来检阅各队，各队的人都到来了。最先检阅夜叉队。他们的面孔都像鬼脸，穿着鱼形的服装，敲着周围四尺左右的大钲、可四人合抱的大鼓，声音像很大的雷声，响得再不能听见别的声音。舞蹈一起，就立刻波涛汹涌，在空中横流。不时在空中坠下一点点的星光，等到着地，便消灭了。龙王连忙喊他们停止，命令乳莺队进来。那队都是年轻的少女，用的是丝竹

◎钲：古代乐器名。形如铃，有柄可执，行军时用。

乐器，一时清风拂拂，波声都静了下来。水流慢慢凝结，变成水晶的世界，上下透明。检阅完毕，都退到西面的阶沿下。

再次检阅燕子队，都是头发披垂的女孩子。其中有一女子，年纪十四五岁，拂着长袖，飘动着头发，表演"散花舞"。她的身子像蝴蝶似的翩翩飞起，随即襟袖袜鞋中间，都散出五彩花朵，随风飘下，满殿都是。舞完以后，跟着她一队的人也退到西面的阶沿下。

阿端在旁看着，很为爱慕，问问同队的人，知道就是晚霞。没有多久，喊柳条队表演。龙王特别要试一试阿端的技巧。阿端表演昨天学会的舞蹈，表情、动作，都能随腔合拍。龙王称赞他的聪明，赐他五彩的衣袴○，鱼须形的金发圈，上面嵌着夜光珠。阿端拜谢下来，也走到西面的阶沿去。

这时各人站在各人的队伍里，阿端在众人里面，远远注视着晚霞，晚霞也远远注视着他。过了一会儿，阿端慢慢退到队伍的北面，晚霞也慢慢走到队伍的南面，两人相距只有几步路，但是法令森严，都不敢走乱队伍，只得相互注视，心领神会罢了。后来检阅蛱蝶队，都是童男童女，对对双舞。他们身材的长短，年龄的大小，服色或黄或白，都是配得一样的。

等到各队检阅完毕，依次退出。柳条队在燕子队后面，阿端很快地走到队伍前面。而晚霞也已落在队伍后面，回头看见阿端，故意掉落一只珊瑚钗。阿端连忙拾起放在袖里。回来以后，阿端思念晚霞得了病，连睡觉吃饭都没有心思了。

解妈知道了这个消息，常常拿些好吃东西给他，每天三四次来看他，仔细替他调理，病还是没有一丝起色。解妈很是担忧，没有什么办法可想，只说："吴江王寿期就要到了，怎么办呢！"

天将晚的时候，有一个童子走了进来，坐在床边，同阿端谈话。他说他是在蛱蝶队的，慢慢地问阿端说："你生病是为了晚霞吧？"阿端吃了一惊，问他怎么知道的。他笑笑说："晚霞也像你一样病着呢！"阿端听了，心里很是难过，连忙起来，问他有什么办法见面。那童子便问："你还能够走吗？"阿端回答说："勉强还能走

○袴：同"裤"。

【读名著学成语】

别有天地

天地：境界。比喻另有一番境界。形容风景或艺术创作的境界引人入胜。清·蒲松龄《聊斋志异·晚霞》："阿端不自知死，有两人导去，见水中别有天地，回视，则流波四绕。"

龙舟斗戏

随班献技

晚霞

【名家评点】

死了的人，还得再死，看来十分奇特。然而，作者正是用这奇妙的想象，表明旧时代人生的苦难。《晚霞》里写这对小艺人，在短短的一生中，从人间到龙宫，再从龙宫返回人间，历尽艰辛，受尽折磨，悲剧一个接着一个，表明在封建社会里，任你逃到哪里，也找不到安身立命的自由乐土。（刘烈茂）

《晚霞》的故事，绝非单纯的恋爱悲剧，也不只是表现艺人的血泪生涯。它是通过一对小艺人的恋爱悲剧，表现：一、封建专制的奴役是张遮天盖地的大网，阿端和晚霞从人间到龙宫、再从龙宫返回人间，也逃脱不了受奴役的命运；二、阿端和晚霞尽管难以摆脱受奴役的命运，仍然为人身自由和爱情自由而奋斗不息；三、在封建专制条件下，要取得自由，哪怕是极其有限的自由，也必须付出极大的代价。（刘烈茂）

动。"那童子便扶着他出了房门，向南走去，推开一扇小门，转弯朝西，又推开一道门，看见莲花数十亩，都生在平地上，叶子大得像席，花儿大得像伞，落下的花瓣，堆在荷梗下面，已经有尺把高了。那童子引他进去，说："暂且坐在这里。"童子便自走了。

过了一会儿，有一美人拨着莲花进来，原来就是晚霞。两人相见，真是又惊又喜，谈着彼此的相思，又谈谈各人的生平。随即用石头压住莲叶，使它侧立起来，可以遮蔽身子；又拿花瓣均匀地铺在地上，当作席子。两人便卧在上面，愉快地结成夫妻。并且定了以后每天总在太阳快下山的时候相会。

于是，两人分了手。阿端回去，病也好了。从此，两人每天在莲花地里相会。过了几天，大家随龙王到吴江王那里去拜寿。拜寿完毕，各队都回来了，独留晚霞及乳莺队一人，在宫里教舞。好几个月没有消息，等得阿端神魂颠倒。好在解妈每天往来吴江府○，阿端假托晚霞是他表妹，恳求带他同去，希望能够一见晚霞。他到吴江府里留了好几天，可是宫禁森严，晚霞无法跑出来，阿端只好怏怏而回。

这样过了一个多月，阿端痴心想念，几乎肠断。有一天，解妈回来，面色很难看，对阿端说："可怜，晚霞投江死了！"阿端大惊，眼泪立刻止不住地流下来，随即把衣冠扯坏，只带一颗夜光珠跑出来，想要跟晚霞一道死去。

他走到外面，只见江水像墙壁一般，把头用力去碰，也碰不进去。心想再回转来，又怕要追问衣冠，罪将加重。无计可施，一时吓得冷汗直流。忽然看到水壁下面有一棵大树，于是攀登上去，到了树梢，猛一用力，跳了下去，一点也沾不着水，居然浮在水的上面。无意之中，他恍惚看到了人间世界。随即跟水游去，不多时候，已游到岸上。他在江边走了一会儿，突然想到老母亲，便乘船回去。

他到了故乡，看看四面的村庄房屋，好像隔了一世。下一天到了自己的家，忽然听见窗里有女子说："你的儿子来了。"声音很像晚霞。过了一会儿，女子和老母都出来，一见果然是晚霞。两人喜出望外，高兴得流了眼泪。阿端的母亲见了这般情景，悲、喜、惊、疑……一时都涌上心来。

◎吴江府：今江苏苏州。

【锦言佳句】舞起，则巨涛汹涌，横流空际，时堕一点星光，及着地消灭。

原来晚霞在吴江时，觉得肚里有些震动，龙宫中法禁°森严，恐怕早晚生了孩子，要被他们无理拷打；又在宫里不能见阿端，只想求死，便偷偷地投江。不料投入江后，身体浮起来，在浪里漂荡，恰好有只客船过来，便把她救起，并问她的家乡在哪里。晚霞本是苏州的名妓，当初溺水以后，找不到她的尸首。她想妓院那边不能再去，便说："家住镇江，我的丈夫姓蒋。"船客便代她雇一小船，送她到家。

蒋妈初见晚霞，以为她投错了人家。晚霞却说不错，并将过去情形详细告诉蒋妈。蒋妈因她生得十分清秀，心里也很喜欢她，只怕她年纪太轻，不能守寡到底。可是晚霞十分孝敬，看家里贫困，便卸下自己的首饰，卖钱数万，作为家用。蒋妈看她没有坏心，也实在高兴。但自己已没有儿子，恐怕将来生产，不能使亲戚相信，因此和她商量。她说："妈只要得了真孙，何必要人家知道呢！"蒋妈也就安心了。

现在阿端回来了，晚霞当然高兴得很，蒋妈也怀疑儿子或者没有死。她暗地去掘儿子的坟，尸骨都在，遂将这情况去问阿端，阿端才知道自己已死。但他怕晚霞恨他不是人，叫母亲不要说出去。母亲当然答应了，便告诉村里的人，说是当初所找到的不是她儿子的尸首。但老母还愁晚霞不能生孩子，哪知不久，晚霞居然生了一个男孩。把他抱了起来，和别的孩儿没有两样，蒋妈方才放心了。

过了好久，晚霞慢慢知道阿端并不是人，于是对他说："为什么不早说！凡是鬼穿了龙宫衣裳，过了七七四十九天，魂魄都凝结起来，便跟活人一样了。倘使得到宫中的龙角胶，可以胶住骨节，重生肌肉。可惜你没有及早去买了来。"

阿端出卖他的那颗夜光珠，有胡商出资一百万买了去，因此家里变成大富。遇到老母生日，夫妻俩载歌载舞，敬酒祝寿。这消息传到淮王府里，淮王想强夺晚霞。阿端惧怕淮王权势，去见淮王，说他们夫妻俩都是鬼。淮王派人查验，果然没有人影，方才相信，不再强夺了，不过仍派宫女在别宫里，叫晚霞传授歌舞。晚霞用龟尿毁了自己的容貌，然后去见淮王。教了三个月歌舞，宫女们始终不能完全学到她的舞技，她也就回去了。

◎法禁：刑法和禁令。

莲塘艳会

两世姻缘

白秋练

【名家评点】

乍看起来，《白秋练》似乎平淡了一些，但仔细咀嚼，你将发现它格调明快，构思奇妙，在人物描写方面尤有特色。"鱼龙潜跃水成文"，在秋色连波的湖滨，你将看到漩涡回荡，风云舒卷，爱在交织，恨在潜流。这是一篇平淡中见绚烂的作品。（黄天骥）

我国古代的文学作品，在描写人物出场方面有许多巧妙的方法。例如戏曲艺术，往往先让人物在幕后引吭高歌，然后背对观众上场，走到舞台中心，才转过身来，陡然亮相。由于角色的声音背影，长久地吸引着观众的注意，"千呼万唤始出来"，因而能够产生强烈的戏剧效果。蒲松龄描写白秋练出场的手法，也与此相类。由于蒲松龄巧妙地设置了悬念，让读者的心七上八下，这一来，即使白秋练仍没有正式露脸，但这个人物已经像磁石一样强烈地吸引着读者。（黄天骥）

河北有个姓慕的慕生，小名蟾宫，是商人慕小寰的儿子，聪明而喜好读书。年到十六，做父亲的以为读书没有什么出息，叫他去学做买卖，因此跟着父亲到湖北去。可是他在船里没事，就常常念诗读书。到了武昌，父亲留他住在旅馆里，叫他看好货物。慕生趁父亲出去，便拿出诗卷来念，声调很是响亮。每逢念诗时，慕生常常看见窗外有个影子晃来晃去，好像有人在偷听似的，但他也不觉得有什么奇怪。一天晚上，父亲到外面去饮酒，好久没有回来，慕生念诗念得更起劲了。看见有人在窗外走来走去，月光映着，十分清楚。他有些奇怪了，连忙跑了出去，偷偷一看，却是一个十五六岁绝顶美貌的少女。她看见慕生，就急忙避去了。

又过了两三天，慕生和父亲运了货物回去。晚上船停在湖边，父亲刚巧外出，有一个老妇进来说："你害死我女儿了！"慕生觉得诧异，问她是怎么一回事。那老妇说："我姓白，有个女儿名叫秋练，颇识些文字。她说在府城里听你念诗，到现在眠思梦想◦，连睡觉吃饭也没有心思了。她想跟你结为婚姻，你可不能拒绝。"慕生心里本也喜欢，只怕他父亲反对，就把这苦衷向老妇直说了。老妇不相信，一定要和慕生订下婚约。慕生不肯。老妇发怒说："别人向我求亲，下了聘礼，我还不答应哩。现在我自己来做媒，你反不愿意，没有比这再丢人的了。你休想回去！"说了便走。

过了一会儿，父亲回来了，慕生把刚才的事，用很动听的话，告诉了父亲，暗地希望父亲能够答应。不想父亲因为路途遥远，又瞧不起女子自来求婚，只笑了一笑，并不理他。

本来泊船的地方，湖水很深，那夜忽然泥沙拥起，船搁浅了，不能开动。每年湖里，总有客船留住守在沙滩上的，到第二年桃花水涨，新的货物未到，船里的货物便可百倍于原价出卖。因此父亲也不着急，只打算明年南来，还需再带些本钱。于是就留儿子守船，自己先回去了。

慕生暗地高兴，只恨没有问过那老妇住的地方。哪知一到晚上，老妇和一个丫鬟扶着秋练来了，脱下外衣便卧在床上，对慕生说："人已病到这么样，你不要再当作没有这回事的样子！"说完，老妇便走了。慕生初听这话，不免吃惊，

◎眠思梦想：睡眠思虑，梦境遥想。形容怀念期盼之深。

【读名著学成语】

倾盖之交

盖：古车篷。倾盖：停车。指一见如故的朋友。

清·蒲松龄《聊斋志异·白秋练》：「妾与君不过倾盖之交，婚嫁尚不可必，何须令知家门。」

连忙拿灯去看秋练，见她病里带娇，眼睛不住看着慕生。慕生问她怎样了，她只微微地笑着。慕生再三要她回答，她才说："古人有一句诗道：'为郎憔悴却羞郎'◎，现在正好是说我了。"慕生听了大喜，想更接近她些，但怜惜她身体瘦弱，只把手放在她的怀里，和她接了一次吻。秋练也很高兴，便对慕生调戏说："你如果能为我念三遍王建作的'罗衣叶叶'那首诗◎，我的病就会好了。"慕生便依她的话，刚念了两遍，秋练便拿了衣服起来说："我好了。"慕生念最后一遍时，秋练便用她娇滴滴的声音，跟着慕生同念。使得慕生神魂格外颠倒，便吹灭了灯火，和她一起睡了。

第二天，天还没有亮，秋练便起来说："老母快来了。"过了不久，老妇果然来了，看见女儿打扮得漂漂亮亮，高高兴兴地坐着，自己不觉十分欣慰。她喊女儿回去，秋练低着头不回答，她便自己走了，走时对女儿说："你高兴和他在一起，我只好随你便了。"这时慕生开始问她住的地方，秋练说："我和你不过陌路相逢，婚姻还没有一定，何必叫你知道我的家呢。"但两人互相爱慕，立誓要结成夫妻。

有一夜，秋练一早起来，点灯翻开书卷，忽然面容凄惨，两眼充满泪水。慕生连忙起身，问她为什么。她说："你父亲就要到了。我们两人的事，我刚才用书卷卜了一卦，翻开一看，原来是李益的《江南曲》◎，词意很不吉利。"慕生安慰她说："这诗首句'嫁得瞿塘贾'，就已大吉，有什么不好呢！"秋练方才高兴，起身分别说："现在暂时和你分手，等天一亮，便要被人家指责了。"慕生十分难过，问她说："如果好事能够成功，到什么地方去告诉你呢？"秋练说："我常派人来探听，成不成都晓得的。"慕生要下船送她，她再三推辞后就走了。过了不久，慕生的父亲果然到了。慕生又将秋练的事告诉父亲，父亲疑他招的是妓女，大发雷霆，骂他没有出息。后来细查船里，所载货物并没有缺失，才不再责备他。

有一天晚上，父亲不在船里，秋练忽然到了。两人相见，恋恋不舍，但都想不出什么结合的办法来。秋练说："姻缘有分，现在暂图目前吧！我留你两个月，再商量办法。"他们分别的时候，约定以念诗作为今后相会的信号。从此只要父亲

◎这是《会真记》中崔莺莺赠张君瑞诗，意思是说为你生了病，使得我面容消瘦、怕与你相见。◎王建：唐代诗人。这句诗是"罗衣叶叶绣重重"，是说舞衣一片一片的样子。诗里还有"太平万岁"的字句，大约取其平安无恙的意思。◎李益：唐代诗人。原曲写一女子嫁一瞿塘的商人，商人出外经商，因此常常不能见面。瞿塘，地名，在今重庆。

窃听吟咏

自媒反耻

白秋练

【名家评点】

从表层上看，《白秋练》这个故事和其他众多聊斋的花妖鬼狐一样，讲述的还是"艳遇—磨难和变化—幸福"的故事。然而耐人寻味的是，纵观整个叙述结构，我们会发现文本重点在于表现语言的神秘力量，语言文字的巫术功能成为情节发展的推动力和解决一切问题的关键，向我们揭示了文学所具有的那些被现代性所遮蔽的治疗、占卜、招魂以及禳灾等古老职能。（柏悟）

白秋练不十分知诗，却十分爱诗，她的风雅，与《红楼梦》中的香菱颇有相似的地方。作为一个生活在湖滨的船家女子，作者写她对诗文的理解，不能像世代书香的大家闺秀那样透彻，写她好读书而不求甚解，那是十分恰切的。如果把白秋练写成像林黛玉或崔莺莺式的人物，反使人难以置信。（黄天骥）

出去了，慕生便高声念诗，秋练就会到来。

四月快要过去了，货物因过了时都在跌价；许多商人没有办法，便向河神庙里祭祷。等到端阳过后，降了几阵大雨，船只方才通行。慕生和父亲归家后，再三想念秋练，便得了病。父亲很疼爱儿子，同时请巫师和医师给他治病。慕生便偷偷地告诉他母亲说："这病不是符咒药草治疗得好的，只要秋练来到这里，我就会好了。"父亲开始时很光火，但后来看儿子病得不成样子了，方才害怕起来，于是慕翁雇车载儿子再到湖北，仍到老地方停船。可是问问当地的人，都不知道有个姓白的老妇。

刚巧有个老妇，在湖边摇船，便出来说她就是。慕翁登上她的船，看见秋练，心里也很欢喜，问她的家乡，才知道一向过着船上生活，漂泊没有一定。慕翁也就照实告诉她们儿子得病的原因，希望秋练能够到自己船里去，先解除他的痛苦。老妇以为彼此没有婚约，不肯答应。秋练却露着半面，仔细偷听，听到两人所说的话，不觉眼泪掉了下来。老妇看在女儿面上，又因为慕翁再三哀求，也就允许了。

到了晚上，一等慕翁出去，秋练果然来了。她坐在床边流泪说："从前我为你生病，不想现在轮在你的身上了。这里面的滋味，也应当让你尝尝的。但是你已瘦得这个模样，短时期内怎能使你就好转起来。现在我且为你念一首诗吧！"慕生听了当然高兴，秋练仍旧念过去王建的诗。慕生说："这是你的心事，要医两人的病怎会有效？不过一听你的声音，我的精神便很清爽了。现在你为我念'杨柳千条尽向西'的诗吧！"秋练便依他的话念了起来。慕生称赞说："好听极了！你从前吟词时，有一首《采莲子》：'菡萏香连十顷陂'，我还记得，相烦你用美妙的声音吟唱一遍吧！"秋练又依了他。那词刚刚吟唱完，慕生一跃而起说："我哪里有病！"便把秋练抱在怀里，一场重病就好像一点也没有了。

于是，慕生问秋练说："我父亲看到你母亲时有什么言语，事情能够成功吗？"秋练早已知道他父亲的意思，便率直对慕生说："不成。"

后来秋练去了，慕翁回来，看见儿子已经起床，十分喜欢，仍旧安慰他，并且说："姑娘很好，只是从小在船上过生活，不要说她出身低微，恐怕也不会是处女的。"慕生听了，一声不响。

等父亲出去，秋练又来的时候，慕生便将父亲的意思告诉她。秋练说："我看的很清楚。天下事，越急就越难成功，越迎合就越遭拒绝。

◎这是唐人刘方平《春怨》诗中的一句，意思是说杨柳受着东风，都吹向西面去了。 ◎这是五代时皇甫松词中的一句。菡萏，荷花的古名。

【锦言佳句】

病态含娇，秋波自流。略致讯诘，嫣然微笑。

吟诗愈病

白秋练

【名家评点】

诗是她（白秋练）生命的一部分，诗就是爱。小说美妙的想象就建立在诗与爱的结合上。这是一首爱的诗，同时又是一首生命的诗。（何满子）

蒲松龄在构思小说细节中的考虑同样和动物特性相吻合，《白秋练》的主线是"吟诗"，体现了其对于声音方面的关注，白鳍豚关于声音的接受和反馈是经过现代科学证实了的，而在科学技术远远没有当今发达的古代，已经对此现象有了发现，在蒲松龄收集、整理和创作的小说中可见其踪迹。我们可以认为《聊斋志异》是一部"百科全书型"的巨著，在小说的情节设计和人物刻画方面，都展现出了鲜明的自然造化形态、事物发展规律和人与自然的关系特征。（荆银迪）

应当使老人家自己回心转意，反过求我。"慕生问她有什么办法。秋练说："凡是做买卖的人，都是唯利是图。我有些法术，能够预知物价。刚才看船里的货物，都没有厚利可得。你代我转告老人家：囤积某样货物可得利三倍，某样东西可得利十倍。回家以后，如果我的话灵验，那么我便是你们家的好媳妇了。你再来时，你年十八，我年十七，相欢正有日子。你还愁什么呢！"

于是，慕生把秋练说的那几种货物未来的物价告诉父亲，父亲并不相信，姑且拿多余下来资金的一半，依照她的话买了几种货物。回到家乡，自己所办的货物，都是大亏其本，幸喜稍稍听了秋练的话，那几种货物总算得了厚利，盈亏还可以勉强相抵，因此佩服秋练的眼力。慕生又从旁夸张说，她自己曾说，能够使他家发财。于是慕翁带了更多的资金到南方去。

到了湖边几天，找不到白家老妇，又过几天，方才看见她们的船停在柳树下，便送礼下聘。老妇一点都不受，只选择吉日，送女儿到船里来。慕翁另外雇一只船，为儿子成亲。婚后，秋练于是请公公到更南的地方去做生意，凡可以图利的货物，通通开了单子交给他。

慕翁去后，老妇邀女婿过去，住在她的船上。

三个月后，慕翁回来，货物一到湖北，价钱涨了五倍。将回河北时，秋练要求载些湖水。到家以后，秋练每次用饭，必定加一点湖水，好像用酱醋一样。从此，慕翁每次到南方去，总要为她带几坛湖水回来。

过了三四年，秋练生了一个儿子。有一天，秋练流着眼泪想回家去，慕翁便带领儿子和媳妇同去，到了湖边，不知道老妇的地方。秋练敲敲船边，喊着母亲，立刻神色大变，赶紧叫慕生沿湖查问。那时有个钓鲟鳇[◎]的，钓到一条白鲤鱼。慕生走近一看，鱼身很大，形状全像人。他很奇怪，回去告诉秋练。秋练听了大惊，故意说她一向有放生的心愿，就叫慕生把那条大鱼买来放生。慕生走去和钓鱼人商量，钓鱼人要价很高。秋练说："我在你家，为你们筹划做生意，赚了多少万银子，现在花一点钱，为什么就这样不爽气？如果你不答应，我就投湖死了算了。"慕生怕她投水，又不敢告诉父亲，只好偷了钱买来放了。

等他回来，却不见秋练，找也找不到，直到五更以后方才回来。问她到哪里去了，她说："刚才到母亲那里去了。"问她母亲在哪里，她尴尬地说："现在不能不照实告诉你了。刚才你所买的那条大鱼，就是我的母亲。从前在洞庭湖中，

◎鲟鳇：一名鳣，产江河及近海深水中。

【锦言佳句】

天下事，愈急则愈远，愈迎则愈拒。

窃金放鳇

白秋练

龙王命她管理过往旅客。最近宫里要选嫔妃，有些人过分地赞美我，龙王就下诏给我母亲，要她交出我。我母亲据实奏告，龙王不信，就将我母亲流放到南滨，把她饿得要死，所以才遭了这次灾难。现在虽然免难，但是龙王的处罚还没有解除。你如爱我，请你代我向真君°祷告，可以免罪。如果你因我是异类，便觉可憎，那么我将儿子还你，我自到龙宫去服侍龙王，想来未必不比在你家过得更舒服些。"

慕生听了她的话，大吃一惊，心想真君哪里能够见到。秋练却说："明日未时，真君就要来的。你如看见有个跛脚道士，就连忙拜他。他到水里去，你也跟着他去。真君喜爱文士，必定会同情你而答应的。"于是，拿出一方鱼肚白的绫说："如他问你求些什么，你就拿出这方绫来，求他写一个'免'字。"慕生依她的话等候，果然有一个道士跛着脚走来。慕生伏地跪拜，道士连忙避开。慕生跟在他的后面。道士用拐杖投到水里，一跳就登在杖上。慕生也跟着跳上去，居然不是拐杖，是一条船了，于是又向他跪拜。道

◎真君：亦称帝君、仙君、真人。在道教神仙体系中拥有非常高名望者被尊称为真君。

【名家评点】

这个曾使人胆战心惊的女子，原来以玉为骨，以诗为魂。在篇末，跛道人给白秋练的断语是："此物殊风雅。"作者力图表明，风雅是白秋练形象最突出的一面。（黄天骥）

《白秋练》虽然也是写人与"非人"之间的爱情故事，但却完全不同于《连琐》中对凄婉阴森环境的渲染。女主人公的名字"白秋练"关涉到了诗词（"余霞散成绮，澄江静如练"），又得到了一个美满的结局，因此小说的色调变得明朗、淡雅。而作为鱼精的"白秋练"与作为商人之子的慕蟾宫终成连理，却不仅是以"病"抗争的结果，也与"经商"密切相关，在诗词中也得到了暗示，体现了蒲松龄对婚姻的态度以及清初文化观念的变化。（刘雪莲）

士问他有什么要求。慕生拿出那绫来，求他写字。道士展开绫一看，说道："这是白鲤的翅膀，你从哪里得来？"慕生不敢隐瞒，详细告诉了他。道士笑一笑说："这鲤鱼倒很风雅，老龙哪里可以这样荒淫！"遂出笔草写一个"免"字，字形像画的符一样，于是叫他离船上岸。只看见道士仍旧踏着拐杖在水上浮行，一会儿就不见了。

慕生回到船上，秋练大喜，叫他不要对父母泄露消息。回家后两三年，慕翁仍到南方去，好几个月不归。家里所藏湖水已经用完了，久等不来，秋练便生病了，日夜喘息。她对慕生说："如果我死了，你不要葬我。应当在早上、中午、晚上三个时候为我念杜甫《梦李白》诗。我虽死了，尸身不会腐的。等水到后，倒在盆里，关门解下我的衣服，抱我浸在水里，我便会活转来的。"这样喘息了好几天，终断气死了。

再过半个月，慕翁回来了。慕生连忙照她的吩咐办理。她浸在水里一个时辰，便慢慢地苏醒过来。从此常想回到南方去。后来慕翁死了，慕生依她的心意搬到南方去住了。

【说聊斋】

学者朱光潜谈《聊斋志异》

我在读了《聊斋》之后，就很难免地爱上了那些夜半美女。

◎杜甫《梦李白》诗，有"故人入我梦，明我长相忆"之句，有嘱书生勿忘的意思。

爱才宥过

得水复生

传世彩绘聊斋志异

陈云栖

【名家评点】

唐代以后，女冠风流的盛况似乎渐趋衰颓，但这一传统并未断绝。比如从《聊斋志异》卷一一中《陈云栖》一篇可知，此风至清代仍不绝。陈云栖和另三位女冠所在的道观，就略有唐时遗意。不过在明、清小说中，更多的是对女冠或女尼禁欲为难、淫乱纵欲的反面描写。（江晓原）

写陈云栖的外形美，是以神显形，形寓神中。就是说几乎没有描写外形，着力于写神态，却在神态中显现出或让读者想象出她美丽的容貌。"女以手支颐，但他顾"，细细品味这八个字，你可以尽情想象出云栖的外表是如何美丽，其奥妙就在于以静态的形体造型，从眼光的流盼中显示其高雅脱俗的精神气质，进而表现出无定形的却又光彩熠熠的容颜美。（禹克坤）

真毓生，湖北夷陵人，父亲是个举人。真毓生的文章写得很好，长得也很漂亮，不到二十岁就很有名气。当他年龄很小的时候，有一个相士替他算过命，说："这孩子长大了要娶女道士为妻。"他父母听了，都觉得好笑。但是替他说的亲事，高低总是很难中意。

他母亲臧夫人，娘家世代住在黄冈。一次，真毓生去探望外祖母，听得人家说："黄州四云，少者无伦◦！"原来县里有座吕祖庵，庵里面女道士长得都很美，因此才有这种传言。

吕祖庵离臧家那个村庄只有十几里路，真毓生就偷偷地前去访问。一到那里，果见有女道士四人出来和他招呼应酬。她们的风度都很优雅，其中年纪最轻的一个，美得真没有人能够比得上。他心里很喜爱，眼睛直盯着她望。她却用手支着下颏，故意装作没有看见。

在三位女道士忙着洗杯烹茶的当儿，真毓生乘机问她的姓名。她答道："我姓陈，名叫云栖。"真毓生开玩笑地说道："巧极了，小生正好姓潘◦！"陈云栖一听，两颊泛红，低着头不说话，马上站起身来走了。过了一会儿，女道士们泡好了茶，送上鲜果，各人自道姓名。一位名叫白云深，年纪三十岁上下；一位名叫盛云眠，二十来岁；一位是梁云栋，二十四五岁，却排在后面为弟◦。但是陈云栖不在场，真毓生很失望，便问她到哪里去了。白云深说："这丫头怕见生人。"真毓生一听，立即告辞。白云深挽留了半天，没有挽留住。白云深只好说："你如果要见云栖，就请明天再来好了。"

真毓生回去，心里很想念云栖。第二天又到吕祖庵，几位女道士都在，只是不见云栖，又不便马上打听。几个人准备酒饭留客，真毓生竭力推辞，但推脱不掉。白云深掰开饼子，递上筷子，不住地劝他多吃一些。真毓生这才问云栖何在？她们答道："过一会儿她会来的。"

等了很久，天色已晚，真毓生想告辞回去，白云深拉住他的手臂挽留道："你就暂且住在这里吧，我把那丫头捉来见你。"真毓生只好留下来。

一会儿，她们点灯备酒，云眠乘机溜去。吃了几巡之后，真毓生说他醉了，不能再饮。白云深说："再吃三杯，云栖就会来的。"真毓生果然如数饮下。梁云栋也用这个办法来要挟，他又喝了三杯，然后把酒杯扣在桌上，说实在是醉了。云深望着云栋说道："我们面子小，不能劝他多饮，你去把姓陈的那个丫头拖出来，就说潘相公等候妙常很久，等得有些不耐烦了。"梁云

◦这两句话的意思是：黄州有四个排行"云"字的女道士，长得都美，年纪最小的一个，尤其漂亮。黄州在清为府，黄冈是首县。◦真毓生说他姓潘，是戏言，他想以潘必正自比，而将陈云栖比作陈妙常。《玉簪记》就是根据潘、陈两人的恋爱故事写成，川剧里的《秋江》乃是《玉簪记》的一段。◦佛门规矩，先剃度者为"兄"，后剃度者为"弟"，不以年岁论长幼。

【读名著学成语】

桑中之约

指男女幽会。清·蒲松龄《聊斋志异·陈云栖》："如望为桑中之约，所不能也。"

栋去不多时，转了回来，说云栖不肯屈驾。真毓生欲待辞去，但是已经到了深夜，不便行路，便装醉仰卧床上。一夜之间，云深、云栋把他扰乱个不休。天一亮，他没有告辞就溜走了，好几天不敢再去，心里却又念念不忘云栖，常常跑到吕祖庵附近窥探。

一天，快到黄昏时候，白云深出门和一个少年走了。真毓生一见大喜，只因不大畏惧云栋，便前去敲门。云眠出来开门，一问，才知道云栋也不在。他问起云栖，云眠便带他进了另一座院子，喊道："云栖，客人来了！"只听见房门砰的一声。云眠笑道："门关上了！"真毓生立在窗外，好像准备要说什么似的，云眠知趣，扭头走了。

云栖隔着窗子对真毓生说道："别人全是拿我当作一个幌子，引你来上钩的。你如果常常来，性命可就危险了！我不可能终身守这清规，但也不愿意干那种没有廉耻的勾当，倒很想得到一位像潘公子那样的人服侍他啊。"真毓生和她相约白头偕老，云栖说："师父抚养我一场，也不容易，你果真爱我，就请拿二十两银子来赎我。我愿意等你三年。如果你希望和我私会，那是办不到的。"真毓生答应了，正准备向她表明心迹，

云眠又回来了，只好随她走出，告辞回去。他心里很难过，总想找个机会，和云栖再度亲近一次。恰巧家人前来报信，说父亲生病，他便连夜赶回夷陵。

不久父亲去世了，母亲家教很严，他的心事不敢让她知道，只是想办法减少零用，天天积蓄些钱。有人向他提亲，他总是以守孝三年未满为借口加以拒绝，母亲不听他的。真毓生婉转地对母亲说："从前在黄冈时，外婆要我娶一个陈家的女儿，我认为很合适。后来，因为父亲病死，好久不到黄冈探问，消息隔绝了。我打算立刻去一趟，如果不成功，就凭母亲的意思去办。"臧夫人答应了他。

他带着私蓄来到黄冈，便去吕祖庵访问，寺院却变得很荒凉，和从前大不相同。他慢步进去，只见一个老尼姑在灶下烧饭，就向她打听。老尼姑说："前年老师父死去，四云星散了。"问她们到哪里去了，老尼姑答道："云深和云栋跟着浮头滑脑◎的少年逃走了。听人说云栖在县城以北居住，云眠的下落不明。"真毓生听了不胜悲伤惋惜，立即坐车到县北，逢观便问，也没有丝毫踪影，只得失望而归，骗他母亲说："舅舅说陈家老头儿到了岳州，等他回来，就会派人

◎浮头滑脑：犹言油头滑脑。形容人轻浮狡猾。

陈云栖

来送信的。"

过了半年，臧夫人回娘家，向她母亲问起这件事。老太太莫名其妙，根本不知道有这回事。夫人大怒，怪她儿子撒谎，老太太则怀疑真毓生也许和他舅舅商量过，他舅舅不曾对她谈起。幸而舅舅出远门去了，无从查究证明。

一次，臧夫人因为要到莲峰山还香愿，夜间住在山脚底下一家旅店里。她已经上床睡了，店主人忽然敲门，送来一个女道士，和她在一个房里寄宿。那女道士自己说叫陈云栖。她听臧夫人说家在夷陵◎，便走过来坐在夫人的床上，诉说她的不幸遭遇，言辞悲切动人。最后又说她有个姓潘的表兄，是个读书人，和夫人同县，托夫人吩咐她的子侄带个口信给他，说她暂时寄住在栖鹤观师叔王道成处，生活很苦，度日如年，要他赶快前来探望，否则今后又不知道要流落到哪里去了。夫人问那姓潘的叫什么名字，她却回答不出，只是说："既然是在县学里，秀才们大概总会知道的。"天未明，她向夫人告辞时，又再三恳托了一番。

夫人回家，向真毓生谈起这事，真毓生连忙跪下说："不瞒母亲说，她说的那个姓潘的就是我啊。"夫人问明原因，大怒说："你这个不成材的东西，跑到尼姑庵里乱来，把一个女道士娶到家里，还有什么面目见亲戚朋友！"真毓生低着头不敢辩白一句。

后来真毓生到县里去考试，偷偷坐着船绕道访问王道成。一到那里，云栖刚在半月前出游了还没有回来。真毓生试毕回到家里，便忧闷成病。

这时臧老太太死了，夫人前去奔丧。送殡回来，夫人迷了路，走到一个姓京的人家。一问乃是她的族妹，京氏家人便把她迎了进去。她一眼看到屋里有个少女，年纪有十八九岁，举止和容貌都很秀媚，是一个从来没有见过的美人。夫人常想给儿子找个好媳妇，免得受埋怨。一见这位女子，不免动了心事，便问她的来历。族妹说："她姓王，是京家的甥女，父母全死了，暂时住在这里。"夫人又问："女婿是谁？"族妹说："还没有定亲。"臧夫人拉着她的手和她谈话，见她风度温婉可人，心里很喜欢，便在京氏家里留了一夜，私下把自己的意思对族妹说了。族妹说："很好。不过这孩子自视甚高，不然也不会耽搁到今天的。让我找个机会同她商量商量。"

◎夷陵：位于湖北宜昌长江西陵峡畔，素有"三峡门户"之称。

【名家评点】

小说善于利用偶然遇合，又很注意细针密缝，使得情节既出其不意，跌宕起伏，又合情合理，自然圆整。篇中虽无神鬼妖狐的变幻莫测，却以人情世相的如实描绘，同样引人入胜。（禹克坤）

【读名著学成语】

举止大家

举止行为有大户人家的气派。清·蒲松龄《聊斋志异·陈云栖》：「举止大家；谈笑间，练达世故。」

夫人把女子叫来同榻，两人谈得很投机。她愿意拜夫人为母亲。夫人大喜，邀她同往荆州。女子也很高兴，第二天便一同坐船回去。

她们到了家，真毓生还卧病在床。夫人为了安慰他，打发丫鬟悄悄对他说道："夫人替公子带来了一个美人。"真毓生不大相信，悄悄地趴在窗口一望，果然比云栖还要标致。心想三年的约期已过，既然她出游没有回来，一定早已嫁人，如今得到这样一个绝色女子，心里也很满意。于是开始露出笑容，病也渐渐好起来了。

夫人把他们两个人叫出来相见。等真毓生一走出去，夫人对那女子说道："你可知道我带你回家的意思吗？"女子微笑道："我已经知道了。不过我同来的本意，恐怕母亲还不知道。我从前许给夷陵姓潘的人家，早就断了消息，可能他已经结了婚，如果是这样，我愿做您的媳妇。否则我将终身做您的女儿，今后报答母亲的日子还长着呢。"夫人说："既然有成约，自然不必勉强，但从前我在五祖山时，有位女道士打听潘公子，如今你又问潘公子，实际我知道夷陵的世家中并没有姓潘的啊。"女子吃惊说："在莲峰山下寄宿的就是母亲吗？那个打听潘公子的正是我啊！"夫人恍然大悟，笑道："那么，潘公子就在这里。"

夫人叫丫鬟带她去问真毓生。真毓生惊讶说："你是云栖吗？"女子问他何以知道。真毓生把前后经过说了，这才明白他说姓潘，乃是有意开的玩笑。女子知道是他，很害羞，不愿再谈下去，赶快回来禀知母亲。夫人问她何以改姓王。她说："我本来姓王，师父欢喜我，叫我做她的女儿，便随了她姓陈。"夫人大喜，选了个好日子为他们成亲。

当初云栖和云眠一同投奔王道成，因为住的地方很狭窄，云眠便去了汉口。云栖娇弱，不能吃苦，又羞于做女道士，王道成很不高兴。正好她舅舅京氏来到黄冈，和她遇见。她哭哭啼啼，自伤身世，舅舅便把她带走，叫她改成女子装束，准备给她配个大户人家，因此讳言◦她曾出过家。但是有人向她提亲，她总不愿意。舅舅、舅母不明白她的心思，不免怪她自高身价。那天她跟随臧夫人走了，有了依靠，他们也好像卸了一副重担。

新婚之夜，真毓生和云栖把各自的遭遇叙说了一遍，都高兴得流下眼泪来。

◎讳言：因有所顾忌而隐讳不说。

织成

【名家评点】

《织成》一文述主人公柳生遇洞庭王柳毅，娶神婢织成的一段历险旅行。篇中涉及洞庭水神柳毅、南将军、毛将军及"溺籍"（溺水死之人），保留不少洞庭神话传说，资料珍贵，很值得作深入的讨论。蒲松龄巧妙利用民俗资料，融入小说，成就柳生的奇幻历险之旅。一段士人与神婢的婚恋，有别于一般凡人娶神族王女、公主的人神婚恋，可谓别树一帜。（刘燕萍）

《织成》中柳毅，脱胎自（唐）《柳毅》中的儒士，成为水神后，则无论是"鬼面"外貌，还是反复无常的性格，从里到外，均被塑造为具威严及不可捉摸的具备水的变幻特质的形象，完成由虚构人物至水神的造神过程。（刘燕萍）

洞庭湖里，常常有水神来借船，碰到有空的船，船缆突然会自己解开，自动地在水上游行。这时只听见空中有音乐响了起来，船夫躲在船角里，闭上眼睛听着，不敢抬头去看，随船儿东西漂行。游毕，船儿仍会停在老地方。

有个柳生，考试不中回去，他吃醉了酒，卧在船上。忽然音乐响了起来，船夫摇柳生没有把他摇醒，自己连忙躲在舱下。过了一会儿，忽有一人来拉柳生头发，柳生因为很醉，随手倒在地上，还是照旧睡着，也就放过了他。又过一会儿，音乐吹得很响，柳生有些醒来，闻得异样的香气，充满船里。他偷偷一看，看见满船都是漂亮的女子，心里觉得奇怪，眼睛仍旧装作闭着。过了一会儿，只听有人喊"织成"，就有一个侍女过来，站在他的脸孔旁边，绿色的袜，紫绢的鞋子，脚细瘦得像指头一般。他心里颇爱这个女子，便暗里用牙齿咬住她的袜子。

又过一会儿，那女子挪动脚步，他拉了一把，她就跌倒了。坐在上位的人问她为什么跌倒的，她就据实说了。那人大怒，命令将柳生立刻斩了。随即有武士进来，把柳生捉住，捆绑着拉起来。

柳生见那人朝南面坐着，衣冠好像大王，因此边走边说道："我听说洞庭君姓柳，我也姓柳。从前洞庭君考试不中，现在我也没有考中，可是洞庭君倒因此碰见龙女，变为仙人；可是我吃醉了酒，戏弄一个女侍，就要处死。为什么幸运和不幸运相去得这样远呢？"

那大王听了，喊声"回来"，问他说："你是个考试不中的秀才吗？"柳生说"是"。便给他纸笔，叫他作一篇《风鬟雾鬓赋》。柳生虽是襄阳的才子，但下笔很慢，拿了笔好久还未动手。那大王便讥笑说："才子怎么会是这样呢？"柳生便放下笔来说："从前左思写《三都赋》○，十年方才成功。因此知道文章是要写得好，不是在乎写得快。"那大王笑了一笑，就让他去写。

从早晨到午刻○，文稿方才写好。那大王看了，大大称赏，说："你真是才子！"随即赐他吃酒。过了一会儿，珍奇的菜肴，摆了一大桌。两人正在谈论的时候，有一官吏捧着一本簿册进来说："应该溺死的人的名册已经造好了。"那大王问："人数多少？"答说："一百二十八人。"那大王又问："差什么人去？"说："毛、南两

◎左思、《三都赋》：晋代文学家。《三都赋》是写魏、蜀、吴三国首都的赋。◎午刻：正午，中午。

【锦言佳句】

洞庭湖中,往往有水神借舟。遇有空船,缆忽自解,飘然游行。但闻空中音乐并作,舟人蹲伏一隅,瞑目听之,莫敢仰视,任所往。游毕仍泊旧处。

织成

将军。"

柳生听到这里，便起身拜辞。那大王送他黄金十斤，又水晶界方一块，说："湖里有些小灾难，你拿这个东西，可以避免。"忽然看见有许多仪仗人马，纷纷站在水面上。那大王下船登车，随即不见了。

过了好久，声音一点也没有了，船夫方才从舱下出来，摇船到北岸去。哪知刚碰着当头风，船却无法摇上去。忽然看见水里有铁锚浮了出来，船夫大惊说："毛将军出现了！"各船的客人，都伏着不敢动。

又过了一会儿，湖里有一条直竖的大木，忽上忽下动摇着。大家格外恐惧，都说："南将军又出现了！"不多久，波涛大作，浪花飞溅，几乎遮蔽了阳光。四面一看，湖里的船一时都倒翻了。柳生就拿水晶界方，端坐在船里，虽然万丈洪涛，拍到船旁就没有了，因此得以保全了性命。

柳生回来以后，常对人说他所遇的奇事。又说：船里的侍女，虽然没看到她的容貌怎样，但她裙下的一双脚，也是人世所没有的。

后来柳生因事到武昌，有个姓崔的老妇，要出嫁她的女儿，有人出千金，她也不嫁。只说

◎界方：镇书纸的文具。一般为木制，也有用玉石、象牙、水晶等为材料的。

【名家评点】

蒲松龄一生失意科举，困于场屋。《织成》中柳生也是一名落第秀才，科场失意后却得到洞庭君青睐，允为"名士"，并因"仰慕鸿才"，特以宝物和侍女相赠。不难看出，本篇旨趣在于通过柳生的遇仙经历和圆满结局，作为对作者失意现实的某种精神超越。因此，故事的叙述必然以主人公的经历和结局等事件性内容为重点，并在节奏上前后平衡，形成一个有头有尾的和谐结构。

（潘皓）

家里有一条水晶界方，有谁也有同样一条能够配得上的就嫁给他。柳生听了很奇怪，就揣着自己的界方前去。老妇果然很高兴地接待他，喊女儿出来相见。女儿的年纪十五六岁，媚曼°风流，简直没有女子可以跟她相比。她稍稍和柳生见了一面，就转身跑到里面去了。

柳生一见，十分爱慕，神魂颠倒，对老妇说："小生也藏有水晶界方，不晓得跟老夫人家里所藏的有些相像吗？"因此大家便拿了出来，互相比较，长短丝毫不差。老妇大喜，便问柳生住在哪里，请他即刻回去叫车子来，界方留在这里作为信物。柳生不肯留，老妇笑说："官人也太小心了。老身难道为了一条界方，便抽身逃走？"柳生不得已，便把界方留下。立刻去雇了车子赶来，但是老妇的房子已经空了。

柳生大为吃惊，问遍附近邻居，都说不知道。太阳已经快下山了，柳生真是懊悔非常，心里很不快活地走回家去。到了半路，碰到一辆车子过去，车里的人忽然揭起车帘喊他说："柳郎为什么来得这样晚？"仔细一看，原来就是姓崔的老妇。柳生很高兴，问她到什么地方去，她笑笑说："你一定疑我是一个老骗子了。和你分手以后，

◎媚曼：娇美。

[说聊斋]

「青柯亭本」——《聊斋志异》最重要的刻本

《聊斋志异》最初以手抄本流传，乾隆三十一年（1766年），在蒲松龄去世五十一年之后，《聊斋志异》才开始在严州（今浙江建德市）刊刻付印，这个刻本，世称「青柯亭本」，简称「青本」。这个木刻本共分十六卷，收入文章四百三十一篇。刊刻者是当时任严州知府的赵起杲，故又称「赵本」。学界一般认为这是《聊斋志异》的第一个刻本，也是最重要的一个刻本。从它问世以来，所有的评注本与石印本、铅印本，几乎都是以它为蓝本，现在一般通行本也都是据此翻印而来。

海宝救劫

界方聘女

织成

刚巧有一辆便车，想到官人旅居在此，要办车子十分困难，所以就把我女儿送到船里去了。"

柳生请她回车，她却不肯答应。急忙之中，柳生对她的话还不十分相信，便很快奔到船里，果然女子和一个丫鬟早已在那里。她们看见柳生到来，有说有笑地迎接他。他见女子穿着绿袜红鞋，跟船里侍儿的装饰一模一样，心里就很奇怪，走来走去老是注视着她。女子便笑着说："你这样盯着看我，难道从来没有见过吗？"柳生又低下头一看，那袜后跟上的齿痕果然还在，吃惊说："你是织成吗？"女子只遮着口微笑。柳生向她作揖说："你真是仙人，请快对我直说，以免我疑惑。"女子说："老实告诉你，上次船里所碰到的，就是洞庭君。他仰慕你的鸿才，就想把我送给你。因为我为王妃所喜爱，所以他要回去商量一下。现在我来，就是王妃叫我来的。"柳生高兴非凡，连忙洗手点香，向湖里朝拜，于是一同回家。

后来柳生又到武昌去，女子也要求同去，顺便探望娘家。到了洞庭湖，女子拔出一枝钗来，抛在水里，就看见有只小船从湖里出来。女子一跳上船，好像鸟飞一样，一瞬间就看不见了。柳生坐在船头，对着小船隐没地方仔细盼望着，便见远远来了一只很大的楼船。到了近旁，船窗一开，忽然像一只彩色的鸟儿飞过。原来是织成到了。另有一人从窗里抛下来许多金银和珍贵的东西，都是王妃送给他们的。

从此，每年总有一次或两次到洞庭去拜望，因此柳生家里珠宝很多，每次拿出一样东西来，就是有财势的家里也是不认得的。

◎鸿才：大才；卓越的才能。

【名家评点】

"织成"写柳生洞庭遇仙故事。这故事与唐李朝威传奇"柳毅"相仿，然推陈而出新。情节更异，主题变迁，更由于主角个性塑造的差异，二则故事更相异其趣。"柳毅"和"织成"同样写落第柳生，但前者是泾阳义夫，传书龙宫；后者是洞庭醉客，放浪戏姬。由正义凛然的"义夫"一转而为放荡不羁的"名士"，就是"织成"一则的妙趣所在。（董挽华）

[锦言佳句]

既至洞庭，女拔钗掷水，忽见一小舟自湖中出，女跃登如飞鸟集，转瞬已杳。

觐后承恩

竹青

鱼客，是湖南人，告诉我的人忘了他是哪府哪县的。他家里很穷，落榜回家，连路费也没有了，又不愿意去讨饭，肚里饿得很，因此暂时在吴王庙◦里歇息，向着神像祷告一番，出来便在廊下睡了。

忽然有一个人引他去见吴王，那人跪下来说："黑衣队里还缺一个队员，可把他补了进去。"吴王答应了，就给他一件黑衣。鱼客着了黑衣，便变作乌鸦，张开翅膀飞到外面，看见许多同伴聚在一起，就一道飞了出去，分散停在帆船的桅杆上面。船上旅客都拿碎肉抛上来，那群乌鸦就在空中接食。鱼客也学它们的样，过了一会，肚里就吃饱了。又飞到树梢上，心里觉得很快乐。

过了两三天，吴王可怜他没有配偶，就叫一只雌的配他。她叫竹青，他们两个倒很恩爱快乐。鱼客每次去找吃的东西，老以为没有什么危险，竹青常常规劝他，他终归不肯听从。一天，有一个兵士经过，用弹子打他，中了胸部。幸喜竹青衔着他逃了，终算没有被捉。许多乌鸦大怒，张开翅膀来搧起波浪，一时波涛大作，船都覆没。竹青于是觅找食物来喂鱼客，但鱼客因为受伤过重，终于死了。这时鱼客也就醒来，才知做了一场春梦，自己还是卧在庙里。

在鱼客做梦的时候，当地的人以为他死了，但不知他是谁；摸摸他的身体，还没有全冷，所以随时派人察看他。等到鱼客醒后，众人问明白了原因，便筹集些盘费，送他回乡。

过了三年，鱼客又经过原来的地方，参拜吴王，放好食物，喊乌鸦飞下来啄食。他祷告说："竹青如果在里面，应当留下。"可是乌鸦吃了都飞去了。

后来他考中回来，再参拜吴王庙，用猪羊来祭吴王。祭后又放在地上，让乌鸦来吃，又像上次一样做了祷告。那夜，他宿在湖村，点着蜡烛坐着，忽然案前像有飞鸟飘下来，仔细一看，原来是个二十来岁的美女。她笑着说："分别以来，你好吧！"鱼客大吃一惊，问她是谁。她说："你不认识竹青吗？"鱼客大喜，问她怎样来的。她说："我现在做了汉江◦神女◦，回故乡的机会很少。以前有乌鸦使者，两次说及你对我的情谊，所以到这里来和你相会。"

鱼客格外高兴，好像夫妻久别重逢，分外欢乐。鱼客准备带她同到南方去，竹青却要叫他同到西面去。两人商量还没决定，大家就安睡了。刚刚醒来，竹青已经起身。鱼客睁开眼睛，看见一座很大的厅堂，里面灯火辉煌，竟然不是在船

【名家评点】

《竹青》作为志怪小说，虽然也是基于民间传说，但已是作者精心创造的产物。其中寄寓了作者的社会观察、生活体验和审美感受。这篇小说最值得关注的是故事设置在明清易代的大背景上，这就使小说的意蕴变得丰富而深刻。蒲松龄生于明末，亲身经历了明王朝的灭亡，目睹了清兵南下过程中的凶恶残暴，作为一个传统的读书人，蒲松龄不可避免地具有强烈的故国之思和对残忍无道的新王朝的厌恶，这在蒲松龄的作品中有多角度的反映。（邢培顺、王明东）

◎吴王庙：在湖北蕲春县田家镇长江北岸，祀三国时吴国将军甘宁。◎汉江：又称汉水、汉江河，发源于陕西境秦岭南麓，为长江最长的支流。◎神女：女神。

【锦言佳句】

归家数月,苦忆汉水,因潜出黑衣着之。两胁生翼,翕然凌空,经两时许,已达汉水。

授衣赐配

竹青

里。他大吃一惊，起来问她说："这是什么地方？"竹青笑笑说："这是汉阳°。我的家，也就是你的家，何必定要到南方去。"那时天色渐渐地亮了，丫鬟、老妈都纷纷过来，酒菜已经备好，就在大床上放一张矮桌，夫妻对坐喝酒。

鱼客问道："我的仆人在哪里？"竹青说："在船里。"鱼客怕船夫不肯久等。竹青说："那有什么关系，我会帮你告诉他的。"于是他俩日夜谈谈吃吃，鱼客也真乐而忘返了。

船夫从梦里醒来，忽然看到船在汉阳，大为惊奇。仆人去寻主人，一点信息也没有。船夫要把船开到别的地方去，可是船缆的结始终解不开，大家只好等着主人回来。

过了两个多月，鱼客忽然想回去了，对竹青说："我在这里，亲戚都断绝了。况且你和我名义上已为夫妻，却不回到家里去看一看，这算什么呢？"竹青说："不要说我不能去，即使能去，你家里自有妻子，又怎么安排我呢？不如让我留在这里，作为你的又一个家吧！"鱼客恨路远不能常来，竹青拿出一件黑衣说："你的旧衣还在。如想到我时，穿上这件衣裳就可到了。到了以后，我再为你脱去这件黑衣。

◎汉阳：今湖北武汉市汉阳区。

【名家评点】

孔尚任的《桃花扇》借男女离合之情，写家国兴亡之感，而蒲松龄的《竹青》也是类似的套路，主人公鱼客与乌仙相遇的情节，按照中国传统文化中的比拟习惯，同侯方域与李香君相遇的情节是一致的。鱼客的人生轨迹与侯方域的人生轨迹也十分相似，只不过蒲松龄的描写更加隐晦含蓄。很显然，蒲松龄借助这个玄幻的仙凡爱情故事，寄寓宏大的历史事件和严肃崇高的主题。（邢培顺、王明东）

《聊斋志异·竹青》的前半部分，其实是一个爱情悲剧故事，也反映了明清易代之际动荡的社会现实。读书人落第饿昏于吴王庙，竟然要化为异类乌鸦乞食于舟上客旅。后虽与雌乌竹青为偶，度过了一段幸福时光，又因为"有满兵过，弹之中胸"，最终阴阳两隔。这既是爱情悲剧，也是社会悲剧。（颜建真）

[说聊斋]

日本著名作家太宰治改写的聊斋故事

太宰治根据《聊斋志异》中的《竹青》改写了同名小说。虽然故事情节与原作大体相同，但作者加入了大量的景物描写，在写景中运用了许多汉诗，将洞庭湖、长江、汉水描写得如同仙境，但又真实可信，不能不让人叹服太宰治的妙笔生花。小说中还引用了不少《论语》《中庸》、屈原的《渔父》等典籍，可见其汉学功底之深厚。总之，取材于《聊斋志异》的《清贫谭》和《竹青》在太宰治的作品中占有重要地位，为他的作品群增添了一抹亮色。

于是，竹青大摆酒筵，为鱼客送行。鱼客酒醉睡下，醒来时身体已在船上，向外望望，仍是洞庭湖原来泊船的地方。船夫和仆人都在，相见之后，大为惊奇。问他去的地方，鱼客自己也觉得糊里糊涂，很是奇怪。枕边有一个包裹，解开一看，是竹青送的新衣服和鞋袜，黑衣也折叠好放在里面；还有绣荷包系在腰里，用手一摸，荷包里全是金银。于是开船向南，到了岸上，送了船夫许多船钱。

鱼客回到家里几个月，再三想念汉水的竹青，便偷偷地拿出黑衣着了。顿时两旁生了翅膀，飞到空中，经过约两小时，已经到了汉水。他在空中盘旋，向下探望，看见孤岛中有一簇楼房，随即飞下。有个丫鬟已经望见，立刻喊道："官人来了！"没有多久，竹青走了出来，吩咐家人给他脱衣服，就觉得羽毛像刀划似的通通脱下来了。

竹青握住他的手走到屋里，说："你来得正好，我就要生产了。"鱼客打趣地问说："胎生°呢，还是卵生°？"竹青说："我现在是神，已经脱胎换骨，应当与从前不同了。"过了几天，果然生育，胎衣厚厚地裹着孩儿，像一只很大的

◎胎生：人或某些动物的幼体在母体内发育到一定时期后脱离母体的繁殖方式。◎卵生：动物的幼体由离开母体的卵孵化出来。

对酌言欢

回翔汉屿

竹青

卵。破了开来,是一个男孩。鱼客大喜,取名汉产。

三天以后,汉水所有神女都来道贺,送了许多衣服、首饰和珍贵宝物。她们都是妙龄女郎,没有一个三十岁以上的人。大家到了屋里就座,用大拇指按按孩儿的鼻头,表示"增寿"的意思。等她们走了,鱼客问她们是什么人,竹青说:"这都是我的同辈。最后那位着藕白色衣服的,所谓'汉皋解佩',就是这个人。"

住了几个月,竹青用船送他回去,船不用风篷◎、橹子◎,自己飘荡而行。到了陆地,已经有人牵马等在路边,鱼客随即回家。从此不断来往。这样过了几年,汉产长得益发漂亮了,鱼客十分爱他。他的妻子和氏,自恨不能生育,老想见一见汉产。鱼客将她的意思告诉竹青,竹青于是办理行装,送儿子跟父亲一同回家,约以三个月回来。

鱼客和儿子回到家里,和氏爱他胜过亲生儿子,已经过了十个多月,还不忍让他回去。有一天,汉产忽然暴病而死,和氏哀痛得死去活来。鱼客于是到汉水去告诉竹青,一进门,哪知汉产竟赤着脚卧在床上。鱼客大喜,问竹青是怎么一回事。竹青说:"你负了我的约期很久,我想儿很急切,所以招他回来了。"鱼客因此也说到和氏怎样爱他。竹青说:"等我再有生育,我一定放汉产回去。"

又过了一年多,竹青生了双胎,一男一女,男的叫汉生,女的叫玉佩。鱼客就带着汉产回家。但是每年总要去汉水三四次,很不便利,随即搬到汉阳去住。

汉产十二岁时就进府学,做了秀才。竹青因人间没有好的女子,招他回去,为他娶了新妇,方才叫他归家。新妇名叫卮娘,也是神女所生的女儿。后来和氏死了,汉生及妹妹玉佩,都来吊丧。丧葬完毕,汉产仍留在老家。鱼客带着汉生、玉佩去后,从此不再回来了。

◎风篷:船帆。◎橹子:使船前进的工具;比桨长、大;安在船艄或船旁。

【名家评点】

飞翔之梦虽是人类常见的"典型梦",但很少有人能在梦中"忘其身"而变形为会飞的动物。昔者庄周梦为蝴蝶,"栩栩然蝴蝶也,自喻适志欤!不知周也",大概只有像庄周这样洒脱的人,才能舍身成蝶,去享受那"适志"的飞翔吧?对于人类为什么常有飞翔之梦,有很多说法:种族回忆论认为这是人类对其远祖漂浮在海上生活的回想。在梦中变为乌鸦的书生刚好姓"鱼",他飞翔的地区又多在水域,从某个角度来看,此一"鱼""人""鸟"的变形飞翔之梦,实含有比庄周梦蝶更深刻的心灵含义,触及了人类心中某些古老的、残存的意念。(王溢嘉)

【读名著学成语】

汉皋解佩

指男女相互爱慕而赠答。相传古时郑交甫汉皋（山名，在今湖北襄阳市）台下，碰到两个女子，佩着珍珠。交甫和她们交谈，她们便解珠送他。事见《韩诗外传》。清·蒲松龄《聊斋志异·竹青》："其末后着藕白者，所谓'汉皋解佩'，即其人也。"

群仙集贺

传世彩绘聊斋志异

石清虚

邢云飞是顺天人,生性爱好石头,见了好石头,不惜重金买回家去。有一次,偶然在河边捕鱼,觉得有一件东西挂在网上,下水去捞起来,原来是一块一尺长的石头,四面玲珑,有重重叠叠非常秀丽的山峰。心里喜欢极了,好像得到奇珍异宝一般。便用紫檀°雕一个座子,把它供在桌上。每逢天气快要下雨的时候,一个个石洞里都会发生云气。远远地望去,好像塞着新棉花一般。

有个豪门恶霸上门来拜访,要求看看那石头。看见之后,便拿来交给手下的豪奴,跳上马背,径直去了。邢云飞无可奈何,只有跳脚悲忿罢了。那豪奴拿着石头,走到河边,在桥面上休息一下,忽然一失手,石头掉到河里去了。恶霸大怒,把豪奴抽了几鞭子,就拿出钱来,雇一个善于游泳的人,千方百计,在河里摸索找寻,竟然找不到,只好出了一张赏格°,回家去了。从此以后,找寻石头的人,每天挤满了河里,却一直没有人能够找到。

后来邢云飞在失落石头的地方经过,站在水边叹气,只见河水非常清澈,那石头明明就在水里。邢大喜,脱了衣裳,跳下水去,把石头抱起来,连那个紫檀座子也没有丢失。回到家中,不肯再陈列在厅堂上,就在内室中收拾一间屋子,把它供起来。

一天,有个老头儿上门来,要求看石头。邢云飞推说石头早已被人家抢去了。老头儿笑道:"客厅里供着的不是吗?"邢云飞就请老头儿到客厅里去看,要证明的确没有石头。不料跑进客厅里一看,那石头果然陈列在桌子上。邢云飞见了一愣,诧异得说不出话来。

老头儿摸摸那石头说:"这是我家的旧东西,遗失了好久,如今原来在这里啊!既然见到了,请你还给我。"邢觉得很窘,就和老头儿争执起

◎紫檀:常绿乔木,木材坚实,紫红色,可做贵重家具、乐器或工艺品。 ◎赏格:悬赏所定的报酬条件。

【名家评点】

这篇小说以"石"为线索,叙述爱石成癖的邢云飞与一块前后有九十二孔的奇石的几次离合,奇石是整篇故事的生长点,各种情节、矛盾皆因石而起,石头成为贯穿全文的线索。全文紧紧围绕奇石的得失叙事,奇石多次失而复得,曲折离奇,在这个过程中,邢云飞面对豪强抢夺、盗贼掳掠、官家重金威逼利诱都毫不动摇,甚至愿意为此折三年阳寿,其"石痴"形象栩栩如生。(李桂奎)

来，大家都要抢做石头的主人。老头儿笑道："既然是你家的东西，可有什么凭据？"邢对答不出。老头儿说："我是一向记得的。那石头前后共有九十二个洞。最大的一个洞内有五个字，乃是'清虚天石供'"。邢仔细一看，石洞中果然有小字，和粟米○那样小，须要用尽眼力才能看出来。再把石头上的洞一数，果然和老头儿说的数目相符。邢云飞没有话可说，只是坚决不肯给他。老头儿笑道："这是谁家的东西，怎能由你做主？"拱一拱手，就出去了。

邢云飞送老头儿出门，等到回转客厅里，那石头已经不见了。他吓了一跳，疑心是老头儿弄的玄虚，急忙出门追赶；看见那老头儿慢吞吞地在前面走，还未曾去远，便奔上前去，拉住了他的袖子，向他哀求。老头儿说："奇怪了！一尺长的石头，难道可以拿来藏在袖子里吗？"

邢云飞知道老头儿神通广大，硬把他拉回来，跪在地上，向他恳求。老头儿便说道："这石头究竟是你家的，还是我家的？"邢答说："实在是你家的，但是请你送给我吧。"老头儿说："既然如此，石头还是在里边。"邢跑进内室一看，石头果然供在原地方。

老头儿说："天下的宝物，应当交与能爱惜的人。这石头能够自己找主人，我也很高兴。但是它急于要出现了，出现得太早，磨难和劫数还未曾消除。我实在想把它拿去，等到三年后再送给你。如今你既然想留着，就应当减少三年寿数，它才能永远和你在一起，你可愿意吗？"邢云飞说："愿意。"老头儿就用两个指头去捏石头上的洞，石洞软得像泥土一般，随手捏没了两三个。捏毕，老头儿说道："石洞的数目，就是你的寿数。"说完，告辞要走。邢云飞苦苦地留他，他一定要去，意思很坚决。问他的姓名，也不肯说，就走了。

○粟米：小米。

【锦言佳句】
天下之宝，当与爱惜之人。

举网得石

石清虚

隔了一年多,一天,邢云飞有事外出,晚上有个小偷掩进屋子里来,一切都没有损失,只是偷了那石头去。邢回家后,懊恼得要死。出了赏格,四处找寻,但是毫无踪迹。过了几年,偶然往报国寺游玩,看见一个卖石头的人;走近去一看,原来就是自己的那块石头。当时就要拿回去,卖石头的人不服,于是拿了石头,前去报官。官问两造有什么证据。卖石头的人能说出石头上洞的数目。邢云飞问他:"还有什么?"卖石头的人说不出来。邢就说明洞里有五个字,还有三处手指头的痕迹,官司就打赢了。官要打卖石头的人,那人自己说,是花了二十两银子从市上买来的,就释放了他。

邢云飞得到了石头回去,用锦袱°包好,藏在柜里,有时想赏鉴一下,定要先烧一炉好香,然后拿出来。

某尚书知道了这块石头,愿意出一百两银子购买。邢云飞的意思,便是一万两银子也不肯卖。尚书生了气,暗地里借别的事陷害他。邢云飞被关在监牢里,家中把田产抵押出去,料理官司。尚书托别人透露些意思给邢云飞的儿子,希望得到那块石头。儿子告诉邢云飞,邢宁愿为石头而死,不肯献出。他妻子私下与儿子商量,把石头献给了某尚书。

邢云飞从监牢中放出来,才知道这件事,骂老婆,打儿子,几次要上吊自杀,都幸亏家里人发觉得早,将他救下,才没有死。夜里梦见一个男子来拜访他,自己说名字叫"石清虚",劝

◎锦袱:用锦缎做的包袱。

【名家评点】

值得注意的是,由于奇石善于变幻,这就造成一种契机,可以充分表现势豪、官僚和盗贼各自施展特有的掠夺伎俩:势豪靠抢,盗贼靠偷,官僚不用抢不用偷,但他手中有权,可以任意捏造罪名,构陷无辜。作者巧妙地把官、贼、势豪交错起来写,彼此映衬,这样,就把官即是贼、官恶于贼的本质作了淋漓尽致的揭露。(刘烈茂)

邢云飞说："不要悲伤，我不过与你分别一年多罢了。明年八月二十日天刚亮的时候，你可以往海岱门，出两千铜钱把我赎回来。"邢云飞得了这个梦，心里很欢喜，把日期记了下来。

那石头到了尚书家中，再没有孔窍生云的奇异现象，日子一久，尚书也就不十分看重它。第二年，尚书犯罪革职，不久就死了。到了八月二十日，邢云飞往海岱门，恰巧尚书家的仆人偷了石头出来，正要找一个买主，他就花两千铜钱买了回来。

后来邢云飞活到八十九岁，自己准备了衣衾◦棺椁，又叮嘱儿子，一定要把这石头放在棺材里。不久果然死了，儿子遵照他的遗命，把石头葬在坟墓里。隔了半年左右，有个小贼掘开坟墓，把石头偷出来，等到儿子知道，已经无从追究了。过了两三天，儿子带一个仆人在路上走，忽然看见两个人跌跌撞撞地奔过来，泪流满面，望着空中自言自语说："邢先生！请你不要逼迫我们，我们拿了这块石头去，不过卖得四两银子罢了。"主仆二人当时就把这两个人捆起来，送去见官，一审就招认了。问他们："石头在哪里？"供称："卖给一个姓宫的人。"等到把石头拿来，县官看见了，也很欢喜，想要据为己有，吩咐暂时存在库里。库吏拿起石头，忽然掉在地上，碎作几十片，堂上的人看见了，大家都面容失色。县官就把两个小贼着实地打了一顿，然后放走他们。邢云飞的儿子把碎石头拾起来，依旧葬在坟墓里。

【锦言佳句】
物之尤者祸之府。

◎衣衾：装殓死者的衣服与单被。

传世彩绘聊斋志异

苗生

龚生，岷州①人，到西安应乡试，在客店里打尖，买了一壶酒自酌。突然有个身材魁梧的男子进来，同他攀谈。龚生举杯劝客，客人也不谦辞。他自称姓苗，举止言谈很粗暴。龚生因为他没有斯文气，态度很冷淡。壶中酒喝完，也不再添。苗生说道："穷措大饮酒，这样不爽快，真要把人急死了！"说着走向酒缸前面，出钱买了一坛进来。龚生辞谢不饮，苗生拉住腕臂相劝，不得，连吃了几大杯。苗生端起大碗来自饮，一面笑道："我不会敬客。你不必管我，有事尽管先走好了。"

龚生便收拾了一下，重新上路。约莫走了几里，马害病，倒在路上，他只好坐在旁边等待，行李繁重，进退两难。这时忽然苗生来了，问明原因，便把背包交给仆人，自己钻到马肚子底下把它扛起。走了二十几里，找到客栈，放下马送到槽里。过了许久，龚生主仆也赶到了。他才开始觉得苗生很不平凡，殷劝招待，呼酒备饭，一道吃喝。苗生说："我食量极大，很难吃饱，我们还是喝酒吧。"喝了一坛之后，他站起来告别说："你要替马治病，还得等几天。我不能候你了，再会吧。"说着径自去了。

考试完毕之后，龚生的三四个朋友邀他去华山游玩，就地饮宴。正在吃喝说笑的时候，苗生忽然来了，左手提着一大瓶酒，右手提着一个蹄髈②，往地上一丢说："听说你们各位上山游玩，我也来凑凑热闹。"大家站起来施礼，然后随便坐下，喝得很痛快。这时有人提议联句吟诗。苗生很不以为然，说："纵情豪饮很快乐，何必一定去皱着眉头苦思呢？"大家不听，并定出谁作不出诗来就要罚酒。苗生说："诗做得不好，当以军法从事！"大家笑道："罪过没这等严重吧？"苗生说："如果不把他杀死，像我这样一个武人也可以诌得上来啊。"

于是，首座上一位靳生起句道：绝巘③凭临眼界空，苗生信口联吟道：唾壶击缺④剑光红！下面的一位思索了很久才接上去，苗生便拿起酒壶来自饮。然后依次联吟，词句越来越鄙俗不堪。苗生叫道："够了，够了！请饶我一回，不必再

【名家评点】

《苗生》也是人类化虎的故事之一。但是一伟丈夫苗生"以肩承马腹而荷之，趋二十余里"书生看到这超人的力量，"乃惊为神人"。从这些描写来看，恐怕苗生原身是老虎而幻化为人的，有一天，苗生露出了原形。在山中聚宴，书生们朗读闹中之作，迭相赞赏。苗生越听越怒，竟"伏地大吼，立化为虎，扑杀诸客，咆哮而去"。这是《聊斋志异》中最痛快的变身场面。（[日]户仓英美）

◎岷州：在甘肃省。◎蹄髈：肘子。◎绝巘：高山。◎唾壶击缺：晋朝王敦专制朝廷，有篡夺野心，常在酒后吟魏武帝乐府歌"老骥伏枥，志在千里；烈士暮年，壮心不已"。一面念一面用如意打唾壶为节，壶边全是缺口。

联下去了吧！"大家不听，还要继续。苗生不能忍耐，马上大吼起来，声震山谷。又在地上打滚，作狮子舞。

诗思被打乱了，大家只好停止联吟，重新斟酒续饮。这时大家已经半醉，几个客人轮流背诵考卷，而且不住互相赞美。苗生听得很不耐烦，拉住龚生猜拳，两人互有胜负。而这时几个人还是且背且赞。苗生大声喝道："你们念的我全听到了。像这种狗屁文章，只配在床头上对老婆去读，在大庭广众中絮絮叨叨，真令人讨厌！"

大家有些惭愧，又嫌他过分粗暴，越发高声吟诵起来。苗生很生气，伏在地上大吼，立刻化作一只老虎，把几个客人全扑杀了，然后咆哮着走去。留下来的只有龚、靳二人。靳生在那一次科试考中了举人。

三年之后，靳生再从华阴经过，忽然遇到嵇生，也是当年在山上被老虎吃掉的。靳生心里很害怕，想加鞭逃去，嵇生拉住马缰，不让他走。靳生只好下马，问他打算怎样？嵇生答道："我现在替苗生作伥◦，成天受他驱使，痛苦不堪。必须再杀一个文人，才能使我得到解脱。三天后将有一个穿读书人服装的，被虎吞噬，不过一定要是在苍龙岭下死的，方是我的替身。你在那天多邀几位文人来，就算帮了老朋友的忙了。"靳生不敢争辩，答应着告别了。

靳生回到寓所，想了一晚上，不知道如何应付。最后还是决定拼死背约，随鬼怎样处置。这时恰有他的表亲蒋生来访，便把这件怪事对他说了一遍。蒋生也是一位名士，自命不凡。同县有一个尤生，名次考在他的前头，不免心生妒忌。那天听了靳生的话，暗中想加害于尤生，便写信邀请尤生共登苍龙岭。他特别穿了一身平民的白衣，没有穿儒生的衣服，尤生并不明白他的用意。走到半山，摆上酒宴，礼貌十分周到。正好县官也来到苍龙岭顶上，他和蒋家原是世交，听说蒋生在下面，派人相邀。蒋生不敢穿着白衣前去，便和尤生交换衣服。还没等他穿好，一只猛虎突然跑来，把蒋生衔走了。

【读名著学成语】

足蹈手舞

犹言手舞足蹈。形容喜悦到极点时的样子。清·蒲松龄《聊斋志异·苗生》："闻者欠伸屡作，欲睡欲遁，而诵者足蹈手舞，茫不自觉。"

◎伥：传说被虎吃死的人，魂不散，替虎服役，虎去求食，伥必前导。世人因此称助人恶者为"为虎作伥"。

毛大福

太行人毛大福，是专治创伤的外科医生。一天，他行医归来，路上碰到一匹狼，狼见到毛大福后，便将嘴上叼着的小包裹吐在地上，蹲在路边。毛大福将包裹捡起来一看，见里面包着几件金首饰。他正感到惊异，狼走到他的身前欢跳着，用嘴巴轻轻拉了拉毛大福的衣服，就走开了。毛大福刚要离开，狼又回来拽住了他的衣服。毛觉察到狼没有恶意，便跟着它去了。不一会儿，来到一个洞穴，看见一匹狼正生病躺在地上，仔细一看，狼头顶上长了个大疮，已腐烂生蛆。毛大福立即明白了狼的意思，便为病狼仔细剔净蛆虫，又敷上药，才往回走。此时，天已经晚了，狼远远地跟着送他。走了三四里路，又碰上几匹狼，那几匹狼咆哮着要围攻毛大福，毛大福非常恐惧。正在危急的时候，后面跟着的狼急忙跑来，到狼群中似乎说了些什么，群狼便都散去了。毛大福才得以安全返回家中。

在此以前，毛大福所在的县里有个叫宁泰的金银饰物商人，被强盗杀死在路上，凶手一直没有抓获。正好毛大福出售从狼那儿得来的金首饰，被宁家的人认出是宁泰之物，便将他扭送到了县衙。毛大福诉说了首饰的由来，县官不信，将他严刑拷打。毛大福冤枉至极，无法申辩，只得恳求县官宽大，让他去问问那匹狼。县官便派

◎外科：中医外科。主要治疗大多数的在体表，也有发于脏腑，凭肉眼可见，局部有形可征，或需要以外治为主要疗法的疾病。

【名家评点】

《毛大福》一篇，写狼报恩，看似志怪，实则表现了蒲松龄愤世嫉俗的创作心态，与《席方平》以阴阳之事写现实官场、明人马中锡《中山狼传》以狼写人同一机杼，且有异曲同工之妙。（王恒展）

【说聊斋】

蒲松龄『唐诗待客』

蒲松龄一生靠在家乡私塾教书为生,生活十分贫困和俭朴。民间还流传有蒲松龄『唐诗待客』的故事:

一次,蒲家来了几位朋友,家里却只有6文钱。他的妻子刘氏犯了难,蒲松龄却说好办好办,如此这般……他让刘氏用两文钱买韭菜一把,用两文钱买豆腐渣一团,再用两文钱买冬瓜一个;还从门前柳树上掐下一把柳叶,从鸡窝里掏出两个鲜鸡蛋……菜做好后,刘氏每端上一道菜,蒲松龄都先报出菜名:

第一道菜是两个蛋黄,上面铺着两个蛋黄,上面铺着几根青翠的韭菜,他说这是『两个黄鹂鸣翠柳』;第二道菜是焯好的柳叶撒上细盐,围一圈儿蛋白,他说这是『一行白鹭上青天』;第三道菜是清炒豆腐渣,他说这是『窗含西岭千秋雪』;第四道菜是清汤上飘着冬瓜刻的小船,他说这是『门泊东吴万里船』……

两个衙役,押着毛大福,进入山中,径直去那个狼的洞穴找狼。狼却没回来,等到天黑也不见踪影,三人只得返回。

三人走到半路,迎面碰上两匹狼,其中一匹头上的疮疤还在。毛大福一下子认了出来,便向它作揖说:"上次承蒙您赠我礼物,现在我因为那些礼物蒙冤受屈。您若不为我昭雪,回去后我就要被打死了!"狼见毛大福被绑着,愤怒地冲向衙役。衙役忙拔出刀抵挡。狼见状,便用嘴巴拱着地,长声嗥叫起来。刚叫了两三声,就从山中窜出了上百匹狼,转着圈将衙役团团包围起来。衙役受困,大为窘迫。一匹狼上前去咬捆着毛大福的绳索,衙役明白了狼的用意,松开了捆绑毛大福的绳索,狼群才一起离去。回来后,衙役讲述了经过,县官深感惊异,但也没有立即释放毛大福。

后来过了几天,县官出巡,有一匹狼叼着只破鞋,放在路上。县官走了过去,狼又叼起鞋跑到前头,重新放到地上。县官命令收起鞋子,狼才走了。县官返回后,派人秘密地访查鞋子的失主。有人说某村有个叫丛薪的人,在山中被两匹狼穷追不舍,将他的鞋子叼跑了。县官将丛薪拘拿了来认鞋子,果然是他的。于是,县官怀疑杀害金银饰物商人宁泰的凶手定是此人,一审问,

◎窘迫:处境困急。

群狼相护

衔履迎官

毛大福

果然不错。原来是丛薪杀死了宁泰，抢劫了巨金，宁泰在衣服里面藏有金首饰，丛薪还没来得及搜出，结果那些金首饰被狼叼了去。

很久以前，有个接生婆◎出门归来，碰到一匹狼挡在路上，拉住她的衣服，像要她跟着走。接生婆于是跟着狼走到一处地方，见一匹母狼正在难产。接生婆为它用力按摩，直到小狼生下，狼才放她返回。第二天，狼叼来鹿肉放到接生婆的家里，以示报答。可见，这类事情自古以来就多有发生的。

◎接生婆：旧时民间有临床接生经验的中老年妇女。

【名家评点】

蒲松龄曾在《梦狼》中把封建官吏比作虎狼，感叹"天下之官虎而吏狼者比比也"，十分深刻地道出了封建官吏吃人的本质。但是，本篇中狼的面目却又完全改观。这位外伤科医生毛大福所碰到的狼，却是条深通人性的狼。它会为病友含金聘医，还会为医生排除困境，是条知恩必报，有礼有义的狼；更奇的是它还会协助人破案，捉拿真凶，又是一条有智有谋的狼。通过这一能狼的故事，我们可以看到作者的想象力是多么丰富而奇特。在他的笔下，不仅狐鬼花妖被写得千姿百态，就是狼的形象也各具性格，毫不雷同。（罗锡诗）

【说聊斋】

蒲松龄的取名艺术

在《聊斋志异》一书中,主要人物的名字,往往具有以下作用。

一、决定人物的命运和情节走向。如《张鸿渐》之名出自《易·渐》:"鸿渐于干"。渐,进也。"鸿渐",意指鸿雁由水中进到岸上,喻仕途顺利,故张鸿渐金榜题名;《罗刹海市》中,马骥字龙媒,所以他后来入赘龙宫,鹏飞万里……

二、预示的情节。如《向杲》:"向杲,字初旦,太原人。与庶兄晟,友于最敦。"杲者,光明也。杲杲为日出之貌,故壮士光明磊落地为兄报仇,变成猛虎,龁仇人头。

三、暗示人物性格。如《张诚》男主角以"诚"为突出特点,千方百计保护同父异母的哥哥;《崔猛》中崔猛,的字"勿猛",人如其名,小说中的崔猛疾恶如仇,性如烈火。

招人助产

王桂庵

王樨，字桂庵，是大名府大户人家的子弟。一次，他到南方游历，船泊在江边。邻近船上有个船家的女儿，在那里绣鞋面。风度姿态，美妙动人。王桂庵偷偷看了好久，女子好像毫未觉察的样子。于是他念着"洛阳女儿对门居"那首诗，声音放得很高，有意让女子听见。女子好像知道为她而发，便稍微抬了抬头，瞟了他一眼，又低了头做起活儿来。王桂庵越发神魂飘荡，不能自主。他取出一锭银子，远远地投过去，落在女子的衣服上。她随手拿起，丢到岸上，好像不知道那是银子似的。王桂庵上岸拾回银子，又把一只金钏投了过去，正好落在她的脚底下。女子只是绣她的鞋，连看也不看。

不久，船主从岸上回来了，王桂庵生怕他见了金钏，难免要追问，心里正在着急，这时只见女子从从容容地略略提起她的一双小脚，轻轻把金钏盖住。船主解下缆绳，那只船也就顺流而去。王桂庵怀着满腔的懊丧和怅惘，失魂落魄地呆坐苦思。这时他刚刚结婚妻子就死了，很后悔没有当下找个媒人去说亲。他向撑船的人打听，但谁也不知道那个女子的来历。于是，他连忙回到船上，叫船家赶快开船追去。追了很久，连眼睛都望穿了，还是望不到那只船的影子。没有办法，只好把船向南开行。等到事情办完，再回北方时，又沿着大江仔细寻访，依然没有消息，回到家里，连吃饭睡觉都想念着她。过了一年，他又到了南方，就在江边租了一只船，住在上面，像是以船为家的样子。天天留意着过往的船舶，日子一久，每条船上的帆樯都熟悉了，却不曾看见从前载着美人的一只。这样住了半年，盘缠全用光了，才又转回家去。仍然是行思坐想，一时一刻也不能忘掉。

一天夜里，他梦见来到一个江边的村子里，走过了几家门口，看见一个向南开的柴门，门内有一道疏疏落落用竹子编成的篱笆。他以为是一座花园，便径自进去。迎面有一株夜合花，红丝挂了满树。忽然想起"门前一树马缨花"那首诗来，觉得正合目前的情景。向前走了几步，又是一层芦草编结的篱笆，非常光洁。再往里去，只见北面有三间房子，双门紧闭。南面另有一间小屋子，窗户被芭蕉遮住。探过头去一望，原来窗下放着一只衣架，上面挂着一条彩裙。知道是女子的绣房，不免一愣，连忙转身退走。但里面的人已经听到脚步声音，立刻就有人跑出来看，刚一露面，却正是他朝夕思念的那回在船上遇见过的女子。这一下他真喜出望外，便对她说道：

◎"洛阳女儿对门居"。是唐朝诗人王维《洛阳女儿行》的起句，次句为"才可容颜十五余"。系一首描写少女生活的诗。王桂庵高吟此句，意在引逗女子。◎帆樯：船桅，桅杆。◎原句系《水仙神诗》中的末句，全诗如下："钱塘江上是侬家，郎若闲时来吃茶。黄土筑墙茅盖屋，门前一树马缨花。"马缨花一名夜合花，又名合欢花。诗见《辍耕录》。惟原诗末"马缨花"作"紫荆花"。

【名家评点】

这篇小说不仅情节曲折，而且有很强的戏剧性。这是作者使用了蓄势法、误会法、偶然巧合的手法，以及幻想和突发的手法等多种艺术手段，精心提炼的结果。小说自问世以来，曾先后被改编成川剧《金镯记》、评剧《王少安赶船》、河北梆子《孟芸娘》等，活跃在戏剧舞台上，就是因为它的故事中"有戏"，易于取得戏剧性的艺术效果。（王立兴）

[锦言佳句]

女似解其为己者,略举首一斜瞬之,俯首绣如故。一夜,梦至江村,过数门,见一家柴扉南向,门内疏竹为篱,意是亭园,径入之。有夜合一株,红丝满树。隐念:诗中『门前一树马缨花』,此其是矣。过数武,苇笆光洁。又入之,见北舍三楹,双扉阖焉。南有小舍,红蕉蔽窗。

遇符梦境

王桂庵

"不想也有和你相见的一天啊!"正要去和她亲近,她的父亲回来了,王桂庵忽然一惊而醒,才知道是做梦,但是梦中所见的景物,却清清楚楚,好像就在眼前一样。他暗暗记在心里,生怕告诉了别人,会把这样一个好梦冲破。

过了一年多,他又到了镇江。城南有位徐太仆,和王桂庵是世交,听说他来了,请他去吃酒。王桂庵骑马前往,走错了路,来到一个小村子里,他觉得路上的景色好像在哪里经历过似的。在一家大门内,有棵马缨花,更和他的梦境相合。他觉得奇怪极了,下了马向内闯进去。里面的院落篱墙也和梦里所见的一模一样。再进去,连房屋的数目也没有差别。梦既然应验了,他便不再怀疑,一直向院子南边那间小屋走去,船上的美人果然在内。她远远地望见王桂庵,吃惊地站了起来,连忙躲在门后,一面大声喝问:"什么地方来的莽汉,竟敢私入人家!"王桂庵畏畏缩缩地还疑心是在做梦。女子听到脚步声越来越近,砰的一声把房门关住。王桂庵说:"你不记得投掷金钏的人吗?"说着又把苦苦想念她的心情细细讲了一遍,并且把做梦的事也告诉了她。女子隔着门询问他的家世,王桂庵和盘说出。女子说:"你既然是官家子弟,家中一定早有了漂亮的妻子,还要我做什么呢?"王桂庵答道:"不是为了你,我早就娶亲了。"于是女子说道:"如果你说的全是实话,足见你一片诚心。我的真情很难对爹娘禀明,可是我已经违背老人家的意旨,拒绝了好几头亲事了。金钏仍旧保存在我身边,我预料钟情的人一定会有个音信的。今天我父母全到外婆家去了,恐怕马上就要回来。你暂时回去,找人来说媒,大概不会不成功的。如果你打算有什么非礼的要求,那可想错了!"王桂庵慌慌张张地往外走,女子远远地喊他,说:"我叫芸娘,姓孟。父亲字江蓠。"王桂庵连连点头,记着她的话走出门去。

王桂庵在徐太仆家吃了一顿酒,提早退席,赶往孟家。孟翁把他迎到里面,在篱边设了两个座位,王桂庵把自己的家庭出身说了,然后申明来意,并送上一百两银子,作为聘金。孟翁说:"小女已经许配人家了。"王桂庵说:"我打听得很清楚,令媛°正待字闺中°,你为什么这样一口拒绝?"孟翁说:"是刚刚许了的,绝不敢对你

◎令媛:多用于敬称对方的女儿。◎待字闺中:字,许配;闺,女子卧室。留在闺房之中,等待许嫁。旧指女子成年待聘。

【名家评点】

对于这个颇具传奇意味的故事,研究者在追究其原型时,多注意到小说中提到的梦境,具体说来,就是梦中那一树耀眼的马缨花。认为"'门前一树马缨花'巧妙运用引用'辞格',不但为下文'马缨一树,梦境宛然'的实境描述做了铺垫,前后相映生辉;而且典雅温柔、风光无限,自有某种难以言传的情愫"。更重要的,"门前一树马缨花"这句诗恰好是一个现成的典故。据赵伯陶考证,此典故出自元陶宗仪《南村辍耕录》卷四"奇遇",只是将原来的"紫荆花"换成"马缨花"。赵伯陶认为蒲松龄"有意化用《辍耕录》中揭傒斯偶遇水仙神女的故事,渲染男女相恋的温馨意境,类似手法在《聊斋》中很常见。(盛志梅)

【读名著学成语】

双瞳如豆

形容人的目光短浅。清·蒲松龄《聊斋志异·王桂庵》："笑君双瞳如豆，屡以金资动人。"

说谎。"王桂庵一听，立即失魂落魄似的，一拱手就回去了。他不知道孟翁的话是否可靠，当天夜里在床上翻来覆去，想不出有什么人可以做媒。他本来打算把这件事告诉徐太仆的，只恐娶一个船家女子，会被徐先生笑话。如今到了紧急关头，实在没有其他办法，只好前去一试。天刚发亮，便去拜访徐太仆，把事情的原委据实相告。徐太仆一听便说："这老头儿和我有点亲戚关系，他是我祖母娘家的嫡孙◦，你为什么不早对我讲呢？"王桂庵便把怕人笑他娶船家女儿的心里话说了。徐太仆怀疑道："江蓠的确贫穷，但是他一向不靠驾船为生，你不会弄错了吧？"于是，他打发儿子大郎到孟家去问。孟翁说："我家虽穷，却不是出卖女儿的人，那天王公子一来，就先拿出一百两银子，替他自己做媒，以为我见钱心动，可以答应把女儿嫁给他，因此我才托词拒绝。如今既然令尊出面撮合，当然不会有什么差错。不过小女一向被父母宠爱惯了，连好人家也动辄拒绝，这回也不能不同她商量一下，免得她日后埋怨嫁的离家太远。"说着到里面去了，一会儿就又出来，拱了拱手，说愿意遵照徐太仆的吩咐，并约定了完婚的日期。大郎回家复命，王桂庵便备办了很丰盛的礼物，到孟家行聘◦。又向徐太仆借了新房，把芸娘迎娶过来。

结婚后三天，王桂庵辞别岳家，携带新夫人北上。夜里住在船中，他问芸娘说："从前在这地方遇到你，就疑惑你不像是个船家的女儿，那回你们坐着船到哪里去？"她答道："我叔叔的家在江北，不过偶然借了一只船去探望他。我们家不算富裕，但是对于意外的财物，却也不怎么看得起，我笑你目光短浅如豆，老是拿金钱来引诱人。最初我听到你念诗，知道你是个风雅的读书人。但又怕你是个无赖子，把我当作下贱女人挑逗。如果当时我父亲看见金钏，保管你死无葬身之地！你看我对你的意思够不够真切？"王桂庵笑道："你固然很聪明，但还是中了我的计了。"芸娘便问他怎么回事，王桂庵故意不说。芸娘一再追问，他才答道："反正几天就可以到家了，这件事总是瞒不下去的。老实对你说吧，我家里早已有了妻子，她还是吴尚书的女儿。"芸娘不相信，王桂庵故意装出很严肃的样子，表示并不虚假。芸娘变了脸色，沉默了好一会儿，

◎嫡孙：古代宗法制度下，嫡子（正妻所生的儿子）的儿子都是嫡孙。 ◎行聘：旧俗订婚时，男家向女家下定礼。

传世彩绘聊斋志异

王桂庵

突然往船面上跑,王桂庵趿着鞋子追上去,她已经跳到江心了。王桂庵急得大喊大叫,把附近船上的人全惊醒了,喊喊喳喳吵个不休。但是夜色一片昏茫,四野沉寂,只有满江星点随波浮动而已。王桂庵悲伤了一整夜,第二天一早便沿江而下,悬了重赏,寻找她的尸体,也没有结果。只好很沮丧地回到故乡。心里又悔又恨,又怕孟翁来看望他的女儿,无法交代。他有个姐夫这时正在河南做官,便前去投亲,借此躲避。

他在河南住了一年多才动身回来。路上遇到雨,把行李卸在一个老百姓家里暂避。只见那家房屋清洁,有个老太婆在屋子里逗着小孩子玩。孩子一见王桂庵进去,就要他抱,王桂庵觉得奇怪。又见那孩子长得很清秀,讨人喜欢,便拉他过来放在膝上,老太婆叫也叫不走。不一会儿,雨歇了,王桂庵把孩子送给老太婆,准备收拾行李赶路。这时孩子哭道:"阿爹走了!"老太婆觉得很丢脸,连忙吆喝,孩子还是叫个不停。老太婆只得硬把他抱走。王桂庵正坐在门口等待行李上车,忽然有个美人从屏风背后抱着孩子走出,原来竟是芸娘。他正在那里发愣,芸娘指着他骂道:"没良心的人,留下这一块肉,谁来管他啊?"

王桂庵这才知道那正是他自己的儿子,心里一阵辛酸,也顾不得问她怎么来到这里,首先赌咒发誓地对她说,他家中并无妻子,在船上说的话是同她开玩笑,骗她玩的。芸娘这时才消了气,悲伤起来,两人相对流泪。

当初这家的主人莫翁,六十岁上还没有儿子,一次带着他的老妻坐着船到南海烧香。在回家的途中,停泊在江岸,芸娘的尸体随着波浪漂下,正好撞在莫翁的船边。莫翁就叫仆人把她捞起,救治了一整夜,才渐渐苏醒过来。莫翁夫妇一看,是一个端庄美丽的女子,很高兴,便收她做女儿,带到家中。住了几个月,两位老人就想替她找个丈夫,她坚决不肯。十个月后,芸娘生了一个儿子,取名"寄生"。王桂庵在莫家避雨的时候,孩子刚刚周岁。王桂庵卸下行装,到里面拜见两位老人,认做岳婿°。住了几天,全家动身回大名去。

一到家,孟翁已经等待了两个月了。他初到的时候,只见仆人的神情和谈话躲躲闪闪,心里很怀疑,如今看到他们回来,自然十分高兴。大家谈了谈经过的情况,孟翁这才明白,仆人们之所以吞吞吐吐,原来还有这样一段隐情。

◎岳婿:岳父与女婿。

【名家评点】

"勺水兴波法"的运用让故事更加夭矫多变。所谓"勺水兴波",就是以细小的、看似不起眼的人物、道具或生活事件为生长点,辗转生发出曲折离奇的故事情节,为塑造人物、表达思想服务。《王桂庵》中王生费尽周折才与芸娘结为伉俪,但就在偕同归家的舟中,王生开了一个玩笑:"我家中固有妻在,吴尚书女也",而且还"故壮其词以实之"。结果一句戏言引发了芸娘投江,直到一年后才破镜重圆。故事原本已从波澜不断进入一个比较平稳的阶段,但一句戏言让故事再起波澜。这一情节对于刻画芸娘刚毅自爱的性格具有画龙点睛之妙。(李桂奎)

【锦言佳句】

儿见王入,即扑求抱,王怪之。又视儿秀婉可爱,揽置膝头,姬唤之,不去。少顷,雨霁,王举儿付姬,下堂趣装。儿啼曰:"阿爹去矣!"姬耻之,呵之不止,强抱而去。

逢儿意外

粉蝶

阳日旦,是琼州的书生。偶然从别的府里回来,乘船渡过琼州海峡,遇上了飓风,渡船将要覆没;忽然漂来一只空船,他赶紧跳上去了。回头一看,同船的乘客全都葬身海底。飓风越刮越狂,刮得天昏地暗,他只能听天由命,吹到哪里算哪里。不久,飓风停息了。他睁开眼睛,忽然看见一个海岛,岛上的房子一所连着一所。他摇动船桨,划近岸边,一直划到村庄的城门口。

村子里静悄悄的,阳日旦走走坐坐,过了很长时间,没有鸡鸣,也没有犬吠。看见一座北向的大门,苍松翠竹掩映在雾气之中。节令已经到了初冬,墙里不知什么花,还结了满树的花骨朵儿。阳日旦心里喜爱这个环境,便进进退退地往里走。听见远处传来一阵琴声,就停下脚步听了一会儿。从里面出来一个丫鬟,大约十四五岁,轻盈潇洒,容貌很漂亮。她看见了阳日旦,急忙转身就进去了。过了不一会儿,听见琴声停止了,出来一个年轻人,惊讶地盘问客人是从哪里来的。阳日旦把自己的遭遇完全告诉了年轻人。年轻人又问他的家乡门第,阳日旦又告诉了年轻人。年轻人高兴地说:"你是我的姻亲。"就拱手把阳日旦请进院里。

院里的房子很精巧华丽,又听到了琴声。进屋以后,看见端端正正地坐着一个少妇,约有十八九岁,光彩照人。看见客人进了屋子,她把琴推到一边就要躲开。年轻人止住她说:"你不要回避,此人正是你家里的人。"就替阳日旦说了来到这里的经过。少妇说:"他是我的侄儿。"接着就问阳日旦:"你的祖母还健在吗?你的父母多大岁数了?"阳日旦说:"父母四十多岁,都没有什么病症;只有祖母六十多岁了,得了久治不愈的疾病,走路需要别人扶着。侄儿实在不知姑姑是哪一房的,希望明明白白地告诉我,以便回去告诉家里。"少妇说:"因为路途遥远,断绝音信已经很久了。回去的时候,只要告诉你父亲,说'十姑问候他好',他自然就会知道的。"阳日旦又问年轻人:"姑夫是哪一个宗族的人氏呢?"年轻人说:"我家住海岛,姓晏。这个海岛名叫神仙岛,距离琼州三千里,我流落异乡,住到这里也不久。"

◎琼州:古地名,即今海南省,琼州也是海南省的别称。◎姻亲:由婚姻关系而结成的亲戚。◎房:旧称家族的一支。

【名家评点】

《粉蝶》篇从海上狂风、巨浪、舟覆的险境,到岛村鸡犬无声、蓓蕾满树、松竹掩蔼、琴声悠扬的仙乡。无异是作者对情感流云的抒发,对和平宁静的向往。而后一段阳曰旦与粉蝶的一段风流韵事都由此变幻而出。作者对真善美的爱,热似一团火,爱得又是那么深沉、执着;对假恶丑的恨,冷似冰霜,恨得发指、切齿。这种强烈的感情,往往从作品的气氛和情境中透露出来。(孙一珍)

【读名著学成语】

风采焕映

光彩照人。清·蒲松龄《聊斋志异·粉蝶》：" 既入舍，则一少妇危坐，朱弦方调，年可十八九，风采焕映。"

十娘快步进了里屋，令丫鬟端出酒饭款待客人，新鲜的蔬菜又香又美，也不知道它们的名字。吃完以后，又领阳日旦欣赏景色，阳日旦看见桃花和杏花都在含苞待放，感到很奇怪。姑夫说："这个地方夏天没有酷热，冬天没有严寒，百花没有间断的时候。"阳日旦很高兴地说："这是一个仙乡°。回去告诉父母，可以把家搬来和你们作邻居。"姑夫只是微微一笑。回到书房，点亮了灯烛，看见桌子上横着一张琴，阳日旦就请求听听文雅的琴声。姑夫就抚弄琴弦，捻动琴柱，进行调音。十娘从内室里出来，姑夫说："来，来！你给你侄儿弹一曲听听。"十娘就坐下，问侄儿道："你愿听什么曲子呢？"阳日旦说："侄儿向来没有读过《琴操》°，实在说不出愿意听什么。"十娘说："只要随心所欲地出个题目，都可以谱成琴曲。"阳日旦笑着说："海上的狂风把船刮到这里，也可以谱成一曲吗？"十娘说："可以。"就一手按弦，一手挑动，好像脑子里早就有了老谱，意境曲调有如山呼海啸。静静地领会，好像身子仍在船上，正在受着飓风的颠簸。阳日旦惊叹欲绝，问道："我能学会吗？"十娘把琴交给他，叫他试着勾拨一下。说："我可以教你。你想学什么曲子呢？"阳日旦说："你刚才弹奏的《飓风曲》，不知几天才能学会？请姑姑先把曲子抄出来，我把它背熟。"十娘说："这个曲子没有文字材料，我是用心思谱成的。"又另外拿来一张琴，表演勾挑的姿势，叫他照样学。阳日旦学习到一更多天，粗略的合乎音节以后，夫妻二人才告别回去了。

阳日旦双目注视着，专心致志地对着灯烛自己弹奏；弹了很长时间，突然明白了弹奏的奥妙，不知不觉地站起来，乐得手舞足蹈。一抬头，忽然看见那个丫鬟站在灯下，惊讶地说："你原来还没走啊？"丫鬟笑笑说："十姑叫我等你安睡以后，关上房门，搬走蜡台。"阳日旦仔细一看，丫鬟两只眼睛像秋水般的明净，神态很可爱。阳日旦心里一动，就微微地挑逗她，她低着头满脸含笑。阳日旦更加心迷神驰，就起来搂住她的脖子。她说："你不要这个样子！已经到了四更天，主人快要起床了，彼此有心的话，明天晚上也不晚。"

两人正要亲热的时候，听见姑夫呼唤"粉蝶"。

◎仙乡：仙人所居处；仙界。 ◎《琴操》：琴曲著录。传为汉蔡邕所著，是中国解说琴曲标题的第一部著作。

粉蝶

【名家评点】

我很长时间以来,存在着一种误解,认为咱们中国人缺乏爱音乐的传统。从汉武帝时西域传来什么"眩"术,什么"鱼龙曼衍",加上土生土长的"百戏",出土文物中所见亦大抵此类。这些玩艺,热闹则热闹矣,但深邃程度恐怕不够。直到清末的京剧,也多以剧情、武打引人,虽然谭、余、言、高诸家也在"腔"上有所创新,但仍被板眼套数所锢蔽,其乐曲的深邃性总嫌不够,总嫌带有甚深的市井气。

可是在某次翻读《聊斋》中,我的这些想法被订正了。这次,我连翻了三篇,《宦娘》(卷九)、《粉蝶》(卷十二)、《局诈》(卷十三),都与音乐有关,而且那种爱音乐到了痴迷的程度,深深令我感动。故事是现实的反映,神鬼是凡人的反映,那么,我怎么能说我们中国人的爱音乐不深邃呢!

(赵俪生)

丫鬟一听就变了颜色说:"坏了!"便急急慌慌地跑了出去。阳日旦悄悄地跟去偷听。只听姑夫说:"我原先说过,这个丫头的尘缘没有灭绝,你偏要收留她。你看现在怎么样?应该抽她三百鞭子!"十娘说:"凡心一动,就不能差遣了,不如为我侄儿把她打发走吧。"阳日旦很惭愧,也很害怕,回到书房里,熄灯自睡了。天亮以后,有个童子来服侍他梳洗,再也见不到粉蝶了。阳日旦心里惴惴不安,害怕受到责骂而被赶出去。

过了不一会儿,姑夫和十娘一起来到书房,好像没有放在心上,见面就考阳日旦的学业。他便弹了一曲。十娘说:"虽然没有达到入神的程度,也已经学到十之八九了,练熟了就可以达到妙境◦。"阳日旦又要求传授别的曲子。姑夫就教给他《天女谪降◦》的曲谱,弹奏的指法很别扭,练习了三天,才能弹成调子。姑夫说:"大略的指法你已全学了,以后只是需要熟练而已。熟练这两个曲子以后,琴曲之中就再也没有难学的曲调了。"阳日旦很想家,便告诉十娘说:"我住在这里,蒙受姑姑抚养,心里很愉快。但是家里一定悬念。离家三千里,哪天才能回去啊!"十娘说:"这是不难的。你来时的船只还在海边上,我当助你一帆风力。你没有媳妇,我已把粉蝶打发去了。"

说完就送给阳日旦一张琴,又交给他一丸灵药,说:"回去医治你的祖母,不仅能够去病,还可以延年益寿。"于是把阳日旦送到海边,叫他上了船。阳日旦正要寻找船桨,十娘说:"不需要这个东西。"就解下裙子系在桅杆上作风帆。阳日旦担心迷失道路,十娘说:"你不用忧虑,听凭风帆的荡漾好了。"系完裙子就下了船。阳日旦感到心里很凄然,刚要拜谢告别,已经南风大作,离岸很远了。阳日旦往船里一看,已经准备了干粮,但是只够一天吃的,心里埋怨姑姑太吝啬。肚子饿了也不敢多吃,生怕一下子吃光了,

◦妙境:神奇美妙的境界。 ◦谪降:谓仙人获罪而贬降、托生人世。

一顿只吃一个饼,觉得这饼表里都甜香可口。剩下六七个,很珍重地储存着,也就不再饿了。不一会儿,看见夕阳西下,才后悔临走的时候没有要一根蜡烛。但瞬息之间,远远地看见了人烟,仔细一看,原来就是琼州。阳日旦高兴极了。随后就靠近了岸边,解下桅杆上的裙子,包起烧饼就往回走。

阳日旦进了家门以后,全家又惊又喜,原来离家已经十六年了,这才知道遇上了神仙。看看祖母,越发老病得疲惫不堪,把灵药给祖母吃下去,久治不愈的重病立刻消除了。全家都很奇怪地问他,他就讲了海岛上的见闻。祖母流着眼泪说:"是你姑姑啊。"从前,老夫人有个小女儿,名叫十娘,生来就有仙姿。许给一家姓晏的。女婿十六岁的时候,进山没有回来。十娘等到二十多岁,忽然无病就死了。已经埋葬了三十多年,听阳日旦一说,全家都怀疑她没死。拿出她的裙子,全家一看,还是在家的时候素常°所穿的。把烧饼分给大家尝尝,吃下一个,终日不饥,精神倍增。老夫人叫人打开了十娘的坟墓,一看,墓里只有一口空棺材。

阳日旦当年聘了吴家的女儿,还没娶过来,他多年没有回家,吴家的女儿就嫁了别人。全家都相信十娘的指教,等待粉蝶的到来。等了一年多也没有音信,这才商量娶别人家的姑娘。临高县的钱秀才,有个女儿名叫荷生,艳丽远近闻名。年方十六岁,还没出嫁就死了三个未婚夫。于是就托媒订婚,选择一个吉日,举行了婚礼。新娘子进门以后,光彩照人,风华绝代。阳日旦一看,原来就是粉蝶。惊讶地问起从前的事,她茫茫然,什么也不知道。原来她被十娘驱逐时,也就是她降生人间的时候。阳日旦每次给她弹奏《天女谪降》的琴曲,她就支着脸颊听着,沉思凝想,好像有所领悟似的。

◎素常:平日;平素。

【锦言佳句】秋水澄澄,意态媚绝。

蒲松龄（1640—1715）

字留仙，一字剑臣，号柳泉，世称聊斋先生，淄川（今山东淄博）人，清代文学家。早年即有文名，但始终未中举，直至七十一岁才援例为贡生。长期为塾师、幕友，郁郁不得志，所著文言短篇小说集《聊斋志异》在中国文学史上有不朽地位，还创作了大量诗文、戏剧、俚曲以及有关农业、医药方面的著述。

许君远（1902—1962）

作家、报人、翻译家。河北安国人。1928年北京大学英文系毕业后任《晨报》编辑，1936年担任上海版《大公报》要闻编辑，后转入上海四联出版社、上海文化出版社任编辑。著有小说集《消逝的春光》、散文集《美游心影》，译著有《斯托沙里农庄》《老古玩店》等。

南佳

中国金融作协会员。在全国各级报刊上发表了诗歌、散文、小说及文学评论等多种体裁的作品，并有多篇作品在行业和主题征文大赛获奖。